Amanda
Quick

Amanda Quick

CORAZONES SALVAJES

RBA

Título original: *Wildest Hearts*

Traducción de Edith Grandicelli
Traducciones cedida por Ediciones B, S. A.

Pérez Galdós, 36 bis, 08012 Barcelona
Diseño de cubierta: Hans Romberg
Ilustración de cubierta: José del Nido

ISBN: 84-473-4717-6
Depósito Legal: M-2823-2006

Impresión y encuadernación:
MATEU CROMO

Impreso en España - Printed in Spain

Para mi cuñada, Wendy Born,
con amor y gratitud.

1

—No creo que el elefante vaya a quedar bien —dijo Oliver Rain finalmente. Su voz suave y sombría sonó con gentil pesar.

—Temí que no le agradaría. —Annie Lyncroft observó con desgano a la bestia mientras se preguntaba cómo sacaría el tema que ella realmente quería discutir con el inescrutable Oliver Rain.

—Admitiré que es original —concedió Rain.

—Probablemente, en este momento esté haciéndose la misma pregunta que muchos de mis clientes me formulan: «¿Será arte o una mera cursilería?».

—Pregunta interesante —coincidió Rain.

—No olvide que el animal es tan ornamental como funcional —dijo Annie, en un último e instintivo intento por salvar su venta—. Hay una pequeña gaveta oculta en su base. Muy útil para objetos pequeños.

—No creo que quede bien en este ambiente —dijo Rain diplomáticamente.

Para sí, Annie pensó que nada, excepto el mismo Oliver Rain, quedaría bien en aquel estudio decorado en gris, negro y dorado.

Casi había tenido la plena certeza de que a Rain no le gustaría el elefante. La figura esmaltada, de unos sesenta centímetros de alto, con sus uñas escarlata y el cuerpo violeta, quedaba graciosa, ridícula, junto al jardín de roca Zen de Rain.

El jardín, que ocupaba un gran rincón del estudio, no era un verdadero jardín. Al menos no según el concepto que Ann tenía de un jardín. No había nada de verde. Ni una miserable hoja, y mucho menos una colorada flor, interrumpía la prístina perfección de la arena gris perla.

La arena estaba dentro de un marco bajo de madera negra. Se había colocado meticulosamente en diseños abstractos alrededor de cinco piedras. Annie tenía la sospecha de que Rain se habría pasado horas contemplando dónde ubicar exactamente las rocas sobre la arena. Sin duda, se trataba de la clase de problema superficial, meramente estético, que atraía la atención de ese hombre.

La diseñadora a quien Rain había contratado para decorar los interiores de la flamante y espaciosa *suite* del piso veintitrés había atrapado a su cliente con inequívoca propiedad. Cada ambiente ofrecía distintas vistas de Seattle, la bahía Elliott y el Olympics. Todos tenían un distintivo detalle en común: el color, siempre negro, gris y dorado.

El resultado final fue una elegante y austera madriguera, ideal para un hombre a quien muchos consideraban un peligroso depredador.

No, decidió Annie, el elefante era una criatura bonita, pero, sin duda, no quedaba bien en aquella disciplinada y estricta decoración que Rain había escogido para su *suite*. Más aún, creía que ningún artículo de su *boutique* exclusiva, casi caprichosa, podría combinar en ese ambiente.

Evidentemente, Oliver Rain no tenía inclinaciones caprichosas de ese tipo.

—Lamento que el elefante no quede bien —murmuró Rain.

—No se preocupe. Ya me lo temía. A decir verdad, no he logrado que ninguno de mis clientes se interese por él. —Annie frunció el entrecejo—. Hay algo en él que parece espantar a la gente. ¿Será por las uñas de las patas?

—Es muy factible.

—Bueno, no es para tanto. —Ya se había cansado de tratar de endosar el elefante a Oliver Rain—. Usted insistió en que le trajera algo más y, bueno, decidí probar entonces con el elefante.

—Muy amable de su parte. Aprecio su perseverancia. Déjeme servirle otra taza de té. —Rain tomó la tetera esmaltada en negro y dorado que estaba sobre una bandeja negra laqueada.

Annie lo contempló, fascinada, mientras él llenaba la taza de té. El cono blanco y brillante que provenía de la lámpara halógena del escritorio revelaba la fortaleza de sus manos. No eran las de un ejecutivo común y corriente. Eran ásperas, hasta callosas, en algunas partes, como si hubiera amasado su fortuna labrando tierras fértiles, en lugar de hacerla gracias a brillantes inversiones.

Logró impregnar el delicado acto de servir una taza de té con gran masculinidad. Cada movimiento tenía fuerza y gracia.

Y Annie descubrió que cada uno de esos movimientos, por insignificante que fuera, atrapaba toda su atención. Tal vez, porque cada expresión de poder contenido en él contrastaba notablemente con la profunda serenidad que emanaba de él cuando estaba quieto. Annie nunca había conocido a un hombre que pudiera autocontrolarse tan absolutamente.

Annie lo miró con suspicacia mientras aceptaba la taza de té.

—Para serle completamente franca, no creo tener nada de Extravagancias que vaya bien en este lugar.

Rain la miró como si ella estuviera presentándole un dilema curioso, aunque no irremediable.

—Sólo porque el elefante no sea la pieza apropiada para este recinto, no debemos concluir en que ningún otro artículo de su tienda quedará bien aquí.

—No le gustó el carrusel que le traje el lunes —le recordó ella.

—Ah, sí, el carrusel. Admito que tenía cierto encanto, pero, de alguna manera, esas figuras tan extrañas que estaban en él no encajaban en este lugar.

—Supongo que depende de su punto de vista —barbulló Annie. En lo personal, Annie había considerado que el bello carrusel con ornamentos dorados y su exótica colección de animales mitológicos, habría sido un toque distinguido en un recinto que ya contenía al eminentemente extravagante y casi mítico Oliver Rain.

Nadie sabía mucho de Rain. Pero Annie reflexionó que eso era lo que sucedía con la mayoría de las leyendas. Cuantos menos fueran los hechos a la vista, más legendario sería el hombre ante los ojos del mundo.

Annie lo había conocido hacía seis semanas, en la fiesta de compromiso de su hermano Daniel. Por supuesto que ya había oído hablar de él, porque Daniel había trabajado una vez con Rain. Sin embargo, nunca habían sido presentados.

Daniel Lyncroft era un genio reconocido en el campo de la electrónica. Rain lo había contratado, cinco años atrás, para que le instalara sistemas de seguridad de alta tecnología en su vasto imperio comercial.

Después, cuando Daniel se retiró para iniciar su propia empresa de electrónica, Rain invirtió mucho dinero para comenzar con las operaciones, convirtiéndose en el único e importantísimo respaldo financiero de Daniel.

Daniel había advertido a Annie que, aunque Rain estaba invitado a la fiesta, lo más probable era que no apareciera. Casi nunca se mostraba en público y, mucho menos, en acontecimientos sociales. Por otra parte, si alguna vez decidía incursionar en la sociedad, seguramente lo haría en un nivel muy superior al que ocupaban los Lyncroft. La fortuna Rain, que Oliver había reconstruido de la nada después de la misteriosa desaparición de su padre, era tan legendaria como el hombre mismo.

Pero para la evidente sorpresa y alegría de Daniel, Oliver Rain se presentó en la fiesta de compromiso, en su limusina negra. Su vestimenta, de gala, impecable, en blanco y negro. Esa formalidad enfatizó la feroz serenidad característica en él.

Annie se sintió cautivada por él desde el primer momento en que lo vio. Rain era distinto de todos los hombres que ella había conocido. Le rodeaba una especie de halo de poder, pasión y orgullo, pero, por encima de esto, se destacaba su autocontrol de hierro.

Era llamativo ver cómo la gente se hacía a un lado cuando Oliver entró en el restaurante tan de moda que Daniel había escogido para la ocasión. Y Annie comprendió el impulso, pues ese hombre irradiaba un peligro potencial. Dispersó a todos los que se habían reunido para desear sus buenos augurios como si hubiera sido un leopardo amenazando a un rebaño.

Sólo una parte muy insignificante de Annie quiso huir también. La otra parte, mucho mayor en magnitud, deseaba desesperadamente acercarse a Rain, independientemente de los riesgos que aquello podría implicar.

Annie llegó a la conclusión de que Rain la había atraído del mismo modo que los objetos que ella vendía en su *boutique,* Extravagancias. Oliver no era atractivo como los hombres convencionales, sino que había algo en él que era abiertamente dominante. Algo muy oculto en el interior de Annie reaccionó ante tan imponente presencia. Y cuando Oliver la miró, se le erizó la piel de la nuca.

La noche de la fiesta de Daniel, Annie memorizó en secreto cada detalle de Oliver Rain, desde el color de sus ojos, en una ilusoria e indescriptible tonalidad del gris, hasta la controlada impasibilidad de sus rasgos.

Para ser un ejecutivo, llevaba sus cabellos negros demasiado largos. Casi le habrían tocado los hombros si no se los hubiera recogido hacia atrás, en una pequeña cola de caballo. Su rostro tosco y sombrío traicionaba una voluntad implacable e inflexible. Los fríos rastros plateados del cabello y la calculadora inteligencia de su mirada hicieron que Annie concluyera que Oliver Rain rondaba los cuarenta.

Annie decidió que no se trataba de un hombre proclive a confiar en su apariencia o en sus encantos para obtener lo que quisiera. Simplemente, lo tomaría.

Se había quedado en la fiesta menos de media hora. A excepción de los breves momentos que pasó con Daniel y de los que le tomó a éste presentarle a su prometida, Joanna, y a Annie, Oliver se mantuvo siempre retirado de los demás invitados. Se había quedado de pie, solo, ocupando un espacio que nadie más se habría atrevido a violar, bebiendo champaña mientras los demás lo esquivaban.

Annie se había dado perfecta cuenta de que Rain no dejó de mirarla mientras ella bailaba con amigos de su hermano. Sin embargo, en ningún momento la invitó a bailar. Pero tampoco bailó con ninguna otra.

Finalmente, cuando Oliver se fue de la fiesta, en silencio, Annie experimentó una rara desazón. Esa peculiar chispa de excitación, tan poco familiar en ella, que se había encendido cuando lo vio, se apagó de inmediato cuando él partió.

Casi a hurtadillas, Annie se acercó a la ventana para verlo mientras Daniel lo acompañaba hasta la limusina que lo estaba esperando. Ambos se quedaron hablando unos minutos en la salida del restaurante, y cuando la conversación terminó, Oliver se volvió hacia la ventana, como si hubiera sabido que Annie había estado contemplándolo todo el tiempo. La saludó desde abajo con una inclinación de cabeza formal y casi imperceptible. Luego subió a la limusina y desapareció en la noche lluviosa.

—Es un hombre interesante pero bastante peligroso —dijo Daniel a su hermana más tarde—. Nunca puedes tener la certeza de qué es lo que está pensando. No creo que confíe en nadie. Cuando yo trabajaba para él insistía puntualmente en mantener archivos de cada empleado clave y de todos los que hacían negocios con él.

—¿Legajos?

—Una especie de historial de seguridad. —Hizo una sonrisa socarrona—. Él siempre decía que una información personal de la gente era lo único confiable para tener el control.

—Me imagino que tener el control sobre todas las situaciones debe de ser algo muy importante para alguien como él —dijo Annie pensativa—. Siempre querrá dominar todo.

—Lo que hay que tener en cuenta respecto de Oliver Rain es que él siempre tiene su propia agenda y nadie sabe qué hay en la misma hasta que él está listo. Es un lobo solitario. No le gusta actuar en equipo.

—¿Es un gángster? —preguntó Annie, horrorizada con sólo pensar que su hermano podría estar en deuda con un delincuente—. ¿Un asesino?

Daniel sonrió.

—Bueno, si lo es, tiene la astucia suficiente como para enterrar los cuerpos a una profundidad tal que nadie los encuentre jamás.

—¿Y tú por qué aceptaste que te respaldara si no confías en él?

Daniel la miró sorprendido.

—Nunca dije que no le tuviera confianza, sino, simplemente, que se trata de un hombre peligroso.

—¿Hay alguna diferencia?

—Una gran diferencia.

Annie trató de sobrellevar el escalofrío que corrió por su espina dorsal.

—¿Qué más sabes de él?

—No mucho, a pesar de que he trabajado para él. Ese hombre es una leyenda.

—¿Por qué? —preguntó Annie.

—Su padre abandonó a la familia hace quince años. Desapareció, así de simple. No conozco toda la historia, pero lo que sí sé es que pocos meses antes de desaparecer, Edward Rain convenció a algunos de sus amigos para que invirtieran en uno de sus proyectos de planificación y desarrollo.

—Déjame adivinar —dijo Annie—. ¿Y el dinero de los inversores desapareció junto con Rain?

—Correcto. Y no sólo eso. Edward Rain había liquidado la mayor parte de su patrimonio personal. También se llevó ese dinero en efectivo. Virtualmente, la familia se quedó sin nada, mejor dicho, con una pila de deudas.

—Ya he escuchado historias como ésa. El otro día leí en un periódico que un prominente banquero simplemente tomó un avión con varios millones de dólares con rumbo desconocido. Nunca se supo más de él. Abandonó a su familia y todo lo demás.

—Eso fue exactamente lo que hizo Edward Rain —dijo Daniel.

Annie miró a su hermano.

—¿Qué pasó?

—En dos años, Oliver pagó todas las deudas de su padre —dijo Daniel con una fría admiración en su voz—. Reconstruyó la fortuna de su padre de la nada. Ahora es mucho más grande de lo que era cuando Edward Rain desapareció. Con eso te enteras de algo muy importante acerca de Oliver Rain.

—Pobre Oliver —murmuró Annie—. Debió de quedar emocionalmente destruido cuando su padre se esfumó.

Daniel frunció el entrecejo, alarmado.

—Bien, Annie...

—La vergüenza y la humillación debieron de haber sido terribles para un hombre como él —continuó Annie pensativa—. Obviamente, le han quedado cicatrices de por vida. Con razón no es muy extravertido.

—Bueno, basta —ordenó Daniel—. Ni siquiera lo pienses.

—¿Pensar qué? —preguntó Annie con inocencia.

—Pensar en tratar de rescatar a Oliver Rain. Definitivamente no estamos frente a otra de esas ovejas perdidas y heridas que han formado parte de tu colección de hombres. Créeme que Rain no necesita que lo rescaten.

—Daniel, todos necesitamos que nos rescaten en un momento u otro.

—Rain, no —dijo Daniel categóricamente—. Ese hombre puede cuidarse solo. Créeme.

Annie no volvió a ver ni a escuchar nada de Rain hasta dos semanas después. Llamó al día siguiente que el avión particular de Daniel se precipitara al vacío en un vuelo a Alaska. Eso había sido hacía un mes, en octubre. Rain la había llamado para preguntarle, muy gentilmente, si necesitaba alguna ayuda.

En medio del caos de aquella situación y luchando por manejar a la prensa y a las autoridades, que estaban llevando a cabo las operaciones de investigación y rescate, mientras trataba al mismo tiempo de consolar a Joanna, Annie estaba tensa y distraída. Bruscamente, le había dicho a Oliver Rain que no necesitaba ayuda de ninguna clase.

En cuanto colgó el teléfono, cayó en la cuenta, atónita, de que Rain era el principal acreedor de su hermano. Ahora que

Daniel había desaparecido, Rain se convertía en una potencial amenaza. Si él reclamaba su dinero, alegando que la empresa se había quedado sin dirección, Lyncroft Unlimited iría a la quiebra. En ese momento, no había manera de devolver todo el dinero que se le debía a Oliver Rain.

Pero no fue Oliver Rain quien resultó ser la amenaza más inmediata. Fue una alianza de abastecedores y otros inversores que sintieron pánico cuando descubrieron que Daniel ya no estaba a la cabeza de la empresa. Barry Cork, ayudante y hombre de confianza de Daniel, hizo lo imposible por tranquilizar a todos, asegurándoles que los negocios seguirían normalmente. Pero nadie le creyó.

Pocos días después, Rain volvió a llamar.

—Tal vez será mejor que conversemos —le dijo.

—¿De qué? —preguntó Annie, aunque sabía perfectamente bien qué era lo que quería discutir con ella.

—Del futuro de Lyncroft's.

—Lyncroft's está muy bien, gracias. Barry Cork tiene todo bajo control. Rescatarán a mi hermano cualquier día de éstos y todo volverá a la normalidad.

—Lo lamento, señorita Lyncroft, pero me temo que tendrá que hacerse a la idea de que Daniel tal vez esté muerto.

—Yo no lo creo y su novia tampoco. Juntas apuntalaremos Lyncroft's hasta que Daniel vuelva. —Annie se aferró al cable del teléfono, luchando por mantener la voz serena—. Aprecio su preocupación, pero nada ha cambiado en la empresa. Todo está bajo control.

—Entiendo. —Se produjo un largo silencio en la línea—. Tengo entendido que algunos acreedores de su hermano ya están presionando para que se venda o se fusione.

—Tonterías. Rumores, simplemente. Ya les he explicado a todos que las cosas están bien y que esperamos el regreso de Daniel en cualquier momento.

Se produjo otro silencio.

—Como prefiera. Pero, por favor, no dude en llamarme si los demás inversores se ponen difíciles. Tal vez yo podría ayudarla.

Entonces Annie colgó el teléfono sintiéndose más incómoda que nunca. Lyncroft Unlimited había sido siempre una empresa familiar. Ninguna otra persona que no perteneciera a la familia pudo tener acciones en ella, pues la intención de Daniel había sido mantener la mayor parte y el control de la firma.

En ese momento, sólo había dos miembros de la familia propietarios de acciones: Daniel y Annie. En consecuencia, Annie quedaba como única heredera de su hermano.

Dos semanas atrás, Rain se puso en contacto con ella de nuevo. Pero en lugar de hablarle del destino de Lyncroft Unlimited, le pidió sus servicios profesionales. Quería que Annie diera los toques finales en la decoración de su apartamento.

Annie aún no sabía exactamente por qué había aceptado el trabajo. Sin duda, estaba agobiada de trabajo en esos días como para agregar el de asesorar personalmente a un cliente.

Sin embargo, hoy era la cuarta visita que hacía al apartamento del vigésimo sexto piso del Seattle, un alto edificio céntrico. Hasta el momento, todo se desenvolvía de manera rutinaria, como en las visitas previas.

No era fácil llegar hasta Oliver Rain. Primero tenía que identificarse ante el portero que estaba en la recepción del edificio. Después, tenía que marcar un código especial en el panel electrónico que estaba instalado en el ascensor para poder ascender al piso veintiséis. Una vez que llegaba allí, la recibía un hombre que parecía un robot, llamado Bolt. Se trataba de una especie de combinación de mayordomo y chófer. Annie sospechaba que, además, podría ser guardaespaldas.

A su manera, Bolt era tan interesante como su jefe. Aparentemente, tenía poco más de cincuenta años. En todas las oportunidades que Annie lo vio, el hombre llevaba un traje oscuro formal y sus ojos celestes jamás habían denotado ni el más mínimo vestigio de emociones. Su finísima cabellera estaba como a un escaso centímetro del cuero cabelludo.

Sus movimientos estaban tan mecanizados que Annie creía que posiblemente algunas de sus partes serían de robot. Se lo imaginaba enchufándose por las noches a algún artefacto especial para recargar las baterías. Por otra parte, sospechaba que al tal Bolt no le caía del todo bien.

En aquella primera visita, Bolt la había conducido hasta el estudio esgrimiendo la menor cantidad posible de palabras. Luego apareció el té en una bandeja.

Annie, muy nerviosa, había estado expectante a que Rain sacara el tema de su hermano desaparecido. Sin embargo, el hombre no se dedicó a otra cosa más que a las piezas que faltaban para terminar la decoración del apartamento.

Luego de aquella primera vez, Annie empezó a esperar con ansiedad aquellas citas serenas y apacibles. Durante ese lapso que transcurría en el recluido estudio de Rain, bebiendo su exótico té aromático y hablando de banalidades, por ejemplo, de elefantes esmaltados y de carruseles dorados, Annie olvidaba todos los temores y los problemas que la preocupaban. Y eso era un verdadero alivio porque últimamente estaban convirtiéndose en pesadillas.

No había olvidado la advertencia de Daniel respecto de la peligrosidad de Rain. Pero a medida que iba tratándolo, le resultaba casi imposible ya temerle. Su poder encerraba una extraña invitación a confiar en él. Y durante esas sesiones vespertinas en el estudio, Annie, conscientemente, parecía querer absorber parte de esa confianza.

—Obviamente, nos llevará un tiempo hallar la pieza exacta que necesito en este ambiente —dijo Rain mientras echaba un último vistazo al elefante—. Pero soy un hombre paciente. Tarde o temprano, encontraremos algo.

—Lo dudo —dijo Annie. Recorrió con la mirada la austera y elegante habitación—. Es evidente que su gusto no coincide con las cosas que yo vendo en mi tienda. Mi filosofía se basa en que cada ambiente necesita un elemento impactante. Un interior hermoso necesita un pintoresco toque de fealdad. Un interior sereno debe tener un objeto que rompa la monotonía. Un interior muy recargado necesita imperiosamente un elemento de orden.

Rain no sonrió, cosa que fue muy llamativa, pero sus ojos brumosos delataron una expresión divertida. Si bien Annie había pasado muy pocas tardes con él, ya había aprendido a leer las señales que transmitía con la mirada. Se daba cuenta de que no era un hombre frío, pero, por alguna causa, había aprendido a disimular muy bien sus emociones y a demostrar un poderoso control sobre las mismas.

—No me preocupa que tengamos gustos diferentes con respecto a los elefantes y carruseles —dijo Rain suavemente. Guardó silencio mientras bebía su té con aire pensativo.

Los silencios eran comunes en Oliver Rain. Aparentemente, no le molestaban, pero a Annie la ponían histérica. Muy rara vez ella hacía pausas en medio de una conversación.

Bebía su té mientras dudaba respecto de si sería o no el momento apropiado para sacar el tema que quería discutir. Tal vez podría esperar una o dos semanas más, pero no podría posponerlo mucho más que eso. Se estaba quedando sin tiempo. Si no lograba que Rain la respaldara en su loca idea de salvar a Lyncroft Unlimited, tendría que reagruparse y delinear otro plan.

Desgraciadamente, Annie no veía otras posibilidades. Ya estaba al final del camino.

Sintió que el estómago se le hacía un nudo y se puso tensa. Apoyó la taza en el platillo negro y dorado.

—Señor Rain...

—Oliver, por favor. Quiero que pienses en mí como un amigo de la familia.

—Oliver. —Annie inspiró profundamente—. Hace un mes, justo cuando mi hermano desapareció, dijo algo sobre... echarnos, a Joanna y a mí, una mano.

—¿Debo entender que todavía no hay noticias de tu hermano?

—No —admitió Annie. El grupo de búsqueda y rescate había dejado de trabajar tras tres días de intenso rastreo, posteriores a la desaparición del avión de Daniel. No habían hallado indicios ni del avión ni del cuerpo hasta ese momento. El veredicto oficial fue que Daniel se había perdido en el mar.

—Y ahora, por fin, te das cuenta de todas las dificultades que deberás enfrentar si continúas con esta política de querer manejar sola Lyncroft Unlimited —dijo Oliver con toda serenidad.

Annie miró sus gélidos ojos.

—Será imposible, ¿no?

—Sí.

—¿Usted lo supo desde un principio, no?

Oliver se encogió de hombros casi imperceptiblemente.

—Era inevitable que se suscitaran problemas serios. Tu hermano era la mano fuerte de Lyncroft Unlimited. Todos lo saben. Sin él, los inversores se inquietan.

Annie apretó el apoyabrazos de la silla laqueada negra.

—Hace dos días, los otros inversores y acreedores me invitaron a una reunión. Me dieron un ultimátum: si no presto mi consentimiento para una venta o fusión inmediata, reclamarán el pago de lo que se les adeuda hasta la fecha.

—Ya sabía lo de la reunión.

Annie arrugó la nariz.

—No me sorprende. —Hizo una pausa—. Pero igual, no fue.

—No.

—¿Debo tomarlo como que usted sabía que yo no daría mi consentimiento? —Annie contuvo la respiración mientras aguardaba la respuesta.

—No dije eso. Para mí, comprar la parte es lo mejor. Así, la empresa seguiría en vigencia para lanzar al mercado la tecnología inalámbrica de tu hermano. Una vez que eso suceda, todos los socios recuperarán el dinero invertido más una cuantiosa ganancia.

Las nuevas invenciones de Daniel se relacionaban con el campo de la electrónica que estaba revolucionando todo, desde los sistemas de control computarizados de inventarios, hasta los procedimientos médicos. Daniel solía decir a Annie que la oficina del futuro sería «inalámbrica». Todos los cables eléctricos que en la actualidad encadenaban los artefactos con las tomas de las paredes o con una fuente energética, desaparecerían.

—No puedo vender la firma de Daniel. —Annie cerró fuertemente los puños—. Trabajó arduamente para ponerla en marcha. Invirtió en ella todo lo que tiene, no sólo su dinero sino su sudor y su genio. El futuro de la electrónica está en este asunto de lo inalámbrico y él será un pionero en este campo. ¿No lo entiende? Yo no puedo deshacerme de la empresa.

Las negras pestañas de Oliver velaron su mirada.

—No te desharás de ella. Obtendrás muy buen precio por esa firma. Hay muchos interesados que están dispuestos a echar mano en la nueva tecnología que tu hermano estaba desarrollando.

—No venderé la empresa de mi hermano —repitió Annie—. No, mientras Joanna y yo creamos en la posibilidad de que aún esté con vida.

—Uno de estos días tendrás que ver la situación con más realismo —dijo Oliver—. Sabes que todo indica que lo más factible es que Daniel haya muerto. Lo sabes tan bien como yo.

Annie levantó el mentón.

—Yo sabría si mi hermano está muerto.

—¿Sí?

—Claro que sí, maldita sea. Daniel es la única familia que tengo. Mi única familia desde la muerte de mi tía Madeline. Yo lo sabría si realmente él se hubiera ido para siempre de este mundo. —Enterró sus dedos en el caprichoso manojo de rizos colorados—. Lo sentiría muy dentro de mí.

Seguramente lo sabría. ¿No? Annie sabía que estaba aproximándose al final del camino. Desde que Daniel había desaparecido, no había podido descansar una sola noche como Dios manda. El *shock* inicial había desaparecido de alguna manera, pero esos temores secretos, que Annie había confinado en lo más profundo de su alma, a veces se escapaban de allí para abrumarla. Y en esos momentos, ella se deprimía terriblemente. Tal vez, su amado hermano estaría en realidad muerto.

Estaba exhausta. En las últimas semanas, había tenido que tomar demasiadas decisiones, responder demasiadas preguntas y soportar demasiada presión por parte de la gente que había invertido en la empresa. Y ahora que Joanna le había confesado lo del bebé, le quedaban aún muchos más problemas que enfrentar en el futuro.

—No soy la única que sabría si Daniel está muerto —continuó Annie—. Joanna tiene la misma firme convicción que yo. Las dos estamos seguras de que Daniel aún está vivo.

—Nadie puede sobrevivir en las aguas de Alaska durante más de treinta o cuarenta minutos —le recordó Oliver con toda suavidad—. Tú lo sabes.

—El detalle que todos parecen olvidar es que mi hermano era un genio certificado. Además, cada vez que volaba, tomaba precauciones que ningún otro en su lugar habría tomado. Por ejemplo, llevaba un traje de supervivencia. Y un bote. Y toda clase de complementos que pueda imaginar.

—Ningún traje de supervivencia puede impedir que un hombre se congele indefinidamente.

—Hay docenas de islas esparcidas entre ese lugar y Alaska. Cientos. La mayoría parecen apenas puntitos de tierra. Daniel podría haber sobrevivido en alguna de ellas hasta que llegara ayuda para él.

—La operación de búsqueda y rescate ha sido realmente intensa —dijo Oliver—. Yo mismo me aseguré de ello.

Annie abrió los ojos desmesuradamente.

—¿De verdad?

—Por supuesto. Ya te lo he dicho. Daniel fue más que un empleado de confianza mientras trabajó para mí. Fue un amigo.

—Me alegro —dijo Annie apesadumbrada—. Porque he venido a pedirle ayuda. Tengo la esperanza de que esa amistad que lo unía a mi hermano sirva para que me brinde su apoyo en este plan que he trazado.

Oliver la miró con una expresión de sumisa satisfacción. Era evidente que había estado esperando algo así.

—Quieres que yo te haga una oferta de compra.

—No. Annie se puso de pie abruptamente y caminó hacia las ventanas que iban del piso al techo. Miró el apizarrado cielo y las grisáceas aguas de la bahía Eliott.

—No. Es lo último que le pediría. Ya le dije que no quiero vender Lyncroft Unlimited. No, mientras pueda evitarlo.

—Yo estaría dispuesto a volver a vendérsela a Daniel en caso de que reapareciera.

Annie lo miró por encima del hombro.

—Es muy generoso de su parte, pero no creo que sea tan buena idea.

—¿Por qué no?

Annie apretó los dientes.

—Porque sé, de muy buena fuente, que usted es un hombre peligroso, Oliver Rain.

Él no pareció desconcertado por la noticia.

—¿Es cierto? ¿Quién te lo dijo?

—Daniel.

—Tu hermano siempre ha sido muy inteligente.

—Cierto. Un genio. Mire, ambos sabemos que si yo le vendiera la empresa perdería el control sobre ella. Usted podría hacer lo que se le antojara con la firma. Hasta podría negarse a vendérsela nuevamente a mi hermano. Y si lo hiciera, le pondría un precio tan alto que él no podría comprarla.

—Podríamos arreglar los términos del acuerdo antes que firmes nada.

—Simplemente, no quiero deshacerme de la empresa. Ni siquiera sabiendo que se la queda usted. El riesgo es demasiado grande. No se ofenda, pero francamente, creo que alguien tendría que estar más loco que una cabra para vender los derechos sobre las invenciones del genio de mi hermano.

—Aplaudo tu lealtad y determinación. Pero entre tanto, estás soportando la presión de los acreedores de tu hermano. Pueden obligarte a vender o a fusionarse, Annie.

—Lo sé. —Cerró los ojos brevemente y luego se volvió para mirarlo—. Ya han empezado a llamarme a diario. Después de esa reunión de hace dos días me he dado cuenta de que estamos en serios problemas.

—Era sólo una cuestión de tiempo. Tienen miedo, Annie. Seguramente, entenderás su postura. Lyncroft Unlimited es una empresa unipersonal en todo sentido y ese hombre ha desaparecido.

—Tengo que ganar algo de tiempo. Todo lo que necesito es un poco de tiempo.

—¿Cuánto?

—Ése es el punto justamente. No tengo idea de cuánto. Unos pocos días o semanas. ¿Quién sabe cuánto se puede tardar en encontrar a Daniel?

Oliver bebió un largo sorbo de té y luego apoyó la taza en el platillo. Annie siguió sus movimientos con la mirada. La delicada porcelana parecía muy frágil en esas manos tan fuertes.

—Aunque yo te diera todo ese tiempo que necesitas, no podrías tener calmados a los demás durante todo ese tiempo —dijo Oliver.

—No por mis propios medios. Pero sí se tranquilizarían si pensaran que la empresa, otra vez, está en buenas manos. Todos saben que no entiendo un rábano de electrónica y que Joanna está en las mismas condiciones. Y tampoco tenemos ni la menor idea de cómo manejar tamaña empresa.

—No —coincidió Rain—. Claro que no.

Annie avanzó un paso, ansiosa.

—Pero si un ejecutivo caracterizado por su excelente reputación en el campo de los negocios se pusiera a la cabeza de Lyncroft, creo que los inversores se quedarían tranquilos para siempre.

Oliver ni se movió, pero se leía cierto aire de frialdad en él en esos momentos.

—¿Estás pensando en contratar a alguien para que maneje la empresa por ti?

—Algo por el estilo.

—Supongo que es una posibilidad. ¿Has pensado en alguien ya?

—Hice que Barry Cork investigara discretamente —admitió Annie—. El problema es que todos a quienes consultó dijeron que no aceptarían el puesto a menos que se les garantizara una parte sustanciosa y permanente del capital como forma de pago.

—Dada la situación, es una exigencia razonable. Pero tú no quieres deshacerte ni de la más mínima parte de la empresa, ¿verdad?

—No me atrevo. Probablemente, Daniel no estaría en condiciones de recuperarla cuando regresara. Dentro de cinco años, Lyncroft Unlimited se convertirá en la empresa líder en electrónica del país. Todos los que están relacionados con la industria son conscientes de su potencial.

—Si ahora tú te asocias con alguien, Daniel lo tendría que soportar cuando volviera. ¿A eso le temes?

—Exactamente. Los socios suelen ser un problema grave. Daniel me dijo una vez que él no quería ningún socio.

—Debes entender que, en este momento, sólo tienes dos opciones. Aceptar la venta o fusión de la empresa de Daniel o asociarte con alguien que la administre por ti.

—No puedo arriesgarme —dijo Annie—. Es probable que Daniel jamás vuelva a recuperar el control completo de su empresa.

Oliver tomó la tetera.

—Estoy seguro de que puedo ayudar en algo, Annie.

Ella se sintió muy aliviada.

—Eso es lo que esperaba escuchar.

Oliver la miró de reojo especulativamente.

—¿De verdad?

—Sí. Tal como yo lo veo, usted también tiene mucho que perder o ganar en eso. Después de todo, le conviene que la empresa de mi hermano sobreviva y lleve sus productos al mercado, ¿no?

Oliver la miró por encima del borde de su taza.

—Es cierto que mis ganancias serán jugosas una vez que estos productos hagan estragos en el mercado.

—Bueno, se me ha ocurrido una alternativa que puede ofrecernos lo que ambos queremos.

—¿Sí? —Si bien pareció escéptico, la intriga que lo carcomía era evidente.

—Sí. La empresa de Daniel quedará protegida y también su inversión. —Annie volvió rápidamente a su silla y se sentó. Ahora que por fin había llegado el momento de explicar su proyecto no estaba tan nerviosa. Se inclinó hacia delante y cruzó ambos brazos sobre la abrillantada superficie del escritorio.

—Soy todo oídos, Annie.

—Es un poquito difícil de explicar —dijo ella—. Pero si usted está dispuesto a escuchar, creo que estará de acuerdo en que puede funcionar. Tenga presente que esto no será para siempre, sino provisional, hasta que vuelva a aparecer mi hermano.

Oliver estaba a punto de servirse una taza de té y se detuvo.

—Esto se pone cada vez más interesante. Escuchemos tu plan.

—Bien, como usted ya sabe, Lyncroft Unlimited es una empresa familiar. Mi hermano y yo controlamos todo el capital. Cuando Joanna se case con Daniel, también ella recibirá una parte de las acciones, pero no hasta ese momento.

—Entiendo. Pero como ella todavía no se casó con tu hermano y como lo más probable también es que Daniel esté muerto, la que controla todo el capital eres tú. Por el momento, eres el único miembro de la familia que maneja Lyncroft Unlimited.

—Cierto. —Annie reunió todo su coraje para arrojarse de cabeza a la piscina—. Pero si yo me casara, mi esposo también sería miembro de la familia. Yo le conferiría una parte de la empresa.

El té se derramó sobre la negra superficie del escritorio. Abruptamente, Oliver apoyó la tetera. Durante un instante se quedó mirando, atónito, el charco de té, como si no hubiera podido creer que sus manos lo hubieran traicionado. Cuando volvió a levantar la vista, sus ojos parecieron de hielo.

—No sabía que estuvieras a punto de casarte.

Annie descartó el comentario.

—No. No exactamente. Quiero decir, señor Rain, o sea... Oliver... ¿Ha... has oído hablar alguna vez de un matrimonio por conveniencia?

2

Se produjo un silencio tajante. Oliver entrecerró los ojos, enmascarando efectivamente su reacción.

—¿Matrimonio por conveniencia?

Annie se le acercó más todavía con la clara intención de hacerle comprender la brillantez de su plan.

—Por definición, se trata de un matrimonio destinado a beneficiar a ambas partes interesadas de un modo u otro, pero que nada tiene que ver con el amor o el afecto. Un matrimonio por conveniencia es, esencialmente, una relación comercial.

—Una relación comercial. —Oliver entrelazó sus grandes manos sobre el escritorio y la miró con frialdad—. ¿Estás contemplando un matrimonio así?

—Sí.

—¿Quieres casarte con alguien que sea capaz de manejar Lyncroft Unlimited por ti? ¿Alguien que aplaque a los inversores y tranquilice a los acreedores de tu hermano?

Annie estaba muy complacida porque Oliver aparentemente había captado el mensaje con mucha rapidez.

—Ya lo tienes. Tal como lo he dicho, sería una relación netamente comercial. Desde el mismo día de la boda, mi esposo se convertiría en el socio mayoritario de la empresa. Se haría cargo de todo de inmediato. El hombre que tengo en mente tiene una excelente reputación en el ámbito de los negocios, de modo que los demás inversores estarían obligados a aceptar sin objeciones. Dejarán de morirse de pánico.

—Entiendo. —Los ojos de Oliver permanecieron inmutables.

—¿Entiendes cómo sería el mecanismo? —preguntó ella un tanto ansiosa.

—Entiendo cómo crees tú que funcionará. —Oliver se quedó callado unos momentos—. ¿Y qué sucederá si Daniel regresa?

—Simple. —Annie sonrió triunfante—. Pediré el divorcio. Una vez que se dicte la sentencia definitiva, mi ex esposo ya no tendrá derechos sobre Lyncroft Unlimited. Por el modo en el que Daniel fundó esta sociedad, todas las acciones de la misma recaen en la familia nuevamente en caso de divorcio.

—¿Y si tu esposo te lleva a juicio?

—No es factible, pero de todas maneras, me cubriré con un contrato prenupcial.

—Parece que has pensado en esto cuidadosamente.

—Claro que sí y lo he analizado con Joanna. Ambas estamos de acuerdo en que es la solución más segura para mantener la empresa de Daniel. —En realidad, no lo había analizado con Joanna. Más bien, la había fastidiado tanto, que su futura cuñada no tuvo más remedio que apoyarla en esa idea.

—Te aseguro que es algo bastante original.

Annie se sintió un poco orgullosa.

—Gracias. Me pareció una idea bastante buena.

—¿Y qué tajada se lleva de todo esto tu, eh, esposo?

Annie carraspeó.

—Bueno, obviamente, la oportunidad de proteger su inversión y sus ganancias futuras en Lyncroft Unlimited.

—¿El hombre que tienes en mente es uno de los acreedores de Daniel?

—Sí. Además dice haber sido amigo de él. Alguien que se ha ofrecido a ayudarme. Señor Rain...

—Oliver.

—Oliver. Esto me está resultando mucho más difícil de lo que imaginé. —Annie entrelazó los dedos con mucho vigor. Se dio cuenta de que las palmas de las manos estaban humedeciéndoseles con sudor—. Me había parecido una idea tan brillante en un principio.

—Annie, por casualidad, ¿me estás proponiendo matrimonio? —preguntó Oliver con suma delicadeza.

Annie se puso colorada. Se reclinó sobre el respaldo de la silla y metió las manos en los bolsillos de su mono verde esmeralda.

—Sí.

—Ah.

Annie ya estaba lo suficientemente tensa como para tener que soportar, encima, otra dosis de la notable inescrutabilidad de Oliver.

—¿Qué significa eso?

—Significa que acepto.

Annie se quedó mirándolo.

—¿De verdad? ¿Así porque sí?

La expresión de Oliver estaba tan imperturbable como siempre, su mirada se caracterizaba por una intensidad que antes no había estado presente.

—Aparentemente, es la única manera de proteger mi inversión y mis ganancias futuras, así como de satisfacer mis obligaciones de amigo para con Daniel.

—¿No necesitas tiempo para pensarlo?

—Ya lo pensé. No es una situación muy difícil. Las opciones son claras como el agua. Tú te aferrarás a esa empresa hasta que vaya a la quiebra si yo no acepto casarme contigo. Si yo permito eso, todos perderemos.

Annie estaba tan aliviada que se relajó completamente.

—No sé cómo agradecértelo. No te preocupes. Estoy segura de que no tendrás que estar casado conmigo durante mucho tiempo.

—Estás casi segura de que Daniel volverá, ¿no es así?

Annie no dejaba de morderse nerviosamente el labio inferior.

—Tengo que creer que volverá. Pero aunque no regrese nunca, debo seguir aferrándome a su empresa.

—¿Por el potencial económico que encierra?

—No, porque Joanna está embarazada de Daniel.

Oliver captó de inmediato lo que el hecho representaba.

—En otras palabras, si Daniel no vuelve, quieres conservar la empresa para su hijo.

Annie levantó la mano.

—¿Y qué otra cosa me queda por hacer?

—Nada. Te entiendo perfectamente. Una vez me encontré en una situación muy similar. Uno tiene que cumplir con su deber.

—Tenía la sensación de que lo entenderías. —Annie sonrió—. Cualquiera no me habría hecho caso con una idea como ésta. Pero en ti hay algo que es diferente. No eres como los ejecutivos comunes. Y sé que Daniel confiaba en ti. Él me lo dijo.

Oliver ignoró ese comentario.

—Una vez más, tengo que hacerte una pregunta obvia. ¿Qué pasará con nuestro contrato comercial si llega a aparecer tu hermano?

Annie suspiró, pues no quería abordar ese supuesto.

—Naturalmente, querrás saber durante cuánto tiempo te verás atado a un matrimonio fraudulento.

—El matrimonio será auténtico, ¿verdad, Annie? Tus planes no darían resultado si la boda no fuera legal.

—Por supuesto que será auténticamente legal. —Vaciló—. Supongo que, si quieres, podríamos poner un plazo límite, pero no creo que surjan problemas al respecto. La cuestión es que estoy segura de que Daniel regresará en cualquier momento.

—¿Y si no vuelve? —insistió Oliver.

—Aunque todo el mundo tenga razón y Daniel no reaparezca nunca más, creo que, al final, aprenderé a manejar Lyncroft. Pero, sin duda, no estoy capacitada para tomar las riendas justamente ahora. El único negocio que llevé adelante fue Extravagancias y hace sólo un año que lo tengo. Necesito tiempo para aprender los tejes y manejes de una empresa de alta tecnología como es Lyncroft. También necesito tiempo para que los inversores aprendan a confiar en mí.

—Claro. Dada tu inexperiencia en este campo de los negocios, es probable que necesites bastante tiempo. Tal vez un par de años, siempre y cuando seas una buena aprendiz.

Annie lo miró especulativamente.

—No pretendo que te quedes atado a un matrimonio fraudulento durante dos años. Por Dios, yo tampoco querría caer en semejante trampa.

—No, me imagino que no.

Annie tomó una decisión.

—De acuerdo. Establezcamos un plazo. Digamos... seis meses. Vencido el plazo, volveremos a estudiar la situación. Si para entonces Daniel no ha regresado y tú quieres quedar fuera del compromiso, yo no pondré objeciones.

—Me parece razonable.

—Estoy segura de que no llegaremos a ese punto —dijo Annie más animada—. Encontrarán a Daniel. Ya verás.

—Espero que tengas razón.

Annie sonrió otra vez, en señal de gratitud y alivio. Ya se sentía mejor. Las cosas estaban bajo control. Oliver Rain podría manejar Lyncroft Unlimited.

—Realmente, has actuado con gran dignidad en todo esto. No sé cómo agradecértelo. Entiendo que mi plan pueda parecer un poco desconcertante, pero tengo la corazonada de que dará resultado.

—Posiblemente.

—Sólo se me ocurrió una idea. —Annie lo estudió minuciosamente. —Discúlpame por entrometerme en lo que no me incumbe, pero, ¿en este momento estás involucrado emocionalmente con alguien?

—No.

Annie volvió a relajarse.

—Bueno, eso facilita mucho las cosas, ¿no? Me refiero a que habría sido bastante difícil explicar nuestro acuerdo comercial a una mujer. Claro, que yo no te lo habría pedido de haber sido ése el caso. Después de todo, las demandas en la amistad tienen su límite, al igual que las comerciales.

—¿Y tú? —le preguntó Oliver. —¿Estás comprometida?

—No. Cuando una inicia una nueva empresa, dedica todo su tiempo a ella, ya sabes.

—Lo sé. —Oliver la miró—. De modo que no hay nadie más involucrado en esto. Sólo tú y yo.

—Cierto, pero quiero que sepas que si esta situación se prolonga por algún motivo, no pretendo que sacrifiques completamente tu vida privada. Debes saber que tienes plena libertad para salir con quien quieras. —Era difícil imaginar a Oliver citando a alguna mujer—. Después de todo, éste no será un matrimonio verdadero en el estricto sentido de la palabra.

—Si se corre la voz de que este matrimonio es un fraude, los acreedores de tu hermano caerán presas del pánico. Si no tienen la certeza de que estamos enamorados, pueden pensar que nuestra boda no durará lo suficiente como para que yo salve la empresa.

Annie se lamentó y se desplomó pesadamente sobre la silla.

—Supongo que tienes razón. A decir verdad, no había pensado en ese detalle. Tendremos que aparentar que todo esto es lo más real posible, ¿no?

—Sí, si quieres llegar al objetivo que te has propuesto.

—Me imagino que habrá preguntas. La gente se sorprenderá de la rapidez con que hemos decidido casarnos.

Oliver pareció cavilante.

—Bueno, les diremos que hemos mantenido nuestro noviazgo en secreto hasta que nos pareció prudente anunciar públicamente la relación. Y ahora que Daniel ya no está, hemos decidido que la empresa necesita un líder, por lo cual tuvimos que formalizar la situación sin demoras.

—Mmm. Suena lógico. Total, ya tienes fama de ser bastante misterioso. Pero seguramente surgirán unos cuantos problemitas más, ¿no? —Annie, bastante incómoda, miró a su alrededor. Se preguntaba si realmente tendría que mudarse al austero apartamento de Oliver.

—Sí, tendrás que hacerlo —dijo él gentilmente, como si le hubiera leído la mente—. Nadie creerá que estamos casados si no vivimos juntos.

Annie se sintió presa del pánico.

—Esto se complicará en gran medida, ¿no?

—No te preocupes, Annie, yo me haré cargo de todo. Por eso te casarás conmigo, ¿recuerdas?

3

Se requería la paciencia de un santo, o la del mismo diablo, para producir helechos de esporas. Oliver tenía esa paciencia. Y todo el procedimiento le brindaba una gran satisfacción, aunque le llevara entre seis meses a dos años ver los resultados de sus esfuerzos.

La lluvia azotaba el enorme techo del invernadero mientras él, cuidadosamente, rociaba una bandeja con diminutos híbridos. A su alrededor, había cascadas de helechos de todo tamaño y forma. Los helechos eran su pasión, de modo que todo el invernadero estaba dedicado a ellos. Allí, en el tejado de su magnífico apartamento, Oliver había creado su propio bosque tropical.

Había muchas especies representadas en él, aunque Oliver prefería los culantrillos y los cuernos anchos. Lenguas de sierpe, helechos arborescentes, helechos del bosque y helechos machos ocupaban varias hileras de travesaños, armados con alambre tejido. Más plantas colgaban del techo, formando un pabellón verde. Algunas especies acuáticas flotaban en una pequeña piscina, que, situada en el interior de una caverna, se había dispuesto en un extremo de la estructura.

Los pequeños culantrillos que Oliver estaba rociando apenas alcanzaban unos tres centímetros de altura, pero tenía la esperanza de que estuviera creando una nueva variedad con este último intento. Claro que no estaría absolutamente seguro hasta que salieran las ramas adultas, dentro de un año o un año y medio, tal vez. Pero de todas maneras, la espera no le afectaba.

Oliver había aprendido que la paciencia era una virtud que a la mayoría le faltaba. Y a él no le importaba que los demás carecieran de ella. Se alegraba de que en él fuera una ventaja.

Pero en lo que a Annie Lyncroft concernía, en ningún momento había tenido que recurrir a esa virtud en particular. Dos días antes, la joven le había anunciado que estaba lista para echarse en sus brazos o, al menos, para casarse con él.

Oliver esbozó una pálida sonrisa al imaginar a Annie en sus brazos. Aquella primera vez en que la había visto en la fiesta de Daniel, había experimentado la sensación de descubrir una nueva especie de helecho. Era distinta a las demás mujeres que había visto en su vida. Entonces se prometió que encontraría la manera de llegar a ella.

Por otro lado, ya había decidido que era hora de casarse. Y Annie podría ser una buena esposa para él.

Era única y eso no le sorprendía. Annie era hermana de Daniel y Daniel era un hombre muy peculiar. Durante los años que Daniel había trabajado para Oliver, se había ganado toda la confianza de su jefe. No había mucha gente en la que Oliver depositara su confianza.

Tampoco le sorprendió la firme determinación de Annie respecto de salvar la empresa de su hermano. Evidentemente, esa profunda lealtad era un rasgo de la familia. También era un rasgo que Oliver exigía en una esposa.

Por otra parte, había entre ellos una innegable atracción física, que servía para afianzar lazos.

Oliver sentía que había algo, muy dentro de él, que respondía a Annie casi inmediatamente cada vez que la veía. Y no porque fuera espectacularmente hermosa. Más bien lo contrario. Tenía un encanto sutil, casi imperceptible, que le fascinaba mucho más que una belleza evidente. Siempre había preferido los helechos antes que las rosas.

Admitió, para sí, que deseaba a Annie. Rara vez hacía confidencias a los demás, pero se había tomado como norma estricta ser totalmente franco consigo mismo. Reaccionaba a todo lo que se relacionara con ella, desde la explosión de lazos de color castaño dorado que enmarcaban sus inmensos ojos verde avellana, hasta la delicada sensualidad de sus senos ligeramente redondeados y sus muslos tersos.

Era una criatura interesante. Por un comentario que Daniel había hecho una vez, Oliver sabía que Annie tenía veintinueve años. La inteligencia de su mirada se evidenciaba naturalmente, del mismo modo que su inequívoca honestidad. Oliver se sentía extremadamente atraído hacia ese atributo en particular. Tal vez, porque él tenía mucha habilidad para ocultar sus pensamientos y planes a los demás.

Si bien ella no hacía más que hablar de ese matrimonio por conveniencia, Oliver tenía la esperanza de hacerla suya en todo el sentido de la palabra con un poquito de paciencia. Después de todo, a Oliver no se le había escapado la sensualidad que había aflorado en los ojos de la muchacha aquella noche que lo vio en la fiesta de compromiso de Daniel.

Entonces, Oliver se dio cuenta de que con un poco de tiempo y una buena estrategia podría conseguirla. Consecuentemente, esa noche, al volver a su casa, se dedicó a trazar un plan de acción para alcanzar su objetivo.

Pero los acontecimientos se habían suscitado antes que Oliver iniciara su campaña seductora. Daniel había desaparecido y Annie se vio presionada por los acreedores de su hermano.

Para sorpresa de Oliver, Annie había tomado el asunto en sus manos. Y si bien los resultados le parecieron interesantes, también lo desconcertaron. Se preguntaba si sería un indicio de lo que vendría en el futuro. De ser así, su vida ordenada y rutinaria corría serios peligros. Pero ya se las ingeniaría, se prometió. Obviamente, Annie era una mujer impulsiva, pero él podría manejarla.

Mientras Oliver se abría paso en su jungla de la azotea con el rociador en mano, se preguntaba cómo pretendería Annie que funcionara ese matrimonio por conveniencia. Finalmente concluyó en que quizás ella esperaría entablar una relación de compañerismo, como de dos amigos que comparten una vivienda.

Oliver se detuvo en medio de unos enormes culantrillos. Metió los dedos en la tierra negra para calificar el nivel de humedad. La sintió cálida y bastante mojada, ideal para esos helechos.

La tecnología del invernadero era una verdadera obra de arte. Todo, desde la calefacción hasta el sistema de riego, se supervisaba con los más modernos sistemas electrónicos de control. El tablero de mandos que gobernaba la temperatura, las lluvias y la humedad de ese mundo en miniatura, estaba situado fuera de la estructura de vidrio. La tecnología tenía una sofisticación tal que permitía a Oliver crear microclimas en diferentes sectores de la jungla de cristal.

Se valía de distintos instrumentos para comprobar la acidez del suelo y, además, calibraba cuidadosamente los niveles de humedad. Mezclaba los fertilizantes de acuerdo con fórmulas muy específicas y regulaba la luz según parámetros muy precisos. Pero al fin, siempre recurría a su sentido común y a sus instintos cada vez que debía tomar una determinación.

No tenía ningún sentido obligar a los helechos a adaptarse completamente a la tecnología moderna. Esas primitivas plantas habían pertenecido a otra era y a otro lugar. Eran vestigios de una época que pertenecía al pasado.

Los helechos eran los antiguos supervivientes de un mundo que no había conocido las flores, mucho menos, los primeros dinosaurios y ni qué hablar de las molestas criaturas que algún día habrían de evolucionar para convertirse en seres humanos.

Cada vez que Oliver se paseaba por ese túnel del tiempo que para él era su invernadero, se preguntaba cómo habría sido el mundo cientos de millones de años atrás. Ese viaje lo retrotraía a su propio pasado, cuando aún gozaba de plena libertad para escoger otro camino. Un camino que lo habría llevado a un lugar muy distinto del que hoy se veía obligado a recorrer.

La puerta que quedaba en el otro extremo del invernadero se abrió y Bolt asomó la cabeza.

—La señora Rain está aquí. ¿Quiere que le diga que ha salido?

—No tendría sentido. Sólo lograríamos que volviera más tarde, una y otra vez. Hágala subir aquí.

—Pero ella detesta el invernadero, señor —le recordó Bolt sin inflexión alguna.

—Ya lo sé.

—La haré subir. —Bolt desapareció, cerrando la puerta tras de sí.

Oliver estudió las hojas coloradas y nuevas de un helecho serrucho. Cuando crecieran, se pondrían tan verdes como los demás, pero por el momento, ofrecían una inesperada nota de color a todo el entorno. Entonces se le ocurrió que la presencia de Annie causaría el mismo efecto en su casa.

Pocos minutos después, la puerta del invernadero volvió a abrirse. Sybil Rain entró en el cálido y húmedo recinto, con su característico traje de lana de color crema y su calzado de gamuza a juego de tacón bajo. Tenía una cabellera rubia, teñida discretamente, con un corte *carré* que llegaba apenas debajo del mentón. Esa tonalidad de cabello favorecía enormemente sus ojos castaños y sus rasgos clásicos.

Sybil había sido una belleza cuando se casó con el padre de Oliver, dieciocho años atrás. Ahora tenía cuarenta y nueve años, doce más que Oliver, pero se la veía mejor que nunca. Para sorpresa de Oliver, su rostro había desarrollado cierta personalidad a través de los años. Él había creído que sería una mujerzuela decolorada durante toda la vida.

—Oliver.

—Sybil.

La mujer frunció el entrecejo, disgustada, mientras caminaba entre los travesaños cubiertos de helechos, situados a un lado. A Oliver no le preocupó esa expresión, pues a menudo ella se mostraba disgustada cada vez que él estaba cerca. Oliver comprendía perfectamente sus sentimientos. Él experimentaba lo mismo cada vez que estaba cerca de ella.

Esa vieja animosidad entre ambos había existido durante tanto tiempo que se había convertido en una costumbre para los dos. Cada uno era muy capaz de disimularla cada vez que estaban frente a un tercero, pero cuando estaban a solas, ninguno de los dos se molestaba.

—Por Dios. Esto parece un horno. ¿Cómo lo soportas? —Apartó negligentemente una hoja de helecho cordón que le quedaba en el camino. El anillo de bodas de oro y diamantes que el padre de Oliver le había regalado resplandecía en su mano izquierda.

—Me gusta que sea así. —Oliver examinó una hilera de bandejas cubiertas con vidrio, en las que estaban germinando algunas esporas de culantrillos—. Mejor dicho, los helechos prefieren un ambiente así.

—Lo menos que pudiste haber hecho fue bajar unos minutos para que pudiéramos dialogar más cómodos.

—Yo estoy cómodo.

—Y tu comodidad es todo lo que importa, ¿verdad? —Sybil dejó de caminar. Sus ojos denotaron una vieja amargura.

—¿Deseabas algo, Sybil? Por lo general, siempre deseas algo.

Sybil apretó la boca.

—Nathan y Richard me han comentado que te vas a casar.

—Sí.

—¿Sí? ¿Sólo *sí*? ¿Es todo lo que tienes que decir al respecto?

Oliver se cruzó de brazos y se recostó sobre uno de los travesaños cubiertos con plantas.

—Sí, voy a casarme. Mañana por la tarde. Será una ceremonia civil en la misma sede del tribunal. Si quieres presenciarla, serás bienvenida. Heather, Valerie y los mellizos irán.

—Maldita sea, Oliver. ¿Necesitas ser tan arrogante? No puedes arrojar una bomba así en la familia y pretender que nadie te haga preguntas. ¿Con quién te vas a casar?

—Se llama Annie Lyncroft.

Sybil frunció el entrecejo con elegancia.

—Lyncroft. Jamás lo he escuchado nombrar.

—Claro, supongo que no. Ella no se mueve en tu mundo.

—No trates de convencerme de que se mueve en tu mundo social porque no lo tienes, Oliver. Tu concepto de compromiso social es un viaje por el Amazonas. A propósito, ¿dónde la conociste?

—En la fiesta de compromiso de su hermano.

Sybil golpeteó contra el piso su pie tan elegantemente calzado.

—Tú nunca vas a ninguna fiesta.

—Pero fui a ésa.

—¿Y por qué? Detestas las multitudes. Aguarda un momento. Lyncroft... —entrecerró los ojos—. ¿Tiene algo que ver con Lyncroft Unlimited, esa empresa de electrónica que tú respaldaste hace un par de años?

—Sí.

—El dueño de esa empresa ha desaparecido, ¿no? En un accidente aéreo. Lo leí en los periódicos.

—Es cierto. Annie es su hermana.

—Y ahora, a un mes del accidente, decides casarte con ella, así, repentinamente. —Sybil lo contempló mientras ataba cabos—. Déjame adivinar. Apuesto a que la tal Annie Lyncroft es la única heredera de lo que será la empresa de electrónica de más auge en la Costa Oeste, ¿me equivoco? Una empresa en la que has invertido un capital bastante interesante.

—Ella es la dueña de la empresa ahora, sí.

—Oliver, si lo que quieres es la empresa, ¿por qué no se la compras directamente?

—Tal vez no sea la empresa lo que quiero.

—¿Quieres decir que esto es un ardiente romance? No me vengas con ésas —gruñó Sybil—. Ni loca lo creo.

—Aunque quisiera la empresa, Annie jamás la vendería. Ella está convencida de que su hermano todavía vive. Quiere conservar la empresa para él. Verás, Annie es el tipo de mujer fiel y resuelta.

—Lyncroft está muerto. Todos los periódicos lo publicaron. —Sybil lo estudió minuciosamente—. Una pequeña empresa, en pleno crecimiento, podría tener serios problemas financieros si perdiera a su propietario. Y tú tienes una inversión bastante importante que proteger.

—¿Siempre eres tan aguda en lo que a negocios se refiere?

—¿Qué está sucediendo aquí, Oliver? No me digas que tu casamiento con Annie Lyncroft es la única manera que tienes de apoderarte de Lyncroft Unlimited. Es excesivo, incluso para ti.

—¿No te parece factible que por fin haya encontrado a la mujer ideal para convertirla en mi esposa?

—No —le contestó Sybil sin rodeos—. Claro que no. No te imagino casado.

—Soy un hombre como cualquier otro.

—A la mierda con esa teoría. —Cuando Sybil se encontraba en una situación tensa tendía a emplear el vocabulario de su juventud—. Por supuesto que no te pareces ni en el blanco de los ojos a un hombre común y corriente. Eres extraño y todos lo saben.

—No soy extraño. No con respecto a ciertas cosas.

—Sí, lo eres. Que yo recuerde, los únicos romances que has tenido en tu vida han sido con alguna profesora ocasional de botánica, o con alguna coleccionista de helechos, durante algún viaje a esos bosques tropicales. Una vez que volvías del famoso viaje, lo único que te quedaba era los helechos que habías adquirido en él.

—Ya tengo treinta y siete años. Es hora de que forme una familia.

—Tonterías. Ya tienes muchos familiares.

No tenía forma de rebatir ese comentario, admitió Oliver para sí. Lo único que no le faltaba eran parientes. Había sido responsable de sus dos hermanas, de dos medios hermanos y de Sybil durante quince años.

La responsabilidad que le había caído del cielo, más bien, del infierno, fue atroz cuando supo que su padre había tomado un avión en el aeropuerto de Sea Tac y se había esfumado con gran parte de la fortuna de los Rain y también con bastante dinero ajeno.

En ese momento de vergüenza y angustia, Oliver se había dado cuenta de que todo su mundo había cambiado. Con un rápido inventario que llevó a cabo con respecto a los bienes de su padre, advirtió de inmediato que prácticamente no había quedado nada.

Los amigos y colegas de Edward Rain fueron los primeros en reclamar la devolución inmediata de los préstamos que le habían otorgado.

Y frente a la perspectiva de mantener a cinco personas que automáticamente empezaron a depender de él, Oliver tuvo que hacer lo debido. Dejó de lado su sueño de convertirse en un experto en botánica y asumió la ardua tarea de mantener unida a la familia, a la vez que trataba de reconstruir, de la nada, el imperio de su padre.

Se sentía satisfecho de haber logrado los objetivos propuestos. Había devuelto hasta el último centavo a los inversores de su padre. El imperio que Oliver construyó fue más poderoso y estable que el que su padre había heredado y destruido.

Dos años antes, Oliver había empezado a liquidar sus bienes. Una a una, vendió cada una de las empresas que había comprado. Con la considerable fortuna que recibió por esas ventas, realizó inversiones en una variedad de lugares seguros. Si bien distraía parte del capital en empresas recién creadas como Lyncroft Unlimited, la mayor parte de su dinero estaba bien asegurado en inversiones que no suponían riesgos.

Aunque sumas de dinero tan astronómicas no podían ignorarse completamente, Oliver había logrado liberarse de la supervisión diaria requerida durante los años de reconstrucción del imperio Rain.

Oliver se sentía muy feliz de que todos sus hermanos estuvieran bien encaminados en la vida. Heather había completado sus estudios de medicina. Valerie se había graduado como conservadora de museos y trabajaba en el prestigioso Museo Eckert, que pertenecía a empresas privadas.

Los mellizos, Nathan y Richard, estaban en su primer curso en la Universidad de Washington. Ambos querían graduarse en la carrera de Administración de Empresas. Secretamente, Oliver deseaba que cambiaran de parecer cuando llegaran al último año de estudios. En lo personal, odiaba el mundo de los negocios. El hecho de que hubiera tenido éxito en él no había servido para hacerlo cambiar de opinión.

En cuanto a Sybil, ella estaba ocupadísima con sus interminables obras de caridad y sus compromisos sociales. Gracias a Oliver podía darse el lujo de pertenecer al mundo al que siempre había aspirado.

Oliver llegó a la conclusión de que había cumplido con su obligación en relación con su familia. Y seguiría haciéndolo. La familia era lo primero. Pero había llegado el momento de fijarse metas propias. Había llegado el momento de casarse.

—Créeme, Sybil. Sé perfectamente bien que ya tengo familia —le dijo Oliver—. Pero no es lo mismo que tener una esposa e hijos.

—Oh, basta ya con eso. No trates de convencerme de que de pronto sentiste un irrefrenable impulso de convertirte en fiel esposo y padre devoto.

—Tranquilízate. —Oliver extendió la mano para acariciar las largas hojas de un helecho de frondas ensiformes—. Hay mucho dinero para todos. Nathan y Richard no se quedarán en la miseria si yo decido tener hijos propios. Sé que siempre me haré cargo de ellos, al igual que de mis hermanas. Y también me haré cargo de ti. Hicimos un trato, tú y yo, ¿lo recuerdas?

La puñalada fue muy profunda. Sybil se puso muy colorada.

—Maldito seas, Oliver Rain.

Oliver la miró a los ojos, satisfecho de que Sybil recordara el día en que habían hecho ese pacto tan poco feliz.

—Sé perfectamente bien qué es lo que piensas de mí, Sybil. No es importante. Pero quiero que te quede bien claro que debes comportarte debidamente frente a Annie. No quiero que ella se sienta molesta.

—¿Molesta? —Sybil lo miró sin poder creerlo—. ¿Acaso no sabe que te casas con ella sólo porque quieres echar mano de la empresa de su hermano? De ser así, debe de ser increíblemente inocente.

—No entiendes nada de esta situación. Por lo tanto, guárdate tus opiniones para ti.

Una perversa sonrisa se dibujó en sus labios.

—Vaya, vaya, vaya. ¿Ves que no debes escupir al cielo? Hace dieciséis años me acusaste de casarme con tu padre por su dinero. Y ahora tú te casas con esta mujer para controlar la empresa que va a heredar. ¿No es fascinante? ¿Cuánto tardará en enterarse de todo?

—Como es costumbre ya, tu visita ya excede los límites de lo deseable. —Tomó un desplantador y siguió con su tarea.

—No te preocupes. Ya me voy. —Sybil se encaminó hacia la puerta del invernadero—. Sólo una cosa más, Oliver. ¿Sabías que Valerie tiene un nuevo novio?

—No. —No prestó atención al significativo ronroneo de la voz de Sybil.

—Creo que esta vez puede ser serio. Tiene todos los síntomas de una mujer enamorada.

—Si es una relación seria, me lo traerá para presentármelo.

Sybil tenía una sonrisa felina.

—Ni te ilusiones con que ella espere tu aprobación. Ya sabe que no te gustará el muchacho en cuestión.

—¿Otro artista sin trabajo? —preguntó Oliver, sin preocuparse demasiado.

—No. Pertenece al mundo académico. Imparte clases de Historia del Arte en la universidad. —Sybil aguardó unos instantes para atraer toda su atención—. Se llama Carson Shore.

Oliver se quedó callado.

—Es cierto, Oliver. Tu hermana está saliendo con el hijo de Paul Shore. Emocionante, ¿no crees? Me recuerda la historia de Romeo y Julieta. Muy romántico. ¿Crees que Valerie y Carson lograrán unir a las familias rivales Rain-Shore después de tantos años?

Sybil salió del invernadero y cerró la puerta ruidosamente tras de sí.

Oliver se quedó en silencio, entre los helechos, recordando el día en que él y Sybil habían abierto las hostilidades.

Había pasado tanto tiempo, pensó. Dieciséis años. A veces, le parecía una eternidad. Otras, sólo un día.

Por entonces, Oliver tenía veintiún años y pertenecía al Departamento de Botánica de la Universidad de Washington. Deseaba graduarse y, tal vez, obtener un doctorado en su tema preferido. Su deseo era desentrañar los muchos misterios que encerraba el reino vegetal.

Había soñado con explorar los pocos bosques tropicales exóticos que aún quedan en el planeta. Había planeado pasarse la vida investigando bosques antiguos para descubrir algunos de los millones de secretos que en ellos se ocultaban. Sabía que los secretos estaban allí. Todos los botánicos lo sabían.

En las profundidades de los antiquísimos reinos vegetales, en ese ocaso eterno, se hallaban las curas de las enfermedades más atroces, las claves para alimentar a la creciente población mundial, las respuestas a las preguntas sobre la naturaleza de la vida. Mucho tiempo atrás, Oliver se había propuesto ser parte de la aventura que esperaba a los científicos abocados a develar esos secretos.

Oliver había vivido en la universidad desde el segundo año de su carrera. Se había marchado de su imponente casa de Mercer Island, no sólo porque deseaba estar cerca de las bibliotecas, los laboratorios e invernaderos de la facultad sino porque ése había sido el año en que su padre, Edward, había decidido casarse con una mujer a quien le doblaba la edad.

A Oliver le cayó mal en cuanto la conoció. Entonces, Sybil tenía veintiocho años y estaba en la plenitud de su belleza. Le bastó verla para darse cuenta de que se casaba con su padre de cincuenta y siete años sólo por la fortuna de la familia Rain.

Claro que también se dio cuenta al instante, gracias a su intuición, que tanto le había servido en el mundo de los negocios, de que no tenía ningún sentido tratar de abrir los ojos a su padre diciéndole que se había casado con él sólo por su dinero.

Edward siempre había sido una persona muy distante. Se había dedicado mucho más a hacer dinero que a su esposa e hijos. Tanto Oliver como sus hermanas, Heather y Valerie, ambas mucho menores que él, habían aprendido el significado del amor y de la unión familiar de su madre. La muerte de Mary Rain en un accidente automovilístico, dos años antes de que Oliver hubiera terminado sus estudios secundarios, había desolado a los tres.

En sus momentos más optimistas, Oliver había imaginado que la unión de su padre con Sybil podría dar algún resultado positivo. Si Sybil hubiera estado dispuesta a interpretar el papel de madre cariñosa con Heather y Valerie, a cambio de una holgada posición económica y social, Oliver se habría reservado sus opiniones personales.

Heather y Valerie, a la tierna edad de diez y doce años, sorprendentemente habían aceptado a Sybil con gran espontaneidad. Un año después, cuando nacieron los mellizos, Nathan y Richard, también los aceptaron de muy buen grado. Nadie podía reemplazar a Mary Rain, pero en apariencia la familia funcionaba adecuadamente.

Esa tarde fatal, Oliver obedeció el impulso de visitar por sorpresa a sus hermanas y a los bebés, en la casa de Mercer Island. Aparcó su automóvil en la entrada de autos de la casa y entró por la puerta del costado, con su llave.

En cuanto entró en la casa, demasiado silenciosa, se dio cuenta de que algo andaba mal. No había señales del ama de llaves, ni de sus hermanas, ni de los mellizos, pero por alguna razón, tenía el presentimiento de que la casa no estaba vacía.

Lo primero que se le cruzó por la mente fue que habría irrumpido algún ladrón en la mansión. Subió rápidamente, pero en silencio, para revisar los cuartos. Cuando vio que los bebés dormían tranquilamente en su cuarto, siguió caminando por el pasillo.

Descubrió a Sybil en la lujosa habitación principal. Estaba acostada, pero no sola. El hombre desnudo, que yacía junto a ella, con las piernas entrelazadas con las de la mujer, se sorprendió tanto de ver a Oliver como Oliver de verlo a él.

—¡Mierda! —vociferó el hombre. Se levantó de inmediato y recogió su ropa—. ¿Qué diablos pasa aquí? Ya me voy. Ella jamás me habló de ti. Me dijo que el anciano era un caso de geriátrico. Te lo juro.

Sybil se aferró a las sábanas de satén.

—Oh, Dios. Oliver.

Sin pronunciar ni una sola palabra, Oliver se volvió, cerró la puerta y bajó. Fue a la sala de estar y se quedó junto a la ventana. Permaneció un largo rato mirando al lago Washington. Cuando Sybil entró cautelosamente en el recinto, él ya había tomado su decisión.

—Mira, Oliver —empezó ella, nerviosa—. Tu padre y yo tenemos un acuerdo.

—Vaya acuerdo.

—La relación que existe entre Edward y yo no te compete.

—¿No? —la desafío Oliver—. ¿Y qué hay de los niños?

—¿Crees que no me importan? Le he dado dos hijos a Edward, ¿no?

—¿Se los diste?

Sybil abrió los ojos desmesuradamente.

—Por el amor de Dios. No te atrevas a sugerir que Nathan y Richard no son hijos de Edward. Juro que lo son.

—Es una suerte para ti que tengan sus ojos y su cabello, pues de lo contrario, ya mismo estaríamos hablando de análisis de sangre.

—Canalla. —Las lágrimas acudieron a sus bellos ojos—. No entiendes. Greg es el hombre a quien amo. Si las cosas hubieran sido diferentes, me habría casado con él.

—¿Qué era diferente? —le preguntó Oliver con frialdad—. ¿Que no tenía riqueza suficiente como para casarse contigo?

—Está casado, maldita sea. —Avanzó un paso—. Oliver, por favor, escúchame. Eres demasiado joven para entender de qué se trata todo esto.

—Estás equivocada. Sé perfectamente bien de qué se trata todo esto. Has engañado a mi padre y a esta familia. Y ahora quiero que entiendas cómo funcionarán las cosas de aquí en adelante.

—¿De qué estás hablando?

—No quiero que Heather y Valerie tengan que soportar más crisis emocionales de las que ya han conocido. Se han adaptado a ti y no comprenderían la razón por la cual te marcharías. Se sentirían heridas. Las niñas necesitan una madre.

—Yo no me iré —gritó Sybil.

—Nathan y Richard tienen derecho a conocer a su padre. Dios sabe que él está muy poco tiempo en casa, pero los niños lo verían menos todavía si tú te los llevaras. —Oliver apretó los dientes—. Los niños necesitan un padre.

—Maldito seas, Oliver. Yo no me los llevaré a ninguna parte.

—Los niños también necesitan creer que sus madres son ángeles. —Oliver ignoró la desesperada expresión de los ojos de Sybil—. Entonces, por el bien de mis hermanas y de mis hermanitos, no diré una sola palabra a mi padre sobre lo que he visto esta tarde, a menos que tú me obligues a hacerlo.

La esperanza y el temor se encendieron en los ojos de Sybil.

—¿Qué quieres de mí?

—Que prestes tu consentimiento en el trato que haremos. Tú entrega a mi padre lo que ha comprado y pagado: una esposa fiel y una madre para sus hijos, y a cambio, obtendrás el dinero y la posición que querías a través de este matrimonio. Complica las cosas una sola vez más de ahora en adelante, y papá sabrá qué clase de puta tiene por esposa.

—¡No soy ninguna puta! —se defendió Sybil gritando—. ¡Tú no entiendes cómo son las cosas entre Greg y yo!

—Me importa un carajo lo que pase entre vosotros dos. Todo lo que me importa es esta familia. Los dos sabemos que papá te pondría de patitas en la calle si se enterase de que andas revolcándote en su cama con otros. Entonces, ¿trato hecho?

—Edward jamás te creería si tú quisieras convencerlo de lo que viste esta tarde —dijo Sybil, con una falsa valentía.

—¿Quieres probar? Soy el hijo. Lo conozco mucho mejor de lo que tú lo llegarás a conocer en toda su vida. Él me hará caso a mí. —Oliver no estaba tan seguro de eso, pero ese mismo día descubrió que tenía un talento inesperado para dramatizar las situaciones.

—Edward confía en mí.

—Bueno, yo no cometeré el mismo error —le dijo Oliver—. Te vigilaré constantemente mientras sigas siendo miembro de esta familia. Pásate de la raya por un segundo y ya puedes despedirte de tu parte de la fortuna de los Rain.

—Hijo de puta, qué sangre fría tienes.

Sybil temblaba como una hoja. Salió corriendo y enjugándose las lágrimas con el dorso de la mano.

—¿Qué derecho tienes para interferir en mi vida? ¿Quién crees que eres?

—Soy el hombre que tiene todo el poder para destruir este mundo entre algodones que te has fabricado cuando le dé la gana hacerlo. Recuérdalo, Sybil, porque si alguna vez me entero de que has violado en lo más mínimo nuestro convenio, te quitaré la alfombra que pisas, con tanta rapidez, que ni tú misma lo notarás.

Y Sybil le creyó. Oliver lo vio en sus ojos. Satisfecho, salió de la casa, subió a su auto y se fue.

Un año después, Edward se fugó, llevándose consigo la jugosa fortuna de los Rain y bastante más dinero, que pertenecía a terceros.

Cuando Oliver cerró la puerta a sus sueños, a sus esperanzas y al futuro que había imaginado para sí, tuvo la esperanza de que Sybil fuera en busca de un terreno «más blando».

Pero no lo hizo. A los pocos meses de la desaparición de Edward, cuando todos sus amigos y conocidos empezaron a volverle la espalda, Sybil se dio cuenta de que Oliver era su mejor inversión.

Sybil era una mujer astuta. Necesitaba seguridad, no sólo para ella, sino también para sus dos pequeños hijos. Muy pronto Oliver le demostró que era muy capaz de restituirle todo lo que había perdido.

Y por su parte, Oliver necesitaba que alguien se hiciera cargo de sus hermanas y de los más pequeños mientras él sudaba sangre día y noche tratando de reconstruir la fortuna de su padre. Entonces hizo otro trato con Sybil. Y dio resultado. Sybil lo cumplió y fue bien recompensada.

Oliver siempre cumplía sus promesas.

Y nunca olvidaba a sus enemigos.

Eso le llevó a recordar al nuevo novio de Valerie. Si Sybil le había dicho la verdad, y en ese caso no había motivo para mentir, Oliver sabía que había llegado el momento de actuar. No dejaría que su hermana menor se relacionara seriamente con el hijo de Paul Shore.

Oliver anotó mentalmente ponerse en contacto con Valerie para hablar con ella. Le dejaría muy claro que Carson Shore estaba fuera de toda discusión. A Oliver nunca le había gustado la historia de Romeo y Julieta.

4

—Annie, tengo que confesarte que esta idea que has tenido no deja de darme vueltas en la cabeza. Para empezar, nunca me entusiasmó mucho esto de tu matrimonio por conveniencia. Pero ahora que sé que te mudarás a la casa de él, estoy aterrada.

—Cálmate, Joanna. Todo saldrá a la perfección. Ya lo verás. Oliver y yo nos entendemos muy bien. Ya hablamos de todos los detalles el lunes. Es muy puntilloso con los detalles. —Annie abrió con un cuchillo un lado de la tapa de una caja de embalaje de cartón. Giró la caja y se dispuso a hacer lo mismo con el otro lado.

Las mujeres estaban solas en el cuarto trasero de Extravagancias. La ayudante de Annie, Ella Presswood, estaba atendiendo a dos decoradores de interiores que habían entrado a la tienda a comprar algunas cosas para sus clientes.

Faltaba menos de media hora para que Annie tuviera que presentarse en el juzgado, para la boda. Oliver había llamado por teléfono esa mañana para informarle de que enviaría a buscarla en auto. Cuando ella puso objeciones a la propuesta, diciéndole que podía ir caminando esas pocas manzanas que había desde su *boutique* en Pioneer Square hasta el juzgado, él, gentilmente, ignoró las protestas. Le dijo que el auto estaría allí a las tres. Y en ese momento, Annie estaba demasiado ocupada con un cliente como para ponerse a discutir la cuestión.

—No lo sé. —Joanna se estrujaba las manos—. No lo sé. Me inquieta el hecho de que tengas que mudarte a la casa de él. Rain tiene fama de ser peligroso.

—He aprendido a conocerlo muy bien en estas semanas, Joanna. No es peligroso ni en lo más mínimo.

—¿Te has vuelto loca? —Joanna se quedó mirándola—. Annie, tú no estás acostumbrada a tratar con hombres de su clase. Por el amor de Dios. Rain no es otro Arthur Quigley ni un Melvin Finch. No es ningún pájaro herido que necesita imperiosamente que lo ayuden.

—Ya lo sé y tampoco estoy tratando de ayudarlo. Él me ayudará a mí; me rescatará.

—Francamente, dudo que Oliver Rain haya rescatado algo en toda su vida, a excepción de la fortuna Rain —masculló Joanna.

Annie abrió otro de los lados de la caja de embalaje de cartón y miró a Joanna por encima de su hombro. Se la veía tan preocupada como lo denotaba su voz. Su bello rostro estaba tenso y sus ojos tiernos cargados de incertidumbre.

Joanna era una gerente con éxito de una empresa ubicada en el centro de la ciudad, dedicada a la administración de bienes raíces. A Annie le cayó muy bien desde el primer momento en que su hermano Daniel las presentó. De inmediato presintió que Joanna era capaz de brindar la clase de amor y devoción que su hermano se merecía. Estaba tan sola en el mundo como Daniel y Annie. Deseaba profundamente formar parte de una familia.

Su cabellera extremadamente rubia y sus clarísimos ojos celestes le conferían una engañosa expresión etérea. Pero Annie sabía que debajo de esa fachada se ocultaba una implacable fortaleza. Y esa fortaleza interna se exteriorizó en los días que siguieron a la desaparición de Daniel. Joanna estaba tan convencida como Annie de que Daniel estaba vivo.

—Deja de preocuparte —le dijo Annie suavemente—. Tanto Oliver como yo entendemos que el matrimonio es una relación estrictamente comercial. No me atacará tratando de reclamar sus derechos conyugales o como quiera que se llamen hoy en día.

—¿Cómo lo sabes? —preguntó Joanna.

—Espera a conocerlo. Ya entenderás. —Annie terminó de abrir el último lateral y miró en el interior de la caja. Un objeto grande estaba envuelto allí. Un ojo de esmeralda le hizo un guiño, a través del plástico—. Estupendo. Es un leopardo. No estaba segura de que me lo enviaran cuando lo encargué. El tipo que hace estos animales esmaltados es bastante impredecible. Todavía estoy tratando de mover el elefante.

—Annie, deja de perder el tiempo con las mercancías —dijo Joanna, exasperada—. Hoy es el día de tu boda y tengo el presentimiento de que nos espera el desastre total.

—No seas tonta. —Annie metió la mano en la caja y extrajo el leopardo con la cubierta de plástico. Empezó a desenvolverlo—. Te estás dejando llevar por tu imaginación, Joanna. Es la tensión, supongo.

—No es la tensión —se quejó Joanna—. Finalmente, mi sentido común está dándome puntapiés. Esta idea del matrimonio por conveniencia es una locura rotunda. Nunca debí permitirte que la llevaras a cabo. No sé qué me pasó. Debí de haber estado loca para dejar que me convencieras.

—Es una brillante idea y dará resultados maravillosos. Es más. Ya los está dando. Esta mañana me han llamado varios inversores de Daniel para preguntarme si era cierto que Oliver Rain será propietario de la mitad de las acciones de Lyncroft Unlimited para mañana a primera hora. Cuando les dije que sí y que él se haría cargo de todas las operaciones, parecieron inmensamente aliviados.

—Es por ti por quien me preocupo, Annie, no por la empresa. No es demasiado tarde para dejar todo esto sin efecto. Llama a Oliver y dile que has cambiado de opinión.

—Pero yo no he cambiado de opinión. Ya nos hemos hecho los análisis de sangre y todo eso. Ah, a propósito, espero que te alegres de que ambos estemos completamente sanos.

—No me preocupa tu estado de salud.

—Bueno, entonces no hay nada más de qué preocuparse. —Annie tomó el leopardo con más seguridad y lo extrajo unos centímetros más de la caja—. Oliver y yo compartiremos el apartamento como dos amigos por un tiempo. Eso es todo.

—Annie, él es uno de los hombres más poderosos del noroeste y nadie sabe mucho sobre él. Podría ser, bueno, ya sabes... raro o algo.

—Lo es.

—¿Raro?

—Ajá.

—Oh, Dios mío.

—Pero de una manera muy interesante, para tu información. —Annie ya había extraído casi todo el leopardo de la caja—. ¿Entiendes?

—No, no entiendo —gruñó Joanna—. Esto empeora por momentos. Tienes que suspender esa boda.

—No la suspenderé. Sabes muy bien que esta boda es la única solución que tenemos para arreglar todo este asunto hasta que Daniel vuelva.

—Al menos espera a que vuelva Barry Cork de su viaje a California.

—Ésta no es una decisión que le concierna a Barry Cork. Soy yo quien está a cargo de la empresa y la que debe tomar decisiones respecto de cómo salvarla.

—Por favor —dijo Joanna, ya desesperada—. Yo sé que, al menos en parte, estás haciendo todo esto por mí y por el bebé. Pero no quiero que corras ese riesgo por nosotros.

—También estoy haciéndolo por Daniel.

—Daniel tampoco querría tomar una medida tan drástica como ésta.

—No es drástica. En absoluto. Se trata de un modo simple y sensato de solucionar esta situación. Por última vez, Joanna, deja de preocuparte. Oliver Rain no será un problema.

—No haces más que repetir lo mismo. ¿Pero cómo puedes estar tan segura? ¿Qué te hace pensar que estarás a salvo en su apartamento? ¿Y si Oliver es un maniático sexual?

—¿Un maniático sexual? ¿Oliver Rain? —Annie empezó a sonreír. No pudo evitarlo. Se quedó allí, sujetando el leopardo mientras dejaba volar su imaginación, pintando mentalmente a Oliver como un maniático sexual. Su sonrisa se convirtió en una carcajada. Era la primera vez que se reía después de la desaparición de su hermano.

—¿Por qué estás tan segura de eso? —la desafió Joanna.

—Simplemente, porque no es esa clase de hombre. —Annie se esforzó por contener las carcajadas—. Oliver me recuerda a un monje medieval.

—Un *monje.*

—Ya sabes, esos tipos muy controlados, muy sobrios, incapaces de soñar siquiera con pasiones tan vulgares como la venganza o la codicia. —Por fin, Annie sacó totalmente el leopardo de la caja. Lo apoyó en el suelo y, con cuidado, le quitó el envoltorio de plástico.

—Por todo lo que he escuchado, Oliver Rain no es ningún santo —le advirtió Joanna.

—Por última vez, Joanna, deja de preocuparte. ¡Dios Santo! Míralo, Joanna. ¿No es hermoso? —Annie examinó maravillada el leopardo esmaltado.

La estatua le llegaba casi hasta la cintura. El exótico e intrincado diseño estaba trabajado en oro, verde y turquesa sobre un fondo negro. La espectacular bestia tenía brillantes ojos verdes y un collar de joyas.

—Annie, por favor, escúchame.

—Es poderoso —declaró Annie—. Ah, estoy ansiosa por verlo en el estudio de Oliver. Tal vez se lo dé como regalo de bodas.

—Tal vez lo acepte —dijo Oliver desde la puerta.

Joanna quedó boquiabierta, irritada.

—*Oliver.* —Annie levantó la vista de inmediato y vio a su futuro esposo detrás de Joanna.

Llevaba un traje oscuro y una camisa gris perla con una corbata gris. Su espesa cabellera negra azabache estaba recogida hacia atrás con una cinta negra en una pequeña cola de caballo. Había cierta chispa humorística en sus ojos grises. Annie tenía la incómoda sensación de que Oliver había escuchado su comentario anterior respecto de que le recordaba a un monje medieval. Sonrojándose, furiosa, se apresuró a quebrar el silencio que había envuelto la sala.

—No te oí entrar, Oliver —dijo rápidamente—. ¿Recuerdas a la novia de mi hermano, no? La conociste en su fiesta de compromiso.

—Por supuesto. —Oliver inclinó la cabeza—. Lamento mucho la desaparición de Daniel.

—Volverá —contestó Joanna, tensa.

—Eso espero, señorita McKenna. —Oliver la miró analíticamente—. ¿Vendrá con nosotros al juzgado?

—Sólo si puedo convencer a Annic de que no se case.

Oliver esbozó una media sonrisa y miró a Annie.

—Por algún motivo, creo que eso será bastante difícil. Annie ya ha tomado una determinación.

—Por supuesto que sí. Y será mejor que nos marchemos ya o llegaremos tarde. —Annie levantó el leopardo con ambas manos y lo colocó impulsivamente en los brazos de Oliver—. Toma. Es tuyo si lo quieres.

—Gracias. —Oliver examinó la bestia mientras la tenía en su regazo—. Estoy seguro de que encontraré un lugar para él. —Se puso el leopardo debajo del brazo e hizo un gesto con la cabeza, indicando que ambas mujeres debían precederlo.

Annie se detuvo un segundo en la *boutique* para presentar a Oliver y a ella, así como a los dos curiosos clientes. Luego se encaminó hacia la puerta, esquivando las numerosas mercancías que se distinguían por lo raro, lo extravagante y lo extraño.

Caminar por el interior de Extravagancias era lo mismo que recorrer el ático de un coleccionista excéntrico.

Annie amaba cada una de las piezas del abigarrado salón. Había elegido o encargado minuciosamente cada una de ellas. Y cada una había sido hecha a mano y escogida por su atractivo propio e indescriptible. En un rincón había una tabla de mesa de vidrio grabado al agua fuerte, suspendida sobre las alas de tres grandes buitres de bronce. En otro rincón se habían dispuesto varias cajas y cofres laqueados con diseños muy complejos.

El carrusel dorado, con su variedad de animales mitológicos, que Annie había tratado de vender a Oliver, resplandecía sobre un estante cercano. Junto a él, estaba el elefante esmaltado. Un enorme abanico decorado con figuras abstractas colgaba de la pared. No muy lejos, había un biombo que representaba una escena surrealista de una jungla, pintada en sus tres paneles.

Cuando Annie llegó a la puerta de salida, volvió la mirada hacia atrás. Oliver Rain estaba mirando los objetos de Extravagancias con frío interés. Todavía llevaba el leopardo debajo del brazo.

A Annie se le ocurrió que Oliver estaba en su hábitat allí, en ese salón colmado de artículos exóticos.

Una vez en la calle, Bolt, tan inexpresivo como siempre, le abrió la puerta de la limusina negra. Llevaba su traje azul de costumbre, pero se había puesto unas gafas de sol doradas que le daban más aspecto de androide que nunca. Annie le sonrió tímidamente al entrar en la parte posterior del vehículo, pero él no le devolvió la sonrisa.

Oliver entregó el leopardo a Bolt mientras Joanna, con reticencia, ocupaba su lugar junto a Annie.

—Cuídelo hasta que lleguemos a casa.

—Sí, señor Rain.

Bolt colocó el leopardo en el maletero del auto, lo cerró y se dirigió hacia la parte delantera para conducir. Un momento después, la enorme limusina se alejó en silencio.

—Qué bonito —comentó Annie, mientras Bolt conducía cuidadosamente entre el tránsito urbano—. Muy bonito. Pero sigo insistiendo en que habría sido mucho más fácil llegar a pie. ¿Dónde aparcará Bolt? No encontrará lugar en la calle a esta hora del día.

—Le pago a Bolt para que solucione problemas como ése —dijo Oliver.

Se produjo un breve silencio.

—De verdad creo que todos tendríamos que hablar seriamente de todo esto antes de seguir adelante con la boda —declaró Joanna.

—Valoro su preocupación —le contestó Oliver—, pero ya no hay tiempo. He estado atendiendo llamadas de los principales abastecedores de Daniel desde que se corrió la noticia de la boda. Todos me aseguraron que seguirían enviando las mercancías con la condición de que fuera yo el que estuviera a cargo de todo.

—Afróntalo —dijo Joanna a Annie—. Tanto los abastecedores como los inversores de Daniel no son más que una banda de cerdos machistas que creen que una mujer es incapaz de manejar los negocios por su cuenta.

—No es el hecho de que Annie sea mujer lo que les preocupa —dijo Oliver—. La cuestión es que ni Annie, ni usted, tienen la experiencia en la industria electrónica ni la habilidad para manejar una empresa de la magnitud de Lyncroft Unlimited.

—De todas maneras —replicó Annie mientras Bolt se detenía frente al juzgado—, creo que habrían reaccionado de un modo totalmente diferente si Joanna y yo hubiésemos sido hombres. Dios mío, ¿quiénes son todas esas personas que están esperándonos?

Oliver miró por la ventanilla de la limusina.

—Familiares.

—¿Tuyos? —Annie le dirigió una rápida mirada. A pesar de que una vez Daniel había mencionado la familia de Oliver de pasada, Annie jamás imaginó que tuviera tantos parientes.

—Míos. —Oliver estudió el pequeño grupo—. Los dos jóvenes de la izquierda son mis hermanastros, Nathan y Richard. Las mujeres de la derecha son mis hermanas, Valerie y Heather. Nathan y Richard están en la universidad. Valerie es conservadora ayudante en el Museo Eckert y Heather es doctora.

Annie notó el toque de orgullo en su voz.

—Me impresionan. ¿Y la mujer con el traje color melocotón?

—Es Sybil, la segunda esposa de mi padre. —La voz de Oliver se tornó fría—. Es la madre de Richard y Nathan.

Annie lo miró, pero no pudo leer nada en sus ojos. Se volvió para estudiar el clan Rain con mayor detenimiento mientras Bolt estacionaba la limusina en un sitio donde no estaba permitido.

Los hermanastros de Oliver eran mellizos. Ambos eran apuestos, con una estructura física delgada y grácil y la cabellera oscura, que parecía ser el signo distintivo de los hombres de la familia Rain. Tanto Heather como Valerie eran atractivas, pero su cabello era castaño claro y sus rasgos, más suaves, menos ampulosos.

Heather tenía el típico aspecto de la mujer profesional: cabello corto y mirada seria. Su refinado traje de mezclilla tenía una falda de tubo que terminaba justo debajo de las rodillas.

Valerie se caracterizaba por la misma elegancia y también tenía aspecto de ejecutiva. El cabello le llegaba hasta los hombros.

Cuando Bolt abrió la puerta de la limusina, Annie se dio cuenta de que Sybil era mucho más joven de lo que cualquiera hubiera imaginado. Probablemente, le llevaría unos pocos años a Oliver. Además, era notablemente atractiva.

Annie llegó a la conclusión de que ninguno de los miembros del clan Rain tenía la habilidad de Oliver para mantener sus expresiones ilegibles y ocultas. Todos observaron a Annie y a Joanna con una curiosidad que no trataron de disimular.

Annie observó a sus futuros parientes políticos, aunque sólo lo fueran nominalmente, y se sintió aliviada de haber tenido tiempo de ponerse su vestido verde caqui. Debido a las mangas largas del mismo y a la falda que le llegaba a la pantorrilla, cobraba un aspecto mucho más distinguido del que le habrían conferido sus pantalones ajustados y su jersey que había querido lucir originalmente.

—Supongo que será mejor que haga algunas presentaciones antes de que entremos —dijo Oliver. Tomó el brazo de Annie y la condujo hacia donde estaba el clan reunido. Joanna los siguió, con una permanente expresión de desagrado.

El modo posesivo con que Oliver tomaba el brazo de Annie llamó la atención de todos. Como si hubieran pertenecido a la misma persona, los ojos de los parientes abandonaron a Joanna y se fijaron en Annie. Sybil entrecerró sus ojos.

—Típico de Oliver sorprendernos con una boda tan repentina como ésta —dijo Heather mientras estrechaba la mano de Annie—. Jamás nos da ni una sola pista de lo que hará ni del momento en que lo hará.

—Sorprendernos es la palabra correcta —murmuró Valerie. Miró a su hermano especulativamente—. Todos nosotros debemos esperar su aprobación para cualquier candidato. Pero aparentemente, Oliver no necesita aprobación alguna para su boda. Muy injusto, hermanito.

—No tendría mucho sentido ser el cabeza de familia si no eres capaz de escoger y aprobar a tu propia esposa, ¿no, Oliver? —Richard sonrió a su hermano mientras estrechaba la mano de Annie.

—Sí, Oliver se merece algunos privilegios como jefe del clan. Le permitiremos que se case con quien quiera sin poner objeciones —agregó Nathan alegremente—. Y creo que se las ha arreglado bastante bien para elegirla.

Sybil le sonrió sin mucha calidez al aproximarse.

—Bueno, no nos han dado muchas alternativas, ¿no? Bienvenida a la familia, señorita Lyncroft. Ciertamente espero que sepa lo que está haciendo al casarse con Oliver.

—Annie sabe perfectamente bien lo que está haciendo —intervino Oliver con frialdad—. ¿No es cierto, Annie?

—Por supuesto —coincidió Annie. Tenía plena conciencia de la posesiva mano que le tomaba el brazo. Oliver la estaba aferrando como si sospechara que ella podría tratar de escapar.

Nathan miró a Oliver.

—Será mejor que te advierta que no podréis escapar después de la ceremonia, pues te hemos preparado una sorpresa. No eres el único impredecible de la familia.

—Es cierto —dijo Heather. Sonrió a Oliver—. No te preocupes. Sólo será una pequeña recepción. Sólo la familia. Sabemos que querías mantener todo esto casi en secreto, pero no puedes pretender que ignoremos este casamiento por completo.

—Después de todo —dijo Sybil—, tu boda es un acontecimiento importante en la familia.

Oliver aceptó la noticia con aparente ecuanimidad.

—Está bien para mí si Annie está de acuerdo.

—Bueno —dijo Annie con cautela—. En realidad, no había planeado nada de esto. Después de todo, sólo es una sencilla boda.

Todos, incluso Oliver, la miraron.

—¿Sólo una sencilla boda? —repitió Sybil secamente—. Vamos, Annie. Es bastante más que eso, ¿verdad? Estás a punto de casarte con uno de los hombres más ricos del Estado. Cualquiera diría que es una acción comercial más que una unión romántica.

Annie se ruborizó.

—Creo que ya es hora. —Oliver emprendió la marcha, con Annie del brazo.

—Sí, terminemos con esto de una vez —murmuró Annie.

Para Annie, las formalidades se llevaron a cabo como en una nebulosa. Advirtió que Joanna estaba a su lado, echándole miradas preocupadas de vez en cuando durante la breve ceremonia. También notó que el clan Rain estaba reunido cerca de ellas murmurando. Pero principalmente, tomó conciencia de la presencia de Oliver. Parecía tan gigantesco e imponente a su lado.

Y por fin todo terminó. Annie suspiró aliviada cuando todos volvieron a salir a la calle. Estaba autoconvenciéndose de que había hecho lo correcto, de que esa boda era el único medio que tenía para no desprenderse de la empresa de su hermano cuando le pusieron una cámara en el rostro.

—¿Cómo se siente ahora que es la esposa de Oliver Rain? —preguntó una mujer de mirada dura que sostenía un micrófono en la mano—. ¿Esta boda tiene algo que ver con la desaparición de su hermano?

De pronto, Annie se dio cuenta de que Oliver y ella estaban rodeados por reporteros. Había micrófonos y minicámaras por todas partes.

—Señor Rain, ¿cuánto hace que se conocen?

—¿Es cierto que se hará cargo inmediatamente de Lyncroft Unlimited, señor Rain?

—¿Es cierto que usted es propietario del cincuenta por ciento de las acciones de Lyncroft Unlimited, señor Rain?

Oliver miró al hombre que había formulado la última pregunta.

—Sí.

—¿Entonces es socio de la empresa?

—¿Socio mayoritario? —agregó otro reportero—. ¿Qué significa esto para la firma?

—Significa —contestó serenamente, mientras él y Bolt se abrían paso a empellones entre la multitud— que Lyncroft Unlimited está a salvo y estable. Seguiremos estrictamente los planes trazados por Daniel Lyncroft para que la nueva tecnología de la empresa llegue al mercado.

—Ésta será una excelente noticia para los inversores de Lyncroft Unlimited —dijo una mujer rápidamente—. ¿Puede decirnos si habrá alguna demora debido a la desaparición de Daniel Lyncroft?

—No habrá demoras —respondió Oliver—. Y ahora, si nos disculpan... En caso de que necesiten formular más preguntas, por favor, comuníquense con el departamento de relaciones públicas de la empresa mañana.

—Pero, señor Rain...

—Espere un momento, señor. Esta noticia es muy importante para el mundo financiero. Se corrió el rumor de que Lyncroft Unlimited había sido presionada para fusionarse o vender.

—Ya no —dijo Annie de inmediato.

—No —coincidió Oliver—. Ya no.

Richard miró a Oliver.

—Id vosotros dos en la limusina. Nosotros llevaremos a Joanna. Nos veremos en el apartamento.

—De acuerdo —aceptó Oliver.

Bolt terminó de empujar a los reporteros para llegar al auto. Cuando estaban a menos de dos metros de la limusina, se escuchó un grito que provenía de la esquina.

—¡*Annie*! ¿Annie, qué rayos está sucediendo aquí?

Annie volvió la cabeza al escuchar el tono de voz tan familiar. Barry Cork se acercaba a toda marcha por la acera. Su corta cabellera castaña estaba toda desgreñada, como si no hubiera dejado de pasarse los dedos en ella durante largo tiempo. Su rostro bello denotaba prisa y preocupación. Tenía la corbata echada hacia atrás, sobre el hombro y el maletín no dejaba de golpearle el muslo mientras corría.

—Barry, ¿qué estás haciendo aquí? —Annie le sonrió cuando estuvo cerca—. Pensé que te quedarías en California unos días más. ¿Conoces a Oliver Rain?

Barry se detuvo, respirando agitadamente, justo cuando Oliver y Annie lograron llegar a la limusina.

—No, pero he oído hablar de él. —Lo miró un instante y luego volvió a concentrarse en Annie—. ¿Qué pasa aquí? ¿Es cierto que te has casado con él?

—Sí y todo saldrá muy bien, Barry. —Mientras tanto, Annie veía que Joanna y el clan Rain también se abrían paso entre los reporteros para acercarse a ellos. Oliver le apretó el brazo con más fuerza aún.

—¿Qué rayos crees estar haciendo? —farfulló Barry entre dientes y en voz baja. Miró otra vez a Oliver—. ¿Te has vuelto loca? Le has dado la mitad de tu empresa, ¿no?

—Barry, escucha, puedo explicarte...

—Por eso se casó contigo. Para echar mano de Lyncroft Unlimited.

—Al revés —dijo Annie—. Te lo explicaré luego.

Bolt tenía la puerta de la limusina abierta. Oliver empezó a meterla dentro de ella como si Annie fuera un paquete.

Barry tomó el brazo de Annie. Tenía una mirada salvaje.

—¿Estás loca? ¿No te das cuenta de lo que esto significa? ¿Oliver Rain acaba de hacerse cargo de tu empresa?

—Basta, Barry —dijo Annie, elevando la voz pero no mucho, para no atraer la atención de la prensa ni la del resto de los Rain—. Te estás poniendo histérico, Lyncroft Unlimited está perfectamente a salvo. Por ahora, Oliver es mi socio. Eso es todo.

—¿Te parece? —le preguntó Barry ferozmente—. ¿Crees que es tan simple?

Oliver extendió la mano y alejó los dedos de Barry del brazo de Annie.

—Quita las manos de encima de mi esposa.

Barry echó rápidamente su mano hacia atrás como si se hubiera quemado. Pero sus ojos desesperados no abandonaron el rostro de Annie en ningún momento.

—Pregúntale qué pasó con un tipo llamado Walker Gresham. Anda, Annie. *Pregúntaselo.*

—Vamos, Annie. —Oliver la empujó suavemente, pero con firmeza, hacia el interior de la limusina. Bolt estaba cerca. Sus gafas de sol reflejaban la preocupación de Barry.

—Barry, no entiendo por qué estás tan molesto. Todo saldrá bien. —Annie dejó de hablar cuando Oliver terminó de meterla en la limusina y se sentó a su lado.

Barry se agachó para seguir mirándola, pues Bolt ya empezaba a cerrar la puerta.

—Annie, por favor, escúchame. Hace cinco años, un tal Walker Gresham fue socio de Oliver Rain de una empresa que pasó a cargo de «tu esposo». Gresham murió cinco meses después de que Rain asumiera la responsabilidad de la firma. Hubo rumores, Annie. ¿Me escuchas? Se corrió la voz de que la muerte de Gresham no fue accidental...

Bolt dio un portazo a la limusina. En un abrir y cerrar de ojos, ocupó su sitio detrás del volante y en breves segundos emprendieron la marcha.

Annie volvió la cabeza para mirar a Barry por el cristal trasero. El joven se había quedado de pie en la calle, con la expresión de quien llega tarde a un funeral en lugar de retrasarse para una boda.

5

—Creo que el leopardo queda muy bien aquí. —Oliver se reclinó sobre el respaldo de su silla, formó una suerte de capitel con sus manos y observó la preciada pieza con satisfacción.

Y realmente, esa bestia exótica parecía pertenecer a ese lugar. Pero Oliver lo hubiera puesto en su estudio aunque hubiera quedado tan ridículo como el carrusel o el elefante. Después de todo, el leopardo esmaltado era un obsequio de su flamante esposa.

Su esposa.

Saboreaba la profunda satisfacción que había sentido desde el mismo momento en que salió del juzgado con Annie a su lado.

—¿Te parece? —Annie estudió el leopardo con expresión dubitativa.

—Sí. —Oliver sonrió—. Queda perfecto en este ambiente.

Su mirada abandonó al leopardo para posarse en los paneles de las ventanas, veteados por la lluvia. Estaba oscuro. Eran casi las ocho en punto y finalmente él y Annie se habían quedado a solas. Pensó que había sabido disimular muy bien su impaciencia durante las últimas horas, mientras sus parientes se dedicaban a disfrutar de la pequeña fiesta sorpresa. Oliver tenía que admitir que le había emocionado un poco ese gesto afectivo, pero francamente, se sintió muy aliviado cuando todos, incluso Bolt, se marcharon, pocos momentos antes. Después de todo, ésa era su noche de bodas.

—Bueno, se terminaron las formalidades. —Annie suspiró y se hundió en su asiento—. No te ofendas, pero pensé que tus parientes jamás se irían.

—Empezaba a pensar que tendría que pedir a Bolt que los echara a puntapiés —dijo Oliver.

—No se les puede culpar por querer celebrarlo, supongo. Creen que esta boda es auténtica. A propósito, ¿dónde está Bolt? ¿Dentro de algún armario, tal vez?

—Bolt tiene un apartamento propio en este mismo edificio en el sexto piso. —Oliver disfrazó la irritación que le había producido el comentario de Annie respecto de la boda. Se preguntaba cuánto tiempo tardaría ella en darse cuenta de que él tenía intenciones de convertir ese matrimonio en real, muy, pero muy real.

—Oh. —Annie se miró la mano y se sobresaltó—. Por Dios. Casi me olvidaba. Te devuelvo la sortija ya. La ceremonia terminó. —Empezó a quitársela.

—¿No crees que será mejor que te la dejes puesta? Es una tradición, ya sabes. —Y él era tan anticuado y conservador que quería que su esposa exhibiera públicamente el símbolo del compromiso que había entablado con él.

—No había pensado en tener que llevar esta alianza de bodas todo el tiempo. ¿Crees que sea necesario?

—Sí. No querrás que empiecen las especulaciones por este tema. El matrimonio debe parecer sólido y seguro.

Annie miró la sortija especulativamente.

—Supongo que no me causará ningún dolor.

—Servirá para consolidar una imagen adecuada. —Extendió la mano sobre el escritorio para tomar la de ella. Sus dedos eran delgados, gráciles, decididamente femeninos. Advirtió un ligero temblor cuando ambas manos entraron en contacto. Experimentó un impulso posesivo. De modo que no se había equivocado con ella. Annie lo deseaba.

«Le pertenecía», pensó triunfante. Bueno, casi.

Oliver deslizó la sortija hacia atrás, colocándola firmemente en su lugar. Cuando estuvo en la posición correcta, Annie trató de retirar la mano de Oliver, pero él buscó un pretexto para seguir con el contacto.

—Ven conmigo —le dijo, poniéndose de pie. Mientras rodeaba el escritorio seguía tomándola de la mano.

—¿Dónde vamos? —lo miró con una mezcla de sensualidad e incertidumbre en sus enormes ojos. Todavía trataba de aparentar que todo eso era un matrimonio falso.

Oliver se dio cuenta de que, a pesar de su encantadora impulsividad y sus decididos planes de salvar la empresa de su hermano, Annie no estaba del todo segura de sí misma esa noche. Esa idea le divirtió y le hizo sentir curiosamente indulgente. Pero se prometió que sería paciente con ella.

—Quiero mostrarte algo que tengo en el tejado —le dijo suavemente.

La hizo poner de pie y la condujo hacia la puerta. Oliver advirtió que empezaba a excitarse. Estaba teniendo una erección a pesar de sus esfuerzos por controlarse. Se dijo entonces que, por esa noche, tendría que soportar el suplicio de la insatisfacción. Era demasiado pronto todavía para seducir a Annie.

—¿Iremos a ver las luces de la ciudad? —preguntó Annie mientras él la hacía subir por las escaleras que conducían a la puerta del tejado.

—No.

Oliver seguía apretándole la mano en la suya. Tenía mucha curiosidad por ver cómo reaccionaría Annie cuando viera su invernadero. Algo le decía que le gustaría. Nunca antes había tenido la necesidad de mostrárselo a una persona, pero en ese momento, no había nada que deseara más en el mundo que ver a Annie parada entre sus helechos.

—Oliver, no quiero que, por ser una especie de matrimonio, te sientas en la obligación de atenderme —dijo Annie seriamente mientras se apresuraba para seguirle el paso—. De verdad no quiero interferir en tu rutina nocturna.

Oliver ignoró el comentario mientras abría la puerta del tejado. El inmenso invernadero estaba en penumbras. Sus paredes de cristal reflejaban las luces de la ciudad, desdibujadas por la lluvia.

—¿Qué es esto? —preguntó Annie. La curiosidad reemplazó el nerviosismo previo que había caracterizado su tono de voz.

—Mi mundo privado. —Oliver se detuvo frente al tablero de mandos para encender las luces. Luego abrió la puerta del invernadero. Los aromas de tierra húmeda y de plantas en crecimiento los envolvieron de inmediato.

—¡Guau! —Annie inspiró profundamente al entrar en aquella húmeda atmósfera. Estudió el vibrante y verde follaje que la rodeaba—. Esto es fantástico, Oliver. Nunca he visto helechos tan espectaculares como éstos. Parece una reproducción de un bosque tropical.

—Sabía que te iba a gustar. —Le soltó la mano y se quedó atrás, para mirarla mientras ella seguía avanzando, lentamente, hacia los helechos más cercanos.

Oliver había estado en lo cierto. Annie estaba a la perfección en aquel ambiente frondoso, de vegetación primitiva, que conformaba su mundo privado. Annie era tan natural y auténtica como sus helechos.

—Qué hermosura. —Se detuvo para estudiar un magnífico culantrillo—. Una absoluta belleza. —Se encaminó hacia una bandeja de plantitas pequeñas.

—¿Te gustan los helechos?

—Por supuesto —dijo Annie—. En su momento he matado docenas de estas pobres plantas. Me falta lo que se llama *mano* para esto. Pero no me doy por vencida. ¿Cuánto hace que te dedicas a ellos?

—Desde que estaba en la universidad. —Vaciló—. En una época pensaba seguir la carrera de Botánica.

Annie lo miró entre las frondas de un simpático helecho, con agudeza y perspicacia.

—¿No la del mundo de los negocios?

—No. Nada que ver con los negocios. Lo último que quería en el mundo era convertirme en un ejecutivo.

Annie abrió los ojos desmesuradamente.

—¿Por qué cambiaste de opinión y te dedicaste a ser un hombre de empresa, entonces?

—Seguramente Daniel te habrá comentado lo de mi padre.

—Sé que te abandonó a ti y a toda la familia.

Oliver no estaba seguro de que le gustara ese tono compasivo en su voz. No estaba acostumbrado a la compasión. No sabía cómo manejarla.

—Dejó una pila de deudas y yo me quedé con cuatro hermanos a mi cargo.

—¿Sentiste que era tu deber pagar todas las deudas y recuperar la seguridad financiera de tu familia?

Oliver se encogió de hombros y miró por uno de los paneles de cristal del invernadero.

—Sí.

—Fue una enorme responsabilidad. —Annie buscó su rostro—. Lo interesante es que pareces ser tan bueno para los negocios como para el cultivo de helechos.

—No son tan disímiles. Ambas cosas requieren mucha paciencia y autocontrol.

—Y tú tienes mucho de ambas cosas, ¿no? —Annie alejó su fascinada vista del rostro de Oliver y contempló otro culantrillo.

—Sí. —Se sintió muy satisfecho de escuchar esa afirmación que, después de todo, no era más que la verdad. Distraído, Oliver delineó una fronda circinada, muy enrollada, que pertenecía a un helecho hembra. Se preguntó si así serían los pezones de Annie, como esa fronda nueva, firmes y llenos de apasionadas promesas.

—¿Alguna vez te ha preocupado el ser excesivamente controlado? —preguntó Annie. Tenía los ojos fijos en el dedo de Oliver, que seguía recorriendo la fronda enrollada.

Oliver sonrió ante una pregunta tan inocente.

—Nunca se es demasiado controlado.

—Supongo que es esa actitud la que te llevó a ocupar el puesto que te has ganado hoy.

—Sí.

—Pero habrás tenido que pagar un precio por ello, ¿no?

Oliver la miró a los ojos.

—Todo tiene un precio.

—Ajá. —No pareció muy convencida.

Oliver decidió cambiar de tema.

—Con respecto a Barry Cork.

Ella se sobresaltó.

—¿Qué hay con él?

—Creo que será mejor que no le digas que nuestro matrimonio fue por conveniencia.

Annie se quedó muy rígida.

—¿Por qué no?

—Simplemente porque me parece que le resultaría muy difícil guardarse el secreto. —Oliver hizo una pausa, mientras pensaba—. Esta tarde parecía muy nervioso. No me imagino cómo reaccionaría si supiera que esta boda nuestra es un fraude. Hasta se lo contaría a las mismas personas a quienes nosotros estamos tratando de convencer.

Annie se volvió para mirar una hilera de bandejas cubiertas con cristal. Oliver advirtió la tensión en sus hombros, mientras ella estaba de pie, dándole la espalda.

—Creo que Barry se merece una explicación. Estaba muy perturbado esta tarde.

Oliver se apoyó contra uno de los travesaños y se metió las manos en los bolsillos de su pantalón gris plomizo.

—Anda, Annie. Pregúntame qué pasó con eso.

Ella le echó un rápido vistazo por encima del hombro.

—Está bien. ¿De qué estaba hablando Barry hoy? ¿Qué quiso sugerir cuando dijo que tú, eh, habías *eliminado* al ejecutivo de una de tus adquisiciones? ¿Cómo se llamaba?

—Walker Gresham. —Oliver se concentró en la noche, que observaba a través de los paneles de cristal. Guardó silencio mientras decidía qué parte de la historia revelar y qué parte ocultar.

—¿Y bien? —lo presionó ella, después de unos segundos de silencio.

Oliver la miró, un tanto sorprendido por la aspereza de su tono.

—Hace unos cinco años, me hice cargo de una empresa manufacturera, de mediana envergadura, que había encontrado un interesante punto para sus operaciones en el mercado de Pacific Rim. Me quedé con uno de los socios anteriores, Walker Gresham, a quien le di el puesto de gerente de alto nivel. Él había sido uno de los que había trabajado para conseguir los mercados extranjeros y parecía saber lo que estaba haciendo.

—¿Y qué pasó?

—Tu hermano acababa de obtener el puesto de encargado del sistema de seguridad. Un día entró en mi oficina y me dijo que tenía razones para sospechar que Gresham estaba despachando algo más que herramientas y maquinarias a sus clientes extranjeros. Iniciamos una investigación discreta.

Annie lo miró intrigada.

—¿Y?

Oliver se encogió de hombros.

—Y descubrimos que Gresham estaba usando el nombre de mi empresa exportadora de herramientas y maquinarias para encubrir su verdadero negocio.

—¿Qué era?

—Era traficante de armas. El muy cerdo despachaba armamento del mercado negro a todo terrorista y revolucionario del Pacífico que aparecía y que fuera capaz de pagárselo bien.

Annie abrió los ojos desmesuradamente.

—¿Y qué hicisteis entonces? ¿Le denunciasteis al FBI?

—Jamás tuvimos oportunidad —dijo Oliver—. Al principio, Daniel y yo no sabíamos dónde estábamos parados. Pensamos que sólo se trataba de un fraude de empleado, de tipo administrativo, como tantos otros. Seguimos el rastro por medio de una computadora que nos llevó hasta un depósito situado en una pequeña isla del Pacífico sur, donde la mercancía de Gresham se transbordaba.

—¿Qué sucedió luego?

—Una noche, muy tarde, entramos al depósito buscando pruebas, y en cambio nos encontramos con Gresham y uno de sus clientes. —Oliver hizo una pausa—. Hubo problemas.

—¿Problemas? —Annie frunció el entrecejo—. Recuerdo que hace algunos años, Daniel fue de viaje al Pacífico sur por negocios. Nunca me contó que fuera peligroso. Sólo comentó que todo se había solucionado.

Oliver escogió sus palabras muy cuidadosamente.

—Y todo se solucionó. Pero en el proceso, mataron a Gresham.

—*¿Lo mataron?* —la expresión de Annie fue de horror—. ¿Quién lo mató?

Oliver se dio cuenta de que no ganaría nada si le decía que había sido él quien había disparado contra Gresham en el momento en que éste iba a matar a Daniel. Era mejor no detallar algunas cosas, especialmente a personas como Annie.

Sin embargo, el hecho de haberle narrado la historia, aunque bastante resumida, le trajo muy malos recuerdos. Oliver pensaba que la imagen del cuerpo de Gresham, tendido sobre el suelo de cemento del depósito, bañado en sangre, le atormentaría para siempre. Y tal vez fuera lo correcto. Un hombre no podía matar, aunque sea en defensa propia o para salvar a un tercero y luego ser capaz de olvidar completamente que había matado.

—Tu hermano y yo habíamos ido armados al depósito por si acaso —dijo Oliver, escogiendo otra vez sus palabras con mucho cuidado—. No sabíamos qué nos esperaba. Y se desató un infierno. Hubo una ráfaga de disparos, y cuando todo el alboroto terminó, Gresham estaba muerto. Todo sucedió muy lejos del país. El incidente no se guardó en secreto deliberadamente, pero las autoridades de la isla hicieron su trabajo con gran discreción. Nunca hicieron el papeleo de Seattle.

—¿Hubo un tiroteo? ¿Alguien murió? Por Dios. Daniel nunca mencionó ni una sola palabra. —Annie se puso furiosa—. Pudo haber resultado herido. Lo estrangularé. ¿Por qué nunca me contó nada?

—Probablemente, porque sabía que te exaltarías más de la cuenta. —Oliver la miró—. Como ahora.

—No estoy exaltada, sino furiosa.

—Annie, esto pasó hace cinco años.

—De todas maneras debió informarme. Soy su hermana. Daniel no tenía derecho a ocultármelo de este modo.

—Obviamente, sólo estaba tratando de protegerte. No quería que te preocuparas.

—No necesito esa clase de protección —gruñó Annie—. Sinceramente, espero que en el futuro tú no me escondas cosas en nombre de mi bienestar.

—Cálmate, Annie.

—Estoy hablando muy en serio, Oliver. No voy a permitir que se me trate como si fuera menos que una socia en este pacto que hemos hecho entre los dos. ¿Está claro? Todo esto fue idea mía desde un principio y haremos las cosas a mi manera. No quiero que se me oculte nada ni que me protejas.

Oliver se quedó analizando el comentario de ella durante algunos minutos.

—Tendré en cuenta tus deseos, naturalmente. Pero dudo que necesites una información diaria y detallada de los negocios de Daniel. Sería algo muy engorroso, sin contar con que también debes atender tus negocios propios.

Annie estaba tan ofuscada que casi se atragantó. Avanzó tres pasos y tomó ambos extremos de la corbata desatada de Oliver.

—Escúchame bien, Oliver Rain. Estamos juntos en esto. Pensé que lo habías entendido. Trabajaremos como un equipo o no trabajaremos. ¿Has entendido?

Oliver miró sus ojos feroces.

—No hago negocios de ese modo.

—Ahora sí.

Oliver sonrió débilmente.

—Annie, tú te has casado conmigo para ganarte mi experiencia. Déjame hacer mi trabajo.

—Pero yo quiero que se me tenga totalmente informada. Quiero participar en la toma de decisiones. Se supone que estoy aprendiendo a manejar los negocios, ¿lo recuerdas?

—Eso sería poco práctico, Annie. Especialmente, en esta etapa. Los acreedores e inversores de Daniel esperan verme solo a mí liderando la empresa. Y para ser honesto, no tendré tiempo para atender Lyncroft Unlimited y enseñarte simultáneamente. Por lo menos, por ahora.

—Pero, Oliver...

Oliver le tocó la mejilla. Tenía la piel tan suave como el terciopelo.

—Confía en mí, Annie. Te dije que yo me haría cargo de todo por ti, ¿no?

—Bueno, sí. —Frunció el entrecejo—. Pero pensé que trabajaríamos en equipo.

—Nunca he jugado en ningún equipo.

—Vaya momento para avisarme —barbulló ella.

—¿No puedes depositar tu confianza en mí? —le preguntó con ternura.

Annie soltó los extremos de su corbata y retrocedió.

—Estoy exagerando, ¿no?

—Un poquito —coincidió él.

—Estoy tensa.

—Comprensible.

Se mordió el labio.

—Tengo miedo, Oliver.

—Lo sé. —Extendió una mano para tomarla, antes de poder autocontrolarse.

Pero Annie ya se había alejado sin que él la viera. Oliver dejó caer su mano a un lado, sin tocarla. Mejor, pensó. Era demasiado pronto todavía.

Annie cruzó los brazos debajo de sus pechos y contempló el mar verde que la rodeaba.

—Traté de convencerme de que este plan mío daría buenos resultados. La mayor parte del tiempo creo que será así. Que Daniel regresará sano y salvo, que se hará cargo de su empresa, la cual estará floreciente, esperándolo. Pero a veces, como esta noche, por ejemplo, me parece que soy una tonta, que me estoy engañando.

Oliver no supo cómo contestarle a eso. Estaba seguro de que Daniel Lyncroft había muerto, pero no tenía corazón para seguir echándoselo en cara, como una bofetada. Sólo se centraría en la única promesa que podía cumplirle.

—No tienes que preocuparte por la empresa de Daniel. Yo me haré cargo.

Ella le dirigió una rápida mirada por encima del hombro.

—Tú me entiendes, ¿no? Sabes por qué estoy haciendo todo esto.

—Sí.

Annie entrecerró los ojos con suspicacia.

—Porque tú tuviste la misma experiencia cuando tu padre desapareció, ¿verdad? Tuviste que encontrar un modo de arreglar las cosas por el bien de tu familia.

—Sí.

—Y devolver todo el dinero que él había pedido prestado.

Oliver asintió sin articular palabra.

Annie se volvió completamente para mirarle.

—Tu familia valora lo que has hecho. Era evidente esta tarde que tus hermanos te admiran tremendamente.

—No estoy muy seguro de que sea admiración lo que realmente sienten por mí.

Annie le sonrió.

—Te respetan. Pero no te llevas muy bien con Sybil, ¿no?

—Sybil y yo nos entendemos.

Annie giró la cabeza a un lado.

—¿Por qué no os queréis?

—Es una vieja historia —le contestó Oliver—. Que no te concierne.

—Ay. —Annie sonrió incómoda—. De acuerdo. Me doy cuenta cuando alguien me pone en mi lugar. No más preguntas sobre Sybil.

—No quería ponerte en tu lugar —le dijo Oliver.

—Claro que sí. Pero no te disculpes. Tu relación con tu madrastra es asunto tuyo y no tienes que darme ninguna explicación al respecto. Por Dios. Yo no soy un verdadero miembro de tu familia aunque me haya casado contigo.

—¿Por qué no cambiamos de tema?

Annie se puso colorada.

—Bien. Buena idea. ¿Qué me dices de la cena? No sé qué sucederá contigo, pero yo, estoy muerta de hambre.

—Di instrucciones a Bolt para que nos dejara la cena en el horno. —Oliver miró el reloj de color oro y negro que llevaba en la muñeca—. Allí estará cuando bajemos.

Annie arqueó las cejas.

—¿Bolt cocina?

—Bolt hace lo que le pida.

—No te ofendas, pero me hace pensar que es un robot.

—Bolt es extremadamente útil. —Oliver se irguió. Tomó el brazo de Annie para llevarla por el camino de grava hacia la puerta de salida.

—Lamento haberte dado la sensación de no tener confianza en ti —comentó Annie un poco ruborizada—. No quise insinuar que no tengo fe total en ti.

—Gracias.

Annie sonrió.

—¿Sabes una cosa? Realmente eres un hombre muy agradable. Tu problema radica en tu dificultad para comunicarte con los demás. —Impulsivamente, Annie se detuvo, se puso de puntillas y le besó la mejilla.

El deseo ardió en él como un infierno. Se quedó rígido como una roca, luchando desesperadamente por mantener el control. Era como si aquel gesto de ternura de su esposa hubiera bastado para encender un sentimiento oculto dentro de él. Experimentó la urgente necesidad de tomarla entre sus brazos, arrojarla sobre alguno de los bancos que ocupaban los helechos, levantarle la falda y penetrar en ella sin demoras.

Aun cuando sus miradas se encontraban, Oliver advertía que el deseo empezaba a asomar en sus ojos. Involuntariamente, Annie retrocedió un paso. La cautela reemplazó a la calidez en su mirada.

Oliver inspiró profundamente, como para calmarse.

—Mucha gente me cree desagradable, Annie. Y hay algo que debes saber.

—¿Qué? —murmuró ella.

—No soy un monje.

Sus mejillas se encendieron de un profundo carmesí.

—Me parece que me escuchaste ese estúpido comentario. No fue mi intención...

—Olvídalo —le aconsejó bruscamente.

—No quise decir que fueras asexuado o algo por el estilo.

—Está bien, Annie.

—No, no está bien. —Obviamente estaba muy avergonzada—. No quiero que me malinterpretes. Quiero decir que definitivamente te considero un hombre en todo el sentido de la palabra.

—Gracias —contestó él. Ya había logrado dominar la situación nuevamente y controlar sus propias emociones.

Annie se puso muy colorada todavía.

—¡Ay, Dios mío! Cada vez empeoro más las cosas. Sólo trato de explicar que te considero normal.

—¿Normal pero raro?

—De una manera muy interesante —dijo ella, claramente desesperada.

Él sonrió.

—Annie, ya te dije que está bien.

—Sí, pero no me gustaría que pienses que yo...

Oliver cortó la disculpa de cuajo. Simplemente, le tapó la boca con la mano.

—Basta ya. Dejémoslo en interesante. Me gusta la palabra interesante.

—¿De verdad? —Annie abrió los ojos desmesuradamente por encima de la mano de Oliver.

—Sí, de verdad. —Era demasiado pronto, pensó Oliver. Pero de todas maneras, la besaría. Era imposible detenerse. Se apoyó contra el travesaño, afirmó su postura y atrajo a Annie inexorablemente entre sus muslos.

Ella sólo se resistió débilmente. Y al instante, Oliver sintió que ella estaba recostada sobre él en un dulce abandono. Tenía las manos apoyadas sobre sus hombros y los ojos le brillaban con femenina anticipación. Cuando le quitó la mano de la boca, advirtió que tenía los labios ligeramente separados, en sensual excitación.

—Me recuerdas a uno de mis helechos —dijo Oliver.

—¿Sí? —Pareció complacerla la noticia.

—Sí.

Oliver bajó la cabeza. Lenta y deliberadamente, cubrió la boca de Annie con la suya. Sintió que una sensual electricidad recorría el cuerpo de ella, la cual alimentó aún más sus propios deseos.

Sabía exactamente como él la había imaginado: fresca, vibrante, llena de promesas, como el más exótico de los helechos de su jardín.

Bruscamente, Annie apretó la tela de la camisa de Oliver con los dedos. Se aferró a él, recibiéndolo con gran curiosidad, con un apetito que la hacía estremecer.

Y a él también, notó Oliver, asombrado. Le temblaban las manos. La respuesta inmediata, franca y total de Annie lo colmó de satisfacción.

Durante un momento, se quedó allí, albergándola entre sus muslos, saboreando la excitación y la anticipación. Sentía la suavidad de sus senos apretados contra su pecho. La curvatura de las caderas de Annie se presionaba contra su miembro erecto, haciéndole hervir la sangre. Ella era exactamente lo que él quería, lo que él deseaba. Había estado en lo cierto respecto de esa joven la noche del compromiso de Daniel.

Oliver se obligó a mover la boca lentamente sobre la de ella, tanteando la profundidad del deseo de Annie. Ella murmuró algo, aparentemente urgente, contra sus labios.

—¿Qué has dicho? —preguntó, aunque en realidad, no le importaba. Le tomó el lóbulo de la oreja entre sus dientes y lo mordió cuidadosamente. Otra vez se estremeció. Y otra vez más, Oliver sintió el impulso de poseerla allí mismo, en el invernadero.

—Dije que esta clase de cosas podría complicarlo —comentó Annie finalmente, casi sin aliento.

—No. Las simplificará. —Estaba convencido de ello. Ahora sabía positivamente que podía hacerla responder. Una vez que se la llevara a la cama, la haría suya.

Annie se apartó ligeramente de él para poder mirarlo a los ojos.

—¿Cómo puedes decir eso?

—Annie, te deseo. Me deseas. Estamos casados. ¿Qué puede ser menos complicado que eso?

Justo después de pronunciar esas palabras, Oliver se dio cuenta de que acababa de cometer un grave error. La expresión en los ojos de Annie se alteró instantáneamente. Lo empujó por los hombros y retrocedió.

—Hasta aquí hemos llegado. —Lo miró—. ¿Cómo creías que funcionaría este pequeño acuerdo comercial nuestro?

—Como tú quieras que funcione —le dijo amablemente.

Aparentemente, esas palabras sirvieron para calmar un poco a la fiera. Frunció la nariz.

—Creo que de alguna manera yo te di lugar a que lo hicieras.

—¿Por qué no admitimos, simplemente, que existe una atracción mutua entre los dos?

Lo miró de reojo, con incertidumbre.

—¿Lo dices en serio?

Oliver sonrió.

—No creo que haya dudas.

—Oh, Dios. Pensé que era sólo yo.

—Y que yo era un monje.

Ella se puso furiosa con él.

—No me bromees con eso. Ya me he disculpado contigo. Oliver, todo esto es muy embarazoso. ¿Qué haremos?

—¿Qué quieres hacer?

—No lo sé. —Confundida, se pasó la mano entre los rizos de color castaño rojizo—. Nunca se me ocurrió pensar qué sucedería si se suscitaba una relación entre nosotros. Física, digo. Además de la relación comercial, ¿entiendes? Esto lo cambia todo.

Una alarma distante sonó dentro de Oliver. Sabía que tenía que desalentarle esa clase de ideas o, de lo contrario, Annie pediría el divorcio a la mañana siguiente.

—No cambia nada en lo que atañe a la empresa de tu hermano. Un trato es un trato, Annie. Es mi intención mantener mi palabra en nuestro pacto, pase lo que pase entre nosotros.

—¿De verdad? —lo miró intensamente.

Oliver se obligó a aparentar frialdad y despreocupación.

—Por supuesto. Después de todo, tengo intereses en Lyncroft Unlimited.

—Sí, claro. Y te necesito. —Otra vez se ruborizó—. Para mantener en pie la empresa de Daniel, quiero decir.

—Por el modo en que lo veo, estamos hablando de dos cosas diferentes. —Deliberadamente, Oliver eliminó todo vestigio de emoción en su voz—. Nuestra relación es una cosa y salvar la empresa de Daniel es otra. No hay razón alguna por la que no podamos manejar ambas situaciones separadamente.

—¿Separadamente?

—Dividiremos las responsabilidades. Yo tomaré las decisiones en las cuestiones comerciales y tú, en lo personal.

—¿Yo?

—¿Por qué no? ¿No crees poder decidir si quieres que seamos sólo compañeros de vivienda o amantes?

—Por supuesto que puedo tomar una decisión como ésa —estalló ella—. No es eso lo que se discute.

—¿Y qué se discute?

—Lo que se discute es que ya sé que es una mala idea ser algo más que compañeros de vivienda.

—No me parece mala idea en lo más mínimo. Pero la elección es tuya. Yo aceptaré lo que tú determines en este apartamento, así como tú aceptarás lo que yo decida en Lyncroft Unlimited.

Annie se quedó mirándolo boquiabierta.

—No lo creo.

—¿Qué es lo que no crees?

—Que estés preparado para ser tan frío, tan sereno y tan racional en cuestiones de... de...

—¿Sexo?

Annie levantó el mentón, desafiante, aunque sus mejillas seguían muy coloradas.

—Sí, de sexo.

Oliver se encogió de hombros.

—Es obvio que no has tenido mucha experiencia con monjes. —Le tomó el brazo y volvió avanzar hacia la puerta—. ¿Qué te parece si vamos a cenar? Realmente tengo hambre.

6

—Simplemente, no puedo creer que estés casada con él, Annie. —Barry hundió los dedos en su rubia cabellera, mientras que, con ojos tristes, miraba su taza de café tostado francés—. No puedo creer que no haya sospechado que tú y Rain estabais saliendo y mucho menos que planeabais casaros. Dan jamás dijo ni una palabra.

—Oliver es un hombre muy introvertido. Quería que todo se mantuviera en secreto. —Annie se preguntaba cuándo y cómo había adquirido esa maravillosa habilidad para decir mentirillas sociales. Ciertamente, era una aptitud muy útil. Sin embargo, sintió cierta culpabilidad. Después de todo, Barry siempre había sido la mano derecha de su hermano. Se merecía algo mejor.

Annie miró con cautela a su alrededor para cerciorarse si alguien de las muchas mesas cercanas podría llegar a escucharla. No había razones para alarmarse. La mayoría de los presentes eran turistas que habían venido a comprar en las galerías de arte, librerías y tiendas de artesanía, de la zona Pioneer Square. No conocía a nadie y aparentemente todos parecían muy ocupados en sus propios asuntos.

—¿Introvertido? Eso se llama minimizar las cosas —se quejó Barry—. Rain es un maldito misterio. Pregúntale a cualquiera. Todos dicen que es raro.

Annie sintió el incontenible impulso de defender a Oliver. Y se preguntó si en ella no estaría naciendo el instinto conyugal.

—No es raro. Simplemente, le gusta la intimidad. No quería armar bulla ni dar lugar a chismes, sino hasta que estuviéramos preparados para anunciar la boda. Después, cuando Daniel desapareció, decidió adelantar nuestro matrimonio para apaciguar a los inversores y acreedores de Lyncroft.

—Annie, no sé qué decir. Todo esto es tan repentino.

—Hasta la desaparición de Daniel no había necesidad de apurarse. Además, a Oliver le gusta tomarse su tiempo para hacer las cosas.

—Puedes decir lo que quieras. —Barry apretó los labios ominosamente—. La gente que se involucra en los asuntos de Oliver Rain termina hecha añicos.

Annie no hizo caso del comentario agitando suavemente la mano en el aire.

—La reputación de este hombre ha sido exagerada. —Frunció el entrecejo cuando se le ocurrió una idea—. Es probable que sea así porque no necesita explicarse ante los demás. Sus habilidades para comunicarse son bastante pobres.

—No jodas.

—Pero, en serio, es muy agradable y cuidará bien de la empresa.

—¿Muy agradable? —Barry parecía estar a punto de vomitar su café—. Lo tomaría como una broma si no fuera porque esta situación es demasiado seria, maldita sea. Annie, Rain es peligroso. ¿No lo entiendes?

Annie sonrió para calmarlo.

—No es peligroso. No para nosotros, Baffy. Él protegerá Lyncroft Unlimited. Míralo de este modo: tenemos al pistolero más valiente del Oeste cuidando de la empresa de Daniel.

—¿Cómo puedes ser tan ingenua? —Barry se hundió con desgano en su silla—. No me gusta, Annie. Tengo tanto miedo por ti como por la empresa.

—Si te inquieta toda esa historia de Walker Gresham, olvídalo. Conozco la versión completa.

—¿Sí? —le preguntó azorado.

—Claro. Oliver me lo contó todo. Gresham estaba en el tráfico de armas y usaba una de las empresas de Oliver para cubrirse. Oliver y Daniel lo rastrearon y lo sorprendieron una noche durante una transacción. Hubo un tiroteo y Gresham murió.

—Ésa es la versión de Rain. Es una pena que Dan no esté aquí para corroborarla.

—¿Y tú cómo te enteraste? —preguntó Annie.

Barry se encogió de hombros.

—Alguien lo mencionó cuando se corrió la voz de que Rain era el mayor inversor de Lyncroft. Todos se preguntaban qué haría. Supongo que supo cómo proceder. Se casó contigo. Mierda.

—No acepto eso, Barry.

—Lo lamento, pero ese tipo me pone nervioso. Daniel no está aquí para protegerte.

—Yo no necesito que me protejan de Oliver.

Barry entrecerró los ojos.

—Dime una cosa: ¿qué harás si descubres que realmente existen motivos para temer a Rain?

Annie sorbió su café. Era obvio que Baffy estaba muy preocupado por ella. Era emocionante. Buscó una manera de mitigar su angustia.

—Sabes que Daniel organizó la empresa de manera tal que sólo los miembros de la familia puedan poseer acciones en ella.

—Lo sé. —Barry apretó la mandíbula—. Y tú acabas de convertir a Rain en un miembro de la familia. Le has dado parte del capital.

—Bueno, si alguna vez tuviera razones para temer a Oliver —confió Annie— podría divorciarme de él. He hecho un acuerdo prenupcial por el cual él perdería el control de la empresa en caso de divorcio.

Los ojos de Barry no abandonaron el rostro de Annie ni por un segundo. Lentamente, apoyó la taza de café en el plato.

—No había pensado en eso.

Annie hizo una mueca.

—Créeme, Oliver está al tanto de ese acuerdo. Sabe perfectamente bien que el hecho de haberse casado conmigo no fue un medio fácil de llegar al poder en Lyncroft Unlimited.

—Pero podría valerse de su autoridad de socio para manejar la empresa de modo tal que la situación se torne insostenible.

—Lyncroft ya estaba en una situación insostenible. —Annie se estaba exasperando—. Si Oliver hubiera estado de acuerdo con la venta o fusión de la empresa, se hubiera unido a los demás acreedores e inversores para presionarnos más todavía. No tenía que llegar a casarse conmigo.

—No estoy tan seguro al respecto. —Barry se frotó la nuca—. Ese hombre tiene malas intenciones. Sabía que serías capaz de cualquier cosa antes de aceptar la fusión o venta de la empresa. Y si lograbas mantenerte como estabas durante mucho tiempo, cuando los negocios llegaran a sus manos, la empresa estaría prácticamente arruinada. Y no tenía manera de asegurarse que sería el comprador. Rayos, te podrías haber buscado otro príncipe azul.

—¿Y fusionarme con uno de los rivales de Rain? —Annie meneó la cabeza—. Muy poco factible. Y Daniel se habría muerto de rabia. Mira, Barry, tendrás que confiar en mí con respecto a esto. Sé lo que estoy haciendo. Además, esto se reducirá a la nada cuando Daniel vuelva.

Barry le tocó ligeramente la mano con ojos angustiados.

—¿Y si él no vuelve más, Annie?

—Volverá —dijo Annie.

Esa tarde, Annie entró en la cocina de diseño de su apartamento a las cinco y media. Dejó dos bolsas grandes con comestibles sobre la mesa negra y sonrió a Bolt:

—¿Leyó mi nota? —preguntó.

—Sí, señora Rain.

Annie lo miró con incertidumbre.

—Decía que no tenía que molestarse en preparar la cena de esta noche porque yo la haría.

—El señor Rain me dio órdenes de que hiciera la cena para los dos. Yo obedezco las órdenes de él. —Bolt pelaba una patata con la precisión de un robot. Parecía maravillosamente eficiente con su delantal blanco inmaculado, que llevaba sobre su camisa, también blanca impecable y una corbata.

Annie se negó a dejarse intimidar por la habilidad con que Bolt manejaba el cuchillo. Era bueno, tuvo que admitir. Aparentemente era bueno para todo lo que hacía. Pero era su intención preparar la cena personalmente. Había estado esperando ese acontecimiento durante todo el día.

—Entiendo, Bolt —dijo ella pacientemente—, pero le repito que yo prepararé la cena, de modo que puede irse a su casa.

—Le repito, señora Rain, que sólo obedezco órdenes del señor Rain.

—No le caigo muy bien, ¿verdad?

Bolt recogió otra patata.

—Mis sentimientos personales nada tienen que ver con este asunto. Yo trabajo para el señor Rain.

—Bueno, ¿dónde está el señor Rain? —gruñó Annie a la imperturbable espalda de Bolt—. Haré que le ordene que se vaya a su casa.

—El señor Rain está ocupado en su estudio. No quiere que se le moleste.

Annie se dio la vuelta rápidamente y se encaminó hacia el pasillo.

—No se molestará si me asomo un momento para pedirle que le ordene que se vaya a su casa.

—Está con su hermana —intervino Bolt de inmediato—. Creo que es por un tema privado.

Tal como Bolt lo había vaticinado, eso detuvo a Annie.

—Está bien. Esperaré hasta que terminen. Luego hablaré con Oliver. Por lo pronto, deje de pelar más patatas. Prepararé tacos.

—Cenaremos salmón a la parrilla, patatas a la duquesa y alcauciles —dijo Bolt—. Es una de las comidas favoritas del señor Rain.

—Apuesto a que le gustan los tacos.

—No, particularmente.

Annie lo miró con los ojos entrecerrados.

—Todavía no ha probado mis tacos.

Annie se volvió y se dirigió hacia el cuarto de huéspedes, muy elegante, que le había sido asignado.

Pensó que Bolt le traería problemas. Desde que lo había conocido tuvo el presentimiento de que no le caía simpática. Debía admitir que era una experiencia nueva, pues a la mayoría de la gente le caía bien. Pero si Bolt iba a declararle la guerra, ella no se intimidaría fácilmente. Después de todo, ésa era su casa por un tiempo. No permitiría que un robot le diera órdenes.

La voz llorosa de una mujer, que se elevaba de tono ante una gran frustración, interrumpió los pensamientos de Annie. Miró hacia la puerta cerrada del estudio de Oliver. Tenía que ser Valerie, dedujo, angustiada. Por algún motivo, imaginó que la imponente y empolvada Heather no podía romper en lágrimas por una discusión con su hermano.

—Maldito seas, Oliver. No permitiré que gobiernes más mi vida. —La voz desarticulada de Valerie retumbó a través de la puerta—. Amo a Carson y si me pide que me case con él, lo haré.

Annie no llegó a escuchar la respuesta de Oliver, pero eso no le llamó la atención. Dudaba mucho de que Oliver fuera capaz de elevar la voz, por grave que fuera la provocación o su ira. Controlaba muy bien sus emociones.

—No quiero escuchar lo que pasó después de que papá se fuera. Ya he escuchado ese cuento más de un millón de veces. —Valerie abrió bruscamente la puerta del estudio y salió corriendo al pasillo.

—Es una historia antigua —le gritó por encima del hombro con la voz entrecortada—. Sybil tiene razón. No puedes olvidar el pasado.

—Ya basta, Valerie —se oyó la voz de Oliver desde la oscuridad del estudio. Su tono no fue rudo, sino tan implacable como siempre.

—Me da pena tu esposa —declaró Valerie apasionadamente. Temblaba por la ira que la dominaba. ¿Todavía no sabe que se ha casado con un hombre que hace girar su vida en torno de lo que sucedió hace quince años?

Valerle no aguardó respuesta. Giró sobre sí rápidamente enjugándose las lágrimas de los ojos.

Se llevó por delante a Annie cuando trató de esquivarla.

—Annie. Dios mío.

—Discúlpame. —La ayudó a recuperar el equilibrio—. ¿Estás bien?

—Sí. No. Sólo quiero irme de aquí. —Valerie la empujó para seguir su camino—. Espero que sepas lo que has hecho al casarte con mi hermano, Annie. Creo que lo lamentarás mucho, mucho.

Valerie salió corriendo por el pasillo. Annie se quedó mirándola mientras se alejaba. Pocos momentos después, escuchó que se abría la puerta principal y que, inmediatamente, se cerraba con un ruido. Annie se volvió hacia el estudio y miró en su interior.

Oliver estaba sentado, inmóvil, detrás de su escritorio esmaltado en negro. La luz halógena sólo iluminaba sus manos, dejándole el resto del cuerpo en penumbra.

Annie avanzó un paso y se detuvo al llegar a la puerta. En un rincón de la sala, cerca del jardín de rocas, estaba el leopardo agachado, mirándola sin pestañear como solía hacerlo Oliver para lograr el mismo efecto.

—Tu hermana parecía un tanto contrariada —aventuró Annie.

—Lo superará.

—¿Hay algo que yo pueda hacer?

—No. —Hizo una pausa y luego agregó gentilmente—. Gracias.

Annie vaciló, dándose cuenta de que Oliver le estaba cerrando las puertas en ese asunto, del mismo modo que se las había cerrado la noche anterior con el tema de Sybil. Pero tenía la sensación de que, al menos, tenía que tratar de lograr que Oliver se comunicara con los demás.

—¿Te gustaría hablar de ello? A veces ayuda discutir con otra persona esta clase de cosas.

—Espero —dijo Oliver, con un esbozo de burla— que no estés brindándome tu ayuda para ponerme en contacto con mis propios sentimientos.

Annie se puso furiosa.

—Olvídalo. Si no quieres desahogarte, es tu problema. Pero mientras tanto, tenemos otro asuntito que arreglar.

—¿De qué se trata?

—Bolt está preparando la cena.

—Es una de las obligaciones que tiene en esta casa. Es un excelente cocinero.

—No lo dudo. —Annie se cruzó de brazos y apoyó un hombro sobre el marco de la puerta—. Ese hombre es una máquina. Siempre que lo enchufes es capaz de hacer cualquier cosa. Pero esta noche, no necesitaremos un cocinero de primera clase. Quiero preparar la cena yo.

—¿Sí?

—Sí. Comeremos tacos. Ya he comprado todos los ingredientes en el mercado de Pike Place, incluso una docena de las mejores tortillas de maíz que jamás hayas probado. Pero lo primero que tienes que hacer es echar a patadas a Bolt de mi cocina.

—¿Tu cocina?

—¿Quieres que me bata a duelo con él para establecer los derechos sobre la cocina?

Oliver se puso de pie.

—No. Creo que por esta tarde, ya ha habido bastantes dramas en esta casa. Si estás segura de que quieres cocinar, le diré a Bolt que se vaya a su casa.

Annie sonrió llena de satisfacción. Era una pequeña batalla, la mujer contra el robot, pero ella había ganado.

—¿Te importa si te acompaño para observar?

Oliver arqueó una ceja mientras se encaminaba por el pasillo hacia la cocina.

—¿Quieres ver derramar sangre?

—Por supuesto que no. Sólo quiero ver qué cara pone Bolt cuando se entere de que yo también puedo dar órdenes aquí.

Oliver pareció pensativo.

—Parece que me convertiré en un experto en esto de las cuestiones domésticas. ¿Todos los maridos tienen que pasar por cosas como éstas?

—En cualquier matrimonio hay un período de adaptación —dijo Annie.

—Lo tendré en cuenta.

Bolt levantó la vista de sus patatas cuando Oliver y Annie entraron en la cocina.

—¿Señor?

—No necesitaremos sus servicios esta noche, Bolt. Tómese la noche libre —dijo Oliver.

Bolt miró a Annie. No hubo expresión alguna en sus ojos, pero obviamente, se había dado cuenta de que había perdido la batalla.

—Sí, señor.

Pero inmediatamente, Annie se sintió culpable. El pobre Bolt tenía todo el derecho del mundo a sentirse usurpado. Ella era la recién llegada a la casa.

—Bueno, déjeme ayudarlo. —Se acercó al fregadero y empezó a quitar las pieles de patatas—. ¿Por qué no se lleva las patatas a su casa? Podría usarlas para su cena.

—No, gracias, señora Rain. —Se quitó el delantal blanco y lo colgó en la parte interior de la puerta de la alacena.

—¿Le gustaría compartir los tacos con nosotros? —le preguntó ya desesperada.

—No me gustan los tacos. —Se fue de la cocina.

Annie se sentía como si se hubiera pasado toda la tarde arrancándoles las alas a las moscas. Se volvió hacia Oliver realmente desolada.

—¿Crees que se habrá molestado de verdad?

—¿Quién? ¿Bolt? —Abrió una pequeña puerta que cubría una bodega. Estudió las botellas de vino que había allí—. ¿Por qué tendría que molestarse?

—Bueno, parece que lo eché a patadas. Espero no haber herido sus sentimientos tan profundamente.

—Nadie lo ha despedido —señaló Oliver, cortante—. Sólo le hemos dado la noche libre.

—Sí, pero no estoy segura de que lo haya tomado así.

—Annie, conseguiste lo que querías: sacarlo de tu cocina. —Oliver colocó el sacacorchos en la botella—. No tiene mucho sentido ser ganadora si al instante empiezas a sentir lástima por el perdedor.

—Una interesante filosofía de la vida. —Annie extrajo un trozo de queso de Cheddar, lechuga y algunos tomates bien colorados de la bolsa de los alimentos—. ¿Tú solo llegaste a esa conclusión?

—Estoy seguro de que no soy el primero que ha pensado en eso. —Sirvió dos copas de vino tinto.

—Probablemente no. —Annie revolvió en el interior de una gaveta—. ¿Dónde está el rallador?

—No tengo idea.

—Claro. —Abrió otra gaveta y espió en el interior—. Dejas todo ese trabajo a Bolt, ¿no?

—Sí.

—Ajá. Aquí está. —Tomó el rallador de acero inoxidable y empezó a trabajar con el queso de Cheddar. Parecía no haber sido usado jamás—. ¿De dónde lo sacaste? ¿De una fábrica?

—¿A Bolt? Vino a trabajar conmigo hace unos tres años.

—¿Dónde trabajaba antes de hacerlo contigo? —preguntó Annie mientras rallaba el queso.

—En una empresa que se especializaba en seguridad internacional para otras empresas.

Annie frunció el entrecejo.

—¿Qué hacía?

—Creo que su especialidad eran todos los arreglos de seguridad antiterrorista. Su experiencia estaba en el campo de la electrónica.

—¿Como Daniel?

Oliver arqueó las cejas.

—Bueno, no tanto. Tu hermano era, perdón, quise decir, *es*, un genio en el campo de la electrónica, pero nunca fue gran cosa en el tema de seguridad.

—Disiento contigo en eso —dijo Annie acaloradamente—. Mi hermano es brillante.

—Sí, ya sé, pero no en cuestiones de seguridad. Realmente, no tenía aptitudes para esto.

—Pero pudo rastrear a ese pistolero para ti.

—Encontrar a Gresham fue un accidente. Daniel dio con la prueba por casualidad. No fue en busca de ella. Daniel siempre fue demasiado confiado como para hacer trabajos de seguridad. Siempre tendía a creer que las personas eran excelentes, de muy buenos sentimientos, a menos que le demostraran lo contrario abiertamente.

—De acuerdo. Entonces mi hermano no es suspicaz ni paranoico de nacimiento. ¿Es un delito eso?

—No es un delito, pero puede llevarte a graves errores de juicio —dijo Oliver, sumisamente—. En lo personal, yo trato de evitar esos errores.

—Con razón tienes tan pocos amigos —farfulló Annie por lo bajo.

—¿Qué?

—Nada. Cuéntame más sobre Bolt. ¿Por qué dejó su trabajo en la empresa de seguridad internacional?

—Hubo un incidente —dijo Oliver suavemente—. Mataron gente inocente. No fue culpa de Bolt, pero él se sintió responsable. Sufrió lo que comúnmente se denomina una depresión nerviosa. —Oliver bebió de su vino mientras la observaba rallar el queso—. Cuando logró recuperarse, había perdido a su esposa y su trabajo.

—Qué terrible —suspiró Annie—. Ahora me siento muy arrepentida de haberlo echado a puntapiés de aquí. Ese pobre hombre. Ha tenido que soportar tantas cosas. Y yo vengo aquí y lo trato como a un robot.

—Eres demasiado blanda para ciertas cosas, Annie. Bolt sobrevivirá, aunque lo hayas echado de la cocina.

Annie frunció el entrecejo y miró a Oliver.

—¿Sabes algo, Oliver? He estado pensando.

—¿En qué?

—En tu problema de base en esta vida.

—No sabía que lo tenía.

—Bueno, sí, lo tienes. Tu problema es que no te molestas en explicarte ante los demás. Además, eres un poquito insensible. Y no tienes capacidad para comunicarte con la gente. El resultado: te has ganado la fama de ser malintencionado, misterioso y bastante arrogante.

—¿Eso es problemático?

—Sí, lo es, especialmente, en cuestiones familiares. —Annie no levantó la mirada cuando apartó el queso y tomó un tomate—. Toma esa pequeña escena con Valerie como ejemplo.

—¿Vas a arrojarme ese tomate?

Annie se enfureció.

—Ella estaba llorando, Oliver.

—Se repondrá.

—¿Lo crees? —Apoyó el tomate en la tabla para picar—. Mira, ya sé que no es asunto mío.

—Cierto, no lo es.

—Pero me parece que has actuado mal en el tema de Valerie.

—¿De verdad? —Se apoyó contra la nevera. Parecía fascinado.

—Sí, de verdad. —Annie comenzó a cortar el tomate en rebanadas—. ¿Presumo que no te gusta su novio?

—No lo conozco.

Annie apoyó el cuchillo sorprendida.

—¿Me estás tomando el pelo? ¿La atacaste con toda tu artillería pesada por ser novia de un hombre que ni siquiera conoces?

Oliver estudió su vaso de vino.

—Sé quién es y eso me basta.

—¿Y? ¿Quién es? ¿Un ex convicto? ¿Un psicópata? ¿Un crápula?

—Es hijo de Paul Shore.

Annie se quedó pensando en esa información mientras tomaba su copa de vino.

—No conozco a los Shore. Jamás me he movido en esos círculos. Pero sí he oído hablar de ellos. Paul Shore tiene una importante empresa de construcción, con sede principal aquí, en Seattle. Se dedica a los grandes edificios y complejos comerciales. Esa clase de cosas.

—Entre otras.

—Una amiga mía, que es diseñadora, está trabajando en la casa de los Shore para la fiesta anual de arte de beneficencia que él y su esposa organizan todos los años. Los Shore son muy activos en los ambientes locales de arte. Tienen una fundación o algo similar.

—Sí.

—¿Entonces qué tiene de malo el tal Paul Shore? ¿Por qué no piensas que su hijo es una buena persona para Valerie?

Oliver tomó un sorbo de vino y lo saboreó pensativo.

—Supongo que como eres parte de esta familia tienes derecho a conocer un poquito de su historia.

Annie le sonrió alentadoramente y siguió cortando rebanadas de tomate. Lo que Oliver acababa de decir no era exactamente cierto, en lo que a ella concernía, pero al menos, empezaba a abrirse. Buena señal.

—Te escucho.

—No es una historia muy larga. Poco después de que mi padre se fugara, descubrí que tenía grandes deudas con unos cuantos viejos amigos suyos. Paul Shore era uno de ellos.

—¿Qué sucedió?

—Fui a verlo y le pedí, en nombre de su vieja amistad con la familia, que me concediera una extensión del plazo para saldar el préstamo.

Annie se quedó quieta.

—¿Te lo negó?

—Me lo negó. No me dio tiempo para arreglármelas en absoluto. Me dijo que quería que le devolviera el dinero inmediatamente, aunque eso representara vender lo único que nos quedaba, la casa. Y aun así, con el dinero de la venta sólo habría podido pagarle una parte de la deuda.

—Sinceramente, fue una actitud muy vil por parte del señor Shore —dijo Annie de inmediato—. Debió haberse dado cuenta de que tu familia ya estaba demasiado presionada. Si de verdad era un viejo amigo, debió haberte ayudado.

—No voy a aburrirte con los detalles de cómo conseguí sobrevivir en esos dos primeros años hasta que volví a apoyar los pies en la tierra, financieramente hablando. Sólo digamos que lo logré y que Paul Shore no me dio paz y, aún menos, ayuda.

—Entiendo. No le has perdonado el haberte dado la espalda, a ti y a tu familia también, después de la huida de tu padre.

—No es la clase de actitud que uno pueda perdonar, Annie.

—Vaya. —Colocó las rebanadas de tomate en un recipiente—. Entiendo por qué no quieres a Paul Shore.

Oliver contestó el comentario con una ligera reverencia de su cabeza. Una serena satisfacción afloró en sus ojos.

—Sabía que lo comprenderías.

—Y también entiendo por qué las cosas se pueden complicar un poco.

Oliver la miró con cautela.

—¿Por qué?

—Bueno, naturalmente, tienes mala predisposición para que te agrade el hijo de Paul Shore.

—Sí.

—Imagino que deseas que el novio de Valerie fuera cualquier otro.

—Encontrará otro novio sin duda —dijo Oliver.

—Puede que sí. Puede que no. —Annie sostenía el cuchillo en el aire mientras le mantenía muy fija la mirada—. Mientras tanto, tendrás que hacer algo generoso e inteligente.

Oliver parpadeaba lentamente, como un felino cazador que hubiera decidido que ya era hora de dejar de jugar con su presa.

—¿Y qué es?

—Aceptar que tu hermana es novia de un hombre que no tiene nada que ver con lo que pasó entre tú y Paul Shore hace unos cuantos años. Da una oportunidad a Carson Shore. Sólo por Valerie.

Oliver no se movió. Seguía con un hombro apoyado contra la nevera, y mirando a Annie como si hubiera sido una especie exótica de helecho.

—Yo pondré la mesa —dijo por fin.

Se apartó de la nevera y empezó a revolver en alacenas y gavetas.

Annie se tragó un insulto.

—Tal vez sea un hombre agradable, Oliver. Al menos Valerie, está convencida de ello.

—¿Comemos aquí, en la cocina? —preguntó Oliver amablemente—. No viene al caso que usemos el comedor porque no tendremos a Bolt para que lo arregle después.

A toda marcha, Annie rodeó la mesa de la cocina para interponérsele en el camino.

—Estás ignorando el asunto, Oliver.

—No hay ningún asunto aquí. —La esquivó y, con gran precisión, comenzó a colocar los salvamanteles individuales, los cubiertos y las servilletas sobre la mesa de cristal y metal negro de la cocina—. Pero podría haber un pequeño malentendido.

—Lo sabía. Annie se sintió triunfante—. Ése es todo el problema. Un malentendido. Sabía que no eras irrazonable.

—Gracias.

—Simplemente, puedes llamar a Valerie y explicarle que, en un principio, no podías comprender la idea de que ella fuera novia de Carson por los problemas que tuviste antes con la familia de él. Pero ahora tienes la ocasión de reflexionar sobre el tema y has decidido que no puedes achacar a los hijos los pecados de sus padres, que no siempre se es de tal palo tal astilla.

—Lo que le diré a Valerie —dijo Oliver, con toda calma— es que su casamiento con Carson Shore, de realizarse, será tomado como un acto de traición hacia la familia. Ya no será bien recibida por ninguno de nosotros. Además, se unirá a él, pero sin un centavo nuestro. Su nombre quedará borrado de la familia y, por lo tanto, quedará desheredada.

—¿Qué? —Annie se quedó mirándolo, azorada—. No puedes hacer eso, Oliver.

—Por supuesto que puedo hacerlo.

—¿Y qué pasará si ella se sale con la suya y se casa con él de todas maneras?

—No te preocupes. No pasará.

—¿Cómo puedes estar tan seguro de ello? —preguntó Annie.

—Eso es asunto mío —dijo Oliver—. No te concierne.

Annie lo miró a la cara, buscando algún indicio de ternura. Pero no halló nada que la esperanzara. Sin embargo, todavía se negaba a creer que Oliver fuera tan implacable como aparentaba.

—Esto es ridículo. No puedo creer que tengas tanta frialdad en algo como esto.

—Creo que mientras discutimos este tema de los Shore, podemos ocuparnos de otra cuestión.

—No lo creo —dijo Annie.

—Entiendo que en cuanto a ti respecta, nuestro matrimonio es ficticio. Pero ante los ojos del mundo, eres mi esposa, ¿no?

—Sí. —Annie estaba aprendiendo a mantener la calma cuando Oliver le hablaba con ese tono tan particular.

—Todos saben que hay ciertas cosas que mi esposa no haría.

—¿Y cómo habrían de saberlo si nunca antes has tenido una esposa? —Annie se sentía complacida por ese hecho en particular.

—Digamos que mi reputación me precede —dijo Oliver, siempre con la misma parsimonia—. De todas maneras, lo que trato de explicar con todo esto es que una de las cosas que mi esposa no haría en ningún caso es relacionarse con alguno de los miembros de la familia Shore.

—Yo no me relaciono con ninguno de los miembros de esa familia.

—Tenlo presente, Annie. Dure lo que dure este matrimonio, tú eres la señora Rain. Espero que actúes conforme a ello.

Ella se quedó mirándolo fijamente.

—¿Cómo debo tomarlo?

—Esto significa —dijo con mucha suavidad— que tu primera lealtad es hacia mí.

—No puedo creerlo. —Annie golpeó una de las sartenes profesionales de Bolt contra el horno de la cocina—. Es lo más ridículo que he escuchado en toda mi vida. Con razón Valerie estaba tan irritada. Probablemente, le has hablado de la misma manera que me estás hablando a mí. Bueno, pero si esperas que yo acate órdenes de esa índole, Oliver, creo que te llevarás una gran sorpresa.

—Cuando tú quieras —dijo Oliver— tienes plena libertad para terminar con este matrimonio.

Annie se quedó helada ante la amenaza. Luego, recuperó la compostura, se volvió bruscamente y lo enfrentó.

—Te ganaste tu reputación a la antigua, ¿no? Te esforzaste tremendamente en ello.

Oliver terminó de poner el último plato sobre la mesa y la miró.

—Annie, prefiero comer tacos en lugar de reñir contigo.

Annie sonrió con tristeza.

—Es porque no sabes reñir como se debe. Tú sólo das órdenes y las respaldas con amenazas. Me parece que tendrás que aprender algunas cosas respecto de cómo ser esposo, Oliver Rain. Necesitas aprender a comunicarte.

—¿De verdad? —Volvió a la mesa y tomó su copa de vino—. ¿Quién va a enseñarme?

—Yo —le contestó ella, con aspereza.

—Mmm, puede que sea muy interesante —dijo Oliver.

7

En cierto modo, el coraje de Annie se había deteriorado a la mañana siguiente cuando fue a trabajar. Había sido una larga noche. Había pasado largas horas de insomnio en su elegante cuarto gris y dorado, analizando la situación.

Le había dicho a Oliver que él tenía un problema, pero lo cierto era que el de ella era mucho mayor. Estaba planeando cometer el error capital de tratar de cambiarlo.

«Grave error», se dijo, mientras abría la puerta de Extravagancias. La tradición decía que cualquier mujer que se casara con un hombre pensando que podía cambiarlo era una tonta. Y el sentido común le decía que, como ese matrimonio sólo era nominal y poco duradero, era una estupidez aún mayor tratar de remodelar a Oliver Rain.

Se había casado con él estrictamente para salvar Lyncroft. No era problema de ella si Oliver decidía aplicar a su vida y a la de su familia mano de hierro, tras sus guantes de seda.

Hizo una mueca ante esa idea mientras encendía las luces. La escena de la noche anterior con Valerie había sido un ejemplo típico. Obviamente, Oliver se había quitado los guantes de seda.

Annie recordó que Daniel le había advertido que Oliver Rain era un hombre peligroso. Y Daniel, tal como Oliver lo había señalado, tenía una tendencia a pensar lo mejor de la gente.

Ella Presswood apareció en la tienda poco después de las diez, un tanto desgreñada y desorganizada. Claro que no era raro en ella. Ella había perfeccionado la imagen del caos artístico. A diario, reconstruía un aspecto personal distinto: un nuevo color de cabello, diversas combinaciones de ropa y toneladas de joyas recargadas y ruidosas. Ese día lucía el cabello con una vívida tonalidad de fucsia y echado hacia atrás, con una sustancia pegajosa y húmeda. Llevaba una camiseta color mostaza debajo de una chaqueta de hombre que le quedaba inmensa. Alrededor del cuello llevaba una gargantilla de varias hileras gruesas de gema de fantasía.

—Buenos días, Annie. Lamento haber llegado tarde, pero vine en el autobús directamente desde el infierno. Muchos tipos raros como pasajeros. Oye, no esperaba encontrarte aquí hoy.

Annie pasó un plumero sobre el elefante esmaltado.

—Pensé que te había explicado que Oliver y yo hemos pospuesto nuestro viaje de bodas hasta que Daniel regrese.

—Sí, ya lo sé. Pero sólo hace un par de días que te casaste. —Ella la miró con curiosidad—. Cualquiera se tomaría un breve descanso.

—No tendría sentido, porque tendría que pasar ese tiempo sola. Oliver fue directamente a la empresa de mi hermano hoy porque dice que es importante que todos lo vean allí.

—Tiene bastante lógica. Sé cuánto te has preocupado últimamente por los negocios de tu hermano. —Ella se ocupó de algunos asuntos pendientes detrás del mostrador—. ¿Sabes? Todavía no puedo creer que jamás tuviera ninguna pista respecto de ti y Oliver Rain. Nunca fuiste tan reservada con tus cosas, Annie.

—Lo sé. Pero Oliver quería mantenerlo en secreto.

—Qué pena que hayas tenido que acelerar las cosas por cuestiones de trabajo. No pudiste hacer las cosas a lo grande. No hubo vestido, ni porcelana, ni nada.

«Ni nada era la verdad», pensó Annie. Ni siquiera los viejos y famosos derechos conyugales. Pero ésa era su opción, según Oliver. Si ella se quería acostar con él, él estaba dispuesto.

—De todas maneras, Oliver no habría aceptado nada muy pomposo —dijo Annie—. Es una persona muy reservada.

—¿Reservada, eh? —Ella observó su peinado engominado en el espejo que reflejaba ilusiones ópticas que se hallaba colgado en la pared. En este caso, la imagen reflejada era un cuarto—. No te ofendas, pero yo diría que más bien es extraño.

—Viniendo de ti, lo tomo como una broma. Por lo menos, Oliver no se tiñe el cabello de rosa.

—Cierto, pero debes admitir que no muchos hombres de su clase lo llevan tan largo como él —concluyó ella—. Pero no era de su cabello de lo que yo hablaba. Me parece un hombre sombrío y misterioso, ¿entiendes? Jamás me habría imaginado que te enamorarías de un tipo así.

Annie frunció el entrecejo.

—¿Y cuál creías que era mi tipo?

Ella se encogió de hombros.

—Alguien como Quigley, nuestro vecino de al lado, o ese violoncelista con el que saliste un tiempo. Ah, eso me recuerda... —se apartó del espejo—. Que te envió un paquete ayer. Supongo que se enteró de tu boda.

El rostro de Annie se iluminó.

—¿Un paquete de Melvin Finch? ¿Dónde está?

Detrás del mostrador.

Annie se apresuró a rodear el largo mostrador hasta que descubrió el pequeño paquete. Rompió el envoltorio y encontró una nota:

«Para Annie, de Melvin:

Felicidades por tu boda. Espero que hayas encontrado al hombre capaz de realizar tus sueños más extravagantes. Te mereces lo mejor.»

—Qué dulce —dijo Annie, emocionada—. Es un disco compacto de música interpretada por la orquesta sinfónica del medio Oeste a la que él pertenece.

Ella hizo una mueca.

—Me lo imaginé.

—Melvin es una persona sensacional, Ella.

—Otro de tus pájaros heridos, como Joanna los llama. Lo encontraste, lo curaste y cuando estuvo listo, lo soltaste para que volara libremente.

—Melvin tenía que seguir sus sueños —dijo Annie—. Él y yo nunca estuvimos realmente enamorados. Sólo fuimos buenos amigos.

—Te refieres a que le tenías lástima, ¿no? Y a Melvin le agradaba despertar ese sentimiento en ti.

La puerta de Extravagancias se abrió bruscamente, con la fuerza de una persona descontrolada, justo cuando Annie terminaba de guardar el obsequio en la gaveta.

Una mujer de brillante cabellera negra entró en la tienda, vestida de la cabeza a los pies de rojo estridente. Frunció sus labios carmesíes y esperó hasta que obtuvo total atención por parte de Ella y de Annie.

—Queridas —anunció adustamente—, he vuelto para echar otro vistazo a estas extrañas cositas que vendéis.

Annie se echo a reír.

—¿Te refieres a que vienes a darnos otra oportunidad, Rafaela? Pensé que habías dicho que lo único que había en Extravagancias eran cursilerías.

Rafaela, cuya verdadera identidad era Martha Lou Stotts, había optado por adoptar el particular seudónimo de Rafaela, cuando dos años atrás se preparó para trabajar como decoradora de interiores. Además de evitar utilizar un apellido, siempre se cuidaba de aparecer vestida únicamente de rojo cada vez que se mostraba en público. Según se lo había explicado a Annie una vez, era su color distintivo para las transacciones comerciales.

Dos meses atrás, Rafaela se había presentado en Extravagancias para anunciar que había sido elegida para «hacer» los interiores de la casa de los Shore para la fiesta anual de beneficencia de arte. Entonces, había estado loca de contenta, pues el cargo había significado mucho para ella, profesionalmente hablando.

En un principio, Annie se ilusionó porque Rafaela escogió algunas mercancías de Extravagancias para la residencia de los

Shore. Habría sido una estupenda publicidad para su tienda. Pero Rafaela después empezó con rodeos y evasivas.

—Tienes suerte, Annie. —Rafaela apoyó su maletín colorado en el suelo y sonrió generosamente a Annie, a Ella y a Extravagancias—. He llegado a la conclusión de que, para mi proyecto, sí necesitaré algo que rompa con la monotonía y brinde un toque divertido al ambiente.

—Estupendo —dijo Annie con mucho entusiasmo—. ¿Qué te parece el elefante?

Rafaela puso los ojos en blanco.

—No seas ridícula, ese elefante quedaría horrendo. Quiero una fantasía exótica que se combine con una pincelada de *neo-deco.*

—¿Qué me dices del carrusel? —sugirió Ella.

Rafaela observó el brillante carrusel.

—Es una posibilidad. Pero creo que el biombo con motivos selváticos sería una propuesta más adecuada.

—Como gustes —dijo Annie rápidamente—. En realidad, aprecio mucho esto, pues para nosotras será una publicidad maravillosa.

—Oh, ni lo menciones. —Rafaela la miró con cariño—. Para qué estamos las amigas, ¿verdad?

La respuesta de Annie quedó sin efecto por la interrupción del teléfono de neón que sonó sobre el mostrador.

Ella levantó el auricular fosforescente.

—Extravagancias. —Escuchó un momento—. Sí, está aquí. ¿De parte de quién? Correcto. —Cubrió el auricular con la palma de la mano—. Sybil Rain —articuló con los labios.

Sorprendida, Annie tomó el teléfono.

—Sí, soy Annie.

—Pensé que tal vez podríamos almorzar juntas hoy. —La voz de Sybil sonó cortante. Evidentemente, no esperaba una negativa a su invitación—. En realidad no hemos tenido tiempo de conocernos.

El primer impulso de Annie fue encontrar alguna excusa. Tenía el presentimiento de que ella y Sybil no habían nacido para ser grandes amigas. Sin embargo, esa mujer era técnicamente su suegra nueva. Mejor dicho, pensó después, su *suegrastra* nueva.

—Me parece bien, Sybil. ¿Dónde nos encontramos?

Sybil mencionó el restaurante de un elegante hotel en el centro de la ciudad y colgó el teléfono.

—¿Problemas? —preguntó Ella.

—No, en realidad. Sybil Rain quiere almorzar conmigo.

Los ojos de Rafaela se abrieron desmesuradamente.

—¿Sybil Rain? ¿Por qué rayos querría ella almorzar contigo?

Ella se echó a reír.

—Porque Annie se casó con Oliver Rain anteayer.

—*Se casó.* ¿Annie con Oliver Rain? Oh, *Dios mío.* —Los ojos de Rafaela iban de Annie a Ella y al revés—. Esto es una broma, ¿verdad? Estáis tomándole el pelo a la pobre Rafaela.

—Ninguna broma —le aseguró Ella—. Es una gran sorpresa, pero no una broma.

—*¿Oliver Rain?* ¿Ese tipo tan raro que era dueño de medio Seattle antes de que empezara a vender todas sus propiedades?

—No es raro —dijo Annie, molesta.

—Me sorprende que no te hayas enterado de la boda, Rafaela —dijo Ella—. Estaba en la sección comercial de todos los periódicos matutinos de hoy.

—¿Por qué rayos estaba anunciada en la sección comercial? —preguntó Rafaela.

—Porque Rain se hará cargo de la presidencia de Lyncroft Unlimited —explicó Ella, mirando a Annie de reojo.

—Sólo hasta que Daniel regrese —dijo Annie firmemente.

Ella y Rafaela la miraron con compasión, pero ninguna de las dos acotó palabra alguna.

—Seguro —comentó Ella—. Sólo hasta que Daniel vuelva.

—Esto es increíble —suspiró Rafaela—. Te has casado con Oliver Rain. Me niego a creerlo. —Entrecerró los ojos especulativamente—. Dime, ¿qué tal son los interiores de su apartamento? ¿Es cierto que todo se diseñó en negro? Oí algunos rumores.

—Hay mucho negro y dorado —dijo Annie—. Y también gris. Es muy impactante.

—Negro y dorado, ¿eh? Me parece demasiado oscuro para una residencia en Seattle. Y para nada tu estilo. —Rafaela sonrió alentadoramente—. Y como su nueva esposa, tal vez quieras dar un poquito de vida a tu entorno. Tenme presente si quieres hacer algunos cambios.

—Algo me dice que a Oliver no le gustarían demasiados cambios —admitió Annie.

—Tonterías —dijo Rafaela—. Una esposa está hecha para realizar cambios en la vida de un hombre. Si no, pregunta a cualquiera de mis ex esposos.

Tres horas después, Sybil metía la cuchara en un plato de langosta a la crema mientras miraba a Annie, que estaba sentada al otro extremo de la mesa.

—Todos nos quedamos muy sorprendidos por la urgencia de esta boda.

—Lo entiendo. —Annie tomó una gamba de su cocktail. No tenía mucho apetito. En cuanto tomó asiento, Sybil le clavó la mirada de una manera que parecía quemarla. Annie empezaba a sentirse como una de las carísimas entradas que ofrecía el restaurante en su menú.

—Por supuesto que Oliver siempre ha sido muy introvertido —dijo Sybil suavemente—. Uno nunca sabe cuáles son sus planes verdaderos hasta que a él se le antoja revelarlos.

—Me doy cuenta de que es un hombre a quien le gusta mucho la intimidad. —Annie pensó que esa referencia a la reserva de Oliver ya se le estaba haciendo una costumbre.

Sybil sonrió, pero esa sonrisa no le llegó a los ojos.

—Algunas personas creen que es un hombre demasiado peligroso.

—Estoy segura de que su fama es exagerada.

Sybil apretó los labios.

—Acepta mi palabra, Annie, no lo es. Puedo atestiguar personalmente que no lo es. —Apoyó la cuchara—. Mira, no viene al caso que andemos con rodeos. Hoy te he invitado a almorzar porque considero que hay algunas cosas que debes saber.

—¿Sobre Oliver?

—Sí. —Sybil hizo una pausa, para lograr un buen efecto—. Creo que debes saber que existen razones de sobra para pensar que Oliver se casó contigo para hacerse cargo de la empresa de tu hermano.

Annie abandonó su gamba y miró a Sybil.

—Eso no es cierto.

—Annie, créeme, lo conozco infinitamente mejor que tú. Sé de lo que es capaz con tal de conseguir lo que busca. Y también sé que el amor sería la última razón que Oliver tendría para casarse. Ni siquiera conoce el significado de esa palabra.

—No estoy tan segura de eso —dijo Annie suavemente—. Me parece que ha sido muy bueno con su familia. Ha cuidado de todos ustedes, ¿no?

Un viejo resentimiento se encendió súbitamente en la mirada de Sybil.

—Por un precio. Eso es lo que te aconsejo que tengas presente cuando trates con Oliver. Todo siempre tiene su precio para él.

Annie se movió nerviosamente en su silla.

—No hay motivo para preocuparse por mí. Supe qué hacía exactamente cuando me casé con Oliver.

—¿Sí? —Sybil la estudió con atención—. Espero que seas lo suficientemente inteligente como para saber que, si te casaste con él por dinero, has perdido tu tiempo. Nunca podrás echarle mano. Oliver es demasiado inteligente como para permitir que una mujer se lo arrebate.

Annie se enfureció.

—No me casé con él por su dinero.

—Si te casaste con él por amor, entonces te decepcionarás más todavía.

Annie dejó de lado las gambas.

—No creo que tenga mucho sentido continuar con este pequeño almuerzo, tan amistoso, para conocernos mejor. Si me disculpas, tengo que volver a mi tienda.

—Annie, espera. —De pronto hubo desesperación en la expresión de Sybil—. Por favor, no te vayas. Tengo que hablar contigo.

—No quiero hablar contigo sobre Oliver ni sobre mi matrimonio con él.

—No entiendes. Hay más cosas implicadas. No es sólo tu matrimonio. Sé que te preocupan los negocios de tu hermano. Tenemos que hablar.

—Si planeas sacar a relucir otras advertencias con respecto a los objetivos que Oliver se ha fijado para Lyncroft, olvídalo. No tengo humor para escuchar esas cosas. —Annie empezó a levantarse de la silla.

—Sólo un momento. —Sybil se interrumpió súbitamente y levantó la vista cuando un hombre alto se acercó a la mesa. Ansiedad y alivio asomaron a la mirada de la mujer—. Jonathan, ¿qué estás haciendo aquí?

—Hola, Sybil. —El hombre dirigió una sonrisa de cortesía a Annie. Detrás de los cristales de sus gafas se leyó una nota de comprensión—. Discúlpenme. Permítanme presentarme. Soy Jonathan Grace, amigo de Sybil.

—Mucho gusto. —Annie lo miró con curiosidad.

Lo primero que Annie pensó era que el apellido no estaba a la altura del aspecto de aquel hombre. En lugar de tener una ligera contextura física, grácil, era robusto, aparatoso. Cualquiera hubiera pensado que había sido jugador de fútbol americano en la secundaria o en la universidad. Parte de su musculatura de entonces se había convertido en grasa por la edad. Annie supuso que tendría unos cuarenta largos o, tal vez, poco más de cincuenta. Sus rasgos eran toscos, aunque agradables en su conjunto.

—No deberías estar aquí —le dijo Sybil.

—Creo que Annie entenderá y sabrá guardarnos el secretito, ¿verdad? —Jonathan se sentó a la mesa y llamó al camarero con una señal de su mano.

—¿Qué secretito? —preguntó Annie, mientras el camarero servía café en la taza de Jonathan.

—Sybil y yo pensamos casarnos —dijo Jonathan espontáneamente.

Sybil contuvo la respiración. Su rostro expresaba una honda preocupación.

—Habíamos convenido en que era demasiado pronto para hablar de nuestros planes, Jonathan.

—No hay cuidado, querida. —Jonathan dio unas palmadas suavemente en la mano de Sybil y volvió sus divertidos ojos castaños hacia Annie—. Temo que mi adorada Sybil le ha tenido tanto miedo a su hijastro durante tantos años, que no se atreve a admitir abiertamente nuestra relación en público.

—Me hará a un lado no bien se entere que estoy pensando en volver a casarme —dijo Sybil, nerviosa—. En los últimos dieciséis años no ha hecho otra cosa más que buscar una excusa para hacerlo y aquí la tiene.

Jonathan le apretó la mano.

—Sabes que no tienes que preocuparte por tu seguridad financiera, cariño. Yo me haré cargo de ti.

—Es el principio de la cosa —dijo Sybil—. Ya te lo he dicho. Maldita sea. Tengo derecho a mi parte de la fortuna Rain. Oliver no tiene por qué privarme de ella. Todo es una injusticia. Me lo debe por todo lo que yo he hecho por él. Me lo *debe.*

Jonathan le sonrió con ternura.

—Y estoy seguro de que, para él, ya te ha pagado. Tú misma has admitido que Rain ha sido más que generoso contigo una vez que logró recuperarse económicamente. Tus hijos han tenido todo lo que han necesitado, incluso una figura paterna.

—Admito que ha sido bueno con ellos. Nunca conocieron a su verdadero padre. Oliver asumió ese papel. Siempre tuvo tiempo para ellos. Aun cuando trabajaba dieciocho horas diarias. Pero siempre me toleró a mí sólo por ellos. Y por sus hermanas, claro.

—Estoy segura de que eso no es cierto, Sybil —dijo Annie.

—Es muy cierto. —Sybil bajó la vista y la posó en sus uñas, bien arregladas. Apretó los labios—. Me odia.

Annie estaba atónita.

—No lo creo.

—No lo conoces.

—¿Por qué habría de odiarte?

Sybil suspiró y apartó la mirada un momento.

—Siempre rechazó la idea de que su padre se hubiera casado conmigo después que su madre hubo muerto. Oliver nunca me aceptó.

Annie inclinó la cabeza a un lado.

—¿Y crees que Oliver todavía te guarda rencor, después de tantos años?

—Sé que sí. Nunca me perdonará por haber tratado de ocupar el lugar de su madre. —Sybil la miró a los ojos—. Oliver jamás perdona, jamás olvida. Todos lo saben. Si no, pregunta a Valerie. Está enamorada de Carson Shore, el hijo de uno de los viejos enemigos de Oliver. Hablé con ella esta mañana. Estaba hecha un mar de lágrimas porque Oliver le había ordenado poner fin a la relación.

Annie tragó saliva. Sabía que eso era cierto. Por consiguiente, no había motivos para poner en duda los demás argumentos de Sybil. Considerando todos los aspectos, Oliver parecía ser un hombre que cumplía con su palabra. Pero una vez más, Annie sintió el impulso de defenderlo.

—Oliver ha sido muy bueno conmigo —dijo Annie, entrelazando sus manos sobre la falda—. Y se está haciendo cargo de la empresa de mi hermano hasta que él vuelva.

Jonathan frunció el entrecejo, preocupado.

—Sybil mencionó que tu hermano había muerto en un accidente aéreo.

—Nunca pudieron encontrar su cuerpo —dijo Annie rápidamente—. Creo que todavía está vivo.

—Entiendo que no quieras perder las esperanzas —contestó Jonathan con serenidad—. Yo también perdí a mi hermano hace varios años. Fue muy... difícil.

Annie sonrió.

—Daniel es toda la familia que tengo.

—Tal vez tú te aferres a tus esperanzas, Annie, pero todos los demás ya las perdieron —dijo Sybil. Para sorpresa de Annie, a pesar de la crueldad de aquellas palabras, el tono de voz de Sybil sonó algo compasivo—. Y eso incluye a la comunidad comercial. Por eso. Oliver ha sido tan bueno contigo, como tú dices. Pero simplemente, sólo está cuidando de la inversión que hizo en Lyncroft.

Jonathan revolvió lentamente su café. Sus ojos expresaban preocupación.

—Me temo que Sybil tiene razón en un aspecto, Annie. Hace mucho que vivo en Seattle y he escuchado varios comentarios y chismes sobre Oliver Rain. Se dice que siempre tiene razones para hacer lo que hace. Es decir, nunca da puntada sin nudo. Claro que nunca nadie se entera de cuáles son esas razones hasta que ya es demasiado tarde.

Cuidadosamente, Annie dobló su servilleta y la colocó sobre la mesa.

—Por favor, discúlpenme, pero debo regresar a mi tienda.

Sybil levantó bruscamente la cabeza.

—Espero que no te sientas obligada a hablar con Oliver sobre esta conversación, Annie. Me acusaría de meterme en su vida privada. Tendrá otra razón para odiarme. Y Dios sabe que con lo que ya me detesta, alcanza y sobra.

Annie vaciló, porque no quería participar ni siquiera en esa conspiración tan insignificante. Pero luego miró a Jonathan a los ojos y vio que él, en silencio, también le suplicaba la misma comprensión.

—Por el bien de Sybil —murmuró—, tal vez sea mejor no mencionar lo que se habló aquí hoy, Annie.

—¿Es así como todos tratan a Oliver? —preguntó Annie—. ¿Deliberadamente lo dejan a un lado para que nunca se entere de nada?

—Cuanto menos sepa Oliver, mejor para todos —dijo Sybil—. Él utiliza hasta la menor información para lograr sus propios fines. Por tu bien, Annie, será mejor que siempre tengas eso en cuenta.

Annie no pudo encontrar respuesta adecuada para eso. Se puso de pie y salió del restaurante sin volver la vista atrás ni una sola vez.

Tres noches después, Annie estaba sentada sola, en la sala de estar del apartamento de Oliver. Tenía puestos unos pantalones vaqueros y un jersey verde. Estaba acurrucada en el sillón tapizado en cuero y, a través de la ventana, contemplaba melancólicamente la noche lluviosa. Un transbordador navegaba grácilmente en la bahía de Elliott. Sus luces brillaban como un collar de perlas, en sobrio contraste con el negro terciopelo de las frías aguas.

Annie disfrutaba a solas de aquel panorama. Durante los últimos días, Oliver se había recluido en su estudio después de la cena.

Annie sabía que era porque tenía mucho trabajo. Se pasaba horas enteras estudiando los archivos de Daniel y los informes que le presentaban los gerentes de Lyncroft. Si esa noche seguía su rutina habitual, también se quedaría levantado hasta mucho después que Annie se retirase a su cuarto.

Hasta esa noche, Annie había buscado ocupaciones para después de la cena, iguales a las que buscaba cuando vivía sola, en su apartamento propio. Las tareas contables de una empresa pequeña, como Extravagancias, eran interminables. Esa noche, se había encargado del pago de impuestos y de la renta, había revisado las facturas y también había hecho los cheques de pago, tanto de ella como de Ella. Pero la presencia de Oliver la perturbaba demasiado. Sabía que no podría dormir profundamente hasta que escuchara los pasos de él por el pasillo, rumbo a la habitación principal que ocupaba.

La noche anterior, Annie lo había escuchado detenerse brevemente, frente a la puerta de su alcoba. Y ella había contenido la respiración, preguntándose qué haría o qué le diría si él optaba por abrirla y entrar. Pero Oliver no entró y la reacción inmediata de Annie fue una sensación de decepción.

Descubrió asombrada que lo deseaba. Nunca antes había experimentado un deseo físico y emocional tan intenso. Era eso precisamente lo que había faltado en las relaciones mantenidas con Arthur Quigley y con Melvin Finch.

Annie sabía que no tenía medios para seguir ignorando esa reacción hacia Oliver. Esa excitación primitiva que Oliver había encendido en ella había estado presente en su cuerpo desde la primera vez que lo vio, y la proximidad no le ayudaba en lo más mínimo. Nunca en la vida había estado tan consciente de la existencia de un hombre. Por supuesto, se recordó también que nunca antes había compartido el techo con un hombre.

Ese matrimonio por conveniencia estaba convirtiéndose en una relación extraña y perturbadora, muy distinta de la asociación comercial que ella había anticipado. Por mucho que se esforzara, no podía considerar a Oliver como si fuera simplemente un compañero de apartamento.

Ese hombre enigmático y complejo, que estaba al otro lado del pasillo, empezaba a atormentarla. Durante esos días, las emociones de Annie estaban terriblemente desordenadas. Una parte de ella ansiaba llegar a él, sacarlo de la oscuridad, mientras que otra parte le advertía que rescatar a Oliver podría llevarla al caos.

Como ya no podía concentrarse en la pila de facturas que había apartado para examinar, las echó a un lado y se puso de pie. Atravesó la sala de suelo de pizarra y tomó el corredor que conducía a la cocina. Tal vez, con una taza de té podría mejorar su humor.

Encendió la luz y sonrió al ver la pulcritud reinante en el recinto. Todo relucía. Bolt había preparado la cena de esa noche y, consecuentemente, todo había quedado inmaculado. Annie sentía intriga por saber qué haría Bolt cuando bajaba a su propio apartamento por las noches. Ahora que había escuchado algunos comentarios de su vida pasada, ya no lo consideraba tan androide.

Llenó el hervidor de acero inoxidable y lo colocó sobre el hornillo de la cocina. Mientras esperaba que el agua hirviera, empezó a revolver en las alacenas en busca del té y de la tetera. Un momento después, el silbido del hervidor le anunció que el agua estaba lista. Annie la tomó.

Inconscientemente preparó té para dos y cuando advirtió lo exagerado de la cantidad, cayó en la cuenta de lo que estaba a punto de hacer. Colocó dos tazas y dos platos sobre una bandeja antes de cambiar de opinión. Tomó la bandeja, salió de la cocina y fue por el pasillo hasta llegar al estudio. Picó a la puerta.

—Adelante. —La voz de Oliver sonó como un murmullo detrás de la puerta.

Annie inspiró profundamente, abrió la puerta y entró.

Oliver estaba sentado detrás de su escritorio negro. Su cabellera de azabache se hallaba recogida en una cola de caballo, como siempre. El cuello de su camisa gris perla estaba desabotonado y se había arremangado hasta los codos. Cuando levantó la cabeza, la luz de su lámpara halógena se reflejó en las gafas que usaba para leer.

A Annie le agradaban sus gafas. Tenía la sensación de que Oliver era más accesible cuando las tenía puestas.

—¿Qué pasa, Annie?

—Pensé que tal vez querrías una taza de té.

Oliver se quitó las gafas y miró la bandeja que ella sostenía entre sus manos. Se leyó un frío placer en sus ojos cuando la miró.

—Gracias.

Apoyó la bandeja sobre el escritorio y sirvió dos tazas de té. Se sintió incómoda al ver que las manos le temblaban.

—¿Cómo van las cosas?

—Bastante bien. He terminado con la información financiera. Ahora estoy analizando los datos de investigación y desarrollo. —Oliver tomó la taza de manos de Annie—. Tu hermano era un verdadero genio. Todo el mundo no tiene el talento para inventar y administrar a la vez.

—Querrás decir que *es* un genio —lo corrigió Annie. Se sentó sobre el borde del escritorio, con una pierna colgando, para disfrutar su té—. Él volverá, Oliver.

—Por ti, espero que vuelva.

Annie balanceó la pierna que le quedaba colgando un par de veces.

—¿Sabes? He estado pensando. Tal vez, yo tendría que estar aquí por las noches, estudiando los mismos informes que tú revisas. Probablemente, no me hará mal ir familiarizándome con las operaciones de Lyncroft.

—Ya hemos hablado antes de eso, Annie. Pensé que nos habíamos puesto de acuerdo en que yo maneje la empresa en tu lugar hasta que Daniel regrese. Creí que me confiarías esa responsabilidad.

—Por supuesto que confío en ti —se apresuró ella—. Es sólo que se trata de la empresa de mi hermano y que creo que sería positivo que yo me entere de las cosas.

—Tú estás ocupada con tus propios negocios. Si te relacionas demasiado con Lyncroft, Extravagancias se deteriorará. Una pequeña empresa requiere la atención total de su dueña.

—Ya lo sé. —Trató de digerir esa idea durante un rato—. De todas maneras, siento que debo estar más al tanto de lo que sucede en Lyncroft.

—Entiendo. —Oliver apoyó su taza de té y se puso de pie. Caminó hacia el jardín de rocas de Zen y se quedó contemplando momentáneamente los diseños que formaba la arena—. Esta renovada insistencia en enterarte de las cosas de Lyncroft no tendrá nada que ver con la charla que mantuviste con Sybil durante el almuerzo de hace unos días, ¿verdad?

Súbitamente Annie dejó de balancear su pierna.

—¿Sabías que salí a almorzar con ella?

—Sí.

—¿Cómo te enteraste, Oliver?

—¿Es importante?

Annie se mordió el labio.

—Sí, creo que lo es. Yo no te lo mencioné.

—¿Por qué no me lo mencionaste, Annie?

La suavidad de la pregunta la dejó aún más nerviosa.

—Sybil dijo que te molestarías si te enterabas de que me había invitado a almorzar. Me dijo que no te comentara nada al respecto.

—Y tú la obedeciste.

—Bueno, si quieres saber la verdad, sentí un poco de pena por ella. Creo que tú le das miedo.

—¿Y a ti?

—Por supuesto que no.

—Entiendo. —Siguió mirando la arena fijamente—. Si yo te pidiera que hicieras algo, ¿aceptarías con la misma espontaneidad que accediste a la petición de Sybil?

—Depende de lo que me pidas —murmuró Annie.

En ese momento, Annie tomó conciencia de la tensión que se había apoderado de Oliver. Latía silenciosamente en ese cuarto, llegaba hasta ella, la ahogaba, la envolvía. Entonces se dio cuenta, azorada, de que ya no podría salir del estudio. Era tan imposible como querer echar a volar.

—Me gustaría que me prometieras que nunca me mentirás, Annie. Ni siquiera para proteger a otra persona.

Ese tono extraño y melancólico le rompió el corazón. De pronto se dio cuenta de que Oliver sabía perfectamente que todos los miembros de su familia, esa familia a la que siempre había protegido con uñas y dientes, le ocultaban cosas por temor a su reacción. Lo sabía y odiaba esa realidad. Pero al mismo tiempo, le resultaba imposible encontrar los medios para que la gente que él amaba fuera capaz de confiarle sus secretos. Se había aislado emocionalmente de todos e ignoraba qué hacer para destruir las barreras que él mismo había impuesto, que le impedían comunicarse correctamente con sus familiares.

—Oh, *Oliver.* —Annie apoyó su taza y se puso de pie.

Salió corriendo hacia donde él estaba parado, de espaldas a ella. Le rodeó la cintura con los brazos desde atrás y lo abrazó con toda ternura. Fue como estrechar a un leopardo de verdad. Todo su cuerpo era fibroso y cálido. Esa fragancia masculina la embriagó.

—Te juro que nunca te mentiré, Oliver —le dijo ella, contra la camisa.

Oliver se volvió repentinamente, sorprendiéndola. Le tomó el rostro entre sus manos fuertes y duras. Annie se estremeció bajo el ardor de su mirada. Sentía la fuerza existente dentro de él, pero lejos de intimidarse por ella, experimentó un terrible deseo en su cuerpo.

—Gracias, Annie —dijo Oliver—. A cambio, te prometo que yo nunca te mentiré a ti. ¿Trato hecho?

—Trato hecho. —Sabía que Oliver la besaría y deseaba ese beso más que cualquier otra cosa en el mundo.

Fue en ese momento cuando Annie por fin reconoció que se había enamorado de Oliver Rain.

Y después ya no pudo volver a pensar con claridad. La boca de Oliver estaba sobre la de ella, borrando toda noción, excepto la del profundo deseo que ambos se inspiraban mutuamente.

8

Desde el preciso instante en que Oliver la tomó entre sus brazos, Annie supo que le permitiría hacerle el amor. «No, mejor dicho», pensó, «lo supo desde el momento en que preparó la bandeja con las dos tazas de té para llevarla al estudio». Ya entonces había tomado su decisión.

Y no era sólo porque lo deseaba de una manera como jamás había deseado a ningún otro hombre. Era porque sabía que, en cierto modo, Oliver la deseaba tanto como ella a él.

Aun cuando los labios de Oliver se movían lenta y poderosamente sobre los de ella, Annie sabía muy bien que no podía pretender que él expresara sus sentimientos con palabras. Era demasiado pronto todavía. Admitir ese sentimiento se habría traducido en una amenaza seria para el control que Oliver ejercía sobre sí mismo.

Annie tenía la sensación de que tal vez Oliver había decidido que mientras esas palabras se pensaran, pero no se pronunciaran, podrían ignorarse completamente. Si alguna vez él se veía obligado a admitir su necesidad en voz alta, tendría que asumir tal necesidad. Y quizá para él fuera una debilidad.

«Era mejor así», pensó Annie, mientras le rodeaba el cuello con los brazos. Por el momento, sería ella quien se entregara por los dos.

Para Annie, todo aquello no tenía nada de debilidad. Simplemente, se sentía profundamente dichosa de poder entregarse a un hombre que se merecía un poco de felicidad.

—¿Annie? —Oliver le besó la comisura de los labios y luego el lóbulo de la oreja. Deslizó sus manos por la espalda de la joven, hasta llegar a su cintura.

Annie se estremeció. El deseo de Oliver era tan perturbador como la más potente de las drogas. Sentía que la sangre le hervía. Le acarició el cabello con las yemas de los dedos y luego, el rostro.

—Sí. Oh, sí, Oliver, por favor.

Una evidente satisfacción se encendió en los ojos de Oliver. La tomó en sus brazos y la levantó, sin agregar ni una sola palabra más. Su fuerza era mucho mayor de lo que Annie había imaginado. La acurrucaba contra su pecho sin esfuerzo alguno mientras atravesaba toda la sala, rumbo al largo sillón que estaba junto a la ventana. Imágenes de Perséfone, siendo trasladada a los infiernos, danzaban en la cabeza de Annie.

La tendió sobre los cojines negros y dorados y luego se enderezó, para recorrerla con una mirada tan ardiente que pareció quemarle toda la ropa. La pálida luz de la luna reflejaba el voraz apetito en sus ojos.

—¿Estás segura? —le preguntó.

—Sí. —Annie apenas podía hablar—. ¿Y tú?

Él sonrió lánguidamente.

—He estado seguro desde el principio. Pero tú debes estar absolutamente segura, Annie. Después de esta noche, ya no será posible que sigamos manteniendo una relación de simples compañeros de apartamento.

—Ya lo sé —murmuró ella. Una vez que Oliver se convirtiera en su amante ya no podría aparentar que sólo fuera un amigo. Por un segundo, el temor femenino e instintivo le robó parte de la excitación que estaba experimentando.

Después de esa noche ya no sería la misma. Lo sabía con una certeza que primero le hizo sentir escalofríos y luego, un agradable calor.

—Me alegra que hayas venido a mí esta noche —dijo Oliver—. No fue sencillo para mí esperarte.

Annie ardía bajo aquella intensa mirada. Era como si sus entrañas estuvieran derritiéndose dentro de ella. Un agudo dolor se había apoderado de su cuerpo. Extendió la mano para tomar la de él, áspera y grande.

—¿Realmente estuviste esperándome?

Lentamente, Oliver se sentó a su lado, sobre los cojines. La cálida palma de su mano se posó en uno de los senos de Annie, en un gesto reverente y posesivo.

—Durante mucho más tiempo del que te imaginas.

Annie sonrió trémulamente.

—Quise que me desearas desde aquella primera noche en la fiesta de compromiso de Daniel.

—Entonces ya te deseaba. —Se recostó sobre ella, atrapándola entre sus brazos—. Y ahora te deseo mucho más. —Agachó la cabeza y lentamente besó la vulnerable curvatura de su cuello.

En respuesta, Annie se arqueó convulsivamente para acercarse a él más todavía. Oliver deslizó una mano hacia la cadera de Annie y la apretó con ternura.

La joven respiró profundamente cuando sintió que Oliver le pasaba la mano entre los muslos. Parecieron quemarle la tela de los pantalones vaqueros.

—¿Oliver?

—Estoy aquí. —Le levantó el jersey unos pocos centímetros para cubrirle de besos el abdomen—. No iré a ninguna parte.

A toda prisa, Annie tanteó la camisa de Oliver. Quería disfrutar de su piel desnuda bajo las palmas de sus manos. Si bien él no se resistió, tampoco hizo nada para ayudarla. Cuando Annie logró finalmente abrir la camisa, advirtió la maraña de espeso vello negro que le cubría el pecho. Ansiosa, Annie entrelazó los dedos en ellos y se sintió hechizada por los musculosos contornos de ese físico.

Oliver era perfecto. Tenía todo lo que ella siempre había soñado en un hombre.

Annie estaba atónita por el torbellino apasionado que la desgarraba por dentro. Nunca en su vida había experimentado algo similar. Literalmente, tenía fuego en su interior. Se trataba de una increíble sensación. Debía de ser lo que los poetas llamaban pasión, pensó, y deseaba gritar su dicha a los cuatro vientos para que todos se enteraran de ella.

—Apresúrate, Oliver. —Se aferró a él—. Por favor, date prisa.

La sonrisa de Oliver, que fue su única respuesta ante la insistencia de Annie, encerraba satisfacción y masculinas promesas. Su palma estaba cálida entre los muslos de Annie.

—Ya estás mojada.

—Oh, Dios, Oliver. —Levantó las caderas hacia la buscadora mano de Oliver, consciente de que sus vaqueros se humedecían cada vez más—. Nunca me he sentido así.

—Me alegro. —Otra vez se recostó sobre ella, besándola con tanta dedicación que Annie se sentía ahogada. En todo momento, Oliver no dejó de presionar la mano contra las piernas de su esposa, moviéndola sugerentemente.

Annie creyó que perdería la razón. Cerró las rodillas, atrapándole los dedos, implorándole en silencio que la tocara más íntimamente.

Oliver sonrió en las sombras. Los ojos de Annie se abrieron repentinamente de asombro. Se dio cuenta de que nunca antes le había escuchado reír. El sonido le resultó maravilloso; una mezcla de gruñido grave y ronroneo viril. Annie lo saboreó como la más apetitosa de todas las delicias. Lo miró a los ojos y vio que la luna se reflejaba en ellos.

—De acuerdo, Annie —le dijo contra la boca—. Yo me haré cargo de todo.

Annie quiso preguntarle a qué se refería con eso, pero no pudo hallar las palabras indicadas. Aun cuando Oliver le había atrapado los labios con los suyos una vez más, ella escuchó el ruido de metal contra metal y se dio cuenta de que él le había desabrochado los pantalones.

Inmediatamente, sintió su mano por debajo de las bragas, buscando ese sitio caliente, húmedo y excitante, situado entre sus piernas. Annie no podía respirar. Cuando sintió que Oliver le introdujo el dedo suavemente, contuvo el poco aire que aún le quedaba durante unos pocos segundos. Luego exhaló ruidosamente.

—*Oliver.* Ahora, por favor. No puedo esperar. *No puedo esperar.*

—No tienes que esperar. —Su voz sonó ronca. Introdujo la lengua en la boca de Annie, mientras que, simultáneamente, deslizaba un segundo dedo en el femenino canal.

Annie gimió cuando Oliver la extendió completamente, dejándola más accesible a sus caricias. Una extraña y pulsante sensación estaba naciendo dentro de ella, tratando de acortar las distancias lo máximo posible. Oliver deslizó los dedos sobre ella, hasta que encontró el lugar correcto.

—*Oliver.* Por Dios, por favor...

—Déjame verte volar, Annie. Estás segura. Yo estoy aquí para recibirte.

Algo estalló dentro de Annie. La tensión que la había hecho presa sólo unos segundos antes, finalmente se había desatado en una policromía de exquisitas sensaciones. Todo su cuerpo se convulsionaba contra los dedos de Oliver y así comenzaron las ondas de placer.

Annie se escuchó murmurar el nombre de Oliver una y otra vez, con una voz sofocada que casi no reconocía.

Un momento después, se relajó en sus brazos. Oliver la refugiaba mientras ella volvía lentamente a la normalidad. Con la mano delineaba la columna de Annie, siempre con caricias muy delicadas.

—Hermosa. —Oliver le besó el hombro—. Espectacular. Pero desde un principio supe que así serías.

Ella lo miró entre las pestañas semicerradas.

—Fue sorprendente. Absolutamente inédito.

La sonrisa de Oliver fue de satisfacción, como si él también hubiera alcanzado el clímax.

—Me alegro.

—Nunca he sentido nada igual en toda mi vida. Nada puede comparársele.

—Bien.

Annie pensó, maravillada aún, que tal vez había sido algo tan especial porque estaba enamorada. Ese descubrimiento trajo otro consigo.

Annie miró a Oliver, consternada.

—Pero tú ni siquiera te desvestiste.

—Hay mucho tiempo. —Le besó la frente húmeda—. Toda la noche, a decir verdad.

—Sí, lo sé. —Su voz fue desvaneciéndose.

Algo no estaba bien. Annie lo presentía. Buscó el rostro de Oliver en la penumbra. Leyó entonces el mismo deseo que había visto antes en sus ojos. Sentía la sexual rigidez en su cuerpo. Estaba completamente excitado, a pesar de todo el control que ejercía sobre sí.

Fue entonces cuando Annie advirtió lo que estaba perturbándole. Desde el primer momento en que le confesó que deseaba acostarse con él, Oliver se había hecho cargo de todo. Los hechos que acababan de suceder habían sido orquestados cuidadosamente por él. Oliver había controlado el apasionado interludio del mismo modo que controlaba todos y todo en su vida.

—¿No me deseas? —le preguntó Annie.

—Más de lo que puedes imaginar. Y voy a poseerte cuando llegue el momento apropiado.

—Pensé que era éste el momento apropiado.

—No. Pero será pronto. —Se puso de pie y luego la levantó en sus brazos. Un escalofrío se apoderó de Annie, mitigando en cierto modo el calor que aún permanecía en su cuerpo. Era evidente que por mucho que Oliver la deseara, no tenía intenciones de permitirse estar a merced de su propia pasión.

Ni de la de ella.

A Annie se le cruzó por la cabeza la idea de que Oliver estaba decidido a demostrarle, y a demostrarse, que mantenía un total control de sus emociones. Aparentemente, no se sometería a nada. Ni siquiera al placer.

Un destello verde, cercano al jardín de rocas, llamó la atención de Annie mientras él la llevaba hacia la puerta en sus brazos. Bajó la vista y vio que los ojos de esmeralda del leopardo la observaban mientras era conducida hacia la noche.

Mucho después, cuando las sábanas grises de la cama de Oliver estaban húmedas y enredadas, como resultado del avasallante acto de amor en el que había participado, su esposo por fin reclamó sus derechos maritales sobre su exhausta esposa.

Estaba sobre ella, con los hombros y los pronunciados contornos de su espalda brillando bajo la luz de la luna. Al menos, su autocontrol había tenido un precio para él, pensó Annie cuando lo vio transpirado. Por lo menos, no le había resultado tan fácil.

No obstante, lo que más le importaba era que, después de tres horas de pasión, Oliver aún seguía controlándose completamente, como si acabaran de empezar en ese instante. Para ella era terriblemente deprimente saber que no podía dominar sus emociones del mismo modo que él gobernaba las suyas. La deseaba, pero con sus términos y condiciones, a su manera, cuando él lo creyera apropiado.

—Mírame —le dijo Oliver, rozándole la frente con los labios—. Quiero mirarte a los ojos cuando te haga mía.

Annie obedeció. Estaba demasiado cansada como para discutir. Su mirada se cruzó con la de él y creyó desvanecerse por la intensidad de sus ojos. Penetró en ella con un movimiento lento, tierno y muy calculado de su cuerpo. Annie advirtió que aún en el momento final de la consumación, Oliver tendría que demostrar que aún se podía controlar.

Annie protestó casi frustrada, a pesar de que nunca en la vida había estado tan satisfecha físicamente. Pero en ese momento, Oliver entró en ella completamente, hasta las últimas consecuencias. Una vez más, Annie se sintió víctima de vertiginosas sensaciones. Era increíble, su cuerpo agotado aún respondía.

—Tan estrecha —murmuró él. Apoyó la frente sobre la de ella, dándole tiempo para que se acomodara—. Encajamos perfectamente.

Oliver se apartó brevemente para volver a penetrarla de inmediato. Annie se estremeció, con el cuerpo muy aferrado al de él.

—Esto me hace sentir tan bien —dijo él, con voz grave y constreñida.

Annie enterró las uñas en sus hombros. Luego se levantó con cautela, para calcular la longitud y volumen de su esposo. Le pareció inmenso dentro de ella. Su peso la aplastaba contra las sábanas.

Oliver apretó los dientes.

—Sí. Exactamente así. Bien. Sí. —Metió la mano entre ambos cuerpos, hasta que alcanzó con las yemas de los dedos ese recóndito lugar entre el vello púbico de Annie. Ella gimió suavemente.

Oliver esperó hasta que ella hubo terminado prácticamente de convulsionarse en torno de él. Entonces y sólo entonces, se permitió saborear su propio desahogo.

Annie estaba tan exhausta que se quedó dormida antes de que él saliera de su cuerpo. Su último pensamiento fue que esa situación no daría ningún resultado. Oliver tenía que aprender que no podía controlarse así para todo. Sin embargo, Annie no sabía cuántas noches más como ésa tendría que soportar hasta que su esposo aprendiera la lección.

Poco después, Annie despertó en una habitación iluminada con la luz de la luna. Por un momento, se desorientó. Una sensación surrealista la asaltó. Creyó que estaba soñando. Pero de inmediato advirtió el peso del brazo de Oliver sobre sus senos. Los feroces recuerdos se repitieron inmediatamente en su mente.

Giró la cabeza sobre la almohada y vio que Oliver dormía a su lado. La pálida luz que se filtraba por la ventana iluminaba los planos y ángulos de sus toscos rasgos. En algún momento, la renegrida cabellera se había zafado del lazo que Oliver normalmente usaba para sujetarla. Estaba suelta sobre la elegante almohada, dándole un aspecto primitivo y rebelde. Se había acostado con un pagano.

Annie se quedó muy quieta mientras recordaba la primera imagen que tuvo de Oliver totalmente desnudo. Su poder era tanto físico como mental. Era un hombre fuerte, delgado y bien constituido, que había sabido mantener la rigidez de sus músculos. Esa masculina gracia coordinada, que Annie siempre había admirado en él, era infinitamente más impresionante cuando no llevaba ropa puesta.

Lentamente, Annie se sentó entre las sábanas grises y miró a su alrededor. Una vez, después que se hubo mudado al apartamento, había espiado en el interior de la *suite* principal, pero jamás había estado, literalmente, dentro de ella. Una puerta invisible le había obstaculizado el paso hasta ese momento. Tenía la sensación de que muy pocas mujeres se habían animado a entrar en ese recinto tan privado sin una invitación.

El cuarto estaba en penumbras. Había una cómoda laqueada en negro contra una pared y junto a ella, una silla metálica, de color gris. La débil luz de la luna hacía resaltar sólo las hebras doradas del austero y abstracto diseño bordado en el cubrecama negro.

Algo inquieta, Annie se escurrió por debajo del brazo de Oliver, apartó las enmarañadas sábanas y se levantó. Se sentía vulnerable y también tenía frío, de modo que tomó la primera prenda que encontró. Era la camisa que Oliver llevaba puesta horas antes. Se la puso y caminó hacia la ventana.

Las luces de neón de la zona portuaria de Seattle brillaban en la distancia. Sin embargo, cuando Annie recorrió con la vista la bahía de Elliott, no pudo ver más que un infinito mar de noche.

—¿Qué estás haciendo, Annie?

La joven se sobresaltó al escuchar la voz de Oliver. Lo miró rápidamente por encima del hombro. La observaba desde las sombras y sus ojos reflejaban la gélida luz de la luna. Estaba tumbado sobre las desordenadas almohadas, con la natural arrogancia de un felino salvaje. Su cabellera oscura y enmarañada caía sobre sus musculosos hombros.

—Pensé que estabas dormido —murmuró ella.

—Me desperté cuando te levantaste. ¿Sucede algo? —En su voz se oyó una verdadera preocupación.

—No. Nada. —«Qué buen hombre era», pensó ella. Claro que, decididamente, tenía ciertos problemas—. Sólo me levanté para mirar el panorama por la ventana.

—Desde aquí hay una vista muy bella —dijo Oliver, con un tono de voz muy sensual.

Annie sentía sus ojos sobre ella. Se abrigó más con la camisa.

—¿Oliver?

—¿Sí?

Annie no sabía cómo continuar. No tenía idea de cómo quejarse por el increíble acto de amor que habían compartido. ¿Qué hacía una mujer para decirle a un hombre que era demasiado bueno en la cama?, se preguntaba en silencio.

—Nada. Simplemente, pensaba en nosotros.

—Me alegro. Precisamente en eso es en lo que debes pensar esta noche.

Annie le oyó levantarse de la cama. Oliver atravesó todo el cuarto, alfombrado en gris, sin hacer ruido. Al instante, sus manos estuvieron sobre los hombros de ella. Suavemente, la atrajo hacia sí y la envolvió con sus brazos, apoyando los antebrazos sobre los mullidos senos. Annie sintió su cálido aliento sobre su oreja.

—Nunca olvidaré esta noche mientras viva —le dijo él, besándole la curvatura del hombro.

—Yo tampoco. —Annie se entregó por completo a la sensualidad de sus palabras. Su fragancia la reconfortaba, al igual que la fuerza de sus brazos. Parte de su nerviosismo desapareció.

Annie se apoyó contra él y lentamente se relajó. Se decía que estaba preocupándose demasiado por nada. De modo que Oliver ejercía tanto control sobre sus pasiones sexuales como sobre todo lo demás que se refería a su vida. ¿Por qué tendría que molestarla eso? ¿Qué otra cosa había esperado?

—Tienes frío. —Oliver volvió a besarla dulcemente en la nuca.

—En realidad, no. —No ahora que él la abrazaba de ese modo, calentándola con su poderoso cuerpo. «Ahora estaba bien», pensó ella.

Si tenía que ser honesta consigo misma, debía admitir que sabía por qué había reaccionado así ante la última demostración de autocontrol de Oliver. La razón era que, en lo más profundo de su corazón, había tenido la esperanza de ser la única persona sobre la faz de la Tierra capaz de hacérselo perder.

—¿Annie?

—¿Mmm? —Ella se cobijó en él. El vello del pecho le resultó áspero sobre la suave piel de su espalda.

Oliver le mordisqueó suavemente el lóbulo de la oreja. Deslizó una mano por el interior de la camisa y le acarició el abdomen.

—¿De qué hablasteis Sybil y tú durante el almuerzo?

Un sobresalto se apoderó de Annie como un rayo. Se quedó pasmada y, al instante, se puso furiosa.

—Hijo de puta. Canalla, ¿Cómo *te atreves*? —Le clavó las uñas sobre los antebrazos, tratando de liberarse de él.

Oliver la soltó de inmediato.

—¿Annie? ¿Qué te pasa?

—¿Qué me pasa? ¿A *mí*? —Se volvió y retrocedió dos pasos para estar fuera de su alcance—. ¿Quién te crees que eres? ¿Qué clase de truco perverso y mal intencionado ha sido ése?

Oliver entrecerró los ojos.

—Cálmate.

—No. No me calmaré. —Annie se volvió bruscamente y empezó a caminar de aquí para allá frente a la ventana. Estaba furiosa. Tomó la parte delantera de la camisa desabrochada para cerrarla sobre sus senos—. Fue un acto despreciable. Inconcebible.

—Sólo te hice una simple pregunta.

—Ah, seguro. Una simple pregunta, las pelotas. No fue una simple pregunta. Tratabas de engañarme para que te la contestara. Tratabas de seducirme para que yo te contara de qué hablé con Sybil. Tendrías que sentirte avergonzado.

—Pensé que teníamos un acuerdo —dijo él, muy suavemente—. Prometiste no mentirme nunca.

Ella lo miró brevemente. Oliver estaba de pie, con los pies ligeramente separados y las manos sobre las caderas. Parecía no preocuparle en lo más mínimo su desnudez. Por supuesto, pensó ella. Con un cuerpo como ése, no tenía de qué preocuparse.

—Te di mi palabra —dijo ella con orgullo— de que jamás te mentiría.

Oliver apenas sonrió.

—Entonces cuéntame qué ha sucedido entre tú y Sybil esta tarde.

—Lo que ha sucedido entre Sybil y yo esta tarde —dijo Annie—, no es asunto tuyo en lo más mínimo, maldito.

—Cualquier cosa que suceda en la familia es asunto mío, Annie.

—No necesariamente. De todas maneras, puedes estar bien seguro de que no discutiré esta cuestión contigo. No ahora.

—¿Y qué me dices de la promesa que me hiciste?

—Yo no estoy mintiéndote —dijo ella, furiosa—. Simplemente, estoy negándome a contarte una conversación privada que mantuve con otra persona.

—Es lo mismo.

—No, no lo es —respondió ella—. Igualmente, permití que Sybil pensara que no discutiría este tema contigo. Ella confía en que respetaré su intimidad. Yo haría lo mismo contigo. Jamás le contaría nada con respecto a las conversaciones privadas que mantuviéramos nosotros.

—Si alguna vez lo hicieras, conocerías el infierno.

Annie le miró frustrada.

—Dime algo, Oliver. ¿Por qué eres tan hostil con Sybil? Después de tantos años, ¿todavía no puedes aceptar que haya ocupado el lugar de tu madre?

Oliver arqueó las cejas.

—No es por eso por lo que no la quiero.

—Entonces debe de ser porque era bastante más joven que tu padre. —Levantó la mano y descartó la idea haciendo un gesto con ésta—. No era asunto tuyo.

—¿Ésa fue la explicación que ella te dio? —preguntó Oliver.

Ella lo miró de reojo, rápidamente. Se le secó la boca cuando se le cruzó una idea por la cabeza.

—Oliver, ¿no estarías enamorado de ella en esa época, no?

—No. —Por su voz, era como si la pregunta le hubiera repugnado—. Annie, ¿quieres dejar de analizar mi relación con Sybil? No tiene nada que ver con el tema que estamos tratando ahora.

—Creo que sí. —Su furia se mitigó en cierto grado gracias al alivio que experimentó al saber que Oliver no se había enamorado de Sybil en su juventud—. Creo que tiene mucho que ver con el tema que estamos tratando. Dime por qué la odias.

La expresión de Oliver fue indescifrable.

—No la odio. Pero puedes apostar lo que quieras a que no confío en ella.

—¿Por qué no?

—Porque un día entré en la casa de mi padre y la sorprendí en la cama con uno de sus ex novios —dijo Oliver, apretando los dientes—. No confío en ella porque tengo fundamentos suficientes para saber que es capaz de traicionar. ¿Esto responde a tu pregunta?

Annie se quedó perpleja ante la apasionada ira que Oliver lograba disimular a duras penas. Nunca debía olvidar que el frío autocontrol de Oliver ocultaba profundas y turbulentas aguas.

—Ya veo —dijo ella débilmente—. Supongo que eso debe de ser bastante traumatizante para un joven. Encontrar a tu madrastra acostada con otro hombre no te habrá resultado nada fácil de olvidar.

Oliver se tragó una exclamación iracunda. Obviamente, había logrado dominarse de nuevo.

—No me traumaticé. Recibí una lección educativa. En ese momento, en ese día solamente, aprendí todo lo que debía aprender sobre Sybil.

—¿Es cierto? —Annie lo estudió con curiosidad—. ¿Se lo contaste a tu padre?

—No.

—¿Por qué no, cuando eres tan estricto con la lealtad?

—Muy simple. Los niños la necesitaban —dijo Oliver con frialdad—. Lo creas o no, ella era bastante buena con Valerie y

Heather. Y yo sabía que, si la echaba a puntapiés de la casa, Richard y Nathan jamás habrían conocido a su padre. Yo conocía muy bien a papá como para saber que no sería capaz de mantener esa relación a distancia.

—Entiendo. Entonces le permitiste quedarse por el bien de la familia.

—Para ser franco, sí.

Annie lo miró con curiosidad.

—¿Qué le dijiste a Sybil ese día?

Oliver se encogió de hombros.

—Le dije que si quería disfrutar de la fortuna de los Rain tenía que caminar muy derechito y con buena letra.

—Y desde entonces no has hecho más que aterrarla, ¿no?

Oliver frunció el entrecejo.

—No la he aterrado.

—Sí. Ella cree que la odias.

—Bueno, no puedo decir que la quiero, precisamente —admitió Oliver.

—Ese infortunado incidente debió de haber sucedido hace años.

—Dieciséis años, para ser exacto. ¿Por qué?

—Por el amor de Dios, Oliver. La gente cambia. Si quieres mejorar tu relación con Sybil tendrás que dejar atrás el pasado.

Oliver la miró sorprendido.

—¿Y por qué querría yo mejorar mi relación con Sybil? La que mantenemos ahora funciona bien en lo que a mí respecta, al menos.

—Por Dios. Todos creen que eres increíblemente inteligente, pero en mi opinión, eres muy tonto en relación con ciertas cosas. —Annie dejó de caminar de aquí para allá y se volvió para enfrentarlo—. Ante los ojos de todo el mundo no tienes una buena relación con tu madrastra.

—Ante los ojos del mundo, Annie, me importa un cuerno. Ahora, ¿de qué hablasteis durante el almuerzo?

—Yo —declaró ella, muy decidida— no tengo intención alguna de contarte lo que pasó entre nosotras en ese almuerzo. Y basta.

Oliver asintió, como si hubiera aceptado esa respuesta.

—¿Qué te pareció Jonathan Grace? ¿Crees que hay posibilidades de que se case con ella?

Annie se quedó pasmada, boquiabierta.

—¿Cómo supiste que Jonathan estuvo con nosotras?

—Bolt rastrea esa clase de cosas por mí —dijo Oliver con toda espontaneidad.

—*¿Bolt?* —Annie sintió que la voz se le levantaba hasta alcanzar un grito despavorido—. ¿Mandaste a Bolt a espiarme, Oliver?

—Bolt no estaba espiándote. —Oliver hizo una pausa—. Le dije que no te perdiera de vista porque tenía la sospecha de que, tarde o temprano, Sybil querría tener un encuentro a solas contigo. Todo lo que yo quería saber era si ella ya había empezado a destilar su veneno contra mí.

—Me niego a creer esto. —Sin poder salir de su asombro, caminó a tientas hasta la silla y se dejó caer en ella—. Me hiciste vigilar.

Oliver pareció preocupado.

—¿Estás bien, Annie? Pareces un poco mareada.

—Puedo vomitar en cualquier momento.

Comenzó a avanzar hacia ella.

—Permíteme ayudarte a llegar al baño.

Ella levantó la mano con evidente determinación.

—No, repito, *no* me toques.

Oliver se detuvo a unos pasos de ella.

—Annie, si no te sientes bien, tienes que ir a un centro de urgencias.

—No estoy enferma. No del modo que tú crees. No te preocupes. No vomitaré sobre tu alfombra. —Annie tamborileó los dedos sobre el posabrazos de la silla. Miró a Oliver con los ojos entrecerrados y advirtió que su expresión de preocupación era auténtica—. Tendrás que perdonarme, Oliver, pero en este momento estoy un poco confundida. ¿Por casualidad no tendrás un hermano gemelo, no?

—¿Un hermano gemelo?

—¿No hay dos idénticos como tú? —preguntó ella pacientemente—. ¿Un Oliver agradable y otro desagradable? ¿No es ésta una de esas historias con un hermano bueno y otro malo?

—No —dijo él, con un asomo de sonrisa en sus labios.

—Me lo temía. Y eso significa que tendremos que enfrentarnos a lo que tenemos. —Annie se puso de pie, apretando todavía ambas partes delanteras de la camisa para mantenerla cerrada—. Creo que empiezo a vislumbrar un indicio de la auténtica naturaleza del monumental problema que tenemos entre manos, Oliver.

—Me alegro de que uno de los dos tenga esto claro.

Annie empezó a caminar de aquí para allá mientras la mente le trabajaba furiosamente.

—Veo que a través de los años has logrado cometer tus crímenes impunemente.

—No creas.

Lo miró con elocuencia.

—Es una manera de hablar. Pero la verdad es que tú manejas a tu familia del mismo modo que manejas tu imperio financiero. Eres un señor feudal de corazón. Y ahora crees que puedes manejar a una esposa de la misma manera.

—Annie, creo que estás exagerando un poco.

Ella se volvió bruscamente y le señaló con un autoritario dedo.

—Tu problema es mucho más complicado de lo que pensé en un principio.

—Creo que dijiste que no era bueno para comunicarme con los demás.

—Esto supera tus habilidades de comunicación.

—Ya hemos hablado de esto, ¿no? —planteó Oliver muy gentilmente.

Annie levantó el mentón.

—He hecho un análisis más detallado.

—Ya veo.

—Bueno, he llegado a la conclusión de que tienes una tendencia muy natural y muy fuerte a dominar a todo y a todos los que te rodean. Probablemente, eso sea el resultado de haber tenido que afrontar responsabilidades tan grandes a una edad tan temprana. Pero también es probable que lo tuyo sea congénito. Tú, Oliver, posees lo que se denomina una personalidad dominante.

—Lo tendré en cuenta. —Oliver avanzó un paso hacia ella, pero se detuvo al ver que agitaba el dedo negativamente—. ¿Aún hay más?

—Mucho más. Te han permitido convertirte en un tirano. Nadie se enfrenta a ti. Tu familia te respeta y admira, pero te tienen demasiada devoción. Siempre te sales con la tuya en todas las órdenes que das porque nadie se atreve a ponerte límites. Sin embargo, yo no te tengo miedo, Oliver.

—Me alegro. —Avanzó otro paso, acercándosele con mucha cautela e infinita paciencia.

Annie retrocedió un paso.

—Aquí se darán algunos cambios.

—¿Sí?

—Sí. Para empezar, no quiero que Bolt me espíe. Me pone los pelos de punta. Imagínate cómo te sentirías tú si supieras que alguien te vigila constantemente.

Oliver lo analizó.

—De acuerdo.

Ella lo miró seriamente.

—Lo digo con la mano en el corazón. No quiero que me persiga a todas partes, escondido entre los arbustos.

—He dicho que estoy de acuerdo.

—¿De verdad? —Estaba sorprendida por haber conseguido su primera victoria con tanta facilidad—. ¿Me prometes que no lo enviarás a espiarme?

—No estaba espiándote. Simplemente, no te perdía de vista por tu propio bien. Pero sí, te prometo que no se lo encargaré más. No creo que sea necesario, ahora que hemos mantenido esta charla. Entiendo tu punto de vista.

Anni se puso contenta. Le sonrió a Oliver con aprobación.

—Eso es maravilloso. Sabía que no eras totalmente insensible; sólo un poco cabezota.

—Gracias.

—De ahora en adelante hablaremos de las cosas a medida que vayan surgiendo —dijo Annie severamente.

—Lo intentaré. Pero yo soy un poco duro para estas cosas. ¿Serás paciente conmigo?

—Por supuesto que sí —le aseguró ella.

Por dentro, Annie estaba loca de contenta. Significaba que a Oliver le importaba lo suficiente como para que decidiera tratar de cambiar. Ninguna mujer podía pretender más de eso en un hombre. «Hasta podría estar enamorándose de ella», pensó Annie, feliz.

—Me alegro de que hayamos tenido esta charla —dijo él.

—También yo. La cuestión es, Oliver, que no puedes manipular a la gente, aunque te parezca que es por su propio bien.

—Entiendo.

—Debes aprender a confiar en ellos si quieres que ellos confíen en ti. La confianza engendra confianza. La sospecha sólo crea más sospechas.

—Aprecio que analices la situación. —Oliver le abrió los brazos—. ¿Podemos volver a la cama ahora?

Annie fue hacia él de inmediato.

—Sí —le contestó, sobre el pecho desnudo.

La tomó entre sus brazos y la llevó de regreso a la cama en penumbra.

9

Oliver se centró y luego, lenta y deliberadamente, bajó su cuerpo desde la posición de parado sobre los hombros hasta la de arado. Sin interrumpir ni una vez el ritmo fluido del yoga se apoyó sobre el abdomen y arqueó el cuerpo para adoptar la postura de la cobra. Sus músculos se ponían en tensión y se relajaban, obedeciendo cada una de las órdenes de Oliver. La energía bombeaba en sus venas.

No recordaba cuándo había sido la última vez que se había sentido tan bien. Si bien siempre supo que gozaba de una excelente salud, esa mañana en particular tenía plena conciencia del bienestar que lo caracterizaba. Los ejercicios de yoga que religiosamente cumplía todos los días le resultaban sorprendentemente sencillos de completar esa mañana. Iba de una postura difícil a la otra casi sin esfuerzos.

Annie era suya, pensaba con profunda satisfacción, al tiempo que extendía su cuerpo en la postura de la langosta. La noche anterior se había convertido en su esposa, en el completo sentido de la palabra. Le había respondido como si hubiera sido hecha a medida para él.

Oliver había tenido que ejercer su autocontrol al límite durante las largas horas que pasó en la cama con Annie. La había deseado mucho más de lo que había deseado a cualquier otra mujer en su vida. Sin embargo, sabía que su dominio sobre ella estaba prendido con alfileres. Para Annie, el matrimonio entre ellos todavía era un asunto pasajero.

El objetivo de Oliver era llevarla, lenta pero inexorablemente, a unirse a él lo más plenamente posible. La fuerte atracción física existente era una herramienta de valor incalculable.

Con un objetivo tan crucial en mente, Oliver había podido negarse sus propias necesidades. Se había esmerado lo suficiente para que Annie, en su primera experiencia con él, olvidara todas las relaciones que hubiera mantenido en el pasado con otros hombres. «Y eso que no habían sido muchos», pensó él, complacido. Lo sabía porque, ante la reacción de Annie en su primer orgasmo, era evidente que su experiencia había sido extremadamente limitada.

«Y no era para sorprenderse», pensó Oliver, mientras se sentaba y, lentamente, colocaba su pie izquierdo sobre la rodilla derecha. Cuando Annie se entregaba, lo hacía plenamente. Ésa era una de las cosas que había aprendido de ella la noche anterior. Presentía que Annie no correría ese riesgo porque sí y el hecho de que hubiera decidido correrlo con él era una prueba del creciente compromiso que la unía a él. Giró para adoptar una nueva postura y sintió la elongación muscular, desde los hombros hasta los muslos.

Estaba satisfecho por haber alcanzado su fin la noche anterior. Una y otra vez, había conducido a Annie al punto del clímax para liberarla luego con el máximo placer. Era un bello instrumento y él lo había ejecutado a la perfección. Ella le había hablado de lo mucho que gozaba, en cientos de plañidos y murmullos. Oliver estaba seguro de que la había dejado satisfecha.

Cuando terminó de estirar sus músculos, ejecutó una de las posturas de equilibrio. Frunció el entrecejo, consciente de que no estaba prestando total atención a los movimientos. Los había practicado durante tantos años, que podía realizarlos con los ojos cerrados. Pero la finalidad del ejercicio físico no era ésa, sino concentrar el cuerpo y la mente en una rutina disciplinada que fortaleciera su sentido del autocontrol.

Oliver sabía qué distraía su concentración esa mañana. Su cuerpo seguía ejecutando cada movimiento, pero en su mente no dejaban de repetirse las acaloradas imágenes de la noche anterior. Y como resultado, iba a terminar sus ejercicios de yoga tan excitado como se había despertado hacía un rato.

Miró hacia atrás, en dirección a la cama. Annie estaba profundamente dormida, con su agotado cuerpo extendido. Si bien no podía verle el rostro, porque se había vuelto hacia el otro lado, las sorprendentes curvas de los hombros y caderas se delineaban con claridad por debajo del edredón negro y dorado. Con las primeras luces del amanecer, su cabello parecía un halo ondulante sobre la almohada.

Definitivamente, Annie recordaría siempre la noche anterior. Y él también.

El deseo lo envolvió, tan ardiente y renovado como lo había sido la noche anterior. No deseaba otra cosa más que volver a la cama y atraer ese cuerpo suave y cálido hacia el suyo. Esa necesidad por sentirla una vez más era casi irresistible.

Pero esa urgencia tan prepotente fue razón suficiente como para resistirse. Oliver no era hombre que estuviera a merced de sus pasiones. En consecuencia, reprimió sus deseos de volver a la cama y adoptó, en cambio, otra postura compleja.

—¿No te duele eso?

Sorprendido al oír la voz de Annie, Oliver miró por encima del hombro hacia la cama. Ella había girado la cabeza sobre la almohada y lo observaba intencionadamente. Tenía el rostro suave y colorado, después de las horas de sueño. También tenía ojeras.

—No —dijo él—. No me duele.

—Parece. —Annie abrió más los ojos al ver lo erecto que estaba su miembro que presionaba la tela de sus pantalones cortos—. No estoy muy segura de que debieras hacer algo así en tu... eh... condición. —Se ruborizó, furiosa—. Me refiero a que podrías lastimarte.

—Hasta el momento, no he tenido accidentes muy serios. —Oliver deslizó su cuerpo para estirar otro grupo muscular, decidido a aplacar sus exigentes hormonas hasta el punto de sumisión total.

—A propósito, ¿qué hora es?

—Las seis.

—Parece más temprano —murmuró ella.

—No tienes que levantarte conmigo. Después de que haya terminado con esto, pasaré un rato en el invernadero.

—Está bien. Por lo general me levanto a las seis. —Annie apartó las mantas y deslizó sus piernas desnudas hacia el borde de la cama. Oliver advirtió que aún tenía su camisa puesta, la que cerró apretadamente sobre su cuerpo mientras se levantaba. Parecía estar avergonzada.

—Creo que me daré una ducha —dijo ella finalmente—. Usaré el baño de mi cuarto.

—Está bien —comentó él, tragándose la nueva ola de deseo que lo invadió. Annie era su esposa—. Desayunaré contigo dentro de una hora.

A pesar de que había tomado la determinación de controlar sus pasiones, su mirada no podía desprenderse de la curvatura de los muslos de la joven. Recordó lo suaves que eran las caras internas de sus piernas. Rápidamente, prosiguió con la siguiente elongación mientras ella se apresuraba a salir de la alcoba. Oliver mantuvo la rigurosa postura hasta que el último de sus músculos le ardió de dolor por el esfuerzo.

Después se enderezó lentamente y, por fin, se permitió caminar hacia la cama. El aroma del acto de amor que habían creado la noche anterior aún flotaba en el aire. Por un momento, se quedó parado ahí, recordando el ardor, la pasión y la satisfacción.

De mala gana, se metió en el cuarto de baño y abrió la ducha de inmediato.

Media hora después, vestido con unos pantalones vaqueros y una camisa limpia, subió las escaleras que lo conducían al invernadero. Todavía experimentaba esa sensación de regocijo. Verificó todos los selectores y mandos del panel de control ambiental y después abrió la puerta del invernadero.

Su bosque tropical privado lo esperaba. Tomó un rociador y una toalla y fue a trabajar.

Estaba examinando una bandeja con unos nuevos y diminutos híbridos cuando sintió que se abría la puerta. Alzó la vista y vio a Annie que entraba. Traía dos tazones humeantes.

—Pensé que tal vez querrías un poco de té. —Le ofreció uno de los tazones.

Oliver sonrió, complacido por ese gesto tan característico en una esposa.

—Gracias. —Caminó por el pasillo orlado de helechos hasta donde Annie estaba y tomó uno de los tazones de su mano. Oliver la estudió por encima del borde del tazón. Se complació al verla con el rostro recién lavado y la cabellera muy brillante.

Annie lo examinó con la misma intensidad.

—Oliver, ¿estás enfadado?

Él frunció el entrecejo, sorprendido.

—¿Enojado?

—Molesto. O irritado. ¿Herido, tal vez?

—Por supuesto que no. ¿Pero por qué lo preguntas?

—Bueno, esta mañana actuaste un poco... Estabas raro.

—¿Más raro que de costumbre, dirías tú? —preguntó.

Un color rosado abrigó las mejillas de Annie.

—En realidad, no quise decir que actuaras realmente como una persona extraña o algo así.

—Es un alivio.

Ella protestó.

—No le veo la gracia. Reconozco que nunca antes estuve casada, pero por lo que sé, la mayoría de los flamantes maridos no se van de la cama en tu estado para empezar a hacer yoga.

—¿En mi estado?

Se ruborizó más todavía.

—Ya sabes de qué estoy hablando. Era obvio que estabas bastante, bueno... bastante excitado. Pero no parecías tener interés en el sexo. Y luego viniste aquí arriba a toda prisa para dedicarte a tus helechos. Por eso me preguntaba si tal vez estabas enojado o herido por algo.

Oliver sonrió y sorbió su té. «Annie parecía más atractiva que nunca por la mañana», pensó.

—¿Por qué tendría que estar enojado?

Ella lo observó de cerca.

—Por la discusión de anoche. Pensé que te habrías irritado, o que te habrías sentido herido, porque te dije que las cosas cambiarían un poco de ahora en adelante. Que no toleraría que mandaras que me espiaran. Que te hacía falta que alguien se enfrentara a ti.

Oliver tuvo que resistirse al impulso de soltar una carcajada. Algo le indicaba que a Annie no le sentaría nada bien una nota humorística en ese momento. En cambio, dejó su tazón de té. Sin decir ni una palabra, tomó el de Annie y también lo dejó junto al de él. Luego la estrechó entre sus brazos y la besó. No levantó la cabeza hasta que ella estuvo completamente aferrada a él, con la boca abierta por debajo de la suya.

—¿Te tranquilizarías si supieras que he olvidado totalmente todas esas cosas que dijiste anoche? —le preguntó por fin.

Ella echó la cabeza hacia atrás. Parecía insegura.

—No exactamente. La verdad es que no quería que estuvieras tan ofendido.

Aquella expresión determinada de Annie le encantó. Se preguntaba si todos los esposos se sentirían así de indulgentes por las mañanas.

—No te preocupes, Annie. No estoy para nada ofendido.

—Me alegro. —Buscó su rostro ansiosamente—. Pero no querrás decir con eso que olvidaste todo lo que te dije anoche, ¿verdad?

—No. Sólo quise decir que la conversación que tuvimos no me molestó en lo más mínimo. No te preocupes. Recordaré cada una de las palabras que me dijiste. —Le rozó la punta de la nariz con los labios—. A propósito, ¿quién es Melvin Finch?

—¿Melvin? —se quedó pasmada—. Oh, *Melvin.*

—Bolt dijo que recibiste un regalo de bodas de él.

Annie frunció la nariz.

—¿Cómo se enteró Bolt del regalo de Melvin?

—Aparentemente, lo dejaste apoyado en alguna parte, en el vestíbulo de entrada. Había una tarjeta en el paquete.

—Cierto. Iba a contártelo, pero lo olvidé —dijo Annie con toda espontaneidad—. Melvin es un viejo amigo. Se fue de Seattle hace un par de años para unirse a una orquesta sinfónica en el medio Oeste. Es un violoncelista estupendo.

—¿Cómo se enteró de nuestra boda?

—Alguien se lo debió de haber mencionado por teléfono. No es exactamente un secreto. Melvin y yo tenemos muchos amigos en común aquí en Seattle.

—¿Cuán amigos erais tú y Finch?

—Ya te lo dije. Éramos amigos. Melvin era contable aquí en Seattle cuando lo conocí. Además, tocaba el violoncelo. Pero nada más conocerlo, me di cuenta de que detestaba la contabilidad. Lo que realmente quería era ser un violoncelista profesional.

—¿Y por qué no lo hacía?

—Su padre no estaba de acuerdo —le explicó Annie con tristeza—. El señor Finch insistía en que su hijo debía permanecer en lo que él llamaba un trabajo de verdad, en lugar de perder su tiempo tratando de probar suerte en el mundo de la música. Yo le decía a Melvin que debía intentarlo con la música, que si no funcionaba, entonces podía volver a la contabilidad.

Oliver frunció el entrecejo cuando se le apareció la imagen de aquella realidad ante sus ojos.

—¿De modo que lo convenciste para que desafiara a su padre y siguiera su estrella?

—No exactamente. El problema era que Melvin y su padre no se comunicaban muy bien. Cada vez que el señor Finch dictaba una ley, Melvin la obedecía como lo hacía cuando era niño. Yo le decía que debía tratarlo como todo adulto trata a su padre. Y dio resultado. El señor Finch finalmente aceptó la decisión de Melvin y le deseó éxito.

—De modo que lo que tú hiciste fue ayudar a Melvin a cortar el cordón umbilical y lo primero que él hizo fue partir para el medio Oeste, ¿verdad?

—La primera propuesta que recibió fue una sinfónica en el medio Oeste —aclaró Annie cuidadosamente.

—¿Por qué no te llevó con él?

Ella se encogió de hombros.

—Como has dicho tú, estaba siguiendo su estrella.

—¿Lo echas de menos? —preguntó Oliver, con más aspereza de la que había deseado emplear en su tono.

—En realidad, no. —Annie sonrió, reminiscente—. Sin embargo, probablemente siempre me sentiré orgullosa de él. Es muy dulce. E interpreta el violonchelo con brillantez. ¿No fue muy amable de su parte haber enviado el disco compacto?

—Muy considerado. —Oliver trataba de controlar los celos que empezaban a carcomerle las entrañas. Obviamente, ya no había motivos para preocuparse por el tal Melvin Finch. Annie no había dado indicios de estar enamorada del violonchelista.

—Este invernadero es absolutamente sorprendente —dijo Annie, feliz. Miró a su alrededor con interés—. No tuve oportunidad de verlo todo la otra vez que me trajiste aquí. ¿Por qué no me lo enseñas ahora?

Los pensamientos de Oliver cambiaron de rumbo al instante.

—¿Realmente estás tan interesada en verlo?

—Es fascinante. —Annie miró las bandejas cubiertas con cristal—. ¿Los helechos son distintos de las plantas con flores, no?

—Muy diferentes. —Oliver se le acercó—. Las plantas con flores nacen de semillas, pero los helechos tienen un ciclo de vida mucho más complejo.

—¿Cómo los reproduces?

Oliver notó que el interés de Annie era auténtico. Se sentía ridículamente complacido.

—Cuando están listos, recojo las esporas que están por debajo de las hojas maduras. Los siembro extrayéndolos de una hoja de papel y colocándolos en un medio de crecimiento, dentro de unas cubetas de cristal.

Annie miró con más cuidado el interior de las cubetas.

—¿Simplemente pones las esporas allí adentro?

—No, es un poco más complicado. Para empezar, todo el proceso debe llevarse a cabo en condiciones relativamente estériles. Cuando estoy sembrando esporas no permito la entrada a ninguna persona al invernadero. —«Claro que nadie tendría interés en hacerlo tampoco», pensó.

—¿Cómo son?

—¿Las esporas? Muy pequeñas. Te las mostraré. —Destapó un pequeño paquete de papel que contenía lo que parecía polvo marrón rojizo. Lo vació sobre una hoja de papel—. Éstos son de la especie *Woodwardia fimbriata,* conocida como helecho cadena gigante.

—¿Qué pasa después de que los siembras en las cubetas de cristal? —preguntó Annie.

—Cuando las esporas germinan, forman lo que se denomina prótalos.

—¿Helechos bebés?

—No exactamente. —Oliver tomó una de las cubetas de cristal y le mostró los diminutos organismos verdes que estaban en el interior—. Ésos son prótalos y han de mantenerse húmedos para que el esperma pueda fertilizar las células del huevo. El resultado de eso, finalmente, producirá helechos jóvenes.

Oliver se desplazó a otro de los travesaños que contenía los helechos para mostrarle la bandeja con híbridos que estaba cultivando. Annie siguió con sus preguntas.

Ninguno de los dos pensó en el desayuno durante casi una hora.

La mañana siguiente, a las once, Oliver se quitó las gafas que usaba para leer y las colocó sobre el escritorio de Daniel, junto a un informe que había estado estudiando. Extendió el brazo y presionó un botón del interfono.

—Señora Jameson, por favor, diga al señor Barry Cork que pase.

—Sí, señor.

Oliver se puso de pie y caminó hacia la ventana, frotándose ausente la nuca. Parece que tendría que visitar personalmente a uno de los principales abastecedores de Daniel. Eso significaba que tendría que viajar a la ciudad. A Oliver no le gustaba en absoluto esa idea, pues para ello tendría que pasar una noche sin Annie. Una propuesta muy poco agradable.

Observó el Panorama desde la ventana. La sede principal de Lyncroft Unlimited ocupaba dos edificios industriales de dos pisos, en el sur de Seattle. La empresa había crecido tan rápidamente que a Daniel le había resultado muy difícil encontrar el espacio físico apropiado.

Desde allí, Oliver alcanzaba a ver la curva del Kingdome. Detrás de éste, se hallaba el barrio de Pioneer Square, donde sin duda Annie estaría trabajando arduamente. Su suave, dulce y exquisitamente apasionada Annie. Oliver sonrió para sí.

Alguien llamó a la puerta, interrumpiendo sus pensamientos.

Oliver volvió la cabeza.

—Adelante.

Barry Cork entró en la oficina, con una expresión ligeramente ansiosa en su rostro. Oliver estaba acostumbrado a esa expresión. La mayoría de la gente que trabajaba con él la tenía.

—¿Me llamó, señor Rain? —Barry asumió una postura respetuosa.

Oliver volvió a mirar hacia la ventana.

—¿Cuál es el problema con Featly y Moss?

Barry carraspeo.

—Como ya expliqué en mi informe, no desean mantener a Lyncroft como un cliente prioritario ahora que Dan no está en escena. He tratado de hablar con ellos. De hecho, estaba en eso cuando usted y Annie se casaron. Pero los demás clientes están presionándolos bastante.

—Y como creen que Lyncroft no saldrá a flote nos tienen a la cabeza de la lista negra, ¿cierto?

—Bueno, sí. Supongo que de eso se trata. —Barry vaciló—. No se ofenda, señor Rain, pero Featly y Moss están en California.

—¿Y?

—Bueno, eh... que en esa región del Sur, ellos no conocen tanto su reputación como los abastecedores de aquí, del Noroeste.

Oliver afirmó con la cabeza.

—En otras palabras, esto significa que no tienen razón para creer todavía que Lyncroft sobrevivirá a la ausencia de Daniel.

—Me temo que es así, para explicarlo en pocas palabras.

—Necesitamos las mercancías de estas personas y también que nos las vendan en términos contables. Parece que tendré que hacer un viaje al Sur y hablar con ellos personalmente. —Oliver se volvió, borrando de forma deliberada toda expresión en su rostro—. Consígame todos los datos que tenga sobre Featly y Moss.

Barry frunció el entrecejo, confundido.

—¿Se refiere a su empresa?

—No, Cork —contestó Oliver con una paciencia que no sentía—. Quiero datos de los dos hombres que la poseen.

—¿Se refiere a información personal sobre ellos?

—Exactamente. Quiero saber a qué escuela fueron, para quiénes trabajaron antes, si deben, si les gustan los juegos de azar. Lo de costumbre.

—Ya veo. —Barry se acomodó el nudo de la corbata y carraspeó—. Sucede que, me parece, que no sabemos mucho sobre estos tipos que son dueños de la empresa. Yo tuve oportunidad de conocerlos a los dos. Me cayeron bien.

Oliver lo miró fríamente.

—¿Daniel no tenía archivos personales de la gente con quien operaba?

—Archivos *personales*, no. —Barry parecía descolocado—. ¿Para qué? Naturalmente, tenemos un informe financiero bastante amplio de ellos, pero nada que se refiera a lo personal. Creo que Featly está casado, si eso le sirve de algo.

—No de mucho. —Oliver estaba irritado. Daniel había trabajado con él durante el tiempo necesario como para aprender que era imprescindible saber detalles de la gente con quien trataba comercialmente.

—No sé qué más ofrecerle. —Barry se subió las gafas—. Creo que podría intentar hacer algunas llamadas telefónicas.

—No importa. Yo me haré cargo. —Oliver volvió al escritorio y tomó asiento—. Contacte con Featly y Moss. Dígales que esta semana tomaré un vuelo para reunirme con ellos. Digamos... el jueves. Pida a la señora Jameson que haga todos los preparativos del viaje.

—Correcto. —Barry retrocedió hacia la puerta—. ¿Algo más, señor Rain?

—No. —Oliver recogió el informe que había estado estudiando. Esperó a que la puerta se cerrara para volver a dejarlo sobre el escritorio y tomar el teléfono. Marcó el número particular de su casa.

—Residencia Rain —dijo Bolt, con esa voz de robot que le caracterizaba.

—Bolt, quiero que rastree lo que pueda sobre un par de proveedores de Lyncroft. Unos tales Featly y Moss. En un momento, le enviaré por fax lo que ya tengo. No es mucho. Sólo unos pocos datos financieros y contables. Por alguna razón, Daniel no llevaba archivos personales de esta gente.

—Sí, señor.

—No hay mucho tiempo. Yo debo viajar a California pasado mañana para encontrarme con estos dos individuos. Sólo tráigame lo que consiga desde ahora hasta el momento en que me vaya. Podrá informarme mientras me lleve en el auto hasta el aeropuerto.

—Sí, señor.

—Sólo espero tener que pasar una noche fuera. —Oliver hizo una pausa—. Trate de no entrar en serias disputas con la señora Rain mientras esté ausente.

—Comprendido, señor. —Si a Bolt le resultó graciosa la petición de su jefe, lo disimuló a la perfección.

Oliver colgó el teléfono y se quedó sentado en silencio por un momento contemplando la perspectiva de encontrar a su esposa Annie esperándolo después de su viaje de negocios.

Le resultó una imagen agradable. De hecho, algo que esperaría con ansia. En los últimos años, además de haber triunfado en el aspecto financiero, habían existido pocos acontecimientos importantes en su vida que hubiera podido anticipar con genuino placer. Desde que había conocido a Annie, tenía otras cosas que le entusiasmaban, además de cultivar helechos.

Annie estudió el cartel de museo que estaba colgado en la pared, detrás del escritorio de Valerie. Representaba la fotografía de una deidad felina salvaje, tallada en una lámina de oro. El título de la próxima exhibición del Museo Eckert estaba impreso en la parte superior del cartel: *El jaguar dorado: un panorama sobre el oro precolombino.*

—Muy impresionante —dijo Annie, admirando el cartel—. Me agradaría tenerlo en mi tienda.

—Dudo que tus clientes pudieran pagar lo que vale —dijo Valerie secamente—. Esta pieza no tiene precio.

—El trabajo artesanal es sin duda sofisticado. ¿Cuántos años tiene?

—El jaguar es Chavin —dijo Valerie, impaciente—. Data del año 800 a.C. Y tienes razón, el trabajo artesanal es muy sofisticado. Mucho mejor que todo lo que se hizo en Europa en esa misma época. Los artesanos precolombinos fueron verdaderos maestros.

—No sabía que hubieran trabajado el oro.

—Por supuesto que sí —dijo Valerie—. De hecho, los aztecas decían que el oro era el excremento de los dioses.

—No jodas —murmuró Annie.

Valerie la miró con agudeza.

—El jaguar dorado causará sensación en la exhibición —continuó Annie gentilmente. Miró a su alrededor. Había libros y fotografías desparramados en cuanta superficie disponible había.

Las fotografías se relacionaban con adornos tallados en oro, cintas, vasijas y estatuillas. Todos combinaban los elementos de lo salvaje y lo sofisticado, que con tanta perfección se habían captado en el jaguar dorado.

—El arte precolombino es mi área de mayor experiencia. —Valerie jugueteaba con un lápiz que tenía en la mano—. La exhibición se inaugura dentro de dos semanas. Ahora estoy haciendo la presentación preliminar.

—¿Quiénes logran concurrir a esa presentación preliminar? —preguntó Annie de inmediato.

—Todos los que hayan donado más de diez mil dólares al Museo Eckert durante el año pasado.

—Oh. —Se reclinó sobre el respaldo de la silla—. Creo que por eso me quedo fuera.

—Oliver está invitado —dijo Valerie de mala gana—. Él ha hecho una contribución considerable este año. Y como eres su esposa, también serás bienvenida. Pero no te ilusiones. Oliver jamás concurre a esta clase de acontecimientos.

—Ya lo veremos —dio Annie con ánimo optimista. Últimamente, Oliver estaba mostrándose muy condescendiente—. ¿De qué querías hablar conmigo, Valerie? Le dije a mi ayudante que sólo estaría fuera una hora.

Valerie sostuvo la mirada de Annie por un momento y luego quebró el contacto visual.

—Lamento que fueras testigo de esa escena entre Oliver y yo la otra noche.

—Estas cosas pasan en todas las familias —dijo Annie, comprensivamente—. Yo también tengo un hermano mayor.

Valerie la miró con curiosidad.

—Oliver dice que tú estás convencida de que tu hermano está aún con vida, a pesar de que todos sostienen lo contrario.

—No todos. Su novia, Joanna, también cree que todavía está vivo.

El rostro de Valerie pareció expresar comprensión.

—Debe de ser una época muy difícil para ti. Me imagino cómo me sentiría si Oliver desapareciera. Por arrogante e insoportable que sea, no concibo el mundo sin él.

—Supongo que así son los hermanos. Te acostumbras a tenerlos a tu lado.

—Todos nosotros estamos decididamente acostumbrados a tenerlo a nuestro lado. Siempre estuvo cuando lo necesitamos —dijo Valerie—. Aun antes que papá se fugara, siempre recurríamos a él después que mamá murió. Oliver era el único que se encargaba de las cosas. ¿Sabes a qué me refiero?

—Sí, claro.

—Cuando papá se marchó, Oliver fue lo único que nos quedó. Dependíamos de él. Oliver es muy, pero muy responsable. —De pronto, Valerie estrelló el lápiz contra el escritorio—. Lo adoro, pero juro por Dios que a veces es un cretino.

—Ya lo sé. —Annie apenas sonrió.

Valerie la miró con agudeza.

—¿Cuánto hace exactamente que lo conoces?

—Lo suficiente como para haber aprendido que es terriblemente dominante y que quiere tener a todos en un puño. Pero presiento que puede entrenárselo. Básicamente, es un buen hombre. Creo que, dado el tiempo necesario, puedo trabajar con este material que tengo disponible.

—¿De verdad? —Valeric la miró molesta cuando se puso de pie—. ¿Qué intentas hacer con Oliver? ¿Moldearlo para convertirlo en un sensible, dulce y encantador osito de peluche?

Annie sonrió ampliamente.

—No dije que lograría milagros. Oliver me recuerda al jaguar del cartel. Es una mezcla interesante de salvajismo y sofisticación. Pero veré qué puedo hacer con él.

—Mucha suerte.

—Gracias.

—Es tan obstinado, maldita sea —suspiró Valerie.

—Le preocupa demasiado tener el control de todo —explicó Annie—. Es fácil entender por qué tiene esa personalidad. Su fuerza de voluntad y el increíble autocontrol que tiene hicieron posible que él mantuviera unida a tu familia y que se recuperara la fortuna de los Rain.

—Supongo, pero por eso también tenemos muchos problemas.

—Ya lo sé. —Annie miró subrepticiamente su reloj de pulsera.

—Sé que tienes prisa. —Valerie regresó a su escritorio y se sentó—. Mira, trataré de explicártelo brevemente y con coherencia. Te pedí que vinieras aquí hoy porque quería saber si Oliver te había hecho algún comentario respecto de lo que pasó entre nosotros aquella noche.

—¿Por qué lo preguntas?

Valerie apretó los puños.

—Quiero saber qué es lo que piensa. Quiero averiguar si puedo llegar hasta él, encontrar el medio de hacerlo entrar en razones. ¿Te dijo algo?

Annie eligió sus palabras con mucho cuidado.

—No mucho. Sólo comentó que no le agradaba el muchacho con quien tú estás saliendo.

—Ni siquiera conoce a Carson —respondió Valerie afligida—. Jamás lo vio. Oliver odia al padre de Carson por lo que sucedió hace años. Es un asunto que nada tiene que ver con Carson ni conmigo. Pero Oliver no puede distinguir entre Carson y su padre.

—Comprendo.

Valerie la miró.

—Siempre he hecho lo que Oliver quería que hiciera. Todos hemos actuado así. Para ser totalmente franca, la mayoría de las veces tiene razón. Pero no en cuanto a Carson.

—¿Cómo conociste a Carson?

—Él es profesor de Historia del Arte en la universidad. He consultado con él en un par de exhibiciones. Empezamos a conocernos mejor. Su familia, tradicionalmente, ha fomentado siempre el arte. —Valerie golpeó ligeramente el escritorio con una de sus uñas color malva—. De hecho, el señor y la señora Shore darán este viernes la fiesta anual a beneficio del arte.

Annie asintió, no muy segura de lo que Valerie esperaba de ella.

—Ya veo.

—Yo iré. —Valerie alzó el mentón—. Carson me invitó a la fiesta.

Annie se sobresaltó.

—Oh.

Valerie asintió preocupada.

—Tienes razón. Oliver se pondrá furioso cuando se entere.

—Tal vez no —dijo Annie, tratando de ser optimista—. Me refiero a que concurrir a fiestas que tengan como finalidad recaudar fondos para el museo puede ser parte de tu trabajo, ¿no?

—Es un modo de ver las cosas. Pero Oliver jamás lo tomará así. —Los ojos de Valerie se llenaron de lágrimas—. ¿Por qué tendrá que ser tan terriblemente cabezota? ¿Por qué no puede dar a Carson una oportunidad?

Annie suspiró.

—¿Debo suponer que quieres que hable con Oliver en tu nombre?

Valerie la miró desesperada.

—¿Lo harías?

—Puedo intentarlo. Pero las dos sabemos que puede ser inútil. Como tú misma dijiste, tu hermano es terriblemente cabezota.

—Tengo el presentimiento de que a ti te escuchará. Me parece que es bastante indulgente contigo.

—¿Qué te hace pensar eso? —preguntó Annie, halagada y complacida.

Valerie le sonrió.

—¿Acaso no tiene en exhibición en su estudio ese ridículo leopardo esmaltado que le regalaste?

—¿Por qué te vas a California? —preguntó Annie a Oliver esa noche cuando le llevó el té a su estudio.

—Debo reunirme con los abastecedores de Daniel, Featly y Moss. Desde que yo estoy a cargo de la empresa, ellos han decidido negar el derecho prioritario a Lyncroft. —Oliver hizo a un lado algunos papeles y se quitó las gafas de lectura—. A menos que los convenza de que deben seguir con los envíos de mercancías tal como se había estipulado originalmente, nos veremos en serias dificultades en los próximos tres meses.

—Seguramente pensarán que Lyncroft aún sigue en la cuerda floja, a pesar de que tú estás al mando. —Annie se sentó frente a él y sirvió una taza de té.

—Cork dice que el problema es que, como no saben mucho sobre mí, no creen que la empresa esté en buenas manos. —Oliver aceptó la taza de té.

Annie sonrió.

—¿Quieres decir que esos tipos de California jamás han oído hablar de la reputación sorprendente de Oliver Rain? Qué vergüenza.

Oliver arqueó las cejas.

—Trataré de darles una clara explicación de lo que quiero hacer con Lyncroft. A propósito, ¿por casualidad, no sabes si Daniel tenía otros archivos fuera de la oficina?

Annie lo miró sorprendida.

—No que yo sepa. ¿Por qué lo preguntas? ¿Falta algo?

—No existen archivos personales de Featly ni de Moss, ni tampoco de ninguna otra persona.

—¿Archivos personales? ¿O sea, del personal? Estoy segura de que debe de haber muchos de ellos. Lyncroft emplea docenas de personas. Tiene que haber archivos de personal.

—No hablo de archivos del personal. —Oliver sorbió su té con aire pensativo—. Estoy hablando de archivos que contengan datos personales de la gente con quien Daniel opera comercialmente. Detalles sobre su personalidad, problemas, costumbres, esa clase de cosas.

—¿De qué rayos estás hablando? —Annie apoyó una taza haciendo bastante ruido—. Daniel administra una empresa, no una Agencia Central de Espionaje.

—Yo estaba convencido de que, durante el tiempo que Daniel había trabajado conmigo, al menos había aprendido que es necesario tener informes personales de los principales abastecedores e inversores de la empresa.

—Obviamente, Daniel no creía necesario inmiscuirse en los aspectos personales de la gente para mantener buenas relaciones comerciales con ellos. —Annie lo miró enfadada—. ¿Estás insinuando que tu tendencia a meterte en la vida de los demás se extiende fuera del seno familiar?

—No me meto en la vida de los demás. —Bebió otro sorbo de té—. Me mantengo informado.

—Creo que es el eufemismo más grande que jamás he escuchado en la vida. —Annie meneó la cabeza disgustada—. Oliver, tienes que aprender que jamás tendrás amigos si te dedicas a espiar a la gente.

—No necesito amigos, pues como mínimo, son poco dignos de confianza. Pero sí necesito información.

Annie golpeteó el pie contra el suelo.

—Eso es ridículo.

—No, no lo es. —La mirada de Oliver se endureció casi imperceptiblemente—. Tuve que aprender esa lección cuando me vi en la obligación de juntar los pedazos que mi padre había dejado de nuestra fortuna.

Annie se quejó.

—¿Siempre tienes que ser tan drástico?

—Te casaste conmigo para que salvara Lyncroft —dijo Oliver suavemente—. Déjame hacer mi trabajo, entonces.

Annie se ruborizó. No quería reñir con él esa noche y mucho menos por la razón por la cual él se había casado con ella. Tampoco era el momento ideal para sacar el tema de Valerie y Carson. Quizás era la oportunidad para que una buena esposa decidiera cambiar de tema.

—¿Cuánto tiempo estarás fuera? —preguntó ella tranquilamente.

—Con suerte, sólo hasta el día siguiente. Debería regresar el viernes.

—Bien.

Oliver la estudió en silencio.

—¿Me echarás de menos, Annie?

—Sí —admitió ella.

—Bien. Me alegro.

«Pero en realidad, no parecía tan contento», pensó Annie. Los ojos de Oliver denotaron una expresión de lo que se podría haber definido más exactamente como de satisfacción arrogante.

—Eso es todo en cuanto a Featly y Moss. —Bolt conducía la limusina entre el pesado tráfico del aeropuerto con la destreza de un francotirador apuntando a su presa—. Nada extraño en sus documentos, por lo menos, nada que yo pudiera averiguar en cuarenta y ocho horas. Simplemente, son unos buenos comerciantes que gozan de un sustancioso nivel de vida vendiendo repuestos a empresas como Lyncroft.

—Alguna otra empresa tuvo que haberlos convencido de que Lyncroft ya no es la de antes, y por eso, Featly y Moss decidieron que había llegado el momento de cambiar sus prioridades —observó Oliver. Hojeó el informe que Bolt le había entregado para leer—. Si ése es el caso, puedo convencerlos para que cambien de opinión.

—Sí, señor. —Bolt estacionó la limusina con increíble precisión—. Una cosa más, señor.

—¿Sí?

Bolt giró y apoyó un brazo sobre el respaldo del asiento. Los cristales de sus gafas de sol reflejaban el escenario de la acera.

—No pude encontrar ningún detalle útil sobre Featly y Moss —dijo Bolt—, pero sí hubo algo extraño en el último viaje que Barry Cork hizo a California para ir a verlos.

Oliver metió el informe dentro de su maletín.

—Continúe.

—Supuestamente, Cork fue allí específicamente para reunirse con Featly y Moss, ¿correcto?

—Correcto.

—Según lo que yo averigüé, sólo estuvo con ellos una hora.

Oliver levantó la vista mientras cerraba el maletín.

—Pero estuvo ausente varios días. ¿Dónde fue?

—No pude rastrear sus movimientos durante todo ese período, pero sí logré localizarlo en reuniones privadas con, por lo menos, dos de los principales rivales de Lyncroft.

—Maldición. —Oliver sintió que las piezas empezaban a encajar en su lugar.

—Además, esas reuniones no se llevaron a cabo en las oficinas de las respectivas empresas —concluyó Bolt—. Se realizaron en habitaciones de hotel.

—Gracias, Bolt. Siempre sabe cómo ganarse su salario.

—Hago lo que puedo, señor. ¿Quiere que no pierda de vista a la señora Rain mientras usted esté fuera de la ciudad?

Oliver vaciló.

—No —dijo por fin—. No será necesario.

10

—¿Arthur? ¿Dónde estás? ¿Estás ahí? —Annie estudió el mustio interior de la Librería Quigley, buscando a Arthur, entre los pasillos, atiborrados de estanterías que llegaban al techo y contenían innumerables libros viejos.

—Aquí arriba, Annie. Ya bajo.

Annie alzó la vista y vio a Arthur en el punto más alto de la escalera. Estaba colocando en su lugar un viejo libro con tapas de cuero, sobre un estante que estaba lleno de otros tomos igualmente viejos.

—Necesito un libro —dijo Annie—. Por lo menos, creo que lo necesito.

—Seguro. ¿Qué libro? —Arthur empezó a bajar de la escalera. Era un hombre menudo, muy delgado, cuya rala línea de cabello iba disminuyendo. Tenía una mirada amable y llevaba unas gafas con marco de marfil, ajustadas a la nariz, delante de sus ojos castaños. Vestía pantalones de pana marrones, un jersey arrugado y mocasines.

—No sé exactamente qué libro quiero —explicó Annie, mientras Arthur llegaba al pie de la escalera—. Sólo conozco el tema.

—¿Cuál es?

—Sexo.

Arthur pestañeó por detrás de sus gafas con marco de marfil.

—¿Quieres un libro sobre sexo?

—Un manual o algo por el estilo. —Annie se ruborizó y bajó la voz—. Es para mi esposo.

—Ah. —Arthur también se ruborizó—. Tu flamante esposo. Debe de ser Oliver Rain.

—Correcto. —Annie miró la estantería que decía *Salud.* Esa situación le estaba resultando mucho más embarazosa de lo que había imaginado. Pero Arthur era un buen amigo. La comprendería.

—Entiendo. —Arthur carraspeó—. ¿Tendría que ser un manual para principiantes? ¿Intermedios? ¿Avanzados?

Annie consideró la pregunta frunciendo el entrecejo.

—Avanzados. Él ya conoce lo básico. También lo intermedio. —Sentía que sus mejillas estaban más coloradas todavía—. De hecho, sabe mucho sobre sexo. Mucho más de lo que yo sé. El problema es la técnica.

Arthur pareció comprender.

—¿Entonces será un problema de eyaculación precoz?

—Por Dios, no —murmuró Annie—. A veces desearía que así fuera. En realidad, se trata más bien de un problema de comunicación.

—Ah —dijo Arthur, asintiendo inteligentemente esta vez—. Un problema de comunicación. ¿En qué, exactamente, tiene Rain problemas de comunicación?

Annie trató de explicar la situación de la manera más delicada posible.

—Mi esposo es muy dogmático. Es de la clase de hombre que toma el mando de inmediato. Es muy controlado. En todos los aspectos, ¿entiendes?

—Creo que sí —dijo Arthur, lentamente.

Annie sonrió complacida por su comprensión.

—Quiero ser yo la que esté al mando de la situación. Quiero hacerle sentir lo que significa estar en el puesto del que es gobernado.

—Creo que tengo exactamente lo que estás buscando —dijo Arthur. La condujo hacia las estanterías clasificadas como *Exóticos.*

Se detuvo frente a una hilera de viejos volúmenes y extrajo uno.

Annie estudió el título grabado en la tapa de cuero: *Tres noches en el Amazonas.*

—¿No tienes nada más nuevo que esto?

—Sí, pero no para tus propósitos.

—De acuerdo, probaré con éste. —Annie levantó la vista—. ¿Cuánto te debo?

Arthur sonrió.

—Considéralo un obsequio de bodas.

—Es muy amable de tu parte.

—No seas ridícula, Annie. Te debo mucho más de lo que jamás podré devolverte. De no haber sido por ti, jamás me habría casado con Elizabeth.

La cálida gratitud de Arthur incomodó a Annie.

—¿Cómo está el bebé? —preguntó rápidamente para cambiar de tema.

Arthur sonrió orgulloso.

—Creciendo cada día más. No lo reconocerás cuando lo veas.

—Di a Elizabeth que lo traiga de visita.

—Claro.

Annie sonrió.

—Tengo un elefante que creo que le interesará.

—No sé por qué pensé que serviría de algo si venía a esta casa de la playa por un rato —dijo Joanna.

—Está bien, lo entiendo —comentó Annie, con la vista fija en el camino sinuoso. Una ligera lluvia invernal oscurecía el panorama de la playa. La salida que conducía al viejo chalet de la tía Madeline quedaba bastante cerca de donde ellas estaban.

—Cuando te llamé por teléfono para decirte que vendría aquí, no quise insinuarte que tendrías que venir conmigo —dijo Joanna.

—No me importa. Pasar una noche aquí en la playa nos vendrá muy bien a las dos. —En realidad, Annie no había querido viajar hasta la playa de improviso esa tarde. Eran dos horas de viaje y tenía mucho que hacer en Extravagancias.

Pero cuando Joanna la llamó para contarle sus intenciones, Annie la notó tan ansiosa y deprimida que no creyó conveniente que la muchacha hiciera el viaje sola.

—Es la tensión —le confió Joanna—. Ya me está atrapando, Annie. —Se limpió los ojos con la toalla de papel que había usado en la última hora—. A veces me asusto tanto. Últimamente, parece que cada vez lloro más.

—Sé a qué te refieres. —Annie vio la salida que debía tomar y condujo hacia allí su automóvil rojo—. Si me permito pensar demasiado en Daniel, me aterro. Entonces, trato de pensar en otras cosas.

—Fue una suerte que me hayas ofrecido tu compañía.

—No es para tanto. Oliver estará fuera de la ciudad esta noche. Ella puede hacerse cargo de la *boutique* el resto de la tarde. Pasaremos la noche aquí y volveremos mañana por la mañana. Llegaré a la tienda poco después que haya abierto. No hay problema.

—Hacía meses que no venía aquí con Daniel. —Joanna analizó el chalet deteriorado en cuanto apareció a la vista—. Él vino solo aquí un par de veces, antes de la fiesta de nuestro compromiso, pero yo no lo acompañé. Él estaba ahíto de trabajo, como yo le decía.

—Daniel siempre tenía la costumbre de venir a instalarse solo aquí cuando estaba trabajando en un problema particularmente difícil.

Annie estacionó el auto en la entrada y se quedó sentada, mirando la casita a través de la llovizna. Por un momento se quedó muy quieta, con la mente cargada de recuerdos.

—Después que nuestros padres murieron en ese accidente automovilístico, tía Madeline nos trajo a vivir aquí. Daniel y yo adoramos este lugar.

—Lo sé. Daniel me dijo lo mucho que esto significa para vosotros. También sé cómo queríais a vuestra tía.

Annie sonrió.

—Tía Madeline era un poquito excéntrica, pero nos adoraba. Jamás nos hizo sentir que fuéramos una carga para ella.

—¿En qué sentido era excéntrica?

—Era artista —explicó Annie—. Y bastante buena. Sus obras se vendían muy bien. Pero el arte era la pasión primordial en su vida y le dedicaba muchas horas. Daniel y yo aprendimos a entretenernos solos, lo que probablemente no fue una mala lección.

Las lágrimas rodaron por las mejillas de Joanna.

—Dios, Annie, ¿qué vamos a hacer?

—Lo que hemos estado haciendo hasta ahora. Esperar. —Annie se dio cuenta de que en cualquier momento se echaría a llorar ella también. Abrió la puerta del auto.

Una hora después, Annie se hallaba sentada junto a Joanna, frente a un cálido fuego, y se dio cuenta de que estaba sintiéndose mucho mejor. También Joanna se encontraba de mejor ánimo. Por lo menos, ya no tenía los ojos llenos de lágrimas.

—Por alguna razón, aquí me siento más cerca de él. —Joanna miró el rústico interior del chalet, con sus cortinas desteñidas, la vieja alfombra forrada y el mobiliario de madera pesada—. Me alegro de haber venido.

—También yo. —Annie apoyó los pies sobre la mesita del café. Cerró los ojos y dejó que la atmósfera reinante en el ambiente le penetrara hasta los huesos.

Los recuerdos de Daniel afloraron en su memoria: Daniel enseñándole a jugar al póquer. Daniel enseñándole a conducir cuando ella tenía quince años. Daniel consolándola cuando su primer novio la dejó plantada por otra muchacha. Annie sonrió ante ese último recuerdo. Más tarde se había enterado de que Daniel había retado al muchacho a una pelea a puñetazos por haber hecho sufrir a su hermana.

—No está muerto —dijo Joanna, tocándose el vientre.

—No. —Y Annie estaba más segura de ello de lo que había estado durante semanas. Se habría dado cuenta si su hermano hubiera desaparecido para siempre.

Joanna se sentó sobre una de sus piernas y se recostó contra el rincón descolorido del sofá.

—Dime la verdad, Annie.

Annie abrió los ojos, sorprendida por la extraña pregunta.

—¿Sobre qué?

—Sobre tú y Rain. Tu matrimonio no está funcionando como tú habías pensado en un principio, ¿verdad?

Annie hizo una mueca.

—Eres muy perspicaz. No.

—Estás enamorada de él, ¿no? —le preguntó Joanna.

—Sí.

—Me lo temía. Me di cuenta de que había algo entre los dos desde un principio. Vi cómo te miraba Rain la noche que te conoció. Era como mirar a un enorme gato a punto de abalanzarse sobre una mariposa.

—Dios mío. —Annie la miró, atónita—. Qué comparación.

Joanna se encogió de hombros.

—Es cierto. Y tú tenías plena conciencia de su presencia durante todo el tiempo que él estuvo allí, ¿no?

—Me declaro culpable.

—Bueno, supongo que fue lo que te puso esa loca idea en la cabeza del matrimonio por conveniencia. Lujuria pura.

—No, me niego a aceptarlo —farfulló Annie—. Fue una decisión increíblemente astuta en el aspecto comercial, que nada tiene que ver con que yo estuviera caliente por él.

Joanna se rió.

—Si tú lo dices. Tengo que admitir que me cuesta mucho imaginaros juntos. Sois tan diferentes el uno del otro.

—Ni te atrevas a preguntarme cómo es en la cama —le advirtió Annie.

—Ni soñaría con hacerlo. —Joanna la miró de reojo—. Sólo dime una cosa.

—¿Qué?

—¿Hay algo retorcido en todo esto? ¿Látigos de terciopelo, tal vez? ¿Plumas? ¿Bolitas de oro?

—*Joanna.*

Joanna sonrió.

—No puedes culparme por ser curiosa. Ese hombre tiene fama de ser raro. ¿Cómo es de raro?

Annie vaciló.

—No hay látigos de terciopelo, ni plumas, ni bolitas de oro.

—Vaya, eso sí que me decepciona. Estaba segura de que me darías detalles interesantes para ilustrarme.

—Helechos —dijo Annie suavemente, recordando el apasionado entusiasmo que Oliver había puesto esa mañana al explicarle la reproducción de los helechos—. Es un experto en helechos.

El sonido del teléfono interrumpió la respuesta de Joanna. Annie se sobresaltó.

—Nadie sabe que estamos aquí —dijo Joanna, mirando fijamente el teléfono.

—Bolt lo sabe. Le dejé una nota. —Annie levantó el auricular—. ¡Hola!

—Buenas tardes, Annie. —La voz de Oliver fue perfectamente monótona—. No sabía que tuvieras planes de salir de la ciudad en mi ausencia.

—Hola, Oliver. —Annie se acomodó contra los cojines del sofá—. Entiendo que conseguiste el número por Bolt.

—Dijo que dejaste una nota sobre la mesa de la cocina. —Se produjo una extraña pausa—. Una nota muy breve.

—No tiene ningún caso escribir una nota larga para Bolt. Él y yo no tenemos tanta comunicación, de todas maneras. —Annie estaba sorprendida por lo bien que se sentía al escuchar la voz de Oliver. Estaba actuando como un esposo de verdad, llamándola por teléfono mientras estaba en un viaje de negocios. Le hacía sentir cálida y a gusto por dentro el saber que él la tenía en cuenta lo suficiente como para llamarla.

—Bolt me dice que estás en un chalet, en la playa, ¿es cierto?

—Sí —dijo Annie—. En la vieja casa de tía Madeline. Daniel y yo la heredamos.

Se produjo otra pausa infinitesimal.

—¿Y estás allí con Joanna?

—Ajá. —Annie miró a Joanna—. Ella y yo vinimos en auto hasta aquí esta tarde.

—¿Entonces tomasteis la decisión a última hora?

—Bueno, sí. —Annie frunció el entrecejo ligeramente, preguntándose por qué la conversación se centraba tan intensamente en el hecho de que ella estuviera allí con Joanna—. Joanna estaba medio deprimida y quería venir aquí. Yo decidí acompañarla. Volveremos por la mañana.

—Entiendo.

—¿Sucede algo malo, Oliver?

—No.

Pero algo en su voz le puso alerta.

—¿Estás seguro? —luego se le ocurrió una idea. Se puso furiosa y esa agradable sensación de calidez que experimentó al escuchar la voz de su esposo se esfumó en una décima de segundo—. ¡Por Dios! No me lo digas. Déjame adivinar. No estás completamente seguro de que sea Joanna quien está conmigo, ¿verdad? Probablemente, todo esto es culpa de Bolt. ¿Qué hizo? ¿Te insinuó que yo estoy aquí, organizando una de las peores orgías del mundo?

—Annie...

—Es eso —anunció Annie—. Cuando vuelva, tendré una larga charla con el tal Bolt. Y será mejor que te des por enterado, Oliver, de que si no aprende a comportarse, hasta puedo despedirlo.

—¿Despedir a Bolt? Eso sería interesante.

—Lo digo en serio. No voy a tolerar que te dé información desviada sobre mis actividades.

—No recibí ninguna información desviada por parte de él —dijo Oliver—. Sólo una información muy real. Ésa es la única clase de información que Bolt sabe dar.

—Ah, sí, ¿eh? Jamás confíes en un robot. Siempre sueñan con ser humanos.

—Annie, cálmate.

—No, no me calmaré. Estoy molesta, Oliver. Para ser franca, me llevan los demonios. Estás llamándome aquí para controlarme, ¿no?

—Llamé para hablar contigo —dijo él con toda calma—. ¿Es algo tan extraño?

—No lo sé. Contigo, a veces es difícil saber qué es normal y qué no lo es. —Annie apretó el auricular—. ¿Quieres hablar con Joanna? Por lo menos así te probaré que no estoy aquí con un hombre.

Oliver vaciló momentáneamente.

—No, no quiero hablar con Joanna.

Pero ese breve lapso que Oliver se tomó para pensarlo enfureció más todavía a Annie.

—¿Tuviste que pensarlo antes de contestarme, no? ¡Admítelo! En realidad, quieres pruebas concretas de que es ella la que está conmigo.

—Annie, ¿podrías calmarte, por favor?

—No. —Annie entregó violentamente el auricular a Joanna—. Di algo a Oliver, Joanna.

Joanna puso los ojos en blanco mientras tomaba el auricular.

—Hola, Oliver —dijo de mala gana—. Espero que hayas tenido buen viaje. El nuestro se está poniendo un poco raro.

Annie volvió a arrebatarle el teléfono.

—Ahí tienes, ¿la escuchaste?

—Sí, Annie. La escuché.

—Por supuesto que eso no demuestra mucho, ¿no? —continuó Annie con despecho—. Podríamos habernos traído el auto lleno de sementales en celo deseosos de entretenernos.

—No dudo que tú y Joanna esteis solas ahí, Annie —comentó Oliver.

—Maravilloso —gruñó ella sintiéndose aún desencajada—. Es un avance. Bueno, ahora, ¿cómo están yéndote las cosas?

—Pensé que no me lo preguntarías nunca.

—¿Conseguiste algo con Featly y Moss?

—Creo que sí. —Oliver guardó silencio un momento—. Parecieron sorprendidos de que Lyncroft siguiera adelante con el proyecto de Daniel para el desarrollo de la nueva línea productiva.

—¿Por qué les sorprendió eso?

—Aparentemente, el rumor que se corre aquí, en el Valle de Silicon, es que una de las empresas rivales de Lyncroft ha dado repentinamente un paso adelante en la tecnología básica del proyecto. Y según se cree, derrotará a Lyncroft en el mercado, con su línea propia de productos inalámbricos.

—Eso es imposible —declaró Annie—. Lyncroft estaba mucho más adelantada con respecto a las demás. El mismo Daniel me lo dijo.

—Ya no. Lyncroft todavía lleva la delantera, pero los rivales están alcanzándola. Y los competidores quieren que Featly y Moss corten el abastecimiento.

—Entonces por eso ellos tienen prioridad en los repuestos que envían y que nosotros necesitamos. Vaya, qué canallas. Tienes que detenerlos, Oliver.

—Creo que ya lo he hecho —dijo Oliver, con una fría certeza que implicaba que ya lo había logrado—. Al menos durante los próximos seis meses, Lyncroft tiene la garantía de que recibirá la mercancía que necesita y a tiempo. Pero además tenemos que enfrentar otro problema, Annie.

—¿Cuál?

Oliver permitió que se produjera otro silencio, excesivamente prolongado.

—Existe una duda: ¿cómo logró la competencia acortar la brecha que la separaba del liderazgo de Lyncroft?

—Tal vez, hicieron algún descubrimiento importante ellos también —sugirió Annie.

—Tal vez, recibieron ayuda —insinuó Oliver.

Los pies de Annie golpearon contra el suelo cuando se enderezó.

—¿Qué estás diciendo? ¿Estás hablando de una infiltración?

—Se llama espionaje industrial.

—Oh, Dios mío —se lamentó Annie—. ¿Qué vamos a hacer?

—Detenerlo —dijo Oliver—. Lo discutiremos cuando vuelva a casa.

—¿Volverás mañana?

—Sí, pero probablemente por la noche, tarde. Necesito hablar con algunas personas aquí. ¿Estarás en casa cuando yo regrese?

—No seas sarcástico, Oliver. No te queda bien. Por supuesto que ya habré regresado de la playa.

—Está bien. —Hizo una pausa—. Saluda de mi parte a Joanna.

—¿Y qué me dices de los sementales en celo?

—Que se vayan al cuerno.

Annie sonrió.

—Lo haré. —Vio que Joanna la miraba con una expresión divertida—. Cuídate, Oliver.

—Lo haré.

—Te echo de menos.

—¿Sí? —Oliver parecía estar profundamente satisfecho.

Annie frunció la nariz exasperada.

—Sí. Ahora se supone que debes decir que tú también me echas de menos.

—Yo también te echo de menos. Buenas noches, Annie. Ten cuidado al conducir cuando vuelvas a casa mañana.

—Lo haré.

Annie mantuvo el auricular muy cerca de su oreja hasta que escuchó un débil clic al otro lado de la línea. Entonces suspiró y colgó.

Joanna la estudió con curiosidad.

—¿De verdad Oliver creía que estabas con otro hombre?

—No lo sé. —Annie volvió a apoyarse hacia atrás contra los almohadones—. Lo que sucede es que no confía en la gente.

—¿Ni siquiera en su esposa?

Annie apretó los labios.

—No. Y especialmente en una esposa de la que cree que sólo se casó con él por intereses comerciales.

—Ya entiendo el problema. Y tú sí te casaste por intereses comerciales.

—Sí, pero no empecé a acostarme con él por razones comerciales. Espero que entienda eso.

—Una sutil diferencia —susurró Joanna.

—No, no lo es —contravino Annie—. Es una diferencia sustancial.

—A mí me parece —observó Joanna—, que el problema que tú tienes es tan grande como el de Oliver.

—¿A qué te refieres?

—Me refiero a que tú debes preguntarte por qué él se mostró tan bien dispuesto a modificar los términos de este matrimonio por conveniencia. La verdadera pregunta, Annie, no es por qué tú estás acostándote con él. Ya sé cuál es la respuesta a eso. Mordiste el anzuelo y te tragaste el sedal con caña y todo.

—¿Entonces cuál es la verdadera pregunta?

—¿Por qué él está acostándose contigo?

Dos horas después, Annie todavía seguía acostada, pero despierta, tratando de responder a la pregunta de Joanna. Había una sola y simple respuesta, se dijo. Era la misma respuesta que Oliver le había dado. Se acostaba con ella porque la hallaba atractiva. Instintos básicos.

Pero de todos los hombres que Annie había conocido, Oliver era el que menos había actuado simplemente para satisfacer un deseo físico. Había demostrado demasiada autodisciplina para estar obedeciendo a algo tan elemental como los mandatos de sus hormonas.

Annie suspiró. Había tenido pruebas de que hubo pasión en él, pero decididamente, Oliver era experto en ese aspecto de su naturaleza, así como también lo era en todo lo demás de su mundo.

Entonces, ¿por qué se acostaba con ella? Annie sabía que él la deseaba, pero tenía que asumir el hecho de que él no se habría acostado con ella simplemente por eso.

Lo que todos decían de Oliver era que tenía una agenda oculta.

Como no podía dormir por tan abrumadores pensamientos, apartó las mantas de la cama y se levantó. Bostezó y, descalza, caminó por el frío pasillo hacia la cocina para servirse un vaso de agua.

Cuando pasó por la pequeña sala de estar, envuelta en sombras, notó la oscura silueta del escritorio de Daniel junto a la ventana. Lo miró con melancolía. A Daniel siempre le había gustado sentarse allí cuando, en su adolescencia, dibujaba extrañas e inteligentes maquinarias que parecían objetos del espacio. Años después, aún seguía sentándose allí mientras pensaba sus proyectos más creativos.

Annie se acercó al escritorio. Tocó la superficie deteriorada de madera con las yemas de los dedos. Se dio cuenta de que estaba de un humor muy extraño. Los viejos recuerdos sobre Daniel más su preocupación respecto de Oliver produjeron una inquietud que no sabía cómo combatir.

—¿Annie? —Joanna apareció en la puerta. Llevaba una bata de algodón—. ¿Qué estás haciendo?

—Pensando. —Sonrió—. No sé si es una idea muy buena.

—¿En qué estás pensando?

—En las horas que Daniel pasaba aquí cuando era adolescente. Siempre usaba este escritorio para dibujar.

—Nunca lo mencionó —dijo Joanna.

—Sus dibujos eran maravillosos. Me encantaría mostrarte algunos. Espera... tal vez queden algunos en las gavetas. —Annie empezó a abrir los cajones del escritorio. En el segundo, encontró un objeto pequeño y liso—. Aquí hay algo.

—¿Un dibujo? —Joanna se acercó.

—No. —Annie frunció el entrecejo mientras extraía el objeto del cajón—. Es un disquete. Tiene una etiqueta.

—¿Qué dice? —Joanna se acercó más todavía, con una expresión de curiosidad en sus ojos.

Annie miró la etiqueta. No podía dar crédito a lo que estaba leyendo: «Annie o Joanna: si encontráis esto, entregadlo a Oliver Rain. Él sabrá qué hacer».

—Dios mío —murmuró Joanna—. ¿Qué crees que puede haber en este disquete?

—No lo sé. —Annie se sentó de inmediato en la silla más cercana. El corazón le latía a toda velocidad. Frunció el entrecejo mientras volvió a leer el mensaje—. Pero creo que lo mejor será hacer lo que dice exactamente. Entregaré este disquete a Oliver en cuanto regrese a casa mañana por la noche.

Joanna se metió las manos en los bolsillos de la bata.

—No sé si a ti te pasa lo mismo, pero yo siento escalofríos por toda mi espalda.

—Sé a qué te refieres. —Annie alzó la vista—. Joanna, ¿no creerás que hay alguna conexión entre esto y la desaparición de Daniel, verdad?

—¿Y cómo podría haberla? —pero la incertidumbre en los ojos de Joanna hablaba de otra versión—. Su avión se cayó al mar. ¿Cómo podría haber conexión entre ese accidente y la etiqueta del disquete?

—No lo sé. Supongo que mi imaginación está como loca. Me pregunto si habrá alguna manera de que podamos leer esto antes de que Oliver vuelva.

—Lo dudo —dijo Joanna—. Conociendo a Daniel, si él quería que sólo Oliver se enterase, probablemente tomó precauciones al respecto. Lo que haya en ese disquete debe de estar protegido con una palabra clave o un código.

—Tienes razón —coincidió Annie. Después de todo, Daniel había sido un experto en seguridad de datos informáticos. Seguramente sabría la existencia de códigos y palabras clave. Y también Oliver—. Espero que no se demore otro día más en California.

La mañana siguiente, Annie tenía el disquete en su bolso de mano cuando entró a Extravagancias, a las diez y cuarto.

Ella apareció por detrás del mostrador. Ese día tenía el cabello verde.

—No pareces descansada ni renovada, mi querida jefa.

—¿Y qué esperabas? He conducido durante dos horas. Necesito café. —Annie colocó el bolso en el último cajón del mostrador—. ¿Pasó algo interesante ayer por la tarde?

—No, a menos que te resulte interesante la visita de Rafaela. Está muerta de miedo con los preparativos de última hora para su gran noche en casa de los Shore.

—Cierto. ¿Hoy es la fiesta de beneficencia, no?

—Ajá. Apareció ayer tres veces por aquí, tratando de decidirse qué usar de nuestra tienda. Estaba en la duda entre el biombo con diseños de la jungla y el carrusel. Espero que aparezca en cualquier momento con la decisión definitiva.

La puerta delantera se abrió bruscamente. Annie giró la cabeza.

—Hablando de Roma...

Rafaela entró en la tienda. Llevaba un vestido acampanado rojo y tacones rojos también.

—Queridas, he vuelto.

—¿Has tomado una decisión, Rafaela? —preguntó Annie.

—Te alegrarás al saber cuál he tomado. Me quedaré con el carrusel. No hay dudas. Será la contrapartida ideal para el efecto neodecorativo que he aplicado en el solárium.

Annie miró su entorno, a todos los objetos extraños que había en exhibición.

—¿Estás segura de que no quieres llevarte el biombo?

—No, querida. El carrusel será perfecto. —Rafaela analizó su opción con evidente satisfacción—. Esta tarde enviaré a alguien para que lo recoja.

—¿Cómo resultó el trabajo de diseño? —preguntó Annie.

—Será mi obra de arte, si puedo decirlo así. La residencia Shore estará fabulosa esta noche. Me encantaría que pudieras verla.

Ella sonrió.

—Lo dudo mucho. Para entrar en la lista de los Shore debes donar entre cinco y diez mil dólares por año a la fundación.

—Yo hago donaciones al banco de alimentos y a las residencias para los que carecen de hogar —declaró Annie—. Me imagino que hacer donaciones para las artes es para los que son muy ricos.

Rafaela arqueó sus finas cejas pintadas.

—Tengo novedades para ti, *señora de Oliver Rain.* En este momento eres considerada una de las ciudadanas más ricas de Seattle.

Annie sintió como una puñalada. No tenía manera de explicar que todavía no consideraba su puesto de señora Rain como algo definitivo.

—Creo que no me he acostumbrado a la idea de ser la esposa de Oliver —murmuró.

—Qué extraño comentario. —Rafaela se encaminó hacia la puerta—. Creo que yo podría acostumbrarme muy fácilmente a estar casada con una fortuna de la medida de la de Rain. Pero por otro lado, así no me ganaría la invitación a la fiesta de beneficencia de los Shore, ¿no? Todos saben que Paul Shore y Oliver Rain no se hablan.

La puerta se cerró detrás de Rafaela. Annie la vio desaparecer en la calle, mientras se preguntaba cuál sería el comentario de todo el mundo cuando Carson y Valerie fueran vistos juntos esa noche.

Oliver se pondría furioso. Sin duda, consideraría el acto de Valerie como una traición a la familia.

Dos horas después, Ella estuvo lista para salir a almorzar.

—Te veré dentro de media hora, Annie.

—Está bien. —Annie esperó hasta que la puerta se cerrara para sacar el bolso del cajón.

Había estado pensando en ese disquete durante toda la mañana. Su imaginación estaba trabajando vertiginosamente todavía, tratando de descubrir las escalofriantes razones por las que su hermano lo habría dejado en la gaveta del escritorio.

Annie extrajo el objeto cuadrado de su bolso y releyó el mensaje de la etiqueta... «Entregadlo a Oliver Rain. Él sabrá qué hacer.»

Annie sintió la necesidad imperiosa de esconder el disquete en otro lugar más seguro que su bolso. Era muy común que en el centro de Seattle robaran los bolsos a las mujeres. Ella misma, pocos meses atrás, había tenido que forcejear con un presunto carterista. Finalmente había logrado retener el bolso, pero estuvo muy cerca de perderlo.

Miró en torno de la tienda. Sus ojos se detuvieron en el elefante esmaltado. Recordó que tenía un cajoncito oculto en la base. Era el sitio ideal. El disquete estaría a salvo allí durante el resto del día. Esa tarde, cuando cerrara Extravagancias, lo sacaría de allí y se lo llevaría a Oliver.

Annie se apresuró para llegar al sitio donde estaba el elefante y oprimió una de las uñas escarlata del mismo. El cajón secreto se abrió. El disquete entró perfectamente allí. Con cuidado, Annie volvió a cerrarlo, sintiéndose mucho más aliviada. El disquete estaba a salvo.

A las cuatro y media de la tarde, Annie recibió una llamada telefónica de un diseñador que estaba trabajando en un ático de Pioneer Square.

—¿Podrías venir a echar un vistazo a esto, Annie? Creo que necesita algún artículo de tu tienda para que le dé el toque final. Esta residencia queda a pocas calles de tu *boutique*. Te aguardaré en el vestíbulo para permitirte la entrada.

Annie miró su reloj de pulsera.

—De acuerdo. Estaré allí en diez minutos. —Cuando devolvió el auricular a la horquilla, miró a Ella—. Espero regresar a las cinco y media. Pero si para entonces no he vuelto, cierra tú.

—Muy bien, jefa.

Pero Annie se demoró más de la cuenta, porque llegó el propietario de la residencia y tomó un papel muy activo en las decisiones que debían tomarse. Eran casi las seis cuando regresó a Extravagancias.

Nada más entrar en la oscura tienda, se dio cuenta de que algo estaba muy mal.

Con un solo vistazo le bastó para darse cuenta de que el elefante esmaltado con el disquete no estaba en su lugar.

Annie se obligó a respirar profundamente varias veces, para no sumirse en un ataque de histeria. Cuando logró controlar el temblor de sus dedos, marcó el número telefónico de Ella.

No hubo respuesta. Annie devolvió violentamente el auricular a la horquilla y pensó en los nombres de los amigos de Ella. Desesperada, todo lo que hizo fue volver a marcar, una y otra vez, su número telefónico. Después de quince minutos, Ella respondió. Annie ni siquiera le dijo «hola».

—¿Dónde está el elefante? —gritó, cuando la ayudante apareció al otro lado de la línea.

—¿El elefante? ¿Qué elefante? ¿Annie, pasa algo?

—No puedo encontrar mi elefante. El que tiene las uñas de las patas de color escarlata. ¿Dónde está?

—Oh, ese elefante. Creo que me olvidé de dejarte una nota. Rafaela lo tiene. Tomó una decisión a última hora. Dijo que no se quedaría con el biombo ni con el carrusel. Optó por el elefante.

—¿Está usando mi elefante? —vociferó Annie.

—Sí. ¿Tiene algo de malo?

—Oh, Dios mío. —Annie dejó caer el auricular sobre la horquilla.

Algo estaba muy claro. Tenía que recuperar el elefante esa misma noche. Y eso significaba concurrir a la fiesta que daban los Shore.

Annie miró su reloj. La fiesta estaba a punto de empezar, si es que no había comenzado ya. No podía presentarse allí vestida con pantalones vaqueros y un jersey.

Trató de pensar. Tendría que volver a toda marcha al apartamento de Oliver, cambiarse de ropa, es decir, encontrar un vestido decente para ponerse y salir corriendo hacia la residencia Shore, situada en el lago Washington. Afortunadamente, tenía la dirección porque Rafaela se la había dado.

Annie salió muy apurada de Extravagancias, rogando que Oliver no hubiera vuelto todavía. No le agradaba en absoluto la idea de tener que explicarle por qué su esposa había cruzado la frontera que lo separaba de su viejo enemigo.

11

—¿A qué se refiere con eso de que Annie no está en casa? —preguntó Oliver desde el asiento posterior de la limusina.

—Exactamente a lo que he dicho, señor. —Bolt encontró un hueco entre el tránsito que venía del aeropuerto y deslizó el vehículo en él—. Dejó una nota sobre la mesa de la cocina.

—¿Otra nota sobre la mesa de la cocina? —Oliver miró su reloj negro y dorado. Eran más de las ocho. Había estado ansioso por llegar a su casa para cenar y beber con ella.

—Sí, señor. —La mirada de Bolt en ningún momento abandonó el panorama que tenía frente a la limusina.

—Esto se está convirtiendo en una costumbre. —Oliver se negó a liberar su decepción, para concentrarse, más bien, en su irritación—. ¿Qué decía la nota?

—Pensé que le gustaría leerla y entonces, decidí traerla conmigo. —Sin apartar la vista del frente, abrió un pequeño compartimiento del tablero. Extendió la mano en el interior de éste y extrajo una pequeñísima hoja de papel. Sin comentario alguno, la entregó a Oliver.

Oliver frunció el entrecejo, tratando de descifrar la caligrafía casi ilegible de Annie.

«*Bienvenido a casa, Oliver. Regreso enseguida. Sucedió un imprevisto en el trabajo. Te contaré todo cuando vuelva. Espero que hayas tenido un buen viaje. Besos, Annie.*»

Oliver releyó las dos últimas palabras: «Besos, Annie». Probablemente, era habitual en ella firmar todas sus notas y cartas de esa manera, «Besos, Annie», decidió. Luego volvió a concentrar su atención en el mensaje en sí.

—¿A qué se refiere con que surgió un imprevisto? —preguntó a Bolt.

—No tengo idea, señor.

Oliver tomó el teléfono del auto y marcó el número de la *boutique* de Annie. Después de dejar que sonara siete veces la señal, se dio cuenta de que no recibiría respuesta. Cortó y trató de recordar el nombre de la ayudante de su esposa. Ella algo. Ella Presswood.

Cuando llamó al apartamento de Ella, encontró a la muchacha que vivía con ella.

—Ella todavía está en Outer Limits —dijo la mujer, con tono alegre.

—¿Y qué es eso?

—Una cafetería situada en la zona de Belltown. Esta noche hay una promoción especial allí. Dos por el precio de uno.

—Oh. —Oliver luchó por ser paciente—. ¿Puede darme el número?

—Claro. Aguarde un momento.

Pocos minutos después, se comunicó con Outer Limits. Un alma caritativa, al otro lado de la línea, se ofreció para ir a buscar a Ella. Oliver bajó la vista y se dio cuenta de que estaba tamborileando con los dedos sobre el posabrazos mientras esperaba. Se obligó a detenerse.

Un momento después, se escuchó la voz de Ella.

—¿Sí? ¿Quién habla?

—Oliver Rain.

—¿En serio? ¿*Oliver Rain*?

—Estoy buscando a Annie. He recibido una nota de ella diciendo que había sucedido un imprevisto en el trabajo. Pero no aclara de qué se trata exactamente. Me preguntaba si usted no lo sabría, señorita Presswood.

—Oh, sí. Creo que fue a buscar el elefante.

Oliver se puso furioso, tenía ganas de apretar los dientes.

—¿Y de qué elefante se trata? —preguntó con mucha suavidad.

—Ese espantoso, con las uñas de las patas color escarlata. Usted lo conoce, porque Annie trató de endosárselo en su estudio. Se puso muy molesta cuando se enteró de que Rafaela había cambiado de parecer a última hora y se llevó el elefante en lugar de quedarse con el biombo o con el carrusel.

Todo aquello requería mucha más paciencia que cultivar helechos, pensó Oliver.

—¿Quién es Rafaela y adónde se llevó el elefante?

—Rafaela es una diseñadora. Se llevó el elefante para terminar con su proyecto en la residencia Shore.

Oliver se quedó helado.

—¿Paul Shore?

—Sí, ella se encargó de la decoración de la casa para la fiesta de beneficencia que se lleva a cabo esta noche. Era algo muy importante para su carrera. Y Extravagancias también recibirá una buena tajada de publicidad porque Rafaela ha usado una de nuestras piezas de la *boutique*. ¿Ahora comprende?

—¿Está diciéndome que ese maldito elefante está ahora en la residencia de los Shore?

—Ajá. Y tengo la sensación de que Annie iba directamente para allá. Dijo que tenía que recuperar ese elefante. No sé qué creerá que puede hacer, aunque logre entrar a esa fiesta. No puede salir de allí con el elefante debajo del brazo como si nada. La gente creerá que lo está robando. Y Rafaela se pondrá histérica.

—Gracias, señorita Presswood —dijo Oliver, con tono indiferente—. Me ha sido de gran ayuda.

—Bueno, vivo para ayudar a la gente. ¿Sabe? Creo que ésa será mi profesión de jornada completa, hasta luego.

—Buenas noches. —Oliver colocó el auricular sobre la horquilla con mucho cuidado—. ¿Bolt?

—¿Sí, señor?

—He cambiado de opinión. No iremos directamente a casa. Primero quiero pasar por una dirección en el lago Washington.

—¿Qué dirección, señor?

Oliver le dio la dirección de Paul Shore. La tenía grabada en la memoria con tinta indeleble, aunque hacía muchos años que no iba por allí.

Había ido a la casa de Paul Shore en dos oportunidades después de la desaparición de su padre.

En la primera de esas dos visitas inolvidables, había solicitado a Paul Shore que le concediera una ampliación del préstamo que le había hecho a su padre. Y Shore se lo había negado. El fuego de la humillación que sintió en ese momento ardería para siempre dentro de Oliver.

En la última oportunidad que Oliver estuvo en la mansión, saldó completamente la deuda. Ese pago fue posible mediante la venta de la casa de los Rain, ubicada en Mercer Island, cuyo producto, hasta el último centavo, se colocó en inversiones de alto riesgo en la bolsa. Los recuerdos de esa época de su vida aún le producían escalofríos.

Había arriesgado el futuro entero de su familia en sus conocimientos de botánica para aventurar instruidos vaticinios referentes a unas ganancias cruciales. Esos vaticinios dieron sus frutos. Los beneficios resultaron mucho más productivos de lo que los entendidos habían previsto. Prácticamente, Oliver amasó su primera fortuna de un día para otro.

Pero era plenamente consciente de los riesgos que había corrido y no le había agradado en absoluto esa sensación. Nunca más Oliver arriesgó sus bienes en la inestable bolsa de comercio. No le gustaba depender del factor suerte. Prefería las inversiones que le permitieran un mayor grado de control.

Miró por la ventanilla oscura de la limusina y recordó la noche en que había llevado el cheque a casa de Paul Shore.

La sorpresa de Shore lo había carcomido como si se hubiera tragado un litro de ácido. Cuando Shore le dio unas palmadas sobre la espalda, diciéndole que sin duda sería un hombre de negocios el doble de eficiente de lo que había sido su padre, Oliver sintió que la furia y el odio lo cegaban. Pero la apariencia inmune que tanto le serviría en el resto de su vida, estaba firme en su sitio. Oliver había controlado su ira.

Simplemente, se volvió y, sin decir ni una palabra, se encaminó hacia la puerta. Desde aquella noche fatal, no había vuelto a hablar con Paul Shore.

La ira y una profunda y dolorosa sensación de traición lo abrumaba mientras Bolt lo conducía a la elegante zona residencial del lago Washington.

Annie había ido a casa de los Shore. Oliver cerró sus manos. Su esposa estaba en casa del enemigo.

Entrar fue lo más difícil. Annie, que lucía lo primero que había encontrado en su guardarropa, un vestido negro y estrecho, casi no consiguió pasar por el joven rubio, vestido de etiqueta, que custodiaba la puerta principal.

—No, no tengo invitación —explicó por tercera vez—. Pero le aseguro que tengo una muy buena razón para entrar. Si usted tiene la amabilidad de ir a buscar a alguien con la autoridad suficiente, yo puedo aclararlo todo.

El joven, que parecía un modelo desempleado, frunció sus finas cejas.

—Lo lamento, señorita, pero me temo que la señora Shore está ocupada en estos momentos.

Annie decidió que ya no tenía más que perder.

—Tenga la amabilidad de decirle que la esposa del señor Oliver Rain está en la puerta.

—¿Quién?

—La esposa del señor Oliver Rain.

El joven consultó una hoja de papel.

—Me temo que su nombre no aparece en la lista de invitados.

—Ya lo sé. Estoy tratando de decirle...

—*Annie.* ¿Qué estás haciendo aquí?

Annie miró por encima del hombro del modelo frustrado y vio a Valerie, bellísima, con un vestido de noche plateado con los hombros descubiertos. Un hombre apuesto, de cabellos oscuros y mirada seria estaba de pie, junto a ella. Llevaba también un atuendo muy formal, en blanco y negro.

—Me alegro tanto de verte, Val. —Annie rodeó como una saeta al rubio de frac—. ¿Puedo hablar contigo un instante? Necesito entrar. Por lo del elefante, ¿sabes?

—¿El elefante? —Valerie no entendía nada—. No importa. Primero, quiero presentarte a Carson. —Ella sonrió trémulamente al hombre solemne que estaba parado a su lado—. Carson, Annie es la nueva esposa de mi hermano.

—Mucho gusto, Annie. —Carson estrechó firmemente la mano de Annie—. Pase. Le diré a mis padres que usted está aquí. Estoy seguro de que estarán complacidos.

—Gracias. —Annie subió rápidamente las escaleras—. En realidad, no hay por qué avisar a tus padres. Yo sólo quiero recuperar mi elefante.

Valerie se quedó mirándola fijamente.

—¿Qué es todo esto del elefante? ¿Qué sucede? ¿Oliver sabe que estás aquí?

—Es un poco difícil de explicar —dijo Annie—. Pero en algún lugar de esta casa, hay un elefante que tiene las uñas de las patas pintadas de rojo fuerte. Es una pieza de mi *boutique.* La diseñadora que se encargó de la decoración de la casa para esta noche se lo llevó sin mi autorización. Yo tengo algo muy importante guardado en el cajón oculto que tiene ese elefante. Y no, Oliver no sabe que estoy aquí.

—¿Conque uñas pintadas en rojo muy fuerte, eh? —Carson sonrió—. Creo que lo vi en el solárium.

—Qué alivio. —Annie le dirigió una mirada de agradecimiento. ¿Me puedes llevar donde está?

—Claro, por aquí. —Carson se volvió y empezó a abrirse paso entre los multitudinarios y despampanantes invitados—. Pero no creas... ¿Puedo tutearte, verdad? Decía que no creas que podrás escaparte esta noche sin conocer a mis padres. Mi madre me ahorcaría si no te la presentara.

Valerie posó sus ansiosos ojos en Annie.

—¿Y qué hay de Oliver?

—¿Qué pasa con él? Por lo que sé, todavía ni siquiera ha vuelto de California. Se ha retrasado más de la cuenta allí. —Annie miró a su alrededor, repleto de invitados—. Bonito lugar.

Y sabía que se había quedado corta en la descripción. La residencia Shore era una mansión en todo el sentido de la palabra. Las habitaciones estaban elegantemente proporcionadas, con techos altos e interminables suelos de madera brillante. Una larga hilera de puertaventanas muy formales revelaban un panorama impresionante del lago Washington.

—Esta casa ha pertenecido a la familia de Carson durante cuatro generaciones —explicó Valerie en voz baja—. La construyó su bisabuelo.

—Él y el bisabuelo de Valerie fueron socios en una operación de embarques —agregó Carson, por encima de su hombro.

Annie miró a Valerie sorprendida.

—No sabía que la conexión entre tu familia y la de Carson datara de tanto tiempo atrás.

—Los Shore y los Rain hicieron negocios juntos durante muchos años —explicó Carson—. La enemistad inveterada es algo nuevo. —Le sonrió cálidamente a Valerie—. Val y yo tenemos la esperanza de ponerle punto final.

Valerie apretó los labios.

—No será tan fácil como Carson cree. No conoce a mi hermano.

—Ya veremos —dijo Carson.

Un minuto después, condujo al trío hacia una sala larga y blanca con cristales. Annie percibió de inmediato que Rafaela había llevado a cabo su plan de convertir el ambiente en una tierra de fantasía.

Toldos coloridos y enormes almohadas, más rellenas de lo habitual, creaban un fondo exótico y hasta lujurioso. Las palmeras de bronce asomaban sobre una burbujeante fuente de champaña que había sido colocada en el centro del salón.

Y allí, plácidamente, cerca de la fuente, estaba el elefante.

—Ahí está —anunció Annie, profundamente aliviada. Corrió hacia él, pero se detuvo frente a la bestia esmaltada. Valerie y Carson la siguieron.

—¿Qué tiene ese elefante que es tan importante para ti, Annie? —le preguntó Valerie.

Annie se agachó y presionó una de las uñas de las patas.

—No es el elefante, sino lo que guardé dentro de él.

El cajón oculto se abrió. Annie vio el disquete en su interior y se alivió. Lo tomó y lo guardó en su bolso.

—Parece un disquete de ordenador personal —observó Carson.

—Eso es. —Annie se volvió para sonreírle—. Os ruego que os quedéis con el elefante el resto de la velada. Yo ya tengo lo que quería. —Se paró repentinamente porque se dio cuenta de que había hablado en voz demasiado alta, a pesar de que la sala estaba bastante bulliciosa.

Avergonzada, notó que el silencio reinaba ahora en el lugar.

Una horrenda premonición se hizo presa de ella. Al igual que todos los demás en el solárium, Annie volvió la mirada hacia la entrada. Oliver estaba allí, como un lúgubre dios de la noche, vestido de traje y corbata.

Sus ojos encontraron a Annie en el momento en que se produjo el silencio. Empezó a avanzar con pasos gigantescos, abriéndose paso entre la gente, con desdén por todo y todos los que lo rodeaban. El murmullo comenzó a elevarse a un tono más normal, pero entonces, el signo distintivo de todas las conversaciones fue la curiosidad colectiva y la anticipación por lo que vendría.

—Si hace una escena, me muero —dijo Valerie, petrificada. Apretaba los labios y estaba llena de ansiedad—. Juro por Dios que me muero.

—Cálmate —dijo Annie para tranquilizarla—. Oliver no hará ninguna escena. Probablemente debe de estar aquí porque se imaginó que yo estaba aquí. Le explicaré todo y así terminará la historia.

—Estás loca —le dijo Valerie—. Todos tendremos que pagar por esto. —Se irguió—. Pero no me importa. Ésta es mi vida y voy a vivirla a mi manera.

—Ésta es mi chica. Enfréntate a él. Ése es mi consejo. —Annie le dio unas palmadas en el hombro alentándola.

Carson observó con una expresión pensativa a Oliver que se aproximaba.

—¿Debo suponer que éste es mi feroz futuro cuñado? Recordadme no interponerme entre él y un trozo de carne cruda.

—No es tan malo. Perro ladrador, poco mordedor —dijo Annie de inmediato.

—Si tú lo dices. —Carson no parecía en absoluto convencido.

—Annie todavía no lo conoce muy bien —murmuró Valerie.

Annie decidió que había llegado el momento de hacerse cargo de la situación. Tenía plena conciencia de la expectativa que se había creado entre los presentes y recordó que Oliver podía ponerse muy difícil cuando quería. Sonriente, fue a interceptarlo.

—Has venido, Oliver. —Annie se plantó con paso firme en su camino—. Me alegro tanto de que hayas llegado. Pensé que no lo harías a tiempo.

Oliver se detuvo.

—¿Qué estás haciendo aquí, Annie?

Le apoyó una mano en el hombro y se paró de puntillas para besarle la mejilla, como suponía que debía recibir una esposa a su marido después de una corta ausencia.

—Compórtate —le susurró al oído, para que sólo él pudiera escucharlo—, después te lo explicaré todo. Lo juro.

Durante un instante de tensión, pareció que Oliver ignoraría la súplica. La ira ardía en sus ojos a pesar de la fría expresión que tenía en ellos.

—Decididamente, tendrás que explicármelo después —le contestó severamente.

Oliver le tomó el brazo con una mano, en un gesto que, para todos los presentes, podía pasar como una muestra de afecto. Sin embargo, Annie sentía una abrazadera de hierro en él. No estaba lastimándola, pero sabía que no podría liberarse de él, así como tampoco podía huir. Mantuvo su sonrisa de plástico plasmada en el rostro mientras Oliver la llevaba hasta donde estaban Carson y Valerie.

Al darse cuenta de que Oliver iba decidido a hablar con Valerie, Annie echó mano de otro intento para evitar una explosiva conversación.

—Oliver, no creo que conozcas al amigo de Valerie, Carson Shore, ¿no? —comentó ella—. Carson, te presento a Oliver, el hermano de Valerie.

Carson sonrió gentilmente, pero tenía la mirada atenta.

—Es un placer. —Tendió su mano. A su lado, Valerie parecía valiente, pero angustiada como si hubiera tenido que enfrentarse a un escuadrón de sujetos rudos.

Al ver que Oliver no respondía de inmediato al gesto de Carson, Annie arrojó la diplomacia por la borda. Plantó el tacón de su sandalia negra sobre la puntera de los zapatos italianos de cuero de Oliver.

Oliver hizo una mueca, apenas perceptible, pero la hizo. Echó una mirada de reojo, indescifrable, a Annie pero, para el alivio de ella, finalmente estrechó la mano de Carson.

—Conozco a tu padre —dijo Oliver enigmáticamente mientras apretaba la mano de Carson en lo que debió de haber sido el saludo más corto registrado en el libro de los récords.

—Eso me han dicho —contestó Carson, que retiraba la mano para rodear los hombros de Valerie con gesto posesivo—. Espero que no crea que mi padre y yo somos clones. Sería un error.

Valerie se balanceó levemente junto a Carson, con la vista en blanco.

Annie aplicó todo el voltaje a su sonrisa.

—Oliver siempre tiene una mentalidad muy abierta. Nunca emite juicios descabellados, ¿verdad, Oliver?

Los ojos de Oliver se detuvieron en la radiante sonrisa de Annie.

—No. Reúno toda la información que puedo antes de emitir un juicio. Pero de vez en cuando, me doy cuenta de que cometo errores. Entonces, los corrijo de inmediato.

Annie decidió leer el mensaje bajo la luz más optimista.

—Sí, lo sé, querido. Es por eso por lo que tienes tanto éxito. A propósito, he estado hablando con Valerie sobre la nueva exposición de arte precolombino que ella está organizando en el Museo Eckert. Queremos ver la presentación preliminar, ¿verdad?

—¿Sí?

—Naturalmente. No tiene ningún sentido ser pariente de la organizadora si no puedes asistir a exhibiciones privadas. Bien, ahora despídete de Carson y de tu hermana. Sé que has estado muy activo en este viaje y que debes de estar agotado. Iremos directamente a casa y comeremos una agradable y exquisita cena. Tengo tanto que contarte.

—Yo también tengo algunas cosas que decirte —dijo Oliver. Miró a Valerie—. Buenas noches, Val.

—Buenas noches, Oliver —respondió ella, muy tensa. Hubo un destello de alivio en su mirada, como si de pronto hubiera caído en la cuenta de que el escuadrón de sujetos duros no abriría fuego después de todo. Por lo menos, no esa noche. Dirigió una veloz y ansiosa mirada a Annie—. Hasta pronto.

—Hasta pronto. —Annie miró a Carson—. Gracias otra vez por haberme ayudado a encontrar el elefante.

—Estoy a tus órdenes. —Carson aún seguía observando a Oliver.

—Vamos a casa. —Oliver apretó con más fuerza el brazo de Annie y la giró para encaminarla hacia la puerta del solárium.

En ese preciso instante, una pareja distinguida, muy bien vestida, entró en el salón. El hombre parecía estar cerca de los setenta. Asumía una postura tan solemne, casi militar, que aparentaba ser más alto de lo que en realidad era. Estaba casi calvo, apenas le quedaba una hilera rala de canas. Tenía nariz aguileña y unos profundos hoyos debajo de los pómulos.

La mujer, unos diez años más joven que él, era delgada y de aspecto muy saludable. Extrañamente, la piel que rodeaba sus ojos y boca estaba libre de las arrugas que cualquiera hubiera esperado encontrar en una mujer de su edad. Su cabellera plateada era corta, ondulada hacia dentro.

Por el modo en que la distinguida pareja se movía por el salón, asintiendo con la cabeza en dirección a los invitados y entre suaves murmullos, Annie se dio cuenta de que estaba mirando nada menos que al señor y la señora Shore.

—Antes que se te ocurra volver a pisarme con el tacón de tu sandalia —le dijo Oliver suavemente—, será mejor que te advierta que no voy a estrechar la mano de ese bastardo.

—Bueno, Oliver, no hay necesidad de precipitarse.

—Acepta este consejo: no esperes de tu buena suerte más de lo que ya te ha brindado esta noche. Estás en la cuerda floja. —Oliver la llevó rápidamente hacia la puerta del solárium.

La multitud se dividió, dejando un camino para Annie y Oliver por el cual se chocarían indefectiblemente con los Shore. Oliver no vaciló. Tampoco disminuyó la marcha. Simplemente, siguió avanzando, como un tiburón en el agua. Annie estaba acobardada. Sabía que se enfrentarían en cualquier momento, a menos que alguien cambiara el curso de ese camino que habían abierto.

Paul Shore levantó la vista y vio a Oliver y a Annie que trataban de llegar a la puerta. Una expresión de asombro se dibujó en su rostro.

La señora Shore se volvió con una grácil sonrisa. Fue evidente que no reconoció a Oliver de inmediato. Entonces, abrió mucho más sus ojos y su sonrisa se volvió incómoda. Dirigió a Annie una rápida mirada de preocupación, como preguntándose si por ese lado recibiría una ayuda.

—Hola, Rain —dijo Shore, muy tenso, cuando Oliver avanzó hacia él—. No sabía que vendrías esta noche.

Oliver no articuló palabra. Sólo siguió caminando hacia la entrada, como si el otro hombre no existiera. Annie advirtió las miradas fascinadas de todos los espectadores de aquella pequeña escena.

La señora Shore hizo un noble intento.

—Ha sido muy agradable conocer a su hermana esta noche. Es una jovencita tan encantadora. ¿Creo que hace poco que se ha casado?

Oliver seguía sin responder. Seguía caminando hacia la puerta con la determinación de un depredador detrás de su víctima.

Annie ya había soportado lo suficiente. Su tía Madeline siempre le había dicho que los buenos modales eran lo único que distinguía a la civilización del salvajismo.

Annie clavó los talones en el suelo, casi obligando a Oliver a detenerse. Una nueva ola de expectación envolvió a los que estaban parados cerca de ellos.

—Buenas noches, señora Shore. Soy Annie Rain. Un placer conocerla. Su fiesta es encantadora. Lamento no poder quedarnos. Ha sucedido un imprevisto.

—Sí, por supuesto, lo comprendo. —La señora Shore pareció patéticamente agradecida por el pequeño estallido de intercambio social que había intentado Annie. Rápidamente miró a Oliver—. Fue muy amable de su parte haber venido.

—Ha pasado mucho tiempo, Rain —comentó Paul Shore.

—No el suficiente —contestó Oliver, en voz tan baja, que sólo ellos cuatro pudieron escucharlo.

El rostro de Shore se ruborizó por completo.

—Aparentemente, tu hermana y mi hijo han intimado bastante últimamente. Tal vez debiéramos hablar. Por el bien de ellos.

Oliver lo miró, sin denotar evidencia de emoción alguna.

—Tal vez tengas razón. Comunícate con mi secretaria. Ella te dará una cita.

Shore entrecerró los ojos por el modo cortante en que Oliver le sugirió que hablara con su secretaria. Pero no hizo comentario alguno ante ese insulto tan poco sutil.

—Muy bien. Lo haré.

Oliver inclinó la cabeza con gélida gracia. Luego apretó con más fuerza el brazo de Annie y la llevó a la puerta.

Bolt estaba esperando junto a la limusina. Oliver se detuvo brevemente para decirle algo.

—Lleve el auto de vuelta al garaje —dijo Oliver—. Yo llevaré a casa a Annie. Ya no lo necesitaremos por hoy.

—Sí, señor. —Bolt dirigió una mirada indescifrable a Annie y se colocó detrás del volante de la limusina.

Oliver condujo a Annie hasta el pequeño auto rojo que estaba estacionado en la calle.

—Dame las llaves.

Annie metió la mano en su bolso, tratando de pescar el llavero.

—¿Quieres que conduzca yo?

—No.

—No sabía que conducías —dijo ella, casi corriendo para alcanzarlo. Cuando Oliver la miró de reojo, con expresión extraña, ella agregó de inmediato—: Quiero decir... Creí que Bolt conducía por ti.

—Yo sé conducir. Si no, ¿para qué tendría dos autos en el garaje?

Annie recordó el Mercedes que siempre estaba parado en la cochera, junto a la limusina.

—Pero nunca lo conduces.

—No has vivido conmigo lo suficiente para saber si conduzco y cuándo lo hago, ¿no?

—Supongo que no. Mira, Oliver, quiero agradecerte el haberte comportado decentemente allí dentro. Sé lo difícil que debe de haber sido para ti.

—¿Sí?

—Sí. Y espero que te hayas dado cuenta de que Valerie ha agradecido que no le hayas dado un puñetazo a Paul Shore o que no se te haya ocurrido destrozar la casa a puntapiés. Yo le dije que no harías ninguna escena.

—Me importa un cuerno si ella estaba o no agradecida. Me las veré con Valerie en otro momento. Lo que quiero saber ahora es por qué tú estabas ahí, Annie.

—Es una larga historia.

—Abréviala.

Annie pestañeó cuando Oliver se detuvo frente al auto y abrió la puerta delantera.

—¿Estás realmente enojado?

Oliver levantó las cejas mientras sostenía la puerta abierta para que ella subiera.

—¿Tienes que preguntarlo?

—A veces, es difícil saber qué estás pensando o sintiendo. —Annie ocupó el asiento delantero.

La mirada de Oliver recorrió las piernas que el corto vestido negro dejaba bastante descubiertas.

—Veo que te has vestido especialmente para la ocasión —dijo, dando un fuerte portazo.

Annie se ajustó el cinturón de seguridad y buscó su bolso mientras Oliver rodeaba el auto por la parte delantera. Cuando se sentó junto a ella, Annie le pasó el disquete por delante de la nariz.

—¿Quieres una explicación breve de por qué he venido aquí esta noche? Aquí la tienes.

Oliver frunció el entrecejo al ver el disquete.

—¿Qué es eso?

—No lo sé. Lo encontré en la casa de la playa, después de que tú me llamaras por teléfono anoche. ¿Ves la nota que tiene?

Oliver miró la etiqueta.

—¿Daniel me dejó esto?

—Sí. Es muy extraño, ¿no te parece?

—Mucho. —Oliver metió la llave y arrancó. Sacó el auto del estacionamiento—. ¿Qué tiene que ver eso con tu presencia en casa de los Shore?

Annie suspiró impacientemente.

—Yo escondí este disquete en el elefante. ¿Recuerdas ese cajoncito que tenía en la base?

—Lo recuerdo.

—Esta tarde tuve que salir de la *boutique*. Una diseñadora amiga mía, durante mi ausencia, pasó por Extravagancias y se llevó el elefante para usarlo como ornamento en casa de los Shore, en la fiesta de beneficencia. Descubrí que el elefante me faltaba hace como una hora. Estaba como loca. Gracias a Dios, Valerie y Carson estaban allí.

—¿Por qué?

—No creo que hubiera podido entrar en este jolgorio sin ellos. El tipo que estaba en la puerta no paraba de decirme que yo no estaba en la lista.

Oliver la miró de reojo.

—¿No intentaste decirle que eras la esposa de Oliver Rain?

—Tengo noticias para ti, Oliver. No todos los habitantes de esta ciudad se quedan helados al escuchar tu nombre. Creo que el tipo que estaba en la puerta de la mansión Shore jamás había oído hablar de ti en su vida.

—Ahora sí —dijo Oliver.

Annie parpadeó.

—¿Cómo entraste tú?

—Caminando.

—Me refiero a si lo convenciste para que te dejara entrar.

—Ni siquiera lo intenté. Simplemente, subí las escaleras y él se apartó del paso.

—Oh. —Annie frunció la nariz—. Ahora veo por qué esa técnica te da resultado a ti y a mí no. Yo carezco de esa presencia intimidatoria, de ese algo... Supongo que no parezco la esposa de Oliver Rain.

—Pareces exactamente la esposa de Oliver Rain —gruñó Oliver.

—Si tú lo dices. Bueno. Ya te he dado mi versión. ¿Vas a creerme o tendré que caminar sobre brasas incandescentes para demostrarte que no miento?

—Te creo. —Oliver parecía resignado a lo inevitable—. Tu historia es demasiado rara para ser inventada.

Annie sonrió complacida.

—Ésa es una de las cosas que me gustan de ti, Oliver. En el fondo, eres un hombre muy agradable. Hasta, razonable. Es difícil entender por qué todos, incluso tu familia, tienen tan mala impresión de ti, después de tantos años de conocerte.

—Tal vez, yo sea la víctima de una larga serie de infortunados malos entendidos —sugirió Oliver.

12

Oliver se sentía un poco mareado. La sensación de alivio que estaba experimentando era tal que casi llegaba a la euforia.

«Naturalmente, Annie había tenido una excusa perfectamente razonable para haber ido a la casa de su enemigo», pensó, condescendiente. Debió de habérselo imaginado.

Oliver mordió la porción de pizza de champiñones y aceitunas que había pedido para la cena. La pizza había llegado unos minutos tarde, pero aún estaba muy caliente, a pesar de que la habían tenido que subir veintiséis pisos por el ascensor. Annie la había servido en el estudio, frente al ordenador portátil que Oliver tenía en su escritorio.

En un acto de generosidad, que Oliver consideró sospechoso, dadas las circunstancias, Annie había invitado a Bolt a cenar con ellos. Oliver no sabía si debía enfadarse o reírse por el hecho de que su esposa hubiera preferido no estar a solas con él durante la cena.

Sosteniendo su porción de pizza en la mano, Oliver se inclinó hacia delante y tecleó la palabra *ice,* otra de las tantas claves que Oliver recordaba de los días en que Daniel había trabajado para él. La pantalla parpadeó.

—Ajá. —Annie miró con interés el monitor—. Eso es, Oliver. Mira, algo está pasando.

«Con todo derecho debía de estar hecho una furia», pensó Oliver, mientras miraba cómo se formaban las letras en la pantalla. Todavía estaba asombrado de que no le hubiera resultado necesario echar mano de todo su autocontrol para sofocar su ira.

Pero por alguna razón, no quedaba espacio para sentir ira, dadas las circunstancias. Cualquiera que hubiera sido la idea de Annie en el momento en que decidió ir a la residencia Shore, ciertamente no había traicionado la confianza de su esposo de forma deliberada.

Habría estado como loca por la falta del disquete. Oliver sabía que, en esos días, la lista de prioridades de Annie era muy breve y sin duda cualquier cosa que se relacionara con Daniel la encabezaría por encima de todas las demás.

Oliver se preguntaba si, finalmente, se acostumbraría a ocupar un segundo puesto en la lista de Annie.

Se obligó a no preocuparse porque Annie considerase que su primera obligación y alianza aún era para con su hermano desaparecido. Oliver recordó que antes de casarse con ella, él sabía qué puesto ocuparía para Annie.

—Interesante —dijo Bolt, observando la pantalla casi sin parpadear—. Parece como una serie de memorandos, referentes a Barry Cork. Fechas, horas y observaciones.

—Bolt tiene razón. Toda esta información es sobre Barry Cork. —Annie miró el monitor—. ¿Por qué Daniel te dejaría tanta información sobre él, Oliver?

Oliver seguía mirando los nombres y fechas que llenaban la pantalla.

—Parece que Daniel ya se había dado cuenta de que Barry estaba vendiendo la información sobre las propiedades de Lyncroft a la competencia.

—¿Qué? No lo creo.

—Es cierto. —Oliver oprimió un botón para seguir estudiando todos los datos que Daniel había recopilado sobre Barry Cork—. Al parecer, Daniel tuvo sospechas de él pocas semanas antes de desaparecer.

—¿Pero por qué Barry querría vender los secretos de Lyncroft? —preguntó Annie, mostrándose verdaderamente asombrada.

—Por la razón de siempre. —Oliver la miró—. Dinero.

—Pero Barry trabajaba para Daniel. Mi hermano confiaba en él. —Annie movió la cabeza sin poder creerlo—. Barry era su *amigo*.

Oliver se contuvo para no decirle a Annie que era demasiado ingenua. La estudió de cerca, mientras ella estaba acurrucada en la silla de cuero negro que se hallaba junto a él. Se había cambiado de ropa mientras esperaba a que llegase la pizza. El corto vestido que revelaba esas bellas piernas ya había desaparecido. En su lugar, se había puesto unos pantalones vaqueros y jersey de punto, que destacaba la generosidad de sus senos, la pequeñez de su cintura, que se estrechaba sobre sus muslos. En ella había algo tan fresco y atractivo que hacía que Oliver pensara en sus helechos.

Oliver volvió a concentrar la atención en la pantalla.

—Me sorprende que Daniel no despidiera a Barry en cuanto se enteró de todo esto.

Annie frunció el entrecejo.

—Quizá porque no tenía la certeza absoluta de la culpabilidad de Barry. Tal vez estaba buscando pruebas.

—No necesitaba más pruebas que esta lista de nombres y fechas —dijo Oliver ausente—. Es obvio que Daniel ya contaba con la mayoría de las pruebas.

Annie lo observó detenidamente.

—No pareces tan sorprendido por esta noticia tan desagradable sobre Barry.

—No lo estoy. —Oliver hizo aparecer otra de las hojas del archivo de Daniel—. Muchos de estos datos se relacionan con lo que Bolt y yo hemos descubierto en estos últimos días.

—¿Tú y Bolt ya lo sabíais? ¿Y no me dijisteis nada?

—Iba a decírtelo en cuanto llegase a casa esta noche —se defendió—. Tenía pensado contarte toda la historia, con una copa de vino tinto por medio. Pero tú no estabas aquí esperándome. Si recuerdas bien, sabrás que primero tuve que rastrear tu paradero.

—Oh, no —se quejó ella—. No te ampares en esa excusa patética para disculpar tu tendencia a la introspección. Debiste de haber tenido una fuerte corazonada aun antes de partir para California.

—Me enteré en el trayecto hacia el aeropuerto. Bolt me informó.

—¿Pediste a Bolt que investigara a Barry Cork? —Annie dirigió una mirada fulminante a Bolt, quien no apartaba la vista de la pantalla—. ¿Sin consultar conmigo primero?

—Le pedí que investigara a Featly y a Moss —explicó Oliver con toda su paciencia—. En ese procedimiento, se encontró con ciertas sorpresas relacionadas con el último viaje que hizo Barry Cork a California. Cork mantuvo reuniones muy interesantes en los últimos tiempos en habitaciones de hoteles con gente importante que representa a la competencia de Lyncroft.

—Yo debí haber sido informada de todo esto —declaró Annie, obviamente enfurecida.

—Ahora se te está informando —señaló Oliver.

Ella entrecerró los ojos para mirarlo.

—Oliver, éste es otro ejemplo de la falta de comunicación que tienes con los demás. Lo que es más. Creo que esta vez, fue a propósito.

—Annie, sé razonable. Yo mismo acabo de enterarme.

—Debiste haber sabido algo cuando me llamaste anoche.

—No quería hablarte de ese tema por teléfono.

Apretó los labios en señal de desaprobación.

—Ya te he dicho que quiero estar muy bien informada sobre todo lo que se relacione con la empresa de mi hermano.

—Sí, ya lo sé. Su adorada empresa siempre ocupa el primer lugar, ¿no es así? Ya conozco cuál es mi papel en todo esto. Se supone que debo salvar Lyncroft. Bueno, estoy haciendo todo lo que puedo, créeme.

—Oliver, yo no quise decir que no estés esforzándote lo suficiente, sino que, a veces, eres muy poco comunicativo.

Oliver la miró.

—Desde el principio, Annie, te dije que tendrías que confiar en mí.

Annie dirigió una mirada avergonzada hacia Bolt, quien seguía, estoicamente, con la vista fija en el monitor, ignorando la pelea.

—Hablaremos de esto en algún otro momento —murmuró ella.

—De acuerdo. Lo apuntaremos junto con los demás temas que tendremos que tratar en esa reunión, bastante interesantes, por cierto.

—Ni te atrevas a intimidarme, Oliver Rain. No te dará resultado.

—Si tú lo dices. —Oliver frunció el entrecejo, pensativamente, mirando la pantalla—. Ésta parece ser la última anotación de tu hermano.

Annie se acercó más, para leer por encima del hombro de Oliver.

—Tiene fecha de una semana antes de su desaparición.

HA HABIDO UN CAMBIO EN EL ESQUEMA. SOSPECHO QUE CORK TIENE UN NUEVO CONTACTO EN SEATTLE. NO RELACIONADO CON LA GENTE DE CALIFORNIA, POR LO QUE CREO. ESTO ES ALGO NUEVO Y NO ME GUSTA. AQUÍ HAY OTRA COSA, ADEMÁS DE ESPIONAJE INDUSTRIAL NORMAL. CORK ESTA MÁS NERVIOSO QUE HACE UNAS SEMANAS. Y HAY MUCHO DINERO DE POR MEDIO. DEMASIADO. VERIFIQUÉ LAS CUENTAS BANCARIAS DE CORK. LE PAGO BIEN, PERO NO HASTA ESE EXTREMO. PODRÍA DESPEDIR A ESTE HIJO DE PUTA AHORA MISMO Y TERMINAR CON ESTO DE UNA VEZ POR TODAS. PERO PREFIERO ENTERARME BIEN DE SUS NEGOCIOS ANTES DE DARLE EL ADIÓS DEFINITIVO.

RAIN, SI ESTÁS LEYENDO ESTO ES PORQUE ANNIE ENCONTRÓ EL DISQUETE Y TE PIDIÓ AYUDA. SIGNIFICA QUE, POR UNA U OTRA RAZÓN, YO YA NO ESTOY EN ESCENA. NO SÉ QUÉ DECIRTE, PORQUE NO TENGO MÁS DATOS FEHACIENTES SOBRE LAS ACCIONES DE CORK; SÓLO EVIDENCIAS DEL DINERO QUE SE ESTÁ LLEVANDO Y UNA

FUERTE CORAZONADA DE QUE TODO ESTO ES MUCHO MÁS SERIO DE LO QUE CREÍ EN UN PRINCIPIO. TÚ Y YO SABEMOS QUE LAS COSAS PUEDEN LLEGAR A SER MUY COMPLICADAS CUANDO HAY TANTO DINERO DE POR MEDIO.

SI ANNIE ACUDE A TI, AMIGO MÍO, TENDRÉ QUE PEDIRTE QUE CUMPLAS ESA PROMESA QUE ME HICISTE HACE CINCO AÑOS. CUIDA DE ANNIE Y DE JOANNA POR MÍ Y ESTAREMOS EN PAZ. ¿TRATO HECHO? A PROPÓSITO, TE ACONSEJO QUE MANTENGAS A ANNIE FUERA DE TODO ESTO. COMO LA CONOZCO, SÉ QUE EMPRENDERÁ UNA FEMENINA CRUZADA UNILATERAL PARA BUSCAR LA VERDAD Y LA JUSTICIA. TÚ QUERRÁS MANEJAR ESTO CON TUS MÉTODOS PROPIOS Y LO MÁS PROBABLE ES QUE ELLA NO ESTÉ DE ACUERDO.

Annie giró la silla para mirar de frente a Oliver.

—¿Qué rayos quiso decir Daniel con esta última frase? ¿Y qué es eso de la promesa que le hiciste hace cinco años? ¿Qué fue lo que le prometiste exactamente y por qué?

Oliver borró la imagen de la pantalla. La intensa luz que provenía de la lámpara halógena que estaba sobre el escritorio proporcionaba un círculo luminoso sobre aquél, dejando el resto del recinto en sombras.

Tomó otra porción de pizza y deliberadamente empezó a comerla mientras contestaba.

—Ya te conté lo del incidente que se suscitó cinco años atrás.

—¿Ese asunto con el traficante de armas? ¿Gretchen, Grissolm, o algo así?

—Gresham —corrigió Oliver, tras otro bocado de pizza. Permitió que los recuerdos de lo que había sucedido en aquel depósito de la isla refrescaran su memoria—. Esa noche le dije a tu hermano que estaba en deuda con él por haberme ayudado a descubrir esa maniobra y a detenerla. También le dije que si alguna vez yo podía hacerle un favor a él, no tendría más que decírmelo.

Annie se quedó mirándolo durante un rato muy pensativa.

—Entiendo. —Se dejó caer más sobre su silla—. Como aparentemente Daniel quería que fueras tú el encargado de manejar las cosas aquí —dijo ella cautelosamente—, ¿qué propones que hagamos ahora?

A Oliver no le gustó la expresión de sus ojos.

—Annie, tu hermano no quiso decir que no confiara en ti.

—¿No crees que ya lo sé? Pero tampoco dudes ni por un instante de que él estaba convencido de mi capacidad para hacerme cargo de todo.

—¿Y por qué tendría que creer lo contrario? —le preguntó Oliver con toda calma—. No has tenido más experiencia en el espionaje industrial que en el manejo de una empresa de la envergadura de Lyncroft. Hiciste lo correcto al poner todo en mis manos.

Annie se mordió el labio inferior.

—¿De verdad? Por alguna razón, todo está complicándose.

—Sé que estás molesta, pero no es el momento para pensar tanto las cosas.

—Lo sé. —Annie lo miró a través de sus pestañas bajas—. Estamos juntos en esto, ¿verdad?

—Sí. —Oliver se preguntaba en qué estaría pensando Annie en esos momentos. Quizá ya empezaba a arrepentirse de haberse casado con él.

—¿Entonces qué harás con Barry Cork? —le preguntó—. ¿Vas a despedirlo?

—No creo. No, todavía —Oliver miró a Bolt—. Siempre es mejor conocer a tu enemigo antes de tomar decisiones. Haremos lo que Daniel había planeado. Daremos a Cork la cuerda suficiente para que él mismo se ahorque y en el proceso, tal vez nos enteremos de quién es su nuevo cliente aquí en Seattle. Esa información nos puede ser útil en el futuro.

Annie se pasó la mano por el cabello, creando estragos en los espesos rizos de color castaño dorado.

—Me resulta difícil todavía pensar en Barry Cork como en un enemigo.

—No tienes mucha experiencia identificando enemigos.

Annie lo miró con una expresión extraña.

—¿Sabes algo, Oliver? Hay veces en que me doy cuenta muy claramente por qué pones tan nerviosa a la gente.

—Pero no te pongo nerviosa a ti, ¿verdad, Annie?

—No. —Hubo un toque desafiante en el monosílabo.

Oliver miró a Bolt y, en silencio, le indicó la puerta. Bolt se puso de pie y sin decir ni una sola palabra, se fue del cuarto. Oliver dejó que los sumiera el silencio cuando la puerta se cerró detrás de Bolt.

Annie empezó a inquietarse en menos de un minuto. Cambió de posición, colocando un tobillo sobre la rodilla. Con las uñas de su mano derecha, tamborileaba una melodía sin sentido sobre el posabrazos de la silla. Luego, con una sutil exclamación, se puso de pie súbitamente y se dirigió hacia el jardín de rocas.

—¿Debo entender que encargarás al robot la vigilancia de Barry Cork? —le preguntó, de espaldas a él.

—Bolt es muy bueno en los trabajos de vigilancia.

—Indudablemente utiliza todas sus habilidades para el trabajo que hace para ti, ¿verdad? —la voz de Annie sonó quebradiza.— Tiene mucho de qué ocuparse ya con el tema de tu familia, además de tener que seguir de cerca a tus competidores.

Bruscamente, Oliver se dio cuenta del rumbo que estaba tomando la línea de pensamientos de Annie.

—Yo no encargué a Bolt que te vigilara mientras estaba fuera de la ciudad.

—Obviamente supiste dónde localizarme.

—Pero no porque Bolt estuviera persiguiéndote mientras yo no estaba. Me enteré porque llamé por teléfono a Ella, tu ayudante. Ella suponía que tú habías salido corriendo tras ese elefante.

Annie lo miró inmediatamente, sus ojos buscando los de él en la oscuridad.

—¿Es verdad?

—Tal vez no sea tan comunicativo como a ti te agradaría, en ocasiones, pero nunca te he mentido y jamás lo haré.

Ella se quedó mirándolo fijamente durante un minuto y, luego, algo en su interior pareció relajarse.

—Te creo. —Volvió a darse la vuelta para examinar el jardín de rocas.

—¿Qué sucede, Annie?

—Todo está mal. Ya me he preocupado demasiado por Daniel. Pero pensé que estaba manejando bien las cosas. Pensé que estaba tomando todas las medidas necesarias para mantener toda esta situación hasta que Daniel volviera.

Oliver miró la pantalla borrada del ordenador.

—¿Te refieres a que al casarte conmigo, creíste que habías dado los pasos necesarios para proteger la empresa de Daniel y a su hijo?

—Exactamente. Y ahora surge todo este asunto de Barry Cork. —Miró en dirección al ordenador—. Está sucediendo algo más de lo que nos temimos en un principio, ¿no?

—Tal vez.

—¿Qué quieres decir con tal vez? —Annie hundió la puntera de su zapato en la arena color gris perla, borrando así las líneas cuidadosamente trazadas—. Esas notas que Daniel escribió para nosotros nos dan una nueva perspectiva sobre su desaparición, ¿no crees?

—No necesariamente. No sabemos si existe conexión alguna entre el espionaje industrial que Barry Cork estaba realizando y la desaparición de tu hermano. De hecho, me parece bastante imposible que la haya.

—¿Por qué? —preguntó ella, obviamente buscando algo que la reconfortara.

Oliver se encogió de hombros.

—Para empezar, el espionaje industrial es un delito de guantes blancos. Rara vez se le relaciona con un asesinato. Y eso es lo que te asusta, ¿verdad? ¿La posibilidad de que hayan asesinado a Daniel?

Annie se estremeció visiblemente.

—Es una posibilidad que jamás había considerado hasta que vi ese disquete.

—Los Barry Cork de este mundo, por lo general, no son asesinos.

—¿Qué te hace estar tan seguro de ello?

Oliver se puso de pie y se detuvo justo detrás de ella.

—Confía en mí, Annie, en todo esto. Cork es un mentiroso y un ladrón, pero lo más probable es que no sea un asesino.

—Oh, Dios, espero que tengas razón. —Se volvió para mirarlo a los ojos. Los de ella estaban bañados en lágrimas—. Pero Daniel estaba lo suficientemente nervioso como para haberse tomado la molestia de dejarnos este disquete.

—Sí.

—Debió de haber pensado que había algún peligro. Te pidió específicamente que cuidaras de mí y de Joanna si algo le sucedía a él.

—Sí.

Annie se secó los ojos con el dorso de la mano.

—¿Y eso es precisamente lo que tú estás haciendo, no?

—Estoy haciendo todo lo que puedo, Annie.

—Eres un buen amigo, Oliver —murmuró Annie—. Daniel dijo que lo serías. También dijo que eras peligroso, pero confió en ti.

Con mucha dulzura, Oliver le tomó la barbilla con el borde de su mano.

—Tú y yo somos mucho más que amigos ahora, Annie. Somos amantes, que casualmente, están casados.

—Supongo —dijo ella, apesadumbrada.

—Yo tengo la certeza de ello. —Bajó la cabeza y rozó los labios con los suyos, buscando en ella la respuesta que sabía positivamente estaba en condiciones de ofrecerle tan abiertamente.

—¿Qué vamos a hacer? —le rodeó el cuello con los brazos y lo estrechó con todas sus fuerzas.

Oliver sentía que las lágrimas de ella le humedecían la camisa. «Lágrimas por Daniel», pensó. Se preguntó si Annie alguna vez sería capaz de llorar por el hombre con el que se había casado. El hombre que, casualmente, era su amante.

—Todo saldrá bien —murmuró él sobre el enmarañado cabello de ella—. Yo me haré cargo de todo.

—¿Como siempre lo haces? —soltó una carcajada agónica, entrecortada y hundió el rostro en su pecho—. Trata de no ponerme demasiado nerviosa en el proceso, ¿sí?

Oliver sonrió.

—Lo último que quiero en este mundo es ponerte nerviosa, Annie. —La levantó en sus brazos y la llevó hacia la puerta.

Annie se acurrucó contra él, con los ojos cerrados, mientras la desplazaba por el cuarto a oscuras. No protestó hasta que sintió que la acostaba sobre la cama.

Justo entonces, abrió los ojos, parpadeó incómodamente y se sentó de inmediato. Levantó una mano, como para prevenirle.

—Oh, no, Oliver. Deténte ahora mismo.

Oliver sintió un escalofrío. Era la primera vez, desde que se había casado, que Annie no se derretía ante una caricia suya.

—¿Sucede algo malo, Annie?

—Sí, creo que sí. —Lo miró especulativamente—. Bastante malo.

Oliver sonrió.

—¿Estás en esa época del mes? Annie, eso no es problema.

—No, no es eso. Es otra cosa.

—Dime —la urgió con ternura, sentándose en el borde de la cama.

Rápidamente, Annie buscó refugio en el otro extremo de la cama. Luego se levantó y lo miró.

—¿Alguna vez te has puesto a pensar que eres tú el que gobierna las actividades en la alcoba y todo lo demás?

—No sabía que tuvieras quejas. —Volvió a ponerse de pie, sin quitarle la vista de encima.

—Creo que ha llegado el momento de que realicemos lo que en diplomacia internacional se denomina: «Un cambio en el equilibrio de poder».

Oliver se quedó mirándola sin comprenderla.

—¿Annie, estás tratando de insinuarme algo?

Annie lo observó desafiante, con una sonrisa algo incierta.

—Dime. ¿Te daría miedo dejarme al mando de las cosas aquí, por un tiempo?

Oliver sintió que el nudo que tenía en su interior comenzaba a desatarse en señal de alivio. Annie no trataba de alejarlo de ella.

—No te tengo miedo, Annie.

—Demuéstramelo.

—¿Cómo? —Por lo general, a Oliver no le agradaba lo impredecible, pero con Annie, le resultaba divertido.

—Para empezar, quédate exactamente donde estás. —Rodeó la cama para pararse frente a él—. No te muevas.

—Si eso es lo que quieres. —La miraba con suma curiosidad—. ¿Qué vas a hacer?

—Vamos a jugar. Primero, te desvestiré. —Se dedicó en primer término, a desabrochar los botones de su camisa. Evidentemente, los dedos le temblaban, pero ya estaba decidida.

—Está bien. —Oliver buscó el dobladillo del jersey de Annie.

—Oh, no, no, no. —Annie retrocedió un paso y le abofeteó ligeramente la mano—. Tú no puedes tocarme. Es una de las reglas del juego.

—¿De modo que este juego tiene reglas también?

—Sí. —Se le acercó un poco más y siguió con los botones.

Él sonrió, dispuesto a ser indulgente. Pero cuando las yemas de sus dedos se deslizaron hacia abajo, por su pecho, Oliver respiró profundamente.

—Annie...

—Se supone que no debes moverte, ¿lo recuerdas? —lo miró a través de sus pestañas bajas mientras le bajaba la camisa por los hombros—. Oliver, siempre te he dicho que tienes una personalidad muy fuerte y dominante. Debes aprender a relajarte y dejar que otro asuma la responsabilidad, de vez en cuando.

—Pero a mí me gusta asumirla. —Le acarició el cuello cuando su camisa cayó al suelo, junto a sus pies—. Especialmente, cuando tú estás involucrada.

—Ya lo sé. Y basta ya con eso. No tienes permiso para besarme todavía.

—¿Por qué no?

—Porque lo digo yo. Éste es mi juego, ¿lo recuerdas? —Annie retrocedió un paso y analizó el pecho de Oliver. Sus ojos se humedecieron con femenino placer. Extendió la mano para delinear la curvatura del hombro.

La expresión de sus ojos hizo que Oliver ardiera en deseo. No había dudas al respecto. Definitivamente, Annie lo deseaba, con la misma intensidad del primer día. Oliver sintió que su miembro se ponía duro al máximo, con demasiada rapidez. Pensó que cada vez le sería más difícil controlarse en cuanto Annie estuviera cerca de él.

Instintivamente, avanzó un paso, pero se detuvo, obedientemente, cuando ella le negó con la cabeza y le obsequió con una sonrisa misteriosa.

—¿Y tú no vas a desnudarte? —le preguntó él, mientras ella forcejeaba con la hebilla de su cinturón.

—En su momento.

—Me parece que falta una eternidad. —Hundió el vientre cuando sintió el metálico deslizamiento de la cremallera. Maldición, ya había alcanzado la erección completa y Annie ni siquiera se había desnudado todavía.

Annie lo besó en los labios apasionadamente, pero antes de que Oliver pudiera introducirle la lengua entre los labios, ella comenzó a moverse sinuosamente sobre su cuerpo, hacia abajo. Le rozó el pecho con los labios, después, el pezón derecho y por último, el ombligo.

Finalmente, la joven quedó de rodillas frente a él. Oliver gimió al sentir que deslizaba las manos por el interior de su pantalón para bajárselo. Los calzoncillos siguieron el mismo destino.

Oliver se estremeció, plenamente consciente de su erección. Sentía el cálido aliento de Annie sobre su piel. Cuando los dedos de ella lo rodearon con la delicadeza de una pluma pensó que su deseo estallaría en ese preciso instante. «Qué rayos estaba sucediéndole», se preguntaba.

—Eres hermoso —murmuró Annie.

—Annie, esto ya ha llegado demasiado lejos. —Hundió los dedos en su cabello—. Vamos a la cama.

—Bien. —Se puso de pie lentamente. Tenía los ojos brillantes mientras corría el edredón negro y dorado—. Anda, acuéstate.

Oliver trató de apoyarle la mano en la nuca, atraerla hacia sí y besarla ardientemente. Quería introducirle la lengua en la boca; su virilidad en aquel cálido y húmedo receptáculo. Era una locura. Una sola noche lejos de ella y estaba incontenible.

—Oh, no. Todavía no. En la cama. —Puso las palmas de sus manos sobre el pecho de Oliver y lo empujó hacia atrás.

Oliver se dejó caer sobre las sábanas grises. Trató de alcanzarla, pero ella lo esquivó por el costado.

—¿Y tú? —le preguntó él, con voz ronca.

—Voy a desvestirme.

—Ya era hora —gruñó—. Yo te ayudaré.

—No. Tú observarás. —Cruzó los brazos por debajo del busto, tomó el dobladillo del jersey y se lo quitó, pasándolo por encima de la cabeza.

Oliver sintió que la fiebre en su interior aumentaba unos cuantos grados al ver el diminuto corpiño de encaje negro que apenas lograba cubrirle los senos. Pensó que era la primera vez que la veía con ropa interior negra. La contempló, fascinado, mientras ella se ponía las manos en la espalda para desabrocharla. Al instante, los pechos quedaron libres de su confinamiento.

A Oliver se le secó la boca. Esos senos lo hechizaban. Eran perfectos, elegantemente formados y con generosos pezones rosados. Recordó cómo sabían y, de pronto, no pudo contener la sed de ellos. Una vez más trató de alcanzarlos. Una vez más, ella lo esquivó.

—¿Te estás tomando tu tiempo con todo esto, verdad? —le preguntó él, con tono agónico.

Annie, que iba a bajarse la cremallera de los pantalones vaqueros, se detuvo.

—¿No te gusta?

Oliver se quedó observando fijamente su busto. Su cuerpo ardía tanto en deseo que creía estar perdiendo la razón.

—Me gusta mucho.

—Me alegro. —Se movió a un lado y a otro, hasta que finalmente se liberó de los pantalones, quedando cubierta por un escaso triángulo de satén negro. Avanzó tentativamente un paso hacia la cama.

Oliver percibió el tenue aroma de aquella excitación tan femenina. Todo su cuerpo se puso en tensión como respuesta. Arrancó los ojos de aquellas bragas de satén negras y los posó en los de la joven.

—Ven aquí —le ordenó, con la voz cargada de deseo.

Ella movió la cabeza y apoyó una rodilla sobre la cama. Le puso la palma de la mano sobre el rígido músculo del muslo y lo apretó.

—No, todavía no. Aún nos queda un largo camino por recorrer. Muy largo.

—Al diablo con eso. —Se estiró para alcanzarla.

Annie se alejó.

—Este juego es mío, ¿lo recuerdas? Soy yo la que manda.

Oliver soltó un improperio y se dejó caer de mala gana sobre las almohadas.

—Annie, no creo poder soportar este jueguito tuyo durante mucho tiempo más.

—¿De verdad? Me sorprende en ti, Oliver. —Se alejó de la cama y se dirigió hacia la cómoda laqueada en negro—. Fuiste tú quien me enseñó a jugarlo.

Oliver frunció el entrecejo mientras miraba la pálida curvatura de los hombros y las nalgas de Annie.

—¿A qué te refieres?

Se volvió hacia él sosteniendo dos cintas de satén que había extraído de uno de los cajones.

—Me has ido dando clases sobre este juego desde la primera noche que me hiciste el amor, aunque debo admitir que jamás me ataste a los barrotes de la cama.

—Demonios. —Finalmente, Oliver se dio cuenta de lo que ella tenía en mente. Advirtió que lo que llevaba en la mano eran dos corbatas de seda—. No pensarás hacer esto en serio, ¿no? Se supone que soy yo el que tiene fama de raro.

—No te preocupes. Las corbatas son simplemente simbólicas —se apresuró a decir Annie—. Ambos sabemos que no podrían sujetarte si tú quisieras liberarte.

—Mira, Annie, yo estoy dispuesto a participar en juegos de alcoba, pero creo que esto está llegando demasiado lejos.

Annie caminó hacia un lado de la cama y le rodeó la muñeca izquierda con una de las corbatas.

—¿No tendrás miedo de mí, verdad, Oliver?

Los ojos de Oliver se posaron sobre los de ella. Indudablemente ella no pensaba que él consentiría estar atado a la cama. La ira se apoderó de su ardiente cuerpo. Ya había soportado lo suficiente ese juego loco. Arrancaría esa estúpida corbata de su muñeca y luego tomaría a Annie por el tobillo para arrastrarla hasta la cama. Le haría el amor hasta que ella no pudiera pensar siquiera, ni mucho menos soñar con juegos y ataduras.

—¿Oliver? —Annie lo miró a los ojos y volvió a titubear.

Oliver notó la señal de advertencia en su mirada. Annie sabía que ese jueguecito idiota había llegado demasiado lejos. Presentía que él tomaría el mando una vez más.

Él siempre estaba al mando. Tenía que estar en ese puesto, pues no confiaba en nadie en quien pudiera delegar.

Pero aunque Oliver empezó a forcejear con la muñeca, algo dentro de él lo detenía. Una desconcertante sensación en su interior le hizo notar que aquello no era un simple juego para Annie. Ella trataba de hacerle entender algo que era realmente importante para ella.

Durante varios segundos ninguno de los dos se movió. Luego, lentamente, Oliver se relajó contra las almohadas.

—Si quieres jugar, Annie, adelante.

La sonrisa de ella fue radiante.

—Ésa es otra de las cosas que me gustan de ti, Oliver. Te gusta el juego limpio.

Annie no perdió el tiempo. Unos pocos movimientos más y la muñeca izquierda de Oliver estuvo asegurada a los barrotes de la cama. Luego se subió encima de él e hizo lo mismo con la muñeca derecha. Oliver cerró los ojos y apretó los dientes cuando sintió el suave satén de las bragas sobre su órgano erecto. Sería una larga noche.

13

Fue mil veces peor de lo que Oliver había imaginado. Annie distaba mucho de ser una hábil cortesana, era precisamente lo contrario, pero el efecto que había provocado en él fue devastador. Aquel asalto físico que había infligido en él fue inocente, pero apasionado, como una escena del más erótico de los sueños.

«Más bien una pesadilla», pensó Oliver.

Annie estaba encima de él, cálida, tersa y exquisitamente femenina. Delineaba los contornos de su pecho con las yemas de los dedos, produciéndole un infinito placer. Luego descendieron aún más para perderse entre el rizado vello del pubis. Cuando bajó la cabeza, para seguir con la boca el movimiento que había iniciado con la mano, Oliver experimentó un éxtasis agónico. Contuvo la respiración.

—Annie —logró decir por fin, con una voz apenas audible—. No creo que esto vaya a dar resultado.

—¿Cómo puedes decir eso? —Su aliento se percibía seductoramente cálido sobre la rígida carne de su miembro—. Está dando un resultado excelente. Tal como el libro lo decía. —Lo mordió suavemente.

Oliver apretó la mandíbula.

—¿Qué libro?

—El que leí para prepararme para esta noche. Se llama *Tres noches en el Amazonas*.

Oliver notó que perdía rápidamente el hilo de la conversación.

—¿Has estudiado para esto?

—Por supuesto. Quería hacerlo bien. —Annie lo tocó íntimamente con la punta de la lengua.

Oliver creyó que ése era su fin. Todo lo que pudo hacer fue contenerse para no liberarse de sus ataduras.

—¿Por qué creíste que debías estudiar para esto?

—Quería que aprendieras cómo es, Oliver.

—¿De qué rayos estás hablando?

Annie besó la cara interna de sus muslos.

—Quería que sintieras en carne propia lo que es estar sometido bajo el mando de otro.

Oliver trató de concentrarse en lo que ella estaba diciendo, pero no pudo. La boca provocativa de la muchacha ya le había llegado a la rodilla, pero él la quería en el sitio preciso en el que había estado instantes antes, cubriéndolo como un guante líquido.

—Después —exclamó—. Después hablaremos de esto.

—De acuerdo.

La voz suave de Annie fue como una ardiente llama sobre la torturada piel de Oliver, que se sorprendió al descubrir la sensibilidad que poseía en la parte interna de sus piernas.

—Basta, Annie —le dijo, persuasivamente—. Terminemos esto como se debe.

—No hay prisa. Tenemos toda la noche. ¿No es eso lo que siempre me decías cuando yo empezaba a implorar?

Oliver entrecerró los ojos y vio que la maraña de rizos se movía entre sus piernas. Esa imagen lo acercó más al abismo.

—No estoy implorando —dijo deliberadamente—. Simplemente estoy diciéndote que, si no lo terminas como es debido, yo lo haré por ti.

Annie levantó la cabeza. En sus ojos había una silenciosa risa sensual.

—Si eso es lo que quieres hacer, no puedo detenerte.

—Me alegra que te des cuenta.

—Eres mucho mayor que yo. —Le sonrió con descarada satisfacción mientras acariciaba su excitado cuerpo—. Lo suficientemente grande y fuerte como para liberarte. Pero así, arruinarías mi juego.

Annie, por el amor de Dios, cariño, ya es suficiente. No aguanto más.

—Ahora sabes cómo me siento yo. —Lo tomó suavemente de la mano—. Suéltate, Oliver. Esta noche mando yo.

—¿Tú crees ser la que manda aquí, eh? —le preguntó él, incrédulo.

—Sí. —Annie se deslizó sobre el cuerpo de Oliver, apretándolo tiernamente con el peso del suyo. Con los senos apoyados en su pecho, le besó la garganta—. Y trataré de demostrártelo.

—¿Cómo?

—Ya verás. —Le mordisqueó la oreja y se acomodó sobre su miembro.

Oliver creyó que se volvía loco. Apretó con fuerza las corbatas de seda que lo sujetaban. Ninguna mujer le había hecho sentir tan cerca del abismo.

—Annie, no sabes lo que estás haciendo.

—Sí, ya lo sé. Primero leí todo el libro entero. Mi objetivo es hacerte perder el control esta noche, Oliver. Quiero que te vuelvas loco.

Él la contempló, completamente desconcertado.

—¿Por qué quieres conseguir eso?

—Porque es eso lo que tú me haces a mí. —Le mordió el hombro—. Te haré ver lo que es sentirse desvalido. Te daré una dosis de tu propia medicina. Si puedo, te llevaré hasta el borde del abismo y luego te empujaré.

—¿Y qué me dices de ti? —le dijo él, entre dientes.

—¿Yo? Annie levantó la cabeza y volvió a sonreír—. Yo voy a observarte.

—*¿A observarme?*

—Sí. De la misma manera que tú me observas a mí cuando me haces el amor.

—A ti te agrada cómo te hago el amor —le susurró él—. Lo sé. No puedes ocultarlo.

—No, no puedo, ¿verdad? Pero no quiero ser la única en perder el control cuando hacemos el amor. No me gusta pensar que soy una marioneta y tú, el titiritero. No me complace la idea de que yo no pueda producir en ti el mismo efecto que tú produces en mí.

—Esto es una locura.

Ella apoyó sus caderas contra las de él, aprisionándolo entre sus muslos. Oliver sentía las bragas de satén deslizándose sobre su enorme pene. Ya era casi demasiado. Estuvo a punto de correrse allí mismo, en ese preciso instante. Luchó y ganó esa batalla por su propio autocontrol, pero sabía que lo más probable era que en el próximo encuentro resultaría perdedor.

—¿Sabes algo, Oliver? —le dijo ella, moviéndose sugerentemente—. Después de que te hayas rendido, es posible que te incite a hacerlo de nuevo. Y otra vez. Y otra más. Hasta que ya no puedas soportarlo más. Y entonces, cuando yo esté lista, tal vez te permita entrar dentro de mi cuerpo.

La ira empezó a latir en las venas de Oliver, mezclada con la ardiente lava de deseo que ya las recorría.

—Esto ya ha llegado demasiado lejos.

—Ni siquiera hemos empezado.

—Al diablo con eso. —Oliver rompió las ataduras de seda que hasta el momento lo habían tenido confinado a la cama. Trató de alcanzarla.

Annie no trató de eludirlo cuando la rodeó con los brazos. No había temor en ella; sólo un inequívoco brillo de satisfacción en sus ojos. Oliver ignoró esa expresión de triunfo, la tendió de espaldas sobre el colchón y se acostó sobre ella. Nada le importaba en ese momento, excepto penetrar en ella sin más demoras.

—Mi dulce hechicera. —Oliver colocó la mano entre ambos cuerpos y arrancó el trocito de satén negro que se interponía entre ambos—. ¿Qué me has hecho? —notó que las bragas estaban húmedas. Annie estaba lista para recibirlo.

Las bragas se rasgaron en su mano. Sorprendido por el ruido de la tela rota, Oliver dejó de tocarla. Tomó las rodillas de

Annie, las levantó para separarle los muslos. Sus dedos rozaron aquella piel cálida y seductora.

—Dios, sí. —Penetró en su interior, de una sola vez, cubriendo la cavidad en su plenitud.

Annie gimió ante aquella deliciosa invasión. De pronto, Oliver se retiró, pues se dio cuenta de que si bien ella estaba mojada, le faltaba mucho para alcanzar el clímax. Él estaba mucho más adelantado que ella en ese aspecto, casi a punto de caer por el precipicio.

La desazón colisionó con la pasión cuando Oliver descubrió que ya no podía controlarse lo suficiente como para soportar una segunda penetración.

En un segundo todo terminó. Su ardiente orgasmo estalló como un incendio, caliente e ingobernable.

Oliver había perdido el control.

Oliver se levantó mucho tiempo después. Se incorporó sobre los codos y miró a Annie. Ella sonrió con indecisión. A través de la fría luz de su cordura y a medida que iba recuperando el control sobre sí, Oliver advirtió el cansancio en los ojos de su esposa.

Le tocó la mejilla.

—¿Es así para ti?

—No lo sé. —Buscó sus ojos—. ¿Cómo te has sentido?

—Intenso. —Lo pensó—. Fue bueno, pero no lo suficiente.

—¿Por qué no?

—Porque no estabas conmigo.

—Es así como yo me siento cuando tú me haces el amor, Oliver. Es una experiencia increíblemente erótica, pero me siento sola. Es como si tú siempre estuvieras conteniéndote, mirándome.

—¿Manejando los hilos?

—Sí.

—Demonios. —Se bajó del cuerpo de Annie y se acostó a su lado, boca arriba. Apesadumbrado, recordó que Annie no había gozado de su orgasmo—. Si me hubieras permitido a mí estar al mando de la situación, ahora estaríamos los dos en las mismas condiciones.

—No. Todavía estarías ejerciendo esa sorprendente autodisciplina que tienes. Me harías acabar dos o tres veces antes de que tú te permitieras terminar por primera vez.

Oliver la miró de reojo.

—¿Yo *te hago* acabar?

—Bueno, sí. Así me parece. —Annie se puso de lado. Le apoyó los brazos sobre el pecho y lo miró con soberbia—. Una y otra vez. Con la frecuencia que se te antoje. Nunca me he sentido tan indefensa en la vida como cuando me haces el amor.

—Y no te gusta sentirte indefensa entre mis brazos, ¿no?

—No comprendes. A veces, es maravilloso sentirse indefensa. Pero no siempre. Necesito saber que tengo tanto poder sobre ti como tú lo tienes sobre mí.

—¿Todo esto es una cuestión de poder?

—En cierto modo. Quiero que seamos iguales en esto, Oliver. Después de todo, somos amantes, ¿no?

—Por supuesto.

—Bueno, entonces el sexo debe ser algo que tenemos que compartir, no una lucha de poder.

—No me había dado cuenta de que lo consideraras una lucha de poder, Annie —sonrió.

—Ya lo sé. Tú sólo querías complacerme. Te lo agradezco, Oliver. De verdad. Pero quiero tener la certeza de que puedo complacerte también. ¿No lo entiendes?

Oliver la miró intensamente.

—Creo que empiezo a darme cuenta de lo que está sucediendo aquí.

La decepción asomó en la mirada de Annie.

—No te agrada, ¿cierto?

—No he dicho eso. —Enredó los dedos en los rizos de su esposa—. Es sólo que estos conceptos básicos son nuevos para mí. Tendrás que darme tiempo para que me adapte.

Annie se iluminó.

—No te preocupes, Oliver. Te daré todo el tiempo que necesites, te lo prometo.

—Gracias. Y yo haré todo lo que pueda para que las cosas salgan como deseas. —Deslizó la mano sobre la cadera de Annie para ocultarla en el mágico triángulo de rizos color miel que ocultaban su femineidad.

—¿Oliver?

—Si vamos a intentar un acercamiento más igualitario en nuestras relaciones sexuales, ambos tenemos que empezar sobre las mismas bases. ¿Estás de acuerdo?

—Supongo. —Annie se estremeció cuando los dedos de Oliver alcanzaron su objetivo.

—Debemos asegurarnos de empezar en las mismas condiciones. —Le colocó la mano sobre la nuca y la atrajo hacia sí, de manera que ambos rostros quedaron enfrentados—. Eso significa que tendrás que alcanzarme.

—Quizá tendríamos que hablar un poco más al respecto. No estoy segura de que hayas entendido bien el concepto que quiero hacerte comprender.

—Esta vez, haremos que nos pase a los dos juntos, Annie. Lo juro.

—¿Estás seguro?

—Seguro.

Ella suspiró feliz y bajó la cabeza para besarlo.

—Sabía que lo captarías. No eres tan arrogante y cabezota como todo el mundo cree.

—Aprecio la confianza que depositas en mí. Un hombre necesita saber que su esposa confía en él.

Mucho tiempo después, Annie se acurrucó, satisfecha, contra el cálido cuerpo de Oliver. Decididamente, el hecho de que su esposo tomara el mando de las cosas tenía ciertos aspectos muy positivos. Le había prometido que alcanzarían juntos el clímax y cumplió su promesa. Él había estado a su lado todo el tiempo.

Gozaron juntos un orgasmo maravilloso, lo que constituyó una experiencia sorprendente.

Annie se sentía muy optimista respecto de su futuro. Se movió contra el cuerpo de su esposo. Cuando él la estrechó con más fuerza con su brazo, Annie se dio cuenta de que aún estaba despierto.

—Oliver, he estado pensando.

—Espero que esta vez, no se trate de otro libro que hayas leído.

—No estoy bromeando —le contestó ella.

—¿Y quién está bromeando? —Su boca esbozó una sonrisa—. Está bien. ¿En qué has estado pensando?

—En el modo en que has tratado a Paul Shore esta noche. —Sonrió—. Me sentí muy orgullosa de ti.

Oliver no se movió.

—Casi ni le hablé.

—Sí, lo sé, pero aceptaste hablar con él cuando te lo propuso. Le invitaste a que se reuniera contigo. Fue un maravilloso primer paso.

—¿Así lo consideraste?

Ella giró la cabeza sobre la almohada y estudió su perfil inexpresivo.

—Sé que debe de haber sido muy difícil para ti, después de todos estos años y después de todo lo que sucedió entre los dos.

—No fue exactamente placentero —dijo Oliver, sin inflexión alguna.

—Ya lo sé. Pero hiciste lo correcto. Aceptaste la mano que Paul Shore te tendió. Valerie y Carson han debido de sentirse enormemente aliviados esta noche.

—¿Tú crees?

—Estoy segura. —Annie se puso la mano por detrás de la cabeza y se quedó contemplando el techo—. Algo me dice que el encuentro entre Paul Shore y tú será muy positivo.

—Olvida a Shore. —Oliver se volvió y la estrechó entre sus brazos—. Hay algo que me gustaría preguntarte.

—¿Qué?

—¿De dónde sacaste el libro que estudiaste para el acto de esta noche?

—¿*Tres noches en el Amazonas*? —Annie rió—. Arthur Quigley, el dueño de la librería que está junto a Extravagancias, me lo recomendó. En suma, creo que he hecho buena elección.

—¿Tú le pediste a ese hombre que te recomendara un libro?

Annie presintió que Oliver no estaba en absoluto complacido.

—No tienes por qué avergonzarte —le aseguró ella—. Arthur es un buen amigo mío. Él lo entendió.

—¿Qué fue exactamente —preguntó Oliver— lo que este buen amigo tuyo entendió?

—No te preocupes, he sido muy sutil en esto.

—Explícame cómo pides sutilmente un libro llamado *Tres noches en el Amazonas*.

Annie carraspeó discretamente.

—Simplemente, le dije que quería un libro que me inspirase.

—¿Que te inspirase?

—Arthur fue muy atento. Después de todo somos recién casados, ¿lo recuerdas? La gente sabe que los novatos, al principio, flaquean un poco en este aspecto.

—¿Que flaquean? —repitió Oliver de manera amenazadora.

—No es algo de lo que avergonzarse —dijo Annie rápidamente—. Nadie pretende que seas el amante perfecto desde el principio.

—No puedo creer esto.

Annie se mordió el labio.

—¿Estás enojado?

—¿Yo? ¿Enojado? ¿De dónde has sacado esa idea? Sólo... ¿Cuán buen amigo es Quigley?

—Ya te lo he dicho. Un buen amigo. Arthur tenía un problema terrible de timidez. Solía enterrarse en su tienda y prácticamente ignoraba a sus clientes. Era triste. No vendía mucho y jamás salía con nadie. Era un hombre muy solitario.

—¿Hasta que apareciste tú? —le preguntó Oliver fríamente.

Annie sonrió y se encogió de hombros.

—Arthur y yo nos hicimos amigos unos pocos meses antes de que yo abriera mi *boutique*. Salíamos juntos, pero no diría que con otro interés. Principalmente, hablábamos de negocios. Yo siempre supe que Arthur y yo jamás podríamos ser otra cosa más que amigos y creo que Arthur también lo sabía.

—¿Es cierto? ¿Y qué hacíais cuando salíais juntos?

—Hablábamos mucho. Y después de un tiempo, él empezó a superar su timidez.

—Sorprendente.

—Lo fue, realmente. Y bastante gratificante, también —admitió Annie con orgullo—. Hasta empezó a salir con muchachas. De hecho, yo le presenté a la mujer que después se casó con él. Ella también era un poco tímida. Arthur la ayudó a superarlo. Tienen mucho en común.

—Quigley parece otro Melvin Finch.

—¿Melvin? —Annie consideró la comparación—. Oh, no. Arthur y Melvin son realmente diferentes. Melvin tenía un problema con su padre, ¿lo recuerdas? Pero no era tímido, como Arthur.

—¿Cuántos *Arthurs y Melvins* conoces?

—No entiendo.

—No importa. —Se sentó entre las sábanas arrugadas—. ¿Dónde están mis corbatas?

—Probablemente, estén en pésimas condiciones. No te preocupes. Yo te las plancharé. —Annie metió la mano por detrás de la almohada y comenzó a revolver hasta que halló una de ellas. La tomó—. Tengo una. Estoy segura de que la otra tiene que estar por aquí.

—Cierto. —Oliver tomó la que ella tenía en la mano. La tomó por ambos extremos y tiró para tantear la resistencia de la seda—. Con una bastará.

—¿Qué vas a hacer?

—Flaquear un poquito. —Extendió el brazo y tomó a Annie suavemente por la muñeca.

—*Oliver.* No lo harás.

Pero advirtió esa renovada expresión atractiva en sus ojos y algo dentro de ella respondió con felicidad. Empezó a reír. Todo saldría de maravillas, pensó. Oliver estaba aprendiendo a jugar en la cama.

A la mañana siguiente, a las once, Annie estaba sentada detrás del mostrador en Extravagancias. Observaba la pila de papeles que tenía frente a sí, pero sus pensamientos estaban fijos en los acontecimientos de la noche anterior.

Oliver estaba progresando a pasos agigantados.

Probablemente, pensó, tendría lapsus ocasionales. Era de esperar. El zorro no pierde sus artes de un día para otro. Annie tendría que recordar que Oliver no estaba acostumbrado al concepto de compartir el poder en nada y, mucho menos, en una relación. Estaba acostumbrado a ser el que mandaba en todo. Pero también estaba aprendiendo. Era un comienzo.

En lo más profundo de su ser, Oliver era un hombre muy decente, muy honorable. Su problema residía en que se había visto obligado a ser fuerte durante tanto tiempo que su naturaleza ya había adoptado esa personalidad como propia. Instintivamente, ejercía su poder en todo, incluso en sus relaciones interpersonales.

Pero la noche anterior, le había demostrado que era capaz de modificar su comportamiento. Estaba tratando de cambiar. Por ella.

Annie se quedó con ese concepto y empezó a tararear una melodía mientras revisaba un pequeño catálogo.

Estaba preparándose para encargar algunas cosas cuando el ruido de la puerta le hizo levantar la vista. Sonrió cuando vio quién era.

—Hola, Valerie, entra.

—Discúlpame por molestarte. —Los ojos de Valerie estaban ensombrecidos—. Me agrada tu *boutique*. Tienes una colección muy interesante.

—Gracias. No hay oro precolombino de valor incalculable, pero me las arreglo. Siéntate. —Annie le indicó, con una seña, la silla que estaba al otro lado del mostrador—. ¿Cómo estuvo todo en la fiesta de beneficencia de los Shore después de que Oliver y yo nos marcháramos?

—Bien. A nadie se le ocurrió hacerme ningún comentario sarcástico sobre Oliver, si es eso lo que querías saber.

—No exactamente.

Valerie titubeó.

—Annie, quiero hablarte sobre lo de anoche.

Annie cerró el catálogo.

—¿Qué pasa?

—Escuché a Oliver decir a Paul Shore que lo llamase para concertar una cita.

—Sí, lo sé —sonrió Annie—. Un muy buen primer paso, ¿no crees?

Valerie buscó su rostro ansiosamente.

—Eso es precisamente lo que quería preguntarte. ¿Realmente crees que Oliver está dispuesto a hacer las paces con Shore?

—Sí, eso creo. —Annie se acomodó sobre el respaldo de su silla, sintiéndose muy inteligente y muy segura sobre el análisis que había hecho con respecto a la personalidad de Oliver—. Tu hermano es un poco cabezota.

—Ni lo dudes.

—Y un poquito arrogante.

Valerie hizo una mueca.

—Tirano sería un término más apropiado.

—Pero —intervino Annie, levantando la mano en alto— también es muy inteligente.

—De acuerdo, te concedo eso.

Annie rió.

—Lo suficientemente inteligente como para saber cuándo va a perder por más que luche. Creo que se ha dado cuenta de que la relación existente entre tú y Carson es algo que él no puede controlar. Entonces, ha decidido arreglar algunas deficiencias en su relación con Paul Shore para crear una cierta armonía entre las familias.

Valerie retorcía las manos sobre su falda.

—Ojalá pudiera creer eso. Quiero creerlo.

—Créelo. —Annie sonrió—. Y da cierto crédito a tu hermano. Él hará todo esto por ti, Valerie. Para Oliver, la familia es lo primero.

Valerie la miró con una expresión extraña.

—Pero me amenazó terriblemente.

—Eso es todo lo que fue, amenazas sin sentido. Nunca destruiría la familia.

—La otra noche, cuando hablé con él, me dejó muy claro que haría todo lo que estuviera a su alcance para impedir que me casase con Carson.

Annie se encogió de hombros.

—Probablemente, lo que Oliver necesitaba era un poco más de tiempo para pensar bien las cosas. Para afrontar la realidad de que no podría contra ti. No fue fácil para él. Oliver detesta no poder dominar todas las situaciones.

—Lo sé. —Valerie suspiró—. Y también sé que la familia es primordial para él. Todo lo que hizo desde que papá murió fue para nosotros. Fue más un padre que un hermano. Un auténtico y anticuado patriarca.

—Entiendo. —Annie sonrió—. El problema con los patriarcas es que tienen los defectos de sus virtudes. Las cualidades que les dan la fortaleza suficiente para mantener una familia unida, durante las épocas duras, son también las que se interponen en sus caminos cuando deben relacionarse con las personas sobre una base más sensible y comprensiva.

—Mi hermano ignora el significado de las palabras *sensible y comprensiva.* Para él, las cosas se hacen a su manera, o no se hacen.

Annie dejó de sonreír.

—¿No crees que eres un poco dura con Oliver? No es tan implacable e inflexible como tú crees.

—No lo conoces tan bien como el resto de la familia. —Valerie lo miró especulativamente—. Pero, tal vez, tengas razón. Quizá tú estés surtiendo un efecto positivo en él. Quizás el matrimonio lo haya ablandado un poco.

Annie se echó a reír, feliz del optimismo que aumentaba dentro de ella.

—Cuenta con ello.

El teléfono volvió a sonar el lunes. Annie estaba ocupada, acomodando un perchero con forma de jirafa. Hizo que Ella atendiera la llamada.

—Extravagancias. —Ella escuchó e hizo una seña a Annie para que se acercara al mostrador—. Está aquí. Aguarde un momento. —Tapó el auricular con la palma de la mano—. Es para ti. La otra señora Rain.

Annie disimuló una queja mientras se acercaba al mostrador y levantaba el auricular.

—Hola, Sybil.

—Acabo de hablar con Valerie —dijo Sybil sin preámbulos. En su voz se notaba urgencia—. Me ha contado lo que sucedió el viernes por la noche.

—¿Te refieres al encuentro entre Oliver y Paul Shore en la fiesta de beneficencia para el arte?

—¿Qué sucede? ¿De veras Oliver le dijo a Paul Shore que lo recibiría?

—Sí, fue eso exactamente lo que sucedió —afirmó Annie orgullosa—. Oliver y Paul Shore van a limar asperezas por el bien de Valerie y Carson.

—Maldición.

—Valerie también se quedó asombrada. ¿Sabes qué es lo que creo? Que ninguno de vosotros tenéis fe en que Oliver, básicamente, es un hombre razonable.

—Razonable. —Sybil pareció incrédula—. Tienes razón. No es un calificativo que surja muy a menudo cuando Oliver aparece en la conversación. Annie, todo esto es tan triste. Pobre Valerie. Y pobre Carson. Es realmente un joven muy agradable. Pero yo siempre supe que Oliver jamás permitiría que ellos tuvieran una relación.

Annie se enfureció, aún con el auricular en la mano.

—¿Pero de qué estás hablando? Acabo de decirte que Oliver se encontrará con Shore.

—Si crees que en ese encuentro Oliver va a hacer las paces con Paul Shore, eres mucho más inocente de lo que creí en un principio. Escúchame, Annie. Si Oliver aceptó reunirse con

Shore es porque tiene toda la artillería preparada para hacerlo picadillo.

—No es cierto. —Annie estaba fuera de sí. Aparentemente, nadie confiaba en la integridad de Oliver.

Sybil ignoró el estallido. Su tono se hizo pensativo.

—Apuesto a que Oliver tenía el as guardado en la manga. Algo que se reservó todos estos años, en contra de Shore, para usarlo cuando lo creyera conveniente. Y ese momento ha llegado.

—Qué ridiculez.

—Probablemente, Oliver echará mano de lo que tenga para extorsionar a Shore, que no tendrá más remedio que obligar a Carson a romper el compromiso.

—Por tus palabras, cualquiera creería que mi esposo es Maquiavelo.

—Oliver podría haber dado clases maquiavélicas.

—Maldita sea, Sybil. Me niego a creer que Oliver esté maquinando un plan para extorsionar a Paul Shore.

—Entonces eres una tonta. He conocido a Oliver Rain mucho antes que tú. Sé de cuánto es capaz. También sé lo mucho que odia a Paul Shore. Oliver jamás toleraría un matrimonio entre Valerie y Carson. Aunque ellos lograran huir y casarse en secreto, Oliver se las ingeniaría para arruinar su felicidad. Rompería esa boda aunque fuera lo último que hiciera en su vida. Pero conociendo a Oliver como lo conozco, sé que la detendrá antes de que suceda.

—Te equivocas.

—¿Eso crees? Espera y compruébalo. Tienes mucho que aprender sobre el hombre con el que te has casado. Adiós, Annie. —Sybil cortó.

Annie se quedó escuchando el tono durante un minuto.

—¿Problemas? —preguntó Ella.

—No. —Annie pataleó con los pies contra el suelo—. Por lo menos, no lo creo. Pero de todas maneras, no correré riesgos.

Marcó el número de teléfono de la oficina de Daniel, sabiendo que le contestaría su secretaria.

—Lyncroft Unlimited. —La voz de la señora Jameson sonó tan cálida y comercial como siempre.

—Soy yo, Annie.

—Hola, Annie, qué alegría escuchar tu voz. ¿Deseas hablar con el señor Rain? Desgraciadamente, acaba de marcharse.

—No —dijo Annie rápidamente—. No quiero hablar con él. Pensó de inmediato—. Sólo quiero conocer su agenda para hoy. Se supone que debo coordinar algo relacionado con sus actividades. ¿Es que Oliver y Paul Shore tendrán una reunión en breve?

—Oh, sí, la secretaria del señor Shore llamó muy temprano esta mañana. El señor Rain y el señor Shore almorzarán juntos hoy.

Annie por poco se muere.

—¿Hoy?

—A decir verdad, el señor Rain debe de estar en camino hacia el club del señor Shore en este preciso momento.

Annie se sintió abrumada. Para ser realista, debía admitir que existía una remota posibilidad de que Sybil tuviera razón. Annie no quería pensar que Oliver estuviera planeando arruinar la felicidad de Valerie, pero tampoco quería arriesgarse. Después de todo, acababa de empezar a cambiar sus costumbres.

Era mejor prevenir que curar.

—La reunión es hoy, ¿no? —repitió Annie, mirando su reloj de pulsera—. Por casualidad, ¿no sabe la dirección del club?

—Por supuesto. La secretaria del señor Shore me dio toda la información pertinente. —La señora Jameson le dio la dirección del elitista club—. Está justo en el centro de la ciudad.

—Gracias. —Annie colgó el teléfono.

—¿Todo en orden? —preguntó Ella.

—Sí —dijo Annie—. Creo que sí. Pero será mejor que me asegure. Volveré después del almuerzo.

Tomó su bolso y salió corriendo de la *boutique*. El club de Paul Shore quedaba a muy pocas calles de allí.

Desgraciadamente, estaba lloviendo.

14

Oliver advirtió la incómoda y casi extraña sensación que sintió nada más entrar en el comedor del selecto club de Paul Shore.

Su padre también había pertenecido a él en cierta ocasión. Era la primera vez que Oliver ponía los pies en ese club desde la desaparición de su padre. Oliver no era miembro de ningún club privado. Era solitario por naturaleza. Pensó que si hubiera optado por asociarse a alguno, ciertamente no habría sido ése. Después de todo, Paul Shore era miembro.

Notó que se habían operado muy pocos cambios desde la última vez que él había estado allí. Con una evidente excepción. Hoy había unas cuantas mujeres, que lucían costosos trajes sastre, sentadas a varias mesas. Aparentemente, la vieja población masculina había sido invadida en cierta medida.

Pero descartando ese detalle, todo era muy similar a aquella oportunidad en que su padre lo había llevado para beber unas copas. El motivo había sido el cumpleaños número veintiúno de Oliver. Lo recordaba muy bien. Fue una de las contadísimas ocasiones en que él y su padre se habían sentado para conversar. Los temas que trataron no fueron particularmente memorables. Edward le preguntó cómo le iba en sus estudios. Oliver se extendió sobre los entusiastas planes que tenía para su futuro universitario. Nada estrepitoso. Simplemente, padre e hijo charlaron un rato.

Todo parecía tal cual ese día. Las paredes aún estaban recubiertas con paneles de roble oscuro. Como fondo, se escuchaba un sonido, casi imperceptible, de fina plata y porcelana china. Un aire de disimulada importancia reinaba en las mesas donde la gente influyente de Seattle se reunía para hablar sobre la política y economía de los países de la costa del Pacífico.

Los recuerdos de su vigésimo primer cumpleaños se le anudaron en el estómago cuando pasó junto a la mesa donde él y su padre habían estado. Por una décima de segundo, pensó en todo lo que le habría podido decir a su padre en aquella oportunidad, si hubiera sido mago y hubiera podido prever lo que iba a suceder en el futuro. Las palabras afloraron ardientes y furiosas en su mente:

«Hijo de puta, no puedes hacernos esto. No puedes recoger tus cosas y marcharte, bastardo. No es correcto. ¿Qué me dices de las niñas? Se quedarán desoladas. Ahora que mamá ya no está, eres todo lo que les queda. Y también tienes otros dos hijos pequeños que te necesitan. Nathan y Richard son bebés todavía. Necesitan un padre. Mierda, yo también te necesito. ¿No te interesamos? ¿No te importa tu familia, maldita sea?»

Oliver sofocó esa ira y ese dolor. Si pudiera retroceder el tiempo hasta aquel día, cuando se había sentado a hablar con su padre, no habría discutido con él. Cerró fuertemente el puño en su costado. No le habría implorado. No habría sacrificado su orgullo tratando de convencer a Edward de que debía cumplir con su deber de padre de familia.

Pero muy dentro de sí, Oliver supo que eso exactamente habría sido lo que le hubiera dicho. De haber existido una mínima posibilidad para persuadir a su padre, para hacer que se quedara, Oliver se lo habría rogado hasta de rodillas.

Ahora, dieciséis años después, mientras entraba en el pequeño club, enfrentó la verdad que lo había acompañado durante todo el trayecto. Nunca había mendigado nada en toda su vida. Pero si hubiera podido retrotraerse al día de su vigésimo primer cumpleaños, sabiendo todo lo que sabía ahora, habría hecho trizas su orgullo, en un esfuerzo por retener a su padre, por impedir que los abandonara...

«He hecho todo lo que he podido. Pero ha habido tantas veces en las que eso no ha sido suficiente. Tantas veces en las que no sabía qué hacer. Te necesitaban a ti, papá. Tú eras su padre. Tú eras mi padre. Y nos dejaste, volviéndonos la espalda, como si nunca hubiéramos significado nada para ti.»

Oliver asumió la debilidad que aún residía en su interior. Trató de borrarla de su existencia, pero supo que nunca podría hacerla desaparecer. Lucharía contra ella el resto de su vida.

—¿Señor Rain? —El jefe de comedor apareció en su camino.

—Sí.

—El señor Shore lo está esperando. Por favor, sígame.

Paul Shore estaba sentado a una mesa, cerca de la ventana. Como un traficante de armas venido a menos, endurecido de tantos años de enfrentamiento con pistoleros jóvenes, estaba sentado de frente al salón, dando la espalda a la pared. Había un martini a medio terminar frente a él. Asintió bruscamente a modo de saludo, indicando a Oliver que se sentara, pero en ningún momento le tendió la mano.

—¿Desea pedir algo del bar, señor Rain? —preguntó el camarero.

Oliver miró el martini de Shore.

—No.

Algo brilló en la mirada de Shore cuando el camarero les entregó sendas cartas y se retiró.

—Bueno, Rain, ha pasado mucho tiempo.

—¿Sí? —Oliver ni tocó la carta.

—Esto no va a ser fácil, ¿verdad? —Shore bebió un sorbo de su martini, como para ganar fuerzas.

Oliver estudió a su rival, confirmando a la luz del día la impresión que se había llevado de él el viernes por la noche. No cabía ninguna duda al respecto. Paul Shore estaba mucho más viejo ahora que aquella noche en la que Oliver había ido a su casa para cancelar la deuda. Y no se trataba simplemente del paso del tiempo. Había una profunda expresión de cansancio en su rostro. También, cautela. Pero detrás de todo ello, Oliver detectó una silenciosa súplica por una tregua.

Ese indicio de tácita súplica era precisamente todo lo que Oliver necesitaba. Señalaba una debilidad que Rain podía usar en su propio beneficio.

—No tiene sentido revolver la basura del pasado —dijo Oliver.

—¿No? Cuando llegues a mi edad, Oliver, te darás cuenta de que pasarás mucho más tiempo del que crees revolviendo todo lo que sucedió en tu pasado. Vuelves la mirada atrás y te dices cómo habrías cambiado ciertas actitudes tuyas si tuvieras la oportunidad de hacer las cosas de nuevo.

—No me digas que estás arrepentido.

—Todos tenemos que arrepentirnos alguna vez. Lo vivirás en carne propia dentro de treinta años.

Oliver lo miró.

—Siempre lo recordaré.

—Mejor. —Shore bebió otro sorbo de su martini y luego puso la copa a un lado—. ¿Por qué aceptaste verme hoy?

—Ya sabes la respuesta a eso.

—Carson y Valerie.

—Sí.

—Sé que la idea de ellos de casarse te debe de haber caído como una bomba —comentó Shore—. Así me cayó a mí. —Aguzó la mirada—. Pero quiero que sepas algo.

—¿Qué?

—Carson es un buen muchacho. Estoy orgulloso de mi hijo. —Se frotó el tabique de la nariz—. Solía creer que era débil.

—¿De verdad?

—Me puse furioso cuando escogió el mundo académico en lugar de optar por el mío. Fue muy duro para mí aceptar el hecho de que no hubiera nacido para los negocios. Pero no es débil. De hecho, hace poco me di cuenta de que es mucho más fuerte de lo que yo he sido en toda mi vida.

—Interesante descubrimiento —dijo Oliver.

Shore entrecerró los ojos.

—Lo que trato de hacerte comprender es que Carson no se parece a mí. Ni a ti, en ese aspecto.

—¿Qué se supone que debo entender con eso?

—Debes entender que no tienes que formarte un concepto equivocado de él por el odio que me tienes a mí por lo que sucedió hace años, maldita sea.

Oliver sintió una fría satisfacción. Shore era mucho más vulnerable de lo que se había imaginado. Hasta desesperado. El control del viejo estaba esfumándose. Ya no tenía sentido seguir adelante con el jueguecito del gato y el ratón. Era hora de matar.

—Creo que deberíamos hablar de tu hijo —dijo Oliver, muy suavemente.

El alivio encendió los ojos de Shore.

—Espero que le des una oportunidad justa. Tendrá mucho éxito en lo suyo. Y adora a Valerie. Ella será una buena mujer para él. Rayos, mi esposa dice que han nacido el uno para el otro. Quiero que mi hijo sea feliz, Rain.

—¿Sí?

Shore frunció el entrecejo.

—Entiendo que tú deseas lo mismo para tu hermana, por eso estás hoy aquí. Es hora de que tú y yo hagamos las paces.

—Me has interpretado mal, Shore —dijo Oliver—. Cuando dije que teníamos que hablar sobre tu hijo, me refería al otro que tienes, a Hammond.

—Hammond —repitió Shore, sin poder creerlo.

—Lo recuerdas. Se trata de ese muchacho al que le obligaste a empaquetar sus cosas y tomarse unas largas vacaciones, hace ya dos años, después de que te enteraras de que había defraudado a los inversores de esa empresa constructora que tú tenías.

El rostro de Shore palideció.

—Por Dios, hombre, ¿cómo te enteraste de eso?

Oliver se encogió de hombros.

—Un poquito de investigación. Dime, Shore, ¿cuánto te costó sacar a tu hijo mayor de ese lío? Has hecho un trabajo muy limpio, te lo garantizo. La prensa no se enteró ni remotamente. Y tampoco hubo cargos policiales. Un trabajo muy limpio.

—Dios mío, por eso aceptaste verme hoy. —Shore abrió los ojos desmesuradamente—. Vas a extorsionarme, ¿no? Me amenazarás con contarle todo a la prensa si yo no hallo los medios de convencer a Carson para que desista de casarse con Valerie.

Oliver no dijo nada. Se sentía feliz de que la realidad hubiera causado el impacto deseado antes de que fuera necesario pasar al segundo paso de su cuidadosamente orquestado plan de ataque.

Estaba sopesando los efectos de su primer misil, escogiendo su próximo blanco y tanteando el terreno cuando una conmoción le distrajo.

La voz de Annie retumbó, clara como una campanada, distinguiéndose sobre el murmullo generalizado de las conversaciones.

—Tenga la amabilidad de quitarme las manos de encima. Ya se lo he dicho. Soy la esposa de Oliver Rain y he venido a reunirme con mi marido. Está allí.

Asombrado, Oliver giró el rostro en el momento justo, para ver a Annie, con su rizada cabellera como una aureola salvaje alrededor de su cabeza, liberarse del jefe del comedor. Salió corriendo por el salón, en dirección al sitio donde Oliver y Shore estaban sentados.

—Lo siento, señora, pero no puedo permitirle la entrada sin una invitación de uno de los miembros de nuestro club —dijo el jefe de comedor mientras trotaba detrás de ella—. Si tiene la amabilidad de esperar en el vestíbulo, seguramente podremos solucionar esta cuestión.

—No hay de qué preocuparse —gritó Annie por encima de su hombro—. Le he dicho que mi esposo está aquí.

Se detuvo junto a la mesa que Oliver compartía con Shore.

—Hola, Oliver. —Se agachó y plantó un sonoro beso sobre su mejilla.— Tuve bastantes problemas para entrar aquí. Ya te dije que no parezco la señora Rain.

Oliver notó que le faltaba el aire. Y que estaba mojada por la lluvia. Debió de haber venido corriendo desde Extravagancias.

—¿Qué estás haciendo aquí, Annie? —le preguntó, mientras se ponía de pie—. ¿Sucede algo malo?

—En absoluto. —Le dio una palmada sobre el hombro y volvió su radiante sonrisa hacia Shore.

—Buenas tardes, señor Shore. Una fiesta encantadora. Espero que haya recaudado fondos suficientes para el arte.

Shore la miró con evidente confusión.

—Señora Rain.

—Se ha acordado de mi nombre —dijo Annie, complacida, mientras tomaba asiento—. ¿No fue estupendo el trabajo de Rafaela? Rafaela fue la diseñadora que decoró sus interiores para la fiesta de beneficencia. No sé si pudo ver el elefante esmaltado en el solárium. Es una pieza de mi *boutique*.

—¿De veras? —Shore parecía más confundido todavía.

—Sí y debo decir que quedaba perfecto en su solárium, como si perteneciera a ese lugar. —Annie se acercó y agregó en tono confidencial—: Está a la venta, ¿sabe?

—Entiendo.

El jefe de comedor, aparentemente, se dio cuenta de que no debía echar a Annie del restaurante. Retrocedió a toda marcha e hizo seña al camarero.

Shore miró a Annie.

—No sabía que fuera a estar con nosotros hoy.

—Tampoco yo —intervino Oliver.

La sonrisa de Annie se esforzó para ser lo más radiante posible.

—Finalmente logré liberarme de mis asuntos para el almuerzo. Gracias por esperarme. —Tomó la carta—. Estoy muerta de hambre. Éste es su club, señor Shore. ¿Qué me recomienda?

—Halibut —dijo Shore automáticamente—. Lo preparan de una forma espectacular. —Aparentemente, no podía quitar los ojos de encima a Annie.

—Maravilloso. —Annie miró al camarero—. Voy a pedir halibut, sin ensalada. Y café, por favor.

—Sí, señora.

—Bien. —Annie cerró la carta de inmediato—. ¿Y vosotros qué habéis pedido?

Shore cambió la mirada desde Annie hasta Oliver y luego, se dirigió al camarero.

—Halibut.

Annie miró a Oliver, expectante.

—¿Y tú, Oliver?

—Yo no quería pedir nada —señaló Oliver airadamente.

—Tonterías. No tienes por qué estar a dieta. Haces mucho ejercicio físico. —Annie sonrió al camarero con cordialidad—. Él pedirá lo mismo que nosotros.

—Sí, señora. —El camarero asintió rápidamente, decidiendo, al parecer, que era Annie la que mandaba. Se marchó antes de que Oliver pudiera anular el pedido.

Oliver miró pensativo a Annie, imaginando cómo quedaría si la sacaba de ese club sobre uno de sus hombros.

—¿Cómo supiste dónde encontrarme?

—Cuando te llamé a la oficina, la señora Jameson me dijo que te encontrarías en un almuerzo de negocios con el señor Shore.

—Debo recordar despedir a la señora Jameson en cuanto regrese a mi oficina esta tarde.

—Ni siquiera lo digas en broma. Estarías perdido sin ella. —Annie se volvió hacia Shore—. No fue mi intención interrumpir la conversación.

—Al diablo con eso —barbulló Oliver. Estaba casi seguro de lo que había sucedido. Obviamente, Annie se había enterado de la reunión con Shore y, sospechando que el encuentro no tomaría el curso que deseaba, había decidido intervenir. Se preguntaba quién le habría dado la pista. Oliver no se lo había confiado a nadie, de modo que lo más probable era que Sybil la hubiera puesto sobre aviso. Sybil lo conocía demasiado bien.

—Por favor, continúen con lo que hablaban cuando yo llegué —urgió Annie a Shore.

Shore miró a Oliver.

—Estábamos hablando de mi hijo —dijo suavemente.

—¿Carson? —Annie asintió—. Me parece un joven muy agradable. Tengo entendido que enseña Historia del Arte. Debe de estar orgulloso de él.

—Claro —contestó Shore, con los ojos aún fijos en Oliver.

—No estábamos hablando de Carson. —Oliver frunció el entrecejo. Se le ocurrió que la presencia de Annie allí dificultaría mucho más las cosas de lo que había pensado.

Annie miró a Shore inquisitivamente.

—¿Tiene otro hijo?

—Sí —contestó Shore—. Se llama Hammond.

—¿Vive aquí en Seattle? —preguntó Annie.

—No, en este momento. —Vaciló—. Está viviendo fuera del país. Una empresa en la que yo he invertido ha decidido expandirse en el exterior. Hammond trabaja en una de sus sedes.

—Qué interesante —dijo Annie.

—A su esposo también le resulta muy interesante. —Shore hizo una seña para que le trajeran otro martini—. Tratará de extorsionarme por eso.

La sonrisa eterna de Annie se borró en un abrir y cenar de ojos.

—No sea ridículo. Oliver jamás extorsionaría a nadie, ¿verdad, Oliver?

—Por supuesto que no —dijo Oliver con mucha suavidad.

—Creo —dijo Annie firmemente— que alguno de los dos debe decirme qué está sucediendo aquí.

Los ojos de Shore se quedaron en blanco al mirar a Oliver, que estaba sentado frente a él.

—Por algún medio, su esposo se enteró de que mi hijo se metió en serios problemas financieros hace dos años. Fue una cuestión fraudulenta. Yo me encargué de todo. Reembolsé hasta el último centavo a aquéllos a quienes mi hijo había perjudicado. Y después hice que Hammond se marchara del país por un tiempo.

—Qué terrible para usted —dijo Annie, con gentil compasión.

Oliver apretó los dientes. De pronto tuvo la imagen de su plan derrumbándose en un segundo frente a sus ojos. La ira ardió en sus venas. Esta vez, Annie había ido demasiado lejos. Atarlo a la cama era una cosa, pero meterse en asuntos de familia era otra muy distinta.

—Su esposo sabe que no quiero que esta información trascienda —continuó Shore—. Sabe lo mucho que haría sufrir a mi esposa. Lo que significaría para todos nosotros.

—Lo entiendo perfectamente. —Annie asintió con la cabeza—. Como solía decir mi tía Madeline, en todas las familias hay una.

—¿Una qué? —preguntó Shore.

—Una oveja negra. —Annie le sonrió comprensivamente—. Esa oveja que no soporta ser igual que las demás y quiere sobresalir en el rebaño. La que avergüenza a todos. En mi familia, estaba mi tío abuelo Charlie.

Oliver juró en silencio, plenamente consciente de que la situación había tomado un curso que escapaba a su dominio.

—¿El tío abuelo Charlie? —repitió Shore, divertido.

—Sí. Al tío abuelo Charlie le encantaba robar bancos.

—Bancos. —Shore estaba atónito.

—Ajá. Mi tía Madeline decía que su padre se sentía tan humillado que no permitía que nadie mencionara su nombre en la familia. —Chistó como para ordenar silencio—. Habría sido distinto si tío Charlie hubiera robado bancos por necesidad, para alimentar a su familia, o para otro noble objetivo. Pero no era el caso en absoluto.

Shore la miró fascinado.

—¿Por qué robaba bancos?

Annie miró de lado a lado y luego bajó la voz.

—Por la emoción que le producía, según sabemos. Mi tío abuelo Charlie *gozaba* cuando robaba bancos. Por eso no había modo de detenerlo. Estuvo encarcelado un tiempo por robo, pero cuando salió, siguió con su viejo pasatiempo.

—Qué interesante. —Shore no supo qué decir.

—Yo lo conocí. —Annie siguió con su tono distendido—. Cuando era una niña. Fue muy atento. Nos llevó a Daniel y a mí al zoológico. Le decía a Daniel que no debía fumar ni robar bancos porque una vez que empezaba, no había manera de dejar el vicio. Daniel le prometió que nunca lo haría. Y cumplió su promesa.

—¿Y qué pasó con su tío abuelo? —preguntó Shore, cuando llegaron los platos de halibut asado.

—Oh, le dispararon mientras asaltaba un banco. Ya tenía setenta y ocho años. Se fue de este mundo en plena gloria. Tía Madeline nos llevó a su funeral y nos advirtió que debíamos alejarnos siempre de la senda del delito. —Annie tomó su tenedor—. También nos advirtió otra cosa.

—¿Qué? —preguntó Shore.

—Nos dijo que nunca debíamos sentirnos avergonzados por tener un tío abuelo Charlie en la familia. Fue entonces cuando nos explicó que en toda familia había una oveja negra y que no debíamos sentirnos responsables por el comportamiento de otra persona, que somos únicamente responsables de nuestros propios actos.

—Los actos de un miembro de nuestra familia pueden dañar y humillar a todos los demás integrantes —dijo Shore.

—Sí, lo sé. —Annie se llevó a la boca un bocado de pescado. Miró brevemente a Oliver—. Creo que todos los que estamos sentados a esta mesa entendemos muy bien esto. Usted ha sufrido por el proceder de su hijo, señor Shore. Y yo vi cómo mi tío hería a sus parientes. Y Oliver vivió un infierno después que su padre los abandonara, como bien sabe usted.

La ira de Oliver se convirtió en furia.

—Es suficiente, Annie.

—Lo lamento. —Le sonrió lánguidamente—. No quise evocar viejos recuerdos. Pero seguramente, te darás cuenta de que tú y el señor Shore tenéis mucho en común.

—No, por Dios, no tenemos mucho en común. —Oliver quería sacudirla, hacerle cualquier cosa con tal de que cerrara la boca. En cambio, no tenía más remedio que quedarse allí sentado, tragándose su enojo y viendo cómo se le cerraba una puerta imaginaria, enclaustrándolo en una prisión.

—Sí, Oliver. Tanto tú como el señor Shore habéis debido de pasar momentos terribles por culpa de actos que asumieron miembros de vuestras respectivas familias.

—He dicho que es suficiente, Annie. Y hablo en serio.

Shore lo miró.

—Soy plenamente consciente de que yo contribuí a aumentar los problemas que debiste afrontar en ese entonces. Nunca me disculpé, Rain. Pero lo estoy haciendo ahora.

Oliver se volvió hacia él.

—No quiero tus malditas disculpas.

—Ya lo sé. Prefieres la venganza. —Shore siguió mirándolo fijamente—. Creo que éste es un momento tan bueno como cualquier otro para explicarte que no podía darte crédito, quince años atrás. Estaba en una situación muy precaria, financieramente hablando, cuando tu padre se fue de la ciudad. Necesitaba el dinero que me debía. Lo necesitaba desesperadamente.

—No quiero hablar de esto —dijo Oliver.

—Ya lo sé —dijo Shore, en voz muy baja—. Pero quiero que entiendas cómo estaban las cosas para mí en ese momento. Estaba metido hasta el cuello con acciones y propiedades. Como todos los demás, incluso tu padre, teníamos deudas hasta el límite de lo permisible. Cuando él desapareció, dejándome solo con toda esa carga, fue la gota que colmó el vaso. Yo tenía que pensar en mi esposa y mis dos hijos.

«Todo eso era culpa de Annie», pensó Oliver salvajemente. Todo estaba destruyéndose por culpa de ella.

—Dije que no quería hablar del pasado, Shore.

—No espero que me perdones. Sólo que comprendas —insistió Shore—. Necesité mucho más ese dinero que le había prestado a tu padre que cualquier otra cosa que haya necesitado en toda mi vida. También quise vengarme por lo que me había hecho. Supuestamente, era mi amigo, maldición. Yo confiaba en él.

—Dejemos este tema aquí mismo —gruñó Oliver.

Shore lo ignoró.

—Como no pude ponerle las manos encima a él, me cobré contigo. Pensé que estaba arruinado. Jamás esperé que vinieras con todo el dinero en efectivo en un lapso de seis meses. A propósito, ¿de dónde lo sacaste? Nunca me lo has dicho.

—No tenías por qué enterarte —contestó Oliver entre dientes.

—Lo sé. Pero debes entender. En el fondo, siempre me preocupó de dónde habías sacado ese dinero en tan poco tiempo. Me preguntaba si no habrías cometido alguna locura para conseguir una suma tan fuerte.

Annie frunció el entrecejo.

—Oliver no asaltó ningún banco, si eso es lo que le preocupa, señor Shore.

—¿Entonces, de dónde salió? —preguntó Shore.

Annie abrió los ojos desmesuradamente.

—No lo sé. —Miró a Oliver interrogante.

De alguna manera, Oliver logró contener su ira.

—Jugué en la Bolsa durante seis meses.

—Dios. —Shore parecía sorprendido—. Nunca pensé que nadie, excepto los expertos, ganaran dinero en la Bolsa.

—Tuve suerte —dijo Oliver.

—Dudo que haya sido suerte —comentó Annie, con gran admiración—. Más bien, una brillantez extraordinaria.

Oliver le dirigió una mirada en la que estaba seguro de haberle comunicado una buena parte de la frustración y la ira que sentía.

Annie no hizo caso. Volvió a concentrarse en Shore.

—Bueno, me alegro que todos pongamos las cartas sobre la mesa. Lo que hay que recordar, tal como tía Madeline decía, es que ninguno de nosotros es responsable por los hechos de nuestros parientes. No importa lo mucho que nos hayan dañado a nosotros o a nuestras familias. No tenemos la culpa.

—¿Es eso un hecho? —preguntó Oliver.

—Sí, y en cuanto a lo que sucedió después los dos habéis sido víctimas de situaciones que escaparon de vuestras manos. Pero ambos habéis logrado sobrevivir y resurgir. Eso es lo que importa, ¿no?

Oliver cerró los ojos asqueado.

Shore habló con mucha serenidad.

—Eso no descarta la posibilidad de que su esposo puede hacer mucho daño a mi familia si así lo desea, señora Rain.

—No lo hará —dijo Annie suavemente.

Oliver abrió los ojos y la miró.

Annie tragó saliva y apartó la vista.

—A propósito. Este halibut es realmente bueno. Será mejor que lo comáis antes de que se enfríe.

—¿Y qué pasará con mi hijo? —preguntó Shore.

Oliver volvió a posar su mirada en el ansioso rostro de Shore y conoció la amarga frustración que siente todo depredador cuando le arrebatan su presa. De reojo, vio que Annie le sonreía de manera alentadora. Sentía que ella deseaba que él tomara una actitud correcta, según su criterio.

En ese momento, Oliver supo que acababa de perder la batalla. Por una razón absolutamente incomprensible para él, no pudo llevar adelante sus planes de aplastar a Shore. Por lo menos, no podía hacerlo frente a Annie, que estaba allí sentada, radiante, con una serena fe en su integridad.

Una cosa era vengarse de Shore. Oliver sabía que habría podido hacerlo sin remordimiento alguno. Pero decepcionar a Annie era una cuestión totalmente diferente.

—Olvida a Hammond —murmuró Oliver—. Olvida todo este maldito asunto.

El alivio de Shore fue doloroso de aguantar.

—Gracias, Rain. Si te sirve de consuelo, sé lo que debes de estar sintiendo en este momento: te debo una.

Shore quedaría libre y había muchas posibilidades de que la familia Rain pronto estuviera unida en matrimonio con la familia Shore.

Oliver pensaba si se había vuelto loco en el momento en que decidió casarse con Annie.

—Valerie y Carson son una pareja perfecta —comentó Annie, con una felicidad que crispó más aún los nervios de Oliver—. ¿Sabéis? Todo esto me recuerda la historia de Romeo y Julieta.

15

Annie sabía que algo andaba mal en cuanto abrió la puerta principal del apartamento de Oliver esa noche. El silencio era ensordecedor, pero la calidad cavilante que penetraba en la atmósfera le indicó que había otra persona ya en casa.

Hogar. Le llamó la atención el hecho de pensar en su hogar cada vez que se refería al apartamento de Oliver.

Sacudió las últimas gotas de lluvia del paraguas, se quitó el impermeable y lo colgó en el guardarropa. Esa inquietud que había ido creciendo en ella durante la tarde, floreció en todo su gris esplendor en el momento en que recorrió el vestíbulo de mármol.

Ya sabía que podría haber problemas esa noche después del episodio de Paul Shore. Había notado la agitación de Oliver en el momento en que la sacó del club. Por fuera, por supuesto, estaba tan tranquilo y controlado como siempre, pero a ella no había podido engañarla. No había articulado ni una sola palabra hasta que llegaron a la acera.

—Bolt traerá el auto en un momento.

—Está bien —le dijo ella—. Prefiero caminar. Son unas pocas calles desde aquí hasta mi tienda.

—Está lloviendo.

—Tengo paraguas.

—Como quieras. —Le clavó la mirada—. Te veré esta noche en casa.

Annie le tocó el brazo.

—Oliver, ¿quieres hablar?

—No. Ahora no.

Antes de que ella pudiera responder, la limusina negra se acercó al bordillo de la acera con la habilidad de una sombra. Oliver se subió y cerró la puerta sin mirarla.

Fue entonces cuando Annie se dio cuenta de que el almuerzo con Shore no había salido tan bien como ella había creído en un principio. Caminó lentamente de regreso a Extravagancias bajo la fría y constante lluvia. Cuando llegó a la tienda, se convenció de que había metido la pata soberanamente.

Pero al rememorar todo lo acontecido, se dio cuenta de que no habría podido manejar la situación de una manera diferente.

En ese momento, Annie se detuvo frente a la puerta de la cocina.

—¿Bolt?

No había rastros del robot de Oliver. Las luces de la cocina estaban apagadas. Normalmente, a esa hora, Bolt daba vueltas por la cocina mientras preparaba otra cena digna de un *gourmet*. Su ausencia era decididamente un mal síntoma.

De muy mala gana, Annie recorrió apesadumbrada el pasillo que la conducía a la sala de estar. También estaba desierta. La lluvia golpeaba, despiadada, sobre los cristales de la ventana.

Sólo le quedaba el estudio. Annie sabía que Oliver estaría aguardándola en su guarida de ébano y oro.

Tuvo que recurrir a todas sus fuerzas para llegar al final del largo corredor alfombrado en gris. Cuando alcanzó la meta, encontró la puerta cerrada.

Por alguna razón, ese detalle le molestó. Encuadró los hombros, abrió la puerta sin golpear previamente y entró. Se detuvo en el interior, mientras permitía que sus ojos se adaptaran a la media luz.

Oliver estaba sentado a su escritorio, como un leopardo en su guarida. Su rostro estaba en sombras. La lámpara halógena creaba un gran círculo luminoso sobre la superficie brillante del escritorio, revelando sus manos entrelazadas. Por alguna razón extraña, lo que llamó la atención de Annie fue la sortija de bodas que llevaba en la mano izquierda.

—Hola, Oliver. —Annie, desafiante, corrió una silla y se sentó en ella.

—Buenas noches, Annie.

—¿Dónde está Bolt?

—Le dije que se retirara temprano hoy. No le necesitaremos esta noche.

Ella se quejó.

—¿Estás enojado, no?

—Digamos que he estado pensando en esta relación.

Annie hizo una mueca.

—Realmente, estás que te llevan los demonios.

—He tolerado demasiadas cosas de ti, Annie, pero hoy te extralimitaste.

Annie sintió unos dedos congelados que le recorrían la columna.

—Yo no he hecho nada. —Pero sabía que eso no era cierto. Y Oliver también.

—Interferiste en una situación que no te concernía.

—Lo mío no fue interferencia exactamente. Sólo me invité a almorzar contigo y Shore, es todo.

—¿Por qué?

Parpadeó.

—¿Por qué? Bueno, supongo que porque estaba un poco preocupada.

—¿Sobre qué? —le urgió él con diplomacia.

Annie comenzó a defenderse.

—Temía que hicieras algo de lo que tendrías que arrepentirte después.

—¿Arrepentirme? Annie, hace muchos años, adopté como política no arrepentirme de nada.

—La cuestión es —dijo ella seriamente— que has odiado a Paul Shore durante tantos años, que no sabía si podrías razonar claramente cuando lo tuvieras cara a cara. Pensé que si había otra persona en la mesa, te ayudaría a manejar la situación. Y yo tenía razón, ¿no?

—Deliberadamente te metiste en un asunto que no tenía nada que ver contigo.

—Maldita sea, Oliver. Yo sólo me senté allí a conversar un rato y no me metí en nada.

Oliver no dijo nada. Se suscitó un silencio intimidatorio.

—Basta —ordenó Annie.

—¿Basta qué?

—Basta de intentar intimidarme. —Annie se levantó súbitamente de la silla y se dirigió hacia la ventana—. No funcionará, Oliver. No te dejaré usar esas tácticas conmigo.

—Y yo no te dejaré meterte en cuestiones que sólo me conciernen a mí y a mi familia.

—Oliver, soy parte de tu familia. Soy tu esposa.

—Ese estado civil que tienes, según tus propias palabras, es simplemente temporal.

El estómago de Annie se anudó dolorosamente.

—Lo sé.

—Tú eras la que querías un matrimonio por conveniencia.

—Sí, lo sé, pero...

—Hoy, nuestro matrimonio no me resultó muy conveniente, Annie...

—Maldición. ¿No puedes dejar de hablar como si estuvieras en un consejo de guerra? Tengo la impresión de que en cualquier momento me arrancarás los galones y la insignia y me obligarás a pasar la plancha o algo por el estilo.

—Es evidente que necesitamos llegar imperiosamente a un convenio respecto de cómo manejarnos en este matrimonio —manifestó Oliver—. No toleraré más interferencias en mis asuntos.

—¿Es así? —la frustración la carcomía—. ¿Qué harás al respecto?

Hubo otro silencio ensordecedor que apenas duró unos segundos.

—¿Has olvidado que necesitas mi ayuda para salvar Lyncroft? —preguntó Oliver, finalmente.

El impacto de esa amenaza dejó a Annie casi sin respiración. Le llevó un tiempo recuperarse. Cuando lo hizo, la ira ahogó todo el temor que pudo haber sentido. Se volvió para enfrentarlo con ambos puños a los costados del cuerpo.

—¿Cómo te atreves? —le gritó ella.

Los ojos de Oliver fueron más fríos que la lluvia que golpeaba en las ventanas.

—Viniste a mí porque necesitabas mi cooperación para salvar la empresa de tu hermano. Me propusiste un matrimonio de conveniencia. Me necesitas, ¿lo recuerdas?

—No me amenaces. No te atrevas a amenazarme.

—No te estoy amenazando. Sólo hago hincapié en algunos hechos. Tú arriesgas muchas más cosas que yo en este matrimonio. Yo puedo sobrevivir perfectamente bien sin los beneficios que percibiré, en última instancia, de la tecnología inalámbrica de Daniel.

—¿Así son las cosas?

—Tú, en cambio, estás entre la espada y la pared. Estás desesperada por mantener en pie Lyncroft. Y yo soy el único que puede hacerlo por ti, Annie.

—¿Qué estás diciendo? ¿Que si no me alejo de tus asuntos me abandonarás a mí y también a la empresa a nuestra suerte?

Oliver apretó la mandíbula.

—No creo que haga falta llegar a ese extremo, ¿verdad? Eres impulsiva, pero también, inteligente. Hoy atravesaste una línea, Annie. Nunca vuelvas a hacerlo.

Annie elevó las manos.

—¿Por qué estás tan furioso conmigo? ¿Qué fue lo que hice tan mal?

—Ya te dije qué hiciste. Optaste por meterte en un asunto familiar, un asunto que no te competía en lo más mínimo. Debiste haberte quedado afuera, Annie.

—Sólo me senté allí a hablar.

—Deliberadamente arruinaste todo —dijo Oliver, sin levantar la voz.

Ella lo miró rápidamente. La expresión de Oliver fue tan inexpresiva como siempre, pero hubo algo en el tono de su voz que lo delató. No estaba controlándose tanto como pretendía hacerle creer.

—¿Que yo arruiné todo? —repitió Annie—. Vamos, Oliver. ¿Me estás queriendo decir que tengo tanto poder? ¿Quieres persuadirme de que por el simple hecho de que me invité sola a almorzar eché a perder tus planes tan cuidadosamente maquinados?

—Basta, Annie.

Ella avanzó un paso hacia él.

—¿Quieres decir que yo, la insignificante Annie Lyncroft, propietaria de una pequeña tienda de obras de arte, tuvo el poder para obligar al todopoderoso Oliver Rain a olvidar su ingeniosamente tramado plan de venganza?

—Annie, estoy advirtiéndotelo.

Ella avanzó otro paso hacia él.

—Por Dios, Oliver. Qué disparate pensar que puedo cambiar el curso de la historia tan fácilmente.

—Dije que basta, Annie. Y lo dije en serio. ¿Qué debo hacer para detenerte?

—Bueno, Oliver. No creo que haya nada que pueda detenerme. —Hizo un gesto con la mano, como abarcando con ella todo su entorno—. Demonios, según tus palabras, soy una especie de fuerza implacable. Tengo el poder para alterar toda tu vida. Sólo por invitarme sola a almorzar. Sólo Dios sabe qué pasaría si me invitara a una cena que compartas con uno de tus enemigos.

Oliver se quedó sentado, inmóvil. Todavía tenía las manos entrelazadas sobre el escritorio. Annie notó que tenía los nudillos blancos.

—¿Quieres o no que salve Lyncroft en tu lugar?

—Olvida las amenazas. —Annie caminó hacia la puerta. Se volvió hacia atrás, con la mano en el picaporte—. Sabes perfectamente bien que no las cumplirás.

—¿No?

—No. Y te diré por qué. Porque sabes tan bien como yo que no te obligué a abandonar tu plan de usar al otro hijo de

Shore como arma. Fuiste tú quien dejó el plan sin efecto. Tú eras el único que tenía la facultad para hacerlo.

Oliver seguía inmóvil.

—Bien te pudiste salir con la tuya y extorsionar a Shore, si era eso realmente lo que querías. Yo no habría podido detenerte. Nadie hubiera podido. —Annie abrió la puerta.

—Vuelve aquí, Annie.

—Ahora entiendo por qué estás tan furioso. Porque yo te hice detener sobre la marcha para pensar. Mi presencia allí hoy te obligó a considerar exactamente lo que estabas a punto de hacer.

—Vuelve aquí, Annie.

Annie lo señaló con un dedo desde la puerta.

—Tú fuiste el que cambió de plan hoy, Oliver, no yo. Ambos sabemos que yo no tengo ese dominio sobre ti. ¿Cómo habría podido? Si no soy más que una simple socia comercial con la que te has acostado últimamente. Ni siquiera soy una esposa de verdad.

Annie salió al pasillo y pegó el portazo más fuerte que pudo. El estruendo quebró un florero de cristal que estaba sobre una mesa cercana, hecho que la hizo sentir mucho mejor. Caminó por el pasillo, rumbo al vestíbulo.

La puerta del escritorio se abrió a sus espaldas.

—¿Dónde vas? —preguntó Oliver, en un tono de voz que estaba a veinte grados por debajo del cero absoluto.

—Salgo. —Annie recogió las llaves que estaban sobre la mesa de mármol negro, situada cerca de la puerta principal del apartamento. Si bien no se volvió, se dio cuenta de que Oliver estaba cerrando rápidamente la distancia que los separaba. Oliver llegó a la puerta en el mismo momento que ella.

—Te he hecho una pregunta. —Oliver mantuvo la puerta cerrada, mientras ella trataba de girar el picaporte—. ¿Vas a pasar por encima de mí?

—No. —Annie levantó el mentón—. Si alguna vez deseara salir pasando por encima de ti, te lo diría. Iré abajo, a visitar a Bolt.

—A *Bolt.*

—Sí, a Bolt. Y cuando estés dispuesto a pedirme disculpas, baja a buscarme. Ten la amabilidad de sacar la mano de la puerta o voy a gritar hasta desgañitarme.

—¿Por qué diablos vas a bajar al apartamento de Bolt? —Oliver la miró sin poder creerlo.

—Porque se me antoja. —Annie tiró de la puerta. Para su sorpresa, Oliver, lentamente, corrió la mano.

Annie salió por la puerta entreabierta. Con tres pasos gigantescos llegó hasta el ascensor y oprimió el botón para llamarlo. Tenía plena conciencia de que Oliver se había quedado parado en la puerta, mirándola, mientras ella esperaba a que el ascensor llegara. Pero Annie no volvió la vista atrás.

Cuando el ascensor llegó y abrió sus puertas, Annie entró y oprimió el botón del sexto piso. Miró a Oliver a los ojos desde el momento en que las puertas empezaron a cerrarse.

—No vas a echarme la culpa a mí, porque por una sola vez, fue tu conciencia la que te llamó al orden esta tarde.

Al llegar al corredor del sexto piso, un momento después, Annie se dio cuenta de que se había metido en un lío. Sabía en qué piso vivía Bolt, pero no conocía el número de su apartamento.

Había seis puertas en el sexto piso. Annie pasó por cada una de ellas. Sobre cada timbre, había placas identificatorias en cinco de los apartamentos. El espacio que estaba sobre la sexta puerta estaba en blanco.

Annie se apoyó sobre el timbre no identificado.

La puerta se abrió casi al instante. Bolt la miró sin indicio alguno de sorpresa.

—El señor Rain me dijo que estaba bajando —dijo Bolt.

Annie hizo una mueca.

—Me lo imaginé. Apuesto a que volverá a llamar en cualquier momento para verificar si he llegado. ¿Puedo pasar?

—Sí. —Bolt se hizo a un lado. Algo sonó suavemente por encima de un panel de mandos lleno de sofisticados sistemas electrónicos. Bolt oprimió un botón—. ¿Sí, señor Rain?

—¿Ella está allí? —preguntó Oliver por el interfono.

—Sí, señor Rain.

—Asegúrese de que cene. Todavía no ha comido.

—Sí, señor Rain. —Bolt soltó el botón del interfono.

—¿Qué le ha dicho? —Annie entró en el apartamento, mirando curiosamente a su alrededor—. Sabía que no podría resistir la tentación de controlarme.

Annie estudió el cuartel general de Bolt. No era como el de Oliver, pero sí espacioso y bien decorado. Las ventanas ofrecían una vista distinta sobre el mismo panorama del que Oliver gozaba, veinte pisos más arriba. Los muebles eran espartanos y cada uno de ellos había sido dispuesto con militar pulcritud. Había una biblioteca con libros ordenados meticulosamente en hileras. Las revistas habían sido apiladas de forma delicada.

La pantalla de un ordenador brillaba sobre una mesa, ubicada en un rincón de la sala de estar. Annie caminó por allí para ver más de cerca su entorno.

—¿Qué le gustaría cenar? —preguntó Bolt, sin signo alguno de emoción.

—Nada, gracias. No tengo hambre.

—El señor Rain dijo que debía darle de comer.

—No se preocupe por eso. —Annie frunció el entrecejo cuando se agachó para leer la pantalla del ordenador. ¿En qué está trabajando? ¿Algún informe de espionaje para Oliver?

—No. —Bolt se movió repentinamente, pasando junto a ella para oprimir un botón del ordenador—. Sucede que en este momento estoy trabajando en un asunto personal. —La pantalla se puso en blanco.

Pero Annie había alcanzado a leer lo suficiente. Miró, atónita, a Bolt, con los ojos desmesuradamente abiertos.

—Eso era ficción, ¿no? Bolt, ¿es usted escritor?

—Todavía no he publicado nada —murmuró.

Annie se dio cuenta de que estaba poniéndose colorado.

—Nunca conocí a ningún escritor. ¿Qué tipo de texto es?

—Suspense.

—¿En serio? Es emocionante. Con razón usted es tan extraño. Eso lo explica todo.

Bolt la miró impasible.

—¿Sí?

—Por supuesto. Todos saben que los escritores son raros. ¿Ha terminado el manuscrito?

—Estoy trabajando en los últimos capítulos de uno de ellos. —Bolt se encaminó otra vez hacia la cocina—. Le prepararé algo para comer.

—Olvídelo: de verdad, no tengo hambre.

—El señor Rain dijo que usted debía comer.

—Está bien. Está bien. Todo lo que el señor Rain quiere lo consigue de cualquier forma. —Annie siguió a Bolt por la estrecha cocina—. Tomaré una copa de vino, si tiene. Me vendría bien. Y tal vez, una galleta salada, algo así.

—No tengo vino. Sólo cerveza.

—Una cerveza estará bien. —Annie se sentó en un taburete detrás de la barra. Miró a Bolt mientras extraía una lata de la nevera, la abría y vertía su contenido dentro de un vaso—. Bolt, ¿puedo leer lo que está escribiendo?

Él la miró, asombrado.

—¿Eso quiere?

—Me encantaría.

—No lo sé. —Era la primera vez que veía indeciso a Bolt—. Nunca nadie ha leído algo que yo haya escrito.

—Alguien tendrá que leerlo, finalmente —dijo Annie persuasivamente—. Yo leo mucho suspense, me encanta ese género.

Bolt vaciló. Luego miró a Annie a los ojos.

—¿Será franca conmigo con respecto al libro?

Mentalmente, Annie cruzó los dedos por detrás de la espalda.

—Absolutamente. —Pensó que uno siempre podía encontrar alguna palabra de aliento para la creación artística de cualquier persona.

—Muy bien, entonces. —Bolt le puso algunas galletas saladas en un plato—. Pero si no le gusta, o la aburre, quiero que lo abandone y me lo diga. ¿De acuerdo?

—Claro. —Annie tomó el plato de galletas y su vaso de cerveza y volvió a la sala de estar.

Bolt recogió unas hojas, prolijamente impresas, y se las entregó.

—¿Por qué ha venido a mi casa?

Annie hizo una mueca.

—¿No se lo imagina? Oliver y yo hemos discutido.

—Entonces, ¿por qué ha venido a mi casa?

—Usted conoce a Oliver. —Annie bebió un sorbo de cerveza—. Se preocuparía si yo me fuera del edificio. Probablemente, lo habría enviado detrás de mí para que me vigilara. De este modo, no nos mojamos ninguno de los dos y yo puedo leer un buen libro mientras espero a que recapacite.

Bolt frunció el entrecejo.

—¿Que recapacite y haga qué?

—Disculparse. —Annie mordió su galleta.

Bolt se mantuvo inexpresivo.

—¿Y por qué habría de disculparse el señor Rain?

—Porque está equivocado y lo sabe. No se preocupe. No pasaré aquí la noche. Al final, vendrá a buscarme. A Oliver le gusta el juego limpio.

—Usted lo conoce muy bien, ¿no? —Bolt se sentó frente a la pantalla del ordenador—. El señor Rain juega a ganar. No, retiro lo dicho. El señor Rain no juega. Va directamente a la guerra.

—Está cambiando, ya verá. ¿Escribe toda la noche?

—A veces.

—¿Sabe, Bolt? Estoy viéndolo de una manera completamente distinta.

—Estamos en las mismas condiciones.

—¿Por qué no le caigo bien, Bolt?

Los dedos de Bolt se quedaron congelados sobre el teclado del ordenador.

—¿Por qué cree que no me cae bien?

—Llámelo corazonada —dijo Annie secamente—. ¿Es por que cree que me aprovecharé de Oliver? No tiene que preocuparse por eso. Oliver sabe cuidarse muy bien solo.

Bolt la miró de un modo extraño.

—No me cabe la menor duda al respecto.

—No echaré mis codiciosas manecillas sobre todo su dinero.

—No —coincidió Bolt—. No lo hará, a menos que él lo desee.

—¿Entonces por qué le preocupa mi presencia aquí?

Bolt se concentró en el ordenador.

—Porque de alguna manera, él se ha ido encariñando mucho con usted —dijo por fin.

—Me agradaría mucho creer eso. Pero para ser honesta, esta noche, no me tiene nada de cariño.

—No está acostumbrado a tratar con nadie como usted, señora Rain.

—¿Y qué?

—Es que me temo que, en ocasiones, él puede perder su extremadamente sereno juicio cuando usted está por medio.

—Ja. ¿Usted cree que yo puedo tenerlo en un puño?

—Creo que ya lo tiene. —Bolt prosiguió con su trabajo como si ella no hubiera estado en la sala.

Annie se colocó en un rincón de la sala y dejó colgada una pierna sobre el reposabrazos de la silla. Balanceaba el pie de un lado a otro, distraída, mientras daba comienzo a la lectura del manuscrito de Bolt.

Todo estaba bajo control otra vez, por el momento, al menos.

Annie estaba abajo, con Bolt, tal como había dicho que haría.

Oliver soltó el botón del interfono. Dios, le temblaba la mano. Estaba furioso con sus dedos traicioneros y, deliberadamente, empezó a flexionarlos. De alguna parte, sacó la fuerza de voluntad para aplastar esa sensación de pánico que estuvo a punto de dominarlo por completo.

Todo estaba bien. Annie no lo había abandonado.

Por supuesto que no lo había abandonado. Todavía lo necesitaba, recordó.

Oliver se encaminó hacia la ventana. Se quedó mirando la oscuridad, sin ver nada, en realidad, pensando cuál sería su siguiente paso. No podía recordar cuál había sido la última vez que se sintiera tan perdido.

Se recordó que no había necesidad de tomar una decisión tan urgente. Annie estaba segura, a mano. Había tiempo para pensar bien las cosas, para determinar qué táctica usaría en el trato con su esposa.

—Que se vaya al infierno.

El hecho de que su primer instinto hubiera sido bajar corriendo al sexto piso y pasar a buscarla, fue el indicativo de que le había permitido excederse en la influencia que ejercía sobre él en los últimos tiempos. Esa tendencia de Annie a asumir un comportamiento impredecible e irreflexivo empezaba a surtir sus efectos.

Esa mujer estaba invadiendo cada rincón de su ser. Estaba asumiendo el mando, interfiriendo en sus asuntos más privados. Era la causante de que Oliver hiciera cosas que jamás habría hecho de no ser por su presencia.

Nunca se había imaginado que al casarse con Annie la situación tomaría ese rumbo. Nada estaba saliendo como él lo había pensado.

Oliver se volvió y salió del estudio. Se dirigió directamente a las escaleras que lo conducían al invernadero de la azotea. Necesitaba pensar.

Una vez en la azotea, se detuvo frente al panel de control y encendió las luces del interior del invernadero. Después, abrió la puerta de éste y entró.

De inmediato, se sintió más tranquilo, más dueño de la situación. Las fragancias cálidas y húmedas de su jungla privada lo serenaban como ninguna otra cosa en este mundo.

Allí, en el invernadero, el tiempo se experimentaba de una manera muy distinta que en el exterior. Se trataba de un sitio diferente, de un mundo diferente. Allí, Oliver podía recuperar su sentido de la orientación, su paciencia, su control. Allí podía volver a proponerse sus objetivos y establecer sus planes para alcanzarlos. Allí, entre sus adorados helechos, podía tomar decisiones más claras y racionales. Oliver entró a su mundo verde, perdiéndose en la increíble exuberancia que lo envolvía, permitiéndose absorber el antiguo halo de seres vivientes que habían desafiado al tiempo durante trescientos millones de años.

Se detuvo frente a la pequeña gruta y miró el cúmulo de helechos verdes que flotaba sobre la superficie del agua. Quería pensar en el pasado y cómo había afectado eso a su futuro.

Pero todo lo que podía pensar era que Annie estaba esperándolo abajo, en el apartamento de Bolt.

Se negaba a creer que Annie estuviera esperando realmente a que él le pidiera disculpas. Después de lo que ella le había hecho hoy, tendría que estar arrastrándose frente a él, de rodillas, tratando de hacer las paces. Tendría que haberse muerto de miedo ante la posibilidad de que Oliver la dejara abandonada a su suerte, con la empresa y los acreedores.

Lo necesitaba, maldita sea, y ella lo sabía. Ella había venido a él. Prácticamente le había implorado que se casara con ella y salvara Lyncroft Unlimited. Era él el que tenía todo el poder de la situación.

Él siempre tenía el poder. Era la única posición segura que uno podía asumir.

Oliver tomó una toalla pequeña. Como se dio cuenta de inmediato de que su verdadero deseo era estrellarla contra la pared del invernadero volvió a dejarla donde estaba, sobre uno de los bancos.

Se dirigió hacia un almácigo de culantrillos. Le llamó la atención el frío que sintió en la boca del estómago.

Ese día Oliver había aprendido una cosa: que a Annie no podía engañarla tan fácilmente. Ni por un minuto le creyó que él arrojaría Lyncroft Unlimited a los lobos.

Ella tenía razón. Oliver había querido intimidarla, pero jamás había tenido la intención de dejar que Lyncroft Unlimited se viniera abajo. Había asumido una responsabilidad y la cumpliría. Daniel había sido muy buen amigo. Uno de los poquísimos que Oliver había tenido en su vida.

Oliver pensó que debió haber recordado su propio lema: nunca amenaces. Siempre promete.

Su boca dibujó una sonrisa carente de buen humor. Si él bajaba para disculparse, seguramente, Annie se jactaría de su creciente dominio sobre él.

Pero también existía la posibilidad de que ella no tomara esa actitud. Annie no tomaría una disculpa como un signo de victoria, por la simple y sencilla razón de que no usaba el poder con la misma frialdad que él. A ella no la satisfaría el desarrollo de una estrategia ni el manejo de los medios para llegar a un determinado fin. Annie jamás conocería el gélido placer que producía la venganza.

Annie era distinta de él. Sus razones eran difíciles de comprender para Oliver, tal vez, imposibles. Lo único que sabía con certeza era que esas razones diferían rotundamente de las de él.

Juntamente con ese descubrimiento, sobrevino otro. De pronto, con aterradora claridad, Oliver vio que el problema con respecto a su esposa era que ella insistiría en llevarlo a su propio terreno.

Desde un principio, Annie partió de la base de que las acciones de Oliver se basaban en objetivos nobles y honorables. Lo veía como una especie de príncipe valiente, montado en un caballo blanco.

«Dios me ayude», pensó Oliver, «porque cada vez se hacía más difícil decepcionarla».

Oliver no estaba muy seguro sobre qué esperar cuando bajó a buscar a Annie para llevarla nuevamente a su apartamento. Definitivamente, no le gustó la incertidumbre que lo asoló cuando tocó el timbre del apartamento de Bolt. Pero, al menos, sabía que tenía su expresión bajo control cuando se abrió la puerta, un momento después.

—¿Dónde está ella? —le preguntó a Bolt.

—En la sala de estar. —Bolt titubeó—. Leyendo.

Oliver atravesó la pequeña entrada y se dirigió a la sala de estar. Annie estaba tumbada sobre un sillón, con un montón de páginas escritas en el suelo, junto a ella. Levantó la vista. Sus ojos eran cálidos y le dieron la bienvenida.

—Oye, Oliver, ¿sabías que Bolt está escribiendo un libro? —dejó a un lado la pila de papeles y se puso de pie—. Y es fabuloso. Un poco violento en algunas partes. También le he sugerido que tiene que agregar algunos toques románticos, pero el suspense es maravilloso. No puedo dejar de leerlo.

Oliver miró especulativamente a Bolt.

—No sabía que fuera escritor.

Bolt no miró a Oliver.

—Todavía no he publicado ninguna obra.

—Pero esta situación no se prolongará demasiado. Apostaría cualquier cosa —dijo Annie—. No veo la hora de que escriba el último capítulo.

Oliver advirtió que Bolt estaba poniéndose colorado. La batalla entre Bolt y Annie se había terminado, lo supiera Bolt o no.

Otro punto a favor de Annie. De ahora en adelante, Bolt sería manejable para ella.

Oliver miró a Annie.

—¿Estás lista para volver a casa?

—Sí. —Annie miró a Bolt—. ¿Puedo llevarme el resto del manuscrito a casa? Ahora no puedo abandonarlo.

Bolt pareció extrañamente desconcertado.

—Está bien.

—Gracias. —Annie sonrió a Oliver, mientras recogía las páginas que no había terminado de leer y se las ponía debajo del brazo—. De acuerdo, ya estoy lista.

Oliver miró a Bolt e inclinó bruscamente la cabeza, como agradeciéndole en silencio. Bolt también asintió y abrió la puerta sin decir nada.

—¿Sabes algo? Bolt es realmente un buen escritor —le confió Annie cuando subieron al ascensor—. No lo habría creído si no lo hubiese visto con mis propios ojos. Me parece que tendré que retirar todas esas cosas desagradables que dije sobre él, como que era un androide y demás. —Agitó el manuscrito en el aire—. Esto es muy bueno. Excelente, en realidad. Espero que se venda bien.

Oliver la miró cuando las puertas del ascensor se cerraron.

—¿Estás esperando una disculpa?

Annie sonrió serenamente.

—Bajaste y viniste a buscarme. Creo que eso es lo más parecido a una disculpa que puedo esperar de ti. No te preocupes. Sé que estás arrepentido, o de lo contrario, jamás habrías bajado a buscarme.

—De modo que te has convencido de que yo me he disculpado —concluyó Oliver—. ¿No tienes miedo de ver el mundo todo color de rosa? Un día te estrellarás tan violentamente contra el suelo que lo negro de la realidad te dejará ciega.

—No soy tan inocente como tú pareces creer, Oliver.

—Es una cuestión de opiniones. Yo, por otra parte, no soy tan incapaz de expresarme como tú piensas. Me disculpo por todas las cosas que te he dicho hace un rato. Me equivoqué al culparte a ti de no haber seguido adelante con mis planes de extorsionar a Shore para evitar el matrimonio.

Annie apretó el manuscrito de Bolt contra su pecho. Su sonrisa fue optimista.

—¿Por qué cambiaste de opinión?

—Hoy, durante el almuerzo, me enfrenté con algo que no quería ver.

—¿Con qué?

—Después de todos estos años, he llegado a la conclusión de que Paul Shore no era, en realidad, el blanco de mi venganza. Sólo un intermediario.

—¿Entre tú y tu padre?

Oliver recordó que no debía sorprenderse ante la perspicacia de su esposa. Lo mejor era, acostumbrarse a ese hecho.

—Sí.

—Lo entiendo. Jamás tuviste la oportunidad de ver a tu padre, cara a cara, para reprocharle el hecho de que te hubiera abandonado a ti y a tus hermanos. Naturalmente, querías cobrarte con el primero que se te cruzara. Fue fácil culpar a Shore por muchas de las cosas que sucedieron porque él también había estado involucrado en todo el lío. ¿No fue así?

—En parte —coincidió Oliver.

Annie inclinó la cabeza a un lado.

—Tienes toda la razón del mundo en odiar a tu padre por lo que hizo con tu familia.

Oliver vio que las puertas del ascensor se abrían.

—Es cierto. Odié a mi padre por lo que hizo con mi familia. Pero había algo más. Lo he odiado todos estos años por lo que me hizo a mí.

—¿A ti?

—¿No te das cuenta, Annie? —Oliver tomó las llaves mientras salían del ascensor—. Por culpa de Edward Rain me transformé en lo único que siempre juré que no sería jamás: un hombre como mi padre.

16

Asombrada por todas las revelaciones que Oliver le había hecho con respecto a sí mismo, Annie se quedó petrificada en el ascensor. Lo miró fijamente, boquiabierta, mientras él cruzaba el pasillo sin volver la mirada atrás ni una sola vez. Las puertas del ascensor empezaron a cerrarse.

—¿Oliver, estás loco? —Annie recuperó el habla y la facultad de moverse, justo a tiempo para escurrirse en la estrecha abertura que quedaba entre las puertas del ascensor—. En nada te pareces a tu padre.

—¿Y cómo podrías saberlo? Jamás lo conociste. —Introdujo la llave en la cerradura y abrió la puerta de su apartamento.

—Sólo porque no lo haya visto nunca en mi vida no significa que no sepa mucho sobre él.

—Si no te importa, prefiero no hablar de esto —le dijo Oliver.

—Sí me importa. No es momento para que te cobijes en esa defectuosa comunicación que tienes.

—Olvídalo, Annie.

—Oh, no. No lo olvidaremos. —Aferrándose al trabajo de Bolt, Annie entró en el apartamento, detrás de Oliver. Lo adelantó en la amplia entrada, se dio media vuelta y se detuvo frente a él—. Para aquí mismo. Vamos a hablar.

Oliver la miró a los ojos, con una expresión agobiada por la melancolía.

—No hay nada de qué hablar.

—Claro que sí. —Annie estrelló el manuscrito sobre la mesa de mármol negro. Luego, con ambas manos sobre las caderas, lo miró—. Tu padre era la clase de hombre capaz de abandonar a una esposa y cinco hijos, además de todas sus responsabilidades. Tú jamás harías una cosa semejante.

Oliver se frotó la nuca con un gesto de cansancio.

—Ése no es el tema.

—Oh, sí, claro que lo es. —Annie extendió las manos y tomó a Oliver de la camisa, cerrando los puños. Se paró de puntillas y le puso el rostro muy cerca del de él—. Es el tema más importante de todos. Pregúntaselo a cualquier mujer. O a cualquier niño abandonado por su padre. O a cualquier acreedor al que hayan dejado colgado.

—Annie...

—¡Pero por el amor de Dios, Oliver! Mírate. Mira lo que eres.

Oliver apenas dibujó una sonrisa triste en sus labios.

—Ya he mirado lo que soy. No me ha gustado lo que he visto.

—Entonces estás ciego. —Aprovechó que estaba asiéndolo de la camisa para zarandearlo, tratando de hacerle razonar. A pesar de que puso todas sus fuerzas en ello, Oliver permaneció como una roca. Se sintió frustrada—. Eres un hombre bueno. Admirable. Has conseguido cosas increíbles.

—He ganado dinero. Eso no es nada. Mi padre también lo hizo.

—El dinero no es lo importante. Lo importante es que salvaste a tu familia. Oliver, lograste mantenerte a flote cuando lo más probable era que te hubieras ahogado, junto con todos los demás. Tus hermanos han podido empezar sus vidas con éxito porque tú te pusiste a la cabeza de la familia.

—Annie, tengo trabajo que hacer...

Ella volvió a zarandearlo, sin éxito, otra vez.

—Tú fuiste quien dio a tu familia lo que más necesitaba después que tu padre se esfumara: seguridad, ánimo. Sabían que podían contar contigo. ¿No sabes lo importante que es eso? Está bien, tienes ciertos problemas de comunicación. ¿Pero quién no? Podemos solucionarlo.

—Discúlpame. —Le puso las manos en la cintura, la levantó en el aire y la puso a un lado. Luego se encaminó directamente hacia su estudio sin volver la vista atrás.

—No te atrevas a dejarme con la palabra en la boca cuando estoy discutiendo contigo —le gritó Annie, desde atrás.

—Tú me dejaste a mí con la palabra en la boca hace un rato, ¿lo recuerdas?

—Era diferente. Ya te lo dije. No te abandoné. Sólo fui a visitar a Bolt. —Annie corrió por el pasillo—. Oliver, por última vez, puedes ser irritante, poco comunicativo, insensible y terriblemente difícil en ocasiones, *pero en nada te pareces a tu padre.*

Oliver llegó a la puerta de su estudio.

—No sabes lo que estás diciendo.

—Sí que lo sé. —De pronto, Annie se sintió aterrada. Sus destinos tal vez sufrieran el resultado de esa confrontación. El pánico se hizo presa de ella—. Oliver, escucha.

—Ya has dicho suficiente, Annie.

—Sé que no eres como tu padre, ¿me escuchas? Ya me he enterado de bastantes cosas sobre él y me conozco lo suficiente como para saber que jamás habría amado a un hombre como él.

Oliver se quedó absolutamente inmóvil, con la mano parada sobre el picaporte.

Annie creyó que todo el mundo se había paralizado en ese instante, excepto su corazón. Latía enloquecido.

Oliver rompió el hechizo, volviéndose lentamente hacia ella. Había una feroz tormenta trasluciéndose en su mirada.

—¿Qué estás diciendo, Annie?

De pronto, Annie sintió que se le secaba la boca. Tenía las pulsaciones tan aceleradas que se sentía mareada. Deseó haber tenido más tiempo para pensar.

—Estoy diciendo que te amo.

—Tú me amas. —Oliver repitió las palabras lentamente, como buscando algún defecto o debilidad en ellas.

—Sí. —Annie sonrió tímidamente—. Por el amor de Dios, no me digas que no te habías dado cuenta.

—¿Y cómo me habría enterado? —la miró a los ojos—. Tú nunca me lo has dicho.

—Pensé que era obvio.

Oliver caminó lentamente por el pasillo, hasta que estuvo frente a ella.

—Lo único que era obvio para mí era mi capacidad para lograr que me desearas y el hecho de que me necesitabas para salvar Lyncroft's.

—Permíteme ser totalmente sincera en esto, Oliver. Jamás habría propuesto un matrimonio por conveniencia a ningún otro acreedor o inversor de Daniel.

—¿No?

—Absolutamente no. Creo que empecé a enamorarme de ti aquella noche, en la fiesta de compromiso de Daniel y Joanna. De hecho, para ser franca, creo que la idea de la boda se me ocurrió porque ya te amaba.

—Annie. —La voz de Oliver denotó una emoción que ella no pudo identificar. Con gran ternura, le tomó el rostro entre sus manos, bajó la cabeza y le rozó los labios con los suyos.

Esa familiar excitación abrazó a Annie cuando sintió las duras manos de Oliver sobre su tersa piel. Le rodeó el cuello con los brazos cuando el beso de su esposo se tornó más exigente.

—Annie —repitió.

—Sí —murmuró ella.

Ya no hubo más palabras. La levantó en sus brazos y la condujo hacia la alcoba en penumbra. Pero Annie se dio cuenta de que las palabras surgirían tarde o temprano. Oliver estaba enamorado de ella. Tenía que estarlo.

Seguramente, no habría podido tocarla así, como a sus helechos, si no estuviera enamorado de ella.

Mucho tiempo después, Annie se desperezó junto a Oliver.

—Hay algo que me he estado preguntando.

—¿Qué?

—¿Alguna vez encontraste a tu padre? Sé que debes de haberlo buscado. Y no puedo creer que hayas fallado en el intento.

—Lo encontré. —Su voz fue inexpresiva—. Más bien, encontré su tumba. Falleció en un accidente, en un crucero por el Caribe, unos tres meses antes de que yo recibiera datos sobre él. Había borrado muy bien sus huellas.

—¿Alguna vez te enteraste de por qué se fugó?

Oliver apretó la mandíbula.

—La gente que lo conocía, allí, en las islas, dijo que él hablaba mucho sobre querer ser libre. Rico y libre. Creo que las responsabilidades y las deudas que había acumulado fueron una carga muy pesada sobre sus hombros.

—Pero nunca tuviste la oportunidad de verlo.

—No. Tal vez, fuera lo mejor. —Oliver movió la mano sobre el brazo de ella—. No sé qué le habría dicho, ni qué habría hecho.

—¿Qué le dijiste a tus familiares?

—La verdad. Hay veces que no puedes protegerlos contra todo.

Annie le tocó el rostro muy suavemente con las yemas de los dedos.

—Yo creo que has hecho un trabajo excelente, protegiendo a tu familia de todos los peligros que pudieron haberla destruido, Oliver. Tú eres el verdadero jefe de familia de los Rain, no tu padre. Tú no te acobardaste por el peso de las responsabilidades que debiste asumir.

Oliver la tomó entre sus brazos y la estrechó con fuerza. Poco después, ambos se quedaron dormidos.

«Lo único que nunca quise ser: un hombre como mi padre.» El doloroso reconocimiento de Oliver aún retumbaba en los oídos de Annie, la tarde siguiente, mientras atendía a un decorador de interiores que había venido con su clienta a Extravagancias.

—Algo que tenga un toque divertido, casi llamativo, Annie. —Stanford J. Littlewood, único propietario de la empresa Stanford J. Littlewood Diseños, analizó las mercancías de la tienda, una por una, con ojo frío y crítico. Se volvió hacia su clienta, con una sonrisa condescendiente—. Como verá, Annie está especializada en el aspecto excéntrico. Algunos artículos tienen su encanto, si son utilizados con discreción.

Annie apretó los dientes. Se dio cuenta, al instante, de que la frase «si son utilizados con discreción» había sido una llamada de alerta para su insegura clienta. El mensaje, específicamente, era que no debía considerar siquiera la elección de un objeto de la tienda por iniciativa propia. Debía tener muy presente que sería indispensable para ella el asesoramiento profesional de Stanford J. Littlewood.

Annie sonrió, benignamente, a la clienta de Littlewood. Charlotte Babcock era una mujer muy agradable, de poco más de treinta años, que, obviamente, se veía en la encrucijada de tener que tratar con un decorador de interiores por primera vez.

—Algunas de mis piezas requieren cierta audacia por parte del cliente, señora Babcock. —Annie acarició el elefante esmaltado que Rafaela le había restituido después de la fiesta de beneficencia de los Shore—. Los diseñadores, en general, prefieren algo más sobrio en los toques finales de su decoración. Pero un solo detalle intrépido puede hacer maravillas en una sala.

—Sí, estoy segura de que no le falta razón. —Charlotte miró con incertidumbre a Littlewood.

Littlewood volvió a ofrecerle una sonrisa condescendiente.

—Cuando uno llega a las instancias finales de la decoración, siempre debe formularse la vital pregunta sobre qué separa lo bueno, lo malo y lo horrible.

—¿Y eso qué es? —preguntó Charlotte, ansiosa.

Littlewood miró el elefante despectivamente, con desdén.

—¿Es arte o pura fantasía?

Annie tuvo que resistir el impulso de sacarle la lengua. Deliberadamente, estaba intimidando a la clienta. Pero Littlewood era especial para intimidar a sus clientes.

Ese día, tenía una apariencia de lo más impresionante. Se había peinado su plateada cabellera revuelta hacia atrás, modelada con secador de manera que le quedara despejado su rostro artificialmente bronceado. Vestía una camisa blanca inmaculada, con una corbata blanca inmaculada, un traje gris perla y mocasines con borlas, también en blanco inmaculado.

—¿Has traído algunos bocetos de los interiores, Stan? —preguntó Annie. De reojo, notó que Ella disimulaba una sonrisa. Todo el mundo sabía que Littlewood odiaba que usaran el diminutivo de Stan para acortar su nombre—. ¿Puedes darme una idea de los colores que estás usando?

Littlewood bajó la nariz.

—Naturalmente. —Abrió su maletín blanco inmaculado y extrajo unos bocetos y varias muestras de colores.

El teléfono sonó justo cuando Annie empezaba a estudiar los materiales que Littlewood le había entregado sobre la residencia de Charlotte Babcock.

—Es para ti, Annie. —Ella sostuvo el auricular en alto.

—Por favor, Ella. Toma el mensaje.

—Él dice que es importante.

Annie levantó la vista, preocupada.

—¿Quién es?

—No quiso decirlo. Ni siquiera estoy segura de que sea un hombre. —Los ojos de Ella transmitían un mensaje urgente—. Creo que será mejor que hables con él. O con ella. O con lo que sea.

Annie sonrió a Charlotte.

—Perdóneme.

—Oh, claro.

—Lo tomaré desde mi despacho. —Annie pasó junto al mostrador y entró en su pequeño despacho. Levantó el auricular del teléfono de su escritorio—. Soy Annie Lyncroft. ¿En qué puedo servirle?

Al otro lado de la línea se oyó un ruido extraño, como de arañazos. Una voz baja, apenas audible, habló en un murmullo. El sexo todavía no podía descifrarse.

—Si quiere saber qué ha sido de su hermano, hable con el mecánico.

Annie se quedó entumecida. Por un segundo, ni siquiera pudo pensar.

—¿Qué es esto? ¿De qué está hablando?

—Encuentre al mecánico que trabajó en el avión de Lyncroft el día que su hermano desapareció. Él podrá decirle lo que realmente sucedió.

—Espere. —Annie se aferró al teléfono con un gesto desesperado. Presintió que el que hablaba estaba a punto de cortar—. ¿Quién es usted?

—Digamos que soy alguien que desea que se haga justicia —ronroneó su voz—. Una cosa más. Si quiere hallar respuestas, no pida ayuda a Rain. De hecho, si estima su propia vida, no le diga que va a buscar al mecánico.

—¿Ha perdido usted la razón? ¿Quién habla?

—Encuentre al mecánico por sus propios medios, señorita Lyncroft. Y tenga bien presente que la única persona que se ha beneficiado con la desaparición de su hermano es Oliver Lyncroft. —Hubo una pausa—. Tenga cuidado, señorita Rain. Tenga mucho, pero mucho cuidado.

—Espere, por favor...

Pero la otra persona puso punto final a la conversación. Annie se dio cuenta de que estaba apretando tanto el teléfono que le producía dolor.

—Oh, Dios mío. —Devolvió el auricular a la horquilla, muy lentamente, tratando de pensar.

Encuentre al mecánico.

—¿Annie? —Ella asomó la cabeza por la puerta. Tenía el entrecejo fruncido al ver la expresión de Annie—. ¿Está todo bien?

—Sí. Todo bien. —Annie se sentó en la silla que estaba detrás del escritorio—. No me siento bien, eso es todo. ¿Podrías disculparme con Stan y su clienta? Haz que recorran la tienda y piensen en algunas ideas. Yo me reuniré con ellos dentro de un rato.

—Seguro. Tal vez deberías volver a tu casa.

—Podría, cierto. Pero primero quiero hacer una llamada telefónica. —Annie tomó la guía telefónica—. ¿Podrías cerrar la puerta, por favor?

—¿Estás segura de que estás bien?

—Estoy bien, Ella. Sólo un poco mareada.

Ella empezó a sonreír.

—Oye, ¿no estarás embarazada, no?

—Cierra la puerta, Ella —dijo Annie.

—Bien. —Aún sonriendo, Ella cerró la puerta.

Las manos de Annie empezaron a temblar cuando abrió la guía telefónica por la sección de servicio y mantenimiento de aviones. Recorrió con la punta del dedo la lista de empresas hasta que encontró un nombre que le resultaba familiar. Se trataba de la empresa que Daniel siempre contrataba cuando alquilaba o fletaba una aeronave.

Annie tuvo que marcar dos veces el número de la empresa. La primera sus dedos nerviosos se equivocaron de objetivo, al resbalar torpemente. Al final, contestó una mujer, después de que el teléfono sonara al menos unas diez veces. Aparentemente, la mujer había corrido para descolgar el auricular. Cuando se identificó, Annie pudo escuchar los propulsores de aviones privados, como fondo.

—Seguro, señorita Lyncroft. Claro que la recuerdo. Yo hablé con usted el día que su hermano desapareció. Mi nombre es Sarah.

—Oh, sí, la instructora de vuelo.

—Entre otras cosas —admitió Sarah, secamente—. ¿En qué puedo ayudarla?

Annie cerró los ojos, tratando de calmarse. Sarah había sido muy atenta con ella aquel día tan fatídico.

—Sarah, me preguntaba si existe la posibilidad de que yo pueda hablar con la persona que hizo la revisión del avión que mi hermano usó ese día.

Se produjo una breve pausa al otro lado de la línea. La voz de Sarah sonó amortiguada, como si hubiera estado hablando con otra persona por encima del hombro.

—Dile que saldré en un momento. —Su voz fue más nítida—. ¿Qué? Sí, el mecánico. Es Wally.

—¿Wally?

—Wally Thorpe. Ya no trabaja para nosotros.

Una extraña sensación de desorientación la envolvió.

—¿Dónde ha ido?

—No lo sé. Renunció dos días después de que Daniel desapareciera. Simplemente, dejó su puesto de trabajo y dijo que ya no volvería. No lo he visto desde entonces. —Otra vez, la voz de Sarah sonó amortiguada—. He dicho que ya salgo, maldita sea. Dile que no le cobraré por el tiempo que esté en tierra.

—Sarah, por favor, sé que está ocupada —dijo Annie de inmediato—. Pero, ¿podría darme el número de teléfono de Wally Thorpe? ¿O su dirección? Tengo mucha necesidad de hablar con él.

—Aguarde. Seguramente, tengo ambos datos en mi archivo. —Los cajones se cerraban sonoramente y seguían los rugidos de motores de aviones—. Aquí está. ¿Tiene para anotar? El domicilio es de Bainbridge Island.

—Anoto.

Rápidamente, Annie tomó nota del número de teléfono y la dirección con dos garabatos.

—Señorita Lyncroft. —Ahora Sarah parecía preocupada—. ¿De qué se trata todo esto? Las autoridades hablaron con Wally al día siguiente de la desaparición de Daniel. Los registros de mantenimiento están todos en orden. El avión estaba en excelentes condiciones. Y Daniel siempre hacía un vuelo previo, de práctica.

—Lo sé. Pero esto es otro asunto. Gracias, Sarah.

Annie colgó y se quedó sentada, con la vista fija en el número de teléfono que tenía frente a sí, durante un largo rato. Luego, lentamente, marcó cada dígito con sumo cuidado.

Annie dejó que el teléfono de Wally Thorpe sonara durante lo que le pareció una eternidad. No hubo respuesta.

—Vaya, vaya, vaya. —Sybil analizó el estudio de Daniel con socarrón menosprecio. Observó los armarios metálicos para guardar los archivos. Muebles insulsos, pero útiles. Un ordenador personal sofisticado. Movió la cabeza—. Para nada tu estilo, ¿verdad, Oliver? Sé que un decorador de interiores podría hacer maravillas con esto.

—No necesito ningún decorador de interiores —dijo Oliver.

Sybil sonrió fríamente mientras tomaba asiento.

—No. Me imagino que no administrarás esta empresa durante mucho tiempo, ¿no? Rara vez te dedicas a las operaciones diarias de ninguna de tus empresas. ¿Cuándo contratarás a un equipo administrativo?

—No hasta dentro de algunos meses. —Oliver vaciló—. Tal vez, no sea necesario. Annie espera que Daniel regrese cualquiera de estos días.

—Ya lo sé. Pobre Annie. Diré algo sobre ella: es una optimista nata. —Sybil se cruzó de piernas y acomodó el dobladillo de su falda de lana celeste—. Ella ha estado viviendo contigo durante casi, veamos... dos semanas, ¿verdad?

—Casi.

—Casi dos semanas de estar compartiendo tu mesa —sonrió con desfachatez—, ¿tu cama?

—Annie es mi esposa.

—Ah, sí. Tu cama. Dos semanas viviendo íntimamente contigo y todavía no ha perdido su ingenuidad. Sorprendente.

Gracias a una larga experiencia, Oliver se obligó a sumergirse en las profundidades de un océano de paciencia.

—¿Debo entender que has venido a mi oficina hoy por alguna razón?

Sybil lo miró abiertamente, especulando.

—Quiero saber qué está pasando, Oliver. Tengo algunos derechos y Valerie también.

—¿Qué tiene Valerie que ver en todo esto?

—No creas que soy idiota. —Sybil levantó la barbilla—. Sé que estás detrás de algo. Siempre lo estás. Eres falso y astuto.

Pero todos lo saben, salvo, naturalmente, la pequeña señorita *Pollyannie*. ¿Pero sabes algo, Oliver? Por alguna razón, nunca pensé que caerías tan bajo como para usar a tu propia hermana como instrumento.

—¿Quieres explicarme exactamente a qué te refieres, Sybil, o quieres que empecemos con el juego de las adivinanzas?

—Estoy hablando de esta cuestión en la que aparentemente tú y Paul Shore os habéis dado una tregua. —Una abierta acusación ardió en los ojos de Sybil—. Valerie está tan feliz que toca el cielo con las manos.

—Una prueba interesante.

—Dime, Oliver. —Sybil se le acercó—. ¿Vas a sentir algo parecido a la culpa cuando ella se estrelle contra el suelo?

—¿Y por qué tendría que estrellarse?

—Porque toda su felicidad se basa en ilusiones completamente falsas. —Sybil hizo una pausa—. ¿No es cierto?

Oliver se miró las manos entrelazadas y luego levantó la mirada para fijarla en la de Sybil.

—No sé si la relación entre Valerie y Carson Shore va a dar o no resultados. Pero si fracasa, no será por mi culpa.

Las pintadas uñas de Sybil se enterraron en el oneroso cuero de su bolso.

—¿Estás diciéndome la verdad? ¿No harás picadillo la relación de Carson y Valerie?

—No. —Fue entonces cuando Oliver pensó que los miembros de su familia lo concebían como un avinagrado.

—¿De verdad firmaste una tregua con Paul Shore durante el almuerzo de ayer?

—Es una manera de hablar. —Oliver miró su reloj—. Sybil, si no te importa, tengo muchas cosas que hacer esta tarde.

—No lo creo.

—Bueno. —Oliver separó sus manos y cogió una pluma—. Cree lo que se te antoje. Pero te repito que en este momento estoy ocupado.

—Oliver, mírame. —Sybil se puso de pie y se acercó al borde del escritorio—. ¿Me juras que me estás diciendo la verdad? ¿No te guardas ningún as bajo la manga? ¿No estás maquinando ninguna artimaña para impedir la boda entre Valerie y Carson?

Oliver la miró pensativo. La última vez que había visto esa expresión suplicante en los ojos de Sybil fue dieciséis años atrás, cuando la encontró en la cama de su padre con otro hombre.

—Sybil, eres una mujer muy suspicaz.

—Todo lo que sé sobre sospechas lo he aprendido de ti. —Sybil entrecerró los ojos—. Hablo en serio. Sé que me detestas, pero esta vez, te pido por favor que estés a mi lado.

Oliver dejó la pluma estilográfica sobre el escritorio.

—No.

—¿No qué? —le preguntó ella.

Oliver practicó la respiración profunda que hacía en sus ejercicios de yoga.

—No te odio.

Sybil lo miró.

—Por supuesto que sí. Siempre me has odiado. No te caí bien desde el día que me casé con tu padre y me has vigilado desde que me encontraste en la cama con Greg.

—¿Greg? ¿Así se llamaba? Lo había olvidado.

—Sí, así se llamaba. —La voz de Sybil sonó muy reprimida—. Greg Taylor. —Tragó saliva—. Yo lo amaba. Tú lo sabías. Oh, después supe que él no me amaba. Que nunca me había amado. Que sólo me había usado. Pero en ese momento, yo lo amaba.

—¿A pesar de que estaba casado con otra? Y tú también.

—Es cierto. Tanto Greg como yo estábamos casados. —Sybil miró su anillo de bodas—. Hay muchas razones para estar casado, no todas ellas se refieren al amor. Tú deberías saber eso mejor que nadie.

—Un solo comentario más sobre mi matrimonio y juro que te echo de esta oficina.

—Lo siento. —Apretó los labios—. Lo creas o no, no he venido a pelear contigo. Pero debes admitir que no eres el modelo cariñoso, romántico y devoto de los maridos del mundo, ¿verdad?

—Annie parece contenta —comentó Oliver.

Se preguntaba si Sybil tendría la más mínima noción de lo que le costaba mantener su tono de voz frío y distante. Por dentro, prácticamente estaba gritando a los cuatro vientos el secreto que había guardado para sí durante todo el día.

Annie lo amaba. Quería decírselo a Sybil. Quería contárselo a todo el mundo. Ansiaba repetir las palabras en voz alta, para que parecieran más reales, pero en el fondo, tenía miedo de pronunciarlas. Estaba desesperado por volver a su casa esa noche, así podría escuchar a Annie nuevamente, diciéndole que lo amaba. Tal vez, si ella se lo repetía con asiduidad, él empezara a creerlo.

—Annie parece contenta —repitió Sybil, incrédula—. ¿A qué te refieres? ¿Estás tratando de insinuarme que la sedujiste para que creyera que de verdad la amas?

—Sybil, te sugiero que cambiemos de tema.

Sybil inclinó su cabeza a un lado, reaccionando entre el hielo de su voz. Lo conocía lo suficiente como para saber que ya la había tolerado bastante.

—Está bien. Cambiemos de tema. Hay una cosa más que quiero saber antes de irme.

—¿Qué?

Sybil lo miró a los ojos durante un momento más. Luego, quebró el contacto y caminó hacia la ventana. Se quedó de pie, de espaldas a él.

—Quiero saber hasta qué punto se ha ablandado Oliver Rain.

—Trata de ser más específica.

—¿Es Valerie la única beneficiaria de este efecto mágico que aparentemente Annie está creando en ti?

Oliver estudió lo erguida que estaba Sybil.

—Entiendo que quieres saber si es conveniente hablarme de tu romance con Jonathan Grace, ¿verdad?

—Rayos. Eres un verdadero cretino. —Sybil no se volvió. ¿Cuánto hace que lo sabes?

—¿Importa?

—Supongo que no. —Suspiró profundamente—. No sé siquiera por qué me molesté en ocultar mi relación con él.

Oliver lo pensó.

—Tal vez sea porque con él las cosas son serias.

—No me había sentido así desde lo de Greg —murmuró—. Lo amo. ¿Me echarás todo a perder?

—No nos pongamos melodramáticos, ¿quieres? No puedo ni quiero impedir que te cases con quien te dé la gana. No poseo ese dominio sobre ti.

—Estás equivocado —dijo Sybil—. Sí tienes ese poder sobre mí y lo sabes tan bien como yo. Todo lo que tienes que hacer es excluirme de la fortuna Rain y entonces diré adiós a todas mis ilusiones de casarme con Jonathan. Así de simple. —Chasqueó los dedos.

—¿El dinero es tan importante para ti?

—Sí, maldita sea. —Sybil se volvió rápidamente. Su rostro, una máscara de ira y temor—. Sí es muy importante. Tú crees que te viste en una situación muy difícil porque tu padre se fugó y te dejó para que cargaras con el muerto. Pero en realidad, no sabes todo lo difícil que puede ponerse la vida, Oliver Rain.

—Pero tú vas a contármelo, ¿verdad?

—No creciste gracias a la caridad del gobierno. No tuviste que vivir en una zona de realojamiento. Ese vecindario era tan peligroso que mi madre no me dejaba salir a jugar a la calle por temor a que me violaran. Mi padre no nos abandonó cuando yo tenía veintidós años, Oliver. Se fue mucho antes que yo naciera. Sí, el dinero es muy importante para mí.

—¿Grace no tiene dinero?

—Sí, tiene dinero, pero eso no viene al caso. Yo quiero el dinero que me gané. Necesito saber que tengo dinero propio. Y yo sí que me gané mi parte de la fortuna Rain, Oliver. Sabes que es así. Hicimos un pacto y yo cumplí con mi parte. Admítelo.

Oliver se preguntaba qué diría Annie si hubiera estado allí.

—El dinero es tuyo, Sybil. Tienes razón. Te lo ganaste. Seguirás reteniendo tu parte, te cases o no.

Sybil abrió desmesuradamente los ojos, totalmente asombrada. La esperanza brilló en ellos.

—¿Lo dices en serio?

—Sí.

—¿Me das tu palabra?

—Sí. —Oliver extendió la mano y encendió el ordenador—. Ahora, si no te importa, quiero hacer un trabajo esta tarde. Estoy tratando de mantener a flote Lyncroft's.

Sybil se movió lentamente hacia la puerta. Parecía hechizada.

—Dios mío. Annie te ha afectado terriblemente. Jamás lo habría creído.

—Adiós, Sybil. —Oliver recuperó la información sobre costos que había estado analizando un rato atrás.

Sybil se detuvo, con la mano en el picaporte.

—¿Oliver?

—¿Sí?

—Sé que esto va a sonarte estúpido, pero de pronto me muerde la curiosidad. ¿Existe una remota posibilidad de que realmente te hayas enamorado?

—Adiós, Sybil.

—Sabía que era una pregunta estúpida. Adiós, Oliver. Oh, una cosa más. ¿Irás a la presentación preliminar de Valerie mañana por la noche?

Oliver frunció el entrecejo, recordando que Annie le había mencionado algo relacionado con que iría.

—Todavía no lo sé.

—Si decides ir, tal vez te presente a Jonathan. Creo que te caerá bien, si te das una oportunidad. Oliver levantó la vista.

—Una cosa, Sybil.

—¿Qué?

—Eres una mujer rica.

—Gracias a ti —murmuró ella complacida.

—¿Qué sabes de Grace?

La expresión de Sybil cambió repentinamente.

—¿Qué estás queriéndome decir? ¿Que Jonathan podría querer casarse conmigo por mi dinero, ahora que sabe que lo conservaré?

—Es algo que hay que considerar.

—Tengo novedades para ti. Jonathan me pidió que me casara con él, hace semanas, cuando yo le comuniqué que lo más probable era que tú me volvieras la espalda.

—Ya veo. Parece muy noble. ¿Te sentirías un poco más segura si le pidiera a Bolt que investigara su pasado?

Sybil gruñó.

—No sé si ponerme furiosa o sentirme halagada. ¿Acaso con tu desagradable y suspicaz modo, estás tratando de protegerme?

—Eres parte de la familia —le dijo él suavemente.

—No lo creo. —Pero de pronto, Sybil sonrió—. Sí estás tratando de protegerme.

—Tal vez estoy tratando de proteger tu parte de la fortuna Rain.

—Está bien. Me tragaré eso. Aun, viniendo de ti, es una especie de dulce elogio. —Sybil rió—. Debes de estar enamorado, Oliver Rain. ¿Por qué no lo admites? Por tu bien, espero que Annie esté enamorada de ti. No quisiera estar a miles de kilómetros de ti si algún día llegaras a enterarte de que sólo está a tu lado para que salves la empresa de su hermano.

17

Annie levantó el pie del acelerador cuando entró en otra curva del estrecho y sinuoso camino. Aunque sólo eran las cuatro y media, ya había oscurecido. La espesa arboleda que había a cada lado de la calzada empeoraba la situación. Pensó que ya debía soportar bastantes cosas como para tener que ingeniárselas también con la densa niebla.

No había semáforos en aquella vieja ruta isleña. Tampoco había pasado ni visto otro auto, ni una sola casa, en casi dos kilómetros. Esa sensación de estar completamente sola estaba poniéndola histérica.

Annie detuvo el auto completamente cuando llegó a un cartel señalizador. Se acercó al parabrisas tratando de leer desesperadamente las letras apenas legibles. Marston Lane.

De acuerdo con la dirección que Sarah le había dado y con el mapa que ella había traído, ése era el sitio.

El camino estaba en muy malas condiciones, de modo que Annie había tenido que reducir la velocidad al mínimo, casi a paso de hombre. Divisó un bulto. Una vieja cabaña en un monte que estaba más adelante. No se veían luces en las ventanas ni otros automóviles en la entrada.

Annie detuvo totalmente su auto rojo. Apagó el motor y se quedó sentada, detrás del volante, analizando la casa de Thorpe. El extraño silencio la puso nerviosa. Se dio cuenta de que había llegado muy lejos, pero que no sabía qué hacer entonces.

«Oliver habría sabido qué hacer», se dijo. Oliver siempre sabía qué hacer.

Pero Oliver no estaba allí. Ella lo había llamado por teléfono, pero él acababa de salir de la oficina. Según explicó la señora Jameson había surgido un imprevisto. Había salido con urgencia, después de recibir una llamada de una persona, un tal Bolt. No sabía a qué hora regresaría.

Annie tomó la linterna que Oliver había insistido en que ella siempre llevara en la guantera. Después, abrió la puerta del auto. El ruido que hizo fue estremecedor en ese rotundo silencio.

El frío cortante la atacó apenas salió del cálido interior del vehículo. Annie se cerró el abrigo y se puso un par de guantes. Cómo deseó que Oliver estuviera con ella.

Eso era una ridiculez. Ni siquiera sabía lo que tenía que hacer, además de llamar a la puerta y tal vez espiar por las ventanas. Pensó que si había alguien en la casa, podría tomarla por una ladrona si no tenía cuidado.

Annie se dirigió hacia la puerta de entrada de la casa. Golpeó audiblemente.

—¿Hay alguien en casa?

Un lejano suspiro entre las hojas de los árboles fue la única respuesta que tuvo. Pero Annie tuvo un horrendo presentimiento. Sintió escalofríos por la espalda. Se dio la vuelta súbitamente, convencida de que no estaba sola.

—¡Hola! —gritó—. ¿Hay alguien ahí?

La niebla silenciosa menguó, anteponiéndose al haz de luz que emitía la linterna. Annie la movió, pero no vio nada frente a ella.

—Está bien, tranquilízate —se dijo en voz alta—. Has venido aquí por respuestas. No caigas presa del pánico, o no hallarás ninguna.

Se dirigió a la ventana más cercana Y alumbró con la linterna el interior de la casa. El estrecho haz de luz reveló un destartalado sofá y un sillón viejo de un cuerpo. Había revistas desparramadas sobre la mesita del café.

Annie se desplazó hacia la ventana siguiente y descubrió que era de la cocina. Había platos apilados en el escurreplatos. Sobre la mesa una caja de cereales.

La evidencia de ocupación reciente de la casa la hizo retroceder un paso. Tropezó con unos arbustos. El haz de luz empezó a moverse enloquecido hasta que recuperó el equilibrio.

—Cuidado —se dijo Annie, entre dientes—. Eres un poco novata en esto, pero has visto bastante televisión como para saber qué se hace en estos casos. Ya te las arreglarás.

Siguió rodeando toda la casa, apuntando con la linterna en cada ventana que encontraba. La alcoba estaba muy desordenada. Aparentemente, Wally Thorpe no creía que debía hacer su cama o arrojar la basura al cesto. Las puertas del guardarropas estaban abiertas. Annie espió más de cerca y se dio cuenta de que estaban vacíos. No había ropa colgada en ellos.

La curiosidad empezó a cobrar fuerzas sobre su miedo. Cuando llegó a la puerta de atrás y advirtió que no estaba trabada por dentro, respiró profundamente, se preparó y la abrió.

En la casa reinaba un olor a humedad, como si hubiera estado cerrada durante mucho tiempo. Pero eso no era lo peor. El olor a comida en estado de descomposición, que provenía de la cocina, era el más claro indicio de que allí no había vivido nadie durante un tiempo considerable. La cabaña apestaba.

Annie caminó lentamente por cada cuarto, cuidándose muy bien de no tocar nada. Comprobó correctamente el interior de los guardarropas. No había ropa en ellos. Tampoco en las gavetas. Había toallas en el piso del baño, pero los artículos para afeitarse brillaban por su ausencia.

Por fin, Annie se dio cuenta de que todo indicaba que el último morador de la cabaña había salido a toda prisa. Tenía la sensación de que Wally Thorpe regresó un día a su casa, metió rápidamente su ropa y pertenencias personales en una maleta y huyó.

Annie volvió a la cocina. El olor empeoraba allí. Empezó a retroceder, pero le llamó la atención el calendario de modelos desnudas que estaba colgado en la pared, cerca del teléfono.

No fue el antinatural tamaño de los senos desnudos de la modelo lo que le llamó la atención. Se trataba del título de Miss Octubre que la mujer de la foto llevaba orgullosamente.

Ya estaban en noviembre. De modo que Wally Thorpe no había estado en su casa como para cambiar la hoja del calendario al mes siguiente. Conclusión, se había marchado varias semanas atrás.

Apretándose la nariz, Annie se acercó más. El calendario tenía cuadrados en cada día del mes. Había notas cortas y misteriosas en algunos cuadrados.

El siete de octubre, fecha en la que su hermano desapareció, tenía un círculo rojo.

Annie se quedó contemplando el calendario horrorizada. Una coincidencia, se dijo. Tal vez, Wally Thorpe había decidido abandonar su puesto de trabajo ese día. No, Sarah dijo que lo hizo dos días después de que su hermano desapareciera.

Luego, Annie advirtió el número telefónico que se había escrito sobre el día 5 de octubre. Había algo familiar en él, aunque ella no pudo identificarlo todavía. Luego se le ocurrió. Era un número que ella misma había marcado varias veces últimamente.

Había un bolígrafo colgado de un hilo, cerca del calendario. Annie lo tomó con su mano enguantada y lo utilizó para copiar el número que Thorpe había escrito sobre el calendario.

Estaba metiéndose el papel en el bolsillo cuando oyó el crujido de una madera a distancia. Por un instante, creyó que el corazón se le paralizaría. Una décima de segundo después, la adrenalina empezó a bombear dentro de ella como una onda eléctrica. Recorrió todo su sistema nervioso erizándole el cabello de la nuca.

Apagó la linterna y de inmediato se ocultó en la oscuridad.

No podía decir a ciencia cierta si el crujido provenía del interior de la casa o de los escalones que estaban en la entrada. Se quedó muy callada, tratando de escuchar algo. Nada. La sensación de que estaban mirándola fue más fuerte que nunca.

Annie tenía miedo de moverse, pero al mismo tiempo, sentía la urgencia de salir corriendo. Luchó por dominar sus músculos y dio un paso hacia la puerta de atrás.

Con gran concentración, logró dar otro. Y un tercero, después.

Al llegar a la puerta de atrás, tomó el picaporte y lo giró suavemente. La puerta hizo un ruido suave al abrirse.

Annie vaciló, mirando la oscuridad de fuera. Nada se movía, o al menos, no vio nada que se moviera. Reunió valor y bajó la escalinata.

Se detuvo en las negras sombras del lateral de la casa y miró, con impaciencia, su auto, que estaba estacionado en la entrada. Tendría que ir corriendo hacia él.

Annie tomó las llaves en su puño y salió a toda carrera.

Nadie la detuvo. Nadie la llamó. Nadie le disparó. Un momento después, estuvo segura en su auto. Trabó las puertas y metió la nave en la cerradura. El motor se encendió con un rugido de protesta.

Annie metió la marcha atrás, miró por encima de su hombro e hizo que el automóvil retrocediera como un misil por el camino de entrada a la cabaña. No respiró hasta que llegó al camino principal.

Después, pisó el acelerador a fondo. Si se apresuraba, podría alcanzar el próximo transbordador de regreso a Seattle.

Annie no sabía qué estaba sucediendo allí, pero estaba muy arrepentida por no haber llevado a Oliver consigo.

—¿Qué rayos quiere decir con eso de que no sabe dónde está Annie? —gruñó Oliver diplomáticamente por teléfono.

Hubo un silencio de asombro al otro lado de la línea. Oliver juró en silencio. Aterrorizando a inocentes no obtendría las respuestas que buscaba.

—Lo siento —balbuceó Ella—. Se fue alrededor de las tres de la tarde y no he vuelto a verla desde entonces. Yo cerré sola la tienda. Probablemente, se habrá retrasado con algún cliente.

—¿Cómo se llama ese cliente?

—No lo sé. Quiero decir, que ni siquiera estoy segura de que haya salido por cuestiones de trabajo. Sólo se fue. Dijo que tenía que hacer algunos trámites O algo. Tal vez, salió de compras. Son sólo las seis y media. ¿Sucede algo malo, señor Rain?

—No. Nada malo. —Oliver se obligó a hablar con tranquilidad—. Gracias, Ella.

—De nada. Lamento no haber podido ayudarlo. Tal vez ya esté volviendo a su casa.

—Sí.

Oliver colgó el teléfono y miró a Bolt.

—Ella la vio por última vez a eso de las tres de la tarde.

—¿Va a llamar a Joanna McKenna? —preguntó Bolt.

—Si lo hago, morirá de miedo. La señorita McKenna ha tenido dudas con respecto a mí desde el principio. Lo más probable es que interprete de modo desagradable este contratiempo.

—No me sorprendería. —Bolt afinó los labios—. Permítame recordarle, señor, que no estaríamos en esta situación si yo hubiera seguido vigilando a Annie.

—No necesito que me lo diga, Bolt. —Bolt se puso de pie, se metió las manos en los bolsillos y empezó a caminar, de aquí para allá, por el estudio—. ¿Está seguro de que no dejó ninguna nota?

—Busqué por todas partes. Y escuché los mensajes grabados en el contestador automático dos veces.

Oliver apretó los puños dentro de sus bolsillos. Cada vez estaba poniéndose más nervioso. Algo estaba fuera de lugar y él no podía hacer nada.

—Maldita sea. Ni siquiera sabemos por dónde buscar.

—Son las seis y media.

—Annie siempre vuelve a casa a las seis menos cuarto.

—Cierto —coincidió Bolt—. Sin embargo, le recuerdo que usted no ha vivido con ella lo suficiente como para conocer todos sus hábitos y costumbres. Todo lo que sabemos es que tal vez fue a algún centro comercial y se retrasó por el tráfico de la ciudad.

—Debió haber llamado.

Bolt meneó la cabeza.

—No tiene teléfono en el auto.

—Consígale uno. Mejor aún. Asegúrese de llevarla a donde quiera que desee ir.

—Sí, señor.

—Ya no es soltera —barbulló Oliver—. Supuestamente, debe mantenerme informado. Tendría que llamarme para avisarme que va a retrasarse.

—Sí, señor.

—Maldición. —Oliver contempló la arena cuidadosamente rastrillada de su jardín de rocas. La posibilidad de que algo hubiera podido sucederle a Annie le producía escalofríos. Durante los últimos cuarenta minutos, había estado tratando de no pensar en esa posibilidad. «Nada le había pasado», se decía. Se demoraba en volver a casa, eso era todo.

Bolt se movió.

—Está preocupado porque cree que puede haber una conexión entre lo que ha sucedido hoy a Barry Cork y el hecho de que Annie haya desaparecido, ¿no es cierto?

Oliver estaba desesperado.

—Sí.

—Yo creo que las posibilidades apuntan a lo contrario —dijo Bolt, en un tono de análisis—. Cualquiera que haya sido el asunto tras el que Cork estaba, no tiene sentido que Annie haya sido el blanco. Si alguien deseaba que Lyncroft Unlimited se hundiera por la presión de los acreedores, sería mucho más razonable eliminarlo a usted.

Oliver se dio cuenta de que Bolt estaba tratando de tranquilizarlo.

—Todavía no sabemos, siquiera, si Cork fue un blanco o víctima de la mala suerte, o tal vez un mal conductor.

Poco después de las tres de la tarde, Bolt recibió la noticia de que Barry Cork había sufrido un accidente en una autopista. Su auto se había salido y Cork había sido trasladado inconsciente al hospital Harborview. De inmediato, llamó por teléfono a Oliver para que se reuniera con él en el hospital. Allí se enteraron de que Cork corría serios riesgos de morir.

Un distante y discreto *bong* anunció que alguien había abierto la puerta. Oliver se dio la vuelta, paralizado por el ruido suave.

—¿Bolt? —se oyó la voz de Annie desde la entrada—. ¿Oliver? ¿Dónde está todo el mundo?

Oliver se dirigió hacia la puerta de entrada.

—Voy a estrangularla.

—*Señor.*

Oliver hizo una breve pausa, sorprendido por la urgencia en el tono de voz de Bolt, el cual, normalmente, era absolutamente inexpresivo.

—¿Qué?

Bolt lo miró.

—Sólo quería recordarle, señor, que hace muy poco tiempo que la señora Rain vive con usted.

—¿Y?

Bolt tosió discretamente.

—Y entonces, tal vez, ella todavía no se ha adaptado a sus, eh, expectativas sobre lo que una esposa debe o no hacer.

—¿Está tratando de insinuarme que no debo abalanzarme sobre ella como una avalancha por haberme hecho vivir un infierno durante la última hora?

—Señor, se dice que uno puede atrapar más moscas con miel que con vinagre. Y *sólo* son las seis y media.

—¡Maldita sea! —barbulló Oliver—. Esta mujer lee su manuscrito, le dice que es maravilloso y sólo con eso se lo ha metido en el bolsillo. ¿Qué cuernos está pasando aquí? —se volvió y se dirigió hacia la puerta sin aguardar respuestas.

Annie asomó la cabeza por la cocina. Tenía los ojos desmesuradamente abiertos y serios.

—Ah, ahí estás. No encontraba a nadie.

Oliver frunció el entrecejo al verla. Annie estaba desaliñada y ansiosa. Tenía el cabello mucho más desordenado y enredado que de costumbre. Tenía barro seco en los zapatos y las medias torcidas. Un terrible temor hizo presa de él.

—¿Annie, qué ha pasado?

Annie se quedó mirándolo. Le temblaba el labio inferior y tenía los ojos llenos de lágrimas. Luego, con una exclamación breve e indescifrable, corrió a sus brazos.

—Por el amor de Dios, ¿qué pasa? —Oliver la estrechó fuertemente contra su pecho. La sintió pequeña, suave y muy vulnerable.

—¿Estás bien?

—Sí, estoy bien. —Resolló audiblemente sobre la camisa de su esposo mientras le rodeaba la cintura con los brazos—. Sinceramente, un poco agitada, pero bien.

—¿Dónde has estado? ¿Por qué has llegado tarde?

—Fui a Bainbridge Island.

—¿A ver a un cliente? —Oliver la separó levemente para poder mirarla a la cara.

—A ver a un hombre llamado Wally Thorpe.

Oliver le apretó los hombros con los dedos.

—¿Por qué diablos querías ver a Thorpe?

Annie parpadeó las últimas lágrimas que le quedaban en los ojos.

—¿Sabes quién es?

—Es el mecánico que se encargó de la revisión del avión que usó tu hermano el día que desapareció.

Annie frunció el entrecejo.

—¿Cómo sabías tú eso?

—Ya te he dicho que me aseguré de que la investigación sobre la desaparición de tu hermano fuera intensiva.

—Sí, ¿no?

—Yo no hablé con Thorpe personalmente, pero sí lo hicieron las autoridades —dijo Oliver—. La empresa que alquiló el avión a tu hermano se mostró muy colaboradora en todos los aspectos. No hubo pruebas de que alguien metiera mano en el avión, ni de que se hubiera pasado por alto algún detalle técnico en el servicio.

—¿Nada?

—No, Annie. ¿Por qué de pronto se te metió en la cabeza ir a hablar con Thorpe?

—No hablé con él. No estaba en su casa.

Conseguir las respuestas que buscaba no le resultaría sencillo. Annie estaba hecha un manojo de nervios, de modo que Oliver reunió toda su paciencia.

Rodeó los hombros de Annie con su brazo para conducirla hacia su estudio, donde Bolt aguardaba.

—¿Qué te hizo decidir ir a buscar a Thorpe?

Annie empezó a responder, pero se detuvo al ver a Bolt. Sonrió débilmente.

—Hola. Lamento haber llegado tarde. Espero que la cena no se haya echado a perder.

—No hay problemas con la cena, señora Rain. —Los ojos de Bolt recorrieron el cuerpo de Annie, notando su aspecto descuidado—. ¿Se encuentra bien?

—Ajá. —Annie se desplomó en la primera silla que encontró. Estiró las piernas hacia delante, reclinó la cabeza hacia atrás y apoyó los brazos sobre el reposabrazos.

Oliver se sentó detrás del escritorio.

—Bolt, por favor, ¿tendría la amabilidad de traernos un poco de té?

—Sí, señor. —Bolt salió.

Oliver sintió que lentamente iba relajándose. Annie estaba bien. Segura, sana y salva. Eso era lo único que importaba. Ya podía respirar tranquilo otra vez. Pero algo había sucedido y él debía averiguar qué era. Deliberadamente, suavizó su voz.

—Dime por qué trataste de localizar a Thorpe, Annie.

Ella lo miró solemnemente.

—Esta tarde recibí una llamada telefónica. La persona que la hizo no se identificó. —Annie hizo una pausa—. Tal vez era una mujer. En realidad no pude discernir el sexo. Esa voz me dijo que si yo me quería enterar de lo que le había pasado realmente a mi hermano, debía encontrar al mecánico que había hecho la revisión ese día.

—*Mierda.*

Annie parpadeó.

—Bueno, entonces llamé a la empresa que había alquilado el avión a Daniel y obtuve la dirección de Thorpe. Tomé un transbordador hasta Bainbridge. Miré un poco los alrededores y volví.

—Espera un momento. —Oliver entrelazó las manos sobre el escritorio y se inclinó, quedando en el haz de luz que emitía la lámpara halógena—. ¿Estás insinuándome que un cretino te llamó por teléfono, deliberadamente, para hacerte creer que el avión de Daniel había sido saboteado?

—Creo que fue ése el mensaje, ¿no?

—¿Y que en Thorpe estaba el hilo conductor?

—Así me pareció.

—¿Y que tú, conociendo esos hechos, te lanzaste por tu cuenta a la investigación?

Annie lo miró a los ojos.

—Sí, eso es lo que trato de explicarte.

Oliver perdió los estribos. Algo tan extraño en él que ni siquiera él mismo sabía qué le estaba pasando.

—*Qué tonta eres.* ¿Pero cómo puede ser que no tengas dos dedos de frente? ¿No tienes idea de lo que he tenido que pasar, aquí, sin saber dónde mierda estabas?

Annie abrió la boca, obviamente, para defenderse. Pero se detuvo, pues en ese momento llegaba Bolt con la bandeja de té. Ella le sonrió agradecida.

—Gracias, lo necesito.

—No hay de qué. —Se dispuso a servir tres tazas.

Oliver clavó la mirada en Annie.

—Quiero una explicación.

—Te la estoy dando. —Aceptó la taza y el platito de manos de Bolt con otra sonrisa, de agradecimiento—. Te diré la verdad, Oliver, en varios puntos realmente hubiera preferido que estuvieras conmigo. Tuve un poco de miedo. Nunca antes me había metido en la casa de nadie.

El té caliente se derramó sobre los dedos de Oliver, que en ese momento estaba recibiendo la taza de manos de Bolt.

—¿Te metiste en la casa de Thorpe? Maldición, Annie, no lo puedo creer.

—No encontré mucho —admitió Annie. Lentamente estaba recuperando la tranquilidad—. Pero parecía que Thorpe hubiera tenido que empaquetar sus cosas y salir a toda prisa. No había ropa en su guardarropa. Todavía quedaba comida en la cocina. Nadie ha tirado la basura durante mucho tiempo.

Oliver dejó su taza de té deliberadamente. Se puso de pie, plantó ambas manos sobre el borde del escritorio y se inclinó hacia delante.

—¿Por qué cuernos no me llamaste para avisarme lo que ibas a hacer?

Annie se movió, inquieta, sobre la silla. Su mirada se posó primero en el leopardo esmaltado y luego en Oliver.

—Yo te llamé. Pero no estabas en tu oficina.

—Entonces te fuiste sola.

—Sí, Oliver. Probablemente, éste es el mejor momento para decirte otra cosa que me dijo la persona que llamó. Él o ella, específicamente, hizo hincapié en que si yo quería respuestas auténticas sobre la desaparición de mi hermano, no debía comunicarte a ti que iría a buscar a Thorpe. Me dijo que no tenía que pedirte ayuda a ti porque, de lo contrario, mi vida podía correr peligro.

Oliver sintió como si alguien le hubiera dado un puntapié en la boca del estómago.

—¿Te advirtieron que no me contaras nada de esto?

—Así me pareció. Una advertencia.

Oliver no le quitó la vista de encima.

—¿Entonces por qué estás contándomelo ahora?

—Tuve mucho tiempo en el transbordador de regreso a Seattle para pensar. Mentalmente, reuní todas las pruebas que tenía y llegué a una interesante conclusión.

De reojo, Oliver notó que Bolt se acercaba al escritorio.

—¿Cuál fue esa conclusión? —preguntó Oliver cuidadosamente.

—Me pareció —dijo Annie, lentamente— que alguien, a propósito, trataba de tenderte una trampa. Alguien quiere hacerme creer que tú estás detrás de todo este asunto de la desaparición de mi hermano.

Un silencio aterrador envolvió el estudio.

—Una conclusión muy lógica —dijo Oliver, finalmente. Intercambió una mirada silenciosa con Bolt. Luego, volvió a mirar a Annie—. Esa persona que te llamó, ¿no te dijo nada más? ¿Cuál es esa prueba que tú mencionas?

—Ese sujeto no dijo mucho. Por lo menos, no por teléfono. —Annie abrió el bolso y extrajo un trozo pequeño de papel—. Pero cuando estuve dentro de la casa de Thorpe, encontré un calendario. La fecha en que Daniel desapareció estaba marcada con un círculo.

Bolt frunció el entrecejo.

—No es para sorprenderse. La desaparición de su hermano debe de haber sido un suceso muy importante para Thorpe y para toda la gente que trabajaba en la empresa de aviación. Que desaparezcan sus aviones no es algo que le ocurra todos los días a una empresa como ésa.

—No fue todo lo que encontré en el calendario. —Annie apoyó el trozo de papel sobre el escritorio, frente a Oliver—. Alguien escribió este número de teléfono en el calendario, justo dos días antes de la desaparición de Daniel.

Oliver miró el número y lo reconoció al instante.

—Maldición. —Lentamente, se dejó caer en su silla.

—¿Qué es? —Bolt avanzó para leer el número en el papel de Annie—. Es una de las líneas que usted tiene en este apartamento, señor. Es su número privado.

—Sí. —Oliver no dijo nada más. No sabía qué decir. Sólo miró fijamente a Annie, tratando de encontrar una solución a la situación que amenazaba con escapársele de las manos—. ¿Lo reconociste, Annie?

—Sí, por supuesto.

Bolt recogió el papel.

—Parece que tenemos un problema de seguridad aquí, señor. Sólo los miembros de la familia conocen este número de teléfono.

—Lo sé. —Oliver no podía apartar la mirada del rostro de Annie.

Ella lo miraba con la misma intensidad. Aunque parecía preocupada todavía, no había indicios de sospecha ni de temor en sus expresivos ojos. «Confiaba en él», pensó. A pesar de todas esas malditas pruebas, seguía confiando en él.

—Entonces, ¿cómo consiguió Wally Thorpe tu número de teléfono?

—Una pregunta muy interesante. —Oliver volvió a tomar su taza de té—. Para la que no tengo respuesta. —Finalmente, logró romper el contacto visual con Annie y volvió a mirar a Bolt—. Creo que lo mejor será que busquemos a Thorpe.

—Sí, señor. —Bolt bebió un sorbo de té—. Veré qué puedo hacer.

Annie se cruzó de piernas y empezó a mover la que tenía arriba. Miraba distraída a Oliver y luego a Bolt.

—También llegué a un par de conclusiones más mientras estaba en el transbordador.

—¿Sí, señora Rain? —preguntó Bolt cortésmente.

—Hemos convenido en que alguien quiere hacerme creer que Oliver está tramando algo macabro —dijo Annie.

Bolt dirigió una mirada a Oliver y luego asintió.

—Aparentemente, es así.

Oliver no supo qué decir. Estaba tratando de controlar la ira que amenazaba con dominarlo. Alguien se había esmerado en gran medida para lograr que Annie desconfiara de él.

—Debemos preguntarnos quién querría hacer eso. —Annie se puso de pie y empezó a caminar de aquí para allá por el estudio—. Hay una sola respuesta obvia. Es alguien que quiere que Oliver aparezca como el culpable de la desaparición de mi hermano. Ese mismo alguien quiere que yo me divorcie de él para que ya no pueda seguir controlando Lyncroft Unlimited. ¿Pero quién se beneficiaría de eso?

—Nadie —dijo Oliver, con pesar—. Tanto los acreedores como los inversores, ganarían dinero si Lyncroft se mantiene a flote.

—Existe una remota posibilidad de que alguien de la familia quiera vengarse de usted, señor Rain —dijo Bolt—. Ella podría ver la destrucción de Lyncroft como un medio para conseguir su objetivo.

Annie frunció el entrecejo.

—¿Se está refiriendo a Sybil, verdad? Olvídelo. Lo último que ella querría es destruir a Oliver financieramente. No sería lógico. A ella le agrada el dinero de los Rain.

Oliver esbozó una sonrisa.

—Buena observación.

—La gente no siempre sigue la lógica cuando trata de vengarse. —Bolt miró impasiblemente a Oliver—. Hay otras posibilidades, además de Sybil. Un viejo oponente comercial, como Paul Shore, podría estar ansioso de vengarse.

Oliver se reclinó sobre la silla.

—He firmado la paz con Shore. —Miró a Annie—. Por lo menos, eso creo. De todas maneras, esta clase de cosas no son de su estilo.

Bolt se encogió de hombros.

—Puede que haya otros, señor, que no le deseen el bien.

Oliver lo miró.

—Gracias por el testimonio que me brinda sobre mi habilidad para ganarme amigos y gente de influencia. Debo admitir que no todos con los que he tratado en los últimos quince años me envían tarjetas de Navidad. Sin embargo, no se me ocurre pensar en nadie que quiera vengarse de mí de esta manera.

—¿Por qué no? —preguntó Annie.

—Si yo perdiera Lyncroft, no me vería tan perjudicado —dijo Oliver—. Es cierto que si Lyncroft sale a flote, yo obtendré mis buenas ganancias. Pero si se hunde, sólo sería una pérdida insignificante en mi panorama financiero.

Annie lo examinó de cerca.

—Entiendo. No me había dado cuenta de que fuera tan insignificante.

—No dije que no fuera importante —comentó Oliver—. Pero las consideraciones financieras son las que menos cuentan aquí. Desde un principio te dije por qué quería salvar la empresa de Daniel.

Ella lo miró con pesar.

—¿Por él, verdad?

—En parte. —Oliver se dirigió a Bolt. —Creo que descartaremos la posibilidad de que sea un competidor sediento de venganza.

Bolt procesó la información.

—Hay otra perspectiva que considerar. No olvide que la persona que llamó a Annie para prevenirla contra usted, podría estar conectada con Barry Cork y sus planes.

—Lo sé. —Oliver miró a Annie—. Lo que explica por qué casi me volví loco cuando no podía localizarte esta tarde.

—No me había dado cuenta de que estuvieras molesto porque me había retrasado un poquito —dijo ella sorprendida.

—Estaba más que molesto. Pero por ahora, dejaremos eso como está, Annie, Cork tuvo un accidente esta tarde. En una autopista. Lo trasladaron a Harborview. El último parte médico dice que sigue inconsciente y que puede morir.

—Oh, Dios mío —exclamó ella—. Pobre Barry.

—La policía está investigando, pero se cree que fue un accidente. Aparentemente, no hay pruebas de lo contrario —agregó Bolt.

Los azorados ojos de Annie se volvieron hacia él.

—Eso significa que no es del todo seguro, ¿no?

—No —confirmó Bolt—. No estamos completamente seguros.

Annie apretó las manos con energía frente a sí y miró a Oliver.

—Tú me dijiste que la clase de espionaje que Cork hacía era de guante blanco y, por ende, no implicaba asesinatos por lo general.

—Generalmente —dijo Oliver—. Pero considerando los hechos de esta tarde, creo que tendremos que dejar de lado esta teoría.

—Tal vez tengamos que recurrir a la policía —sugirió Annie.

Bolt se quedó sentado en completo silencio.

Oliver analizó la disposición de rocas de su jardín.

—Es una de las posibilidades, por supuesto.

Annie abrió los ojos desmesuradamente.

—Por Dios, claro que no podemos hacer eso, ¿verdad? Lo más factible es que te acusaran a ti como principal culpable.

—Probablemente. —Oliver mantuvo un tono de voz indiferente.

Annie se mordió el labio.

—Podrían pensar que tú eras el único que tenía motivos reales para deshacerte de Daniel. Tú puedes alegar que al tener la mayoría de las acciones de Lyncroft no te enriquecerías mucho, pero no todos pueden pensar de ese modo.

—Cierto —admitió Oliver.

—¿Y quién sabe lo que podrían decidir respecto de tu relación con Barry Cork? Los policías podrían creer que tú lo mandaste matar porque sabías que estaba vendiendo a terceros los secretos de tu empresa nueva. No, rotundamente, no podemos acudir a la policía.

Oliver se sintió muy tranquilo. Annie realmente confiaba en él. Más que eso, trataba de protegerlo. No recordaba cuál había sido la última vez que alguien había tratado de protegerlo.

—Admito que esto podría complicar las cosas —concedió Oliver—. Pero también hay otras dos razones por las que debemos mantener todo esto en secreto, por el momento.

—¿Qué razones? —preguntó Annie.

—La primera es la falta de pruebas. No tenemos pruebas concretas de que la desaparición de Daniel y el problema de Cork en la carretera no hayan sido accidentales. Por otro lado, esa llamada que recibiste hoy puede que no convenza a la policía. Ni siquiera podemos probar que haya existido, o que alguien me haya implicado a mí o a Thorpe.

—¿Cuál es la segunda razón por la que debemos mantener esto en secreto? —preguntó Annie.

—Bolt y yo queremos hacer algunas preguntas propias. Será más fácil para nosotros, si la policía no está por medio.

Annie lo miró con gran entusiasmo en sus ojos.

—¿Vas a hacer algunas preguntas por tu cuenta, Oliver? Es una idea genial. Yo te ayudaré.

—No —contravino Oliver—. Decididamente, no ayudarás. Es más, no irás a ninguna parte fuera de este apartamento, o de tu tienda, sola. En todo momento, me tendrás informado de dónde te encuentras. No habrá más viajes impulsivos a Bainbridge ni a ninguna otra parte. ¿Está claro?

Los ojos de Annie se pusieron sombríos.

—Oliver, desde que nos casamos te dije que no permitiría que me vigilaras. Existe la posibilidad de que todo este enredo esté relacionado con mi hermano. Tengo derecho a ser parte de la investigación. No dejaré que me tengas a oscuras.

Oliver miró a Bolt.

—Creo que eso será todo por hoy, Bolt. No se moleste en prepararnos la cena. Esta noche, nos arreglaremos solos.

Bolt miró con incertidumbre a Annie mientras empezaba a encaminarse hacia la puerta.

—Sí, señor. Estaré abajo por si me necesitan. —Salió del estudio y cerró la puerta silenciosamente.

Annie estalló contra su esposo.

—Lo he dicho en serio, Oliver. Ya sé que lo único que quieres es protegerme, pero no voy a permitirte que me tengas encerrada bajo llave ni que me niegues la participación en la investigación.

—Annie, es por tu bien.

—Razón suficiente para que quiera luchar con uñas y dientes. ¿Cómo te sentirías si alguien te dijera lo mismo a ti?

—No lo toleraría —admitió Oliver—. Pero eso no viene al caso. En primer lugar, viniste a mí a pedirme que salvara Lyncroft. Hicimos un trato. Es cierto que ninguno de los dos pudimos anticipar lo mucho que se complicarían las cosas, pero nuestro pacto aún sigue en pie. Yo me encargaré de todos los asuntos que tienen que ver con la empresa.

—Este matrimonio es algo más que un trato.

Oliver no discutió ese aspecto. Por el contrario, cambió de táctica.

—Annie, estamos frente a una situación difícil. Con muchas incertidumbres por delante. No quiero que corras más riesgos como los que has corrido esta tarde.

Ella se puso colorada.

—No he corrido ningún riesgo. Simplemente, he seguido una pista.

Oliver apretó los dientes tratando de calmar sus nervios.

—Te has arriesgado. Todavía no podemos medir cuán peligroso ha sido ese riesgo. No quiero que vivas la parte nefasta de esto.

—No puedes excluirme de esto. Ni dejarme a medias tintas, te guste o no. —Annie tenía razón. Pero Oliver sabía que tomaría todas las medidas necesarias para mantenerla lo más protegida posible. No tenía escrúpulos para proteger a Annie.

—No quiero reñir contigo.

—Bien. —Le sonrió cálidamente, con aprobación—. ¿Sabes algo, Oliver? Estás progresando. En los viejos tiempos, habrías lanzado tu decreto y al cuerno con mis sentimientos al respecto. Pero ahora, me estás hablando de igual a igual.

—Me alegro de que apruebes al nuevo Oliver Rain. —Se puso de pie y rodeó el escritorio.

—Me gusta mucho. —Annie lo miró con perspicacia cuando él se le acercó—. ¿Qué estás haciendo?

Se detuvo frente a ella, le apoyó las manos en los hombros y la besó profundamente en la boca. Deliberadamente, intensificó su beso, hasta que ella se aferró a él con todas sus fuerzas. Luego, separó la boca de la de ella.

—Adivina. Una oportunidad.

—¿Y la cena?

—La cena puede esperar veinte minutos. Yo no. —La tendió de espaldas sobre el escritorio y se acomodó entre sus piernas. Con una mano, le levantó la falda, mientras con la otra, se bajaba la cremallera de su bragueta.

—¿Sólo veinte minutos, Oliver? —los ojos de Annie estaban llenos de amor.

—Quince, al paso que voy.

—Procura que sean veinte —le aconsejó ella, con un murmullo ronco—. No quiero tener que ir a buscar el libro de Arthur que trata sobre la eyaculación precoz.

18

Al día siguiente, Annie estaba de pie junto a Valerie, en la galería central del Museo Eckert.

—Debes de estar muy entusiasmada, Val. Obviamente, la exposición es un éxito.

—El oro tiene una forma ideal de atraer la imaginación —dijo Valerie, modestamente.

—Has hecho un trabajo fantástico. —Annie admiró una colección antigua de joyas de oro, dispuestas en un estuche cercano. Las imágenes de deidades extrañas y animales se habían expresado con sorprendente arte en una variedad de brazaletes, collares y pendientes—. Hay un sentimiento muy especial en el modo en que dispusiste cada pieza. A la gente le encantará.

Valerie miró el estuche. Sus ojos brillaron con orgullo.

—Gracias, pero habría sido una pena arruinar esta colección. Tal como tú dijiste el otro día, el arte precolombino tiene una sofisticación maravillosamente salvaje.

Annie se desplazó para contemplar una feroz figura felina tallada en oro.

—¿Otro jaguar?

—Sí, es un motivo común. Esta pieza particular es Diquis.

—Quedaría estupenda en el estudio de Oliver —observó Annie.

Carson apareció junto a Valerie.

—Jamás he visto su estudio, pero me imagino que quedaría muy bien allí. Hay cierto parecido entre Rain y ese felino.

Todos miraron al otro lado de la galería, donde estaba Oliver conversando con un grupo de personas.

—Cierto —murmuró Valerie—. Annie, no puedo creer el efecto que tienes sobre mi hermano. Es otro hombre últimamente.

—¿Lo crees? —preguntó Annie.

—¿Estás bromeando? —Valerie se echó a reír—. Esta noche, Oliver está haciendo vida social. No puedo creer lo que estoy viendo. Antes, jamás hubiera venido a una reunión como ésta y mucho menos, se habría puesto a conversar con los demás.

Annie observó a Oliver un momento. Era verdad, estaba haciendo vida social. Pero todavía parecía un enorme leopardo tratando de parecer inocente en una manada de antílopes. No cabía duda de que Oliver jamás sería como el resto.

Por lo que podía verse, Oliver no estaba conversando demasiado, pero al menos, participaba en el grupo. No estaba aislado del resto del mundo, como se había mostrado aquella noche en la fiesta de compromiso de Daniel.

Claro que Annie no estaba totalmente segura de lo mucho que había cambiado Oliver. Cierto, había indicios de que estaba haciendo grandes esfuerzos por mostrar más sensibilidad en los asuntos familiares. Y había declarado una tregua con Paul Shore. Pero no estaba avanzando demasiado en su actividad comunicativa con ella, excepto en la cama.

Todavía no le había confesado que la amaba.

Sin embargo, Annie había optado por permanecer optimista. Tarde o temprano, él le diría esas palabras. Annie estaba segura de que Oliver estaba enamorándose de ella.

Richard y Nathan, como si fueran versiones más jóvenes de Oliver, con sus trajes formales, se acercaron para reunirse con Annie, Valerie y Carson.

—Estupendo trabajo, Val —elogió Richard, asintiendo en dirección a las piezas más próximas—. Seguramente se le habrán caído unos cuantos dólares a los del museo para comprar todas estas cosas, ¿no?

—Algunas cosas son prestadas de un par de coleccionistas privados. Pero Eckert es propietario de bastante. Muchas piezas fueron adquiridas hace unos cuantos años, antes de que alcanzaran el valor actual y que los gobiernos involucrados prohibieran las exportaciones.

Nathan recorrió el salón con una sola mirada y frunció el entrecejo.

—¿Qué pasa con mamá esta noche? Pensé que vendría.

—Sybil avisó que llegaría un poquito tarde —explicó Valerie—. Creo que planea darnos una sorpresa.

—¿Qué sorpresa? —preguntó Nathan.

Richard arqueó las cejas de un modo muy parecido al mismo gesto que Oliver hacía.

—Apuesto a que vendrá con Jonathan Grace.

Nathan lo miró.

—¿Sí? ¿Va a dejar de ocultárselo a nuestro hermano mayor?

—Tengo esa impresión —dijo Richard. Sonrió—. Y apuesto cinco dólares a que nuestro viejo hermano ya lo sabe todo. Nadie en esta familia puede ocultar algo a Oliver.

—Eso es —dijo Nathan, con tono sepulcral— porque nuestro viejo hermano lo ve todo, lo sabe todo...

—De hecho —agregó Heather, uniéndose al grupo—, esta tarde hablé con Sybil. Dijo que esta noche vendría con Grace para presentárselo a Oliver. Parecía muy entusiasmada con la idea.

—Oliver debió de haberle anticipado su consentimiento —señaló Nathan.

Valerie sonrió.

—Probablemente, gracias a Annie.

Heather miró a Annie.

—Creo que tenemos una bruja blanca en la familia. Es como si lo hubieras hechizado, Annie.

Annie negó con la cabeza rápidamente.

—Nadie puede cambiar a Oliver. No a menos que él quiera cambiar. No hay hechizos para él. Simplemente, está poniendo en práctica sus habilidades de comunicación interpersonal, eso es todo.

—¿Que Oliver está practicando sus habilidades de comunicación interpersonal? —rió Richard—. Escuchad, eso sí que es genial. Como dicen en Hollywood, vaya concepto.

Heather frunció el entrecejo, pensativa.

—No era tan malo para comunicar ciertas cosas. ¿Recordáis cómo nos reunía a todos en su estudio cada noche, después de cenar?

—No me lo recuerdes. —Richard hizo una mueca, pero estaba de buen talante—. Nos obligaba a hacer nuestros deberes allí mientras él trabajaba con sus papeles de negocios. Nos pasábamos toda la noche en el estudio de mi hermano, mientras nuestros amigos veían la televisión o jugaban con los juegos de vídeo.

—Pero no nos hizo el menor daño —dijo Heather—. Nos enseñó los buenos hábitos de estudio.

—Y también, la oportunidad de pasar bastante tiempo con Oliver —agregó Annie.

—Sí, eso creo. Pero me parece que no entiendes bien la idea, Annie. —Richard sonrió—. La lección más importante que aprendimos en el estudio de Oliver fue que si a uno de nosotros le iba mal en la escuela, toda la familia se veía afectada. Ninguno se atrevía a avergonzar a la familia con bajas calificaciones, porque nadie deseaba explicar el fracaso a Oliver.

—Oliver era mucho mejor intimidando que comunicándose interpersonalmente —dijo Nathan, pero con un tono evidentemente divertido.

Heather sonrió sobriamente, como siempre hacía.

—Es cierto que mi hermano parece otro. Si yo tuviera que señalar el motivo de su cambio, diría que es la felicidad. Y eso debe de ser por ti, Annie. No hay otra cosa que pueda explicar la transformación.

—Agradezco los elogios —dijo Annie—, pero no exageremos. Tampoco ha habido una gran transformación; simplemente, algunas modificaciones menores.

—Te equivocas —comentó Heather—. Estos cambios son importantes.

—Heather tiene razón. —Richard miró a Annie—. Tal vez, esto sea como el cuento de la Bella y la Bestia.

Annie se molestó.

—Oliver nunca ha sido una bestia.

—Eso es lo que tú crees —dijo Valerie secamente—. No me malinterpretes, pero Oliver puede ser un gran dolor de cabeza cuando se marca un objetivo. Y él siempre sabe lo que quiere.

—Sí, no sólo para sí, sino para todos los demás —agregó Richard.

—Tiene buenas intenciones —le defendió Annie de inmediato.

—No estamos diciendo lo contrario —dijo Nathan—. Pero Oliver, generalmente, hace las cosas a su modo o no las hace.

—No es tan malo —manifestó Annie.

—¿No? —Nathan rió—. El año pasado se me ocurrió posponer mis estudios por un año para irme de viaje a Europa. Oliver no estuvo de acuerdo. Y como verás, estoy en la universidad, este año, en lugar de disfrutar de un delicioso café en la Vía Veneto.

—Aquí llega mamá —dijo Richard. Asintió en dirección a la puerta—. Y ha traído a Grace. Aparentemente, es cierto que se lo presentará a Oliver. —Silbó despacio—. Este asunto es serio.

—¿Os cae bien Jonathan Grace? —preguntó Annie con curiosidad mientras observaba a Sybil y a Jonathan entrar en el salón.

—Bastante bien —anunció Nathan, sin demasiado entusiasmo—. Lo que importa es que mamá esté contenta.

—Te refieres a que, por fin, Oliver ha aceptado y permitido que ella sea feliz —dijo Valerie bruscamente. Miró a Carson—. Sé cómo se ha sentido Sybil estos últimos meses.

Carson se encogió de hombros.

—Tu hermano no me parece tan malo.

—Tú nunca lo conociste A.A.

Carson la miró de reojo, sin entender.

—¿A.A.?

—Antes de Annie —murmuró Heather—. Sybil está estupenda esta noche, ¿no?

Annie coincidió en que Sybil estaba radiante con su estrecho vestido verde pálido, que destacaba su peinado alto. Junto a ella, Jonathan Grace también estaba muy elegante, con su traje caro, de etiqueta. Llevaba a Sybil del brazo, con un gesto muy protector y una expresión de intensa satisfacción en sus ojos. Annie advirtió que estaba mirando a Oliver, que todavía no se había dado cuenta de la llegada de Sybil.

Annie miró a Heather, interrogante.

—Creía que Sybil había dicho que Oliver y Jonathan nunca se habían visto.

—Nunca se han visto —confirmó Valerie—. Sybil tenía miedo de presentarlos. Cruza los dedos y espera que todo esto salga bien. Si no, me temo que a Sybil se le partirá el corazón. Creo que realmente está enamorada de Grace.

—Todo saldrá bien —le aseguró Annie.

Oliver escogió ese momento para abandonar el pequeño grupo con el que había estado conversando. Buscó por todo el salón a Annie con la mirada. Cuando la encontró, fue directamente a ella.

Como era típico en él, Oliver no miró a ninguno de sus dos costados mientras se abría paso entre la multitud. Aparentemente, no parecía darse cuenta de que la gente le abría paso. Simplemente, avanzaba hacia su objetivo y, por arte de magia, un sendero se le abría frente a él.

Cuando llegó al sitio donde estaban Annie y los demás asintió en dirección a Carson y después miró a Valerie.

—La exposición es impresionante, Val. Te felicito.

Valerie estaba radiante. Era obvio que los elogios de Oliver significaban mucho para ella.

—Gracias.

Carson sonrió orgulloso.

—Es una de las mejores de la costa Oeste, en arte precolombino. Eckert es muy afortunado en tenerla.

Antes de que Oliver pudiera responder, Sybil apareció con Jonathan a su lado.

—Buenas noches a todos. —Los ojos de Sybil brillaban de placer—. Valerie, la exposición es maravillosa. Seguramente atraerá a mucha gente.

—Eso espero —dijo Valerie.

—No lo dudes. Será un éxito. —Sybil se volvió hacia Oliver—. Quiero presentarte a Jonathan Grace. Jonathan, éste es Oliver. Creo que te lo he mencionado.

—Varias veces. —Jonathan estaba sonriente, pero sus ojos se mostraban alertas—. Es un placer conocerle, por fin. Debo admitir que no es como esperaba.

—¿Y qué esperaba? —preguntó Oliver, humildemente.

—Había oído hablar de colmillos y garras, pero no los veo por ninguna parte —dijo Jonathan—. Supongo que hará que me investiguen.

—*Jonathan* —gruñó Sybil, molesta.

—No hay de qué preocuparse. —Jonathan le dio una palmada en la mano con cariño—. Valoro el hecho de que quiera protegerte, querida. Tú también tendrías que valorarlo.

Sybil levantó los ojos hacia el techo, pero tenía las mejillas sonrojadas.

—Tiene plena libertad para investigar lo que desee —manifestó Jonathan seriamente a Oliver—. Pediré a mis contables que le envíen unas copias de mis liquidaciones impositivas, por si le sirve.

—Gracias —dijo Oliver—. Me resultará muy útil.

Sybil se puso furiosa.

—Te lo advierto, Oliver. No me hagas pasar vergüenza.

—Jamás se me ocurriría, Sybil. —Oliver se volvió hacia Annie—. ¿Estás lista para irnos?

Annie lo miró sorprendida.

—¿Ya nos vamos?

—Sí.

Annie empezó a discutir, pero hubo algo en la expresión de Oliver que la hizo detenerse. Se volvió hacia Valerie.

—Bueno, entonces, Val, felicitaciones otra vez.

—Gracias —respondió Valerie. Avanzó un paso y abrazó afectuosamente a Annie—. Por todo.

Annie sonrió, un poco incómoda, y se despidió del resto de los Rain. Oliver la tomó del brazo y comenzó a caminar hacia la puerta. Como siempre, se abrió una senda frente a ellos.

Bolt estaba esperándolos en la calle, con la limusina. Abandonó su sitio detrás del volante y les abrió la puerta.

—¿Por qué tanta prisa? —le preguntó Annie, mientras Oliver la hacía pasar al asiento de atrás de la limusina—. Lo estaba pasando muy bien.

—Lo siento, pero tenemos una lista de actividades que seguir —le dijo, cuando se colocó junto a ella.

—¿De quién? ¿De qué actividades me hablas? —Annie trató de leerle la expresión entre las sombras, mientras Bolt avanzaba con la limusina.

—Tengo una cita de negocios esta noche. —Oliver miró el brillante reloj digital del automóvil—. Te llevaré a casa y luego Bolt me acercará hasta el sitio donde se llevará a cabo la reunión. Volveré a casa en un par de horas.

—No me habías mencionado nada sobre esa reunión. Nunca las tienes a estas horas. ¿De qué se trata, Oliver?

—Nada de tu incumbencia, Annie.

—Lo que significa que definitivamente, me incumbe y mucho. Te advierto, Oliver, que si no me cuentas de qué se trata todo esto, te seguiré hasta tu famosa reunión.

Oliver pareció asombrado por la amenaza.

—No, Annie, no me perseguirás.

—Dime dónde vas.

—Prefiero no hacerlo.

—Espera. Esto está relacionado con lo que ha sucedido últimamente, ¿no?

Oliver dudó.

—En parte. Está relacionado con Barry Cork.

—¿Qué pasa con él? ¿Sigue inconsciente?

—Por lo que sabemos... —Oliver la examinó un momento como determinando hasta dónde podría decirle la verdad—. Bolt y yo iremos a echar un vistazo a su casa esta noche. No nos llevará mucho tiempo.

—¿Para qué? —preguntó Annie—. ¿Qué creéis que vais a encontrar?

—No lo sé.

—Yo iré con vosotros.

—No, Annie.

—Sí.

Oliver sonrió tímidamente en la oscuridad.

—No.

Cuarenta y cinco minutos después, Bolt hizo algo en la cerradura de la puerta trasera de la vivienda de Barry Cork. La puerta se abrió sin hacer ni un ruido.

—No creí que convenciera a la señora Rain para que se quedara en casa, señor Rain.

—La señora Rain es lo suficientemente inteligente para darse cuenta de cuándo pierde una batalla. —Oliver miró atrás para asegurarse de que el pequeño patio estuviera desierto.

Lo último que necesitaba era un perro ladrando o un vecino curioso. Pero no hubo indicios de ninguno de los dos. El vecindario del norte de Seattle estaba tranquilo, casi vacío.

Oliver y Bolt habían cambiado la limusina por el Mercedes cuando llevaron a Annie al apartamento, para no llamar tanto la atención en el barrio.

Oliver atravesó la puerta y se encontró sumergido en una total oscuridad. Las cortinas estaban cerradas.

—No se ofenda, señor. Pero me sorprendió que ella aceptara tan fácilmente. —Bolt siguió a Oliver.

—Fue sencillo. Le dije que si ella insistía en acompañarnos cancelaría directamente todo el proyecto.

Annie había puesto el grito en el cielo, pero, al final, tuvo que ceder ante la amenaza. Oliver no estaba dispuesto a admitir ante Bolt que, íntimamente, él también creía que Annie se había rendido con demasiada facilidad, pero se sentía sumamente aliviado ante su victoria. Decidió que, probablemente, lo mejor sería tratar a Annie con mano firme más a menudo.

Mientras extraía una pequeña linterna que había llevado, pensó que el problema con su esposa era que la consentía demasiado. Desde un principio, había sido ella la que había tomado la iniciativa en su relación. Ella había dictado los términos del matrimonio y, de allí en adelante, se había propuesto decretar toda la vida de Oliver. Hasta emitía sus edictos en la alcoba.

Annie tenía buenas intenciones, pero la moraleja de todo era que ella ya estaba segura de que podía persuadirlo para lograr con él lo que quisiera. El descubrimiento de que estaba alterando todo su mundo para complacer a su esposa, le hizo sentirse de pronto terriblemente inquieto.

De repente, llegó a la conclusión de que ya no controlaba su vida por completo como antes. Sabía que rápidamente estaba tornándose vulnerable, de una manera que jamás hubiera creído posible en él. Desde que tenía uso de razón, la palabra vulnerabilidad había sido un sinónimo de debilidad para Oliver. Un hombre débil no podía defender a su familia.

—Yo me haré cargo de la alcoba —dijo Bolt.

—Asegúrese de que las cortinas estén cerradas allí antes de encender la linterna.

Bolt emitió un sonido ronco en la oscuridad, que bien pudo parecerse a una carcajada.

—Parece un experto profesional en esto, señor Rain.

—He tomado algunas clases con mi esposa —murmuró Oliver—. Si Annie puede hacerlo, yo también.

Pero Oliver pensó que apenas podía ser un principiante en materia de allanamientos de morada.

Recordó aquella noche, cinco años atrás, cuando él y Daniel irrumpieron en el depósito donde Walker Gresham había concluido su última operación de tráfico de armas. Técnicamente, no se había tratado de allanamiento de morada en el más estricto sentido de la palabra. Después de todo, el depósito había pertenecido a una de sus empresas. Sin embargo, en aquella ocasión, había sentido el mismo nerviosismo, la misma dosis de adrenalina que estaba sintiendo esta noche. También tenía la profunda sensación de que estaba actuando al margen de la ley.

Cinco años antes, tanto él como Daniel habían visto la muerte muy de cerca al estar haciendo lo mismo que él hacía ahora con Bolt.

—Tenga cuidado, Bolt —le dijo Oliver en voz baja.

—Todo despejado —anunció Bolt—. Las cortinas están cerradas.

Al recordar lo que Annie había encontrado cerca del teléfono, en la cabaña de Thorpe, Oliver decidió investigar lo que había cerca de la mesa del teléfono de Cork. No había ningún número misterioso en el calendario, ni en la libreta de anotaciones que estaba sobre la mesa.

Abrió algunos cajones y no encontró más que bolígrafos y una guía telefónica de Seattle. No había agendas con direcciones personales, ninguna clase de anotaciones interesantes.

Lentamente, Oliver llegó a la pequeña sala de estar. Se abalanzó sobre la gaveta que estaba en un extremo de la mesa. La abrió de inmediato, pero sólo encontró una novela de terror, de tapas blandas. No tuvo mejor suerte cuando se reunió con Bolt en una segunda habitación, que Cork, aparentemente, usaba como oficina.

—Nada —dijo Bolt, cerrando el último cajón.

—Demasiado nada. —Oliver fijó la vista en el angosto haz de luz que se dibujaba sobre la superficie del escritorio de Cork—. He estado un par de veces en la oficina de Cork en Lyncroft. Es la clase de administrador que exhibe todos sus archivos para tenerlos bien a la vista. Su escritorio siempre es un caos de papeles.

—Tal vez vino algún familiar y limpió toda la casa.

—Me he enterado de que las autoridades no han podido contactar con su madre ni con su hermana, en Virginia, hasta esta tarde. Ni siquiera han llegado a Seattle todavía. Según los documentos de Cork, no tiene otros parientes en el Oeste.

—Eso nos deja otra posibilidad —dijo Bolt.

—Sí —Oliver volvió a echar otro vistazo general mientras regresaban a la cocina—. Que otra persona haya llegado antes que nosotros.

—¿La misma persona que lo sacó de la autopista?

—Si es que el accidente fue intencionado.

—Yo diría que el hecho de que alguien se haya molestado en limpiar todo este sitio de archivos y demás información es una clara evidencia de que tal accidente no ha sido un accidente en realidad.

Oliver se quedó pensando en eso mientras ambos salían por el mismo camino por el que habían entrado. También pensó en otras cosas. Esperó a llegar al auto, que Bolt había estacionado a dos manzanas, para hablar.

—Nada de esto tiene sentido. —Oliver ocupó el asiento delantero derecho y se puso a mirar por la ventana, tratando de pensar—. La escena que tenemos aquí es que alguien asesinó a Daniel Lyncroft y que, luego, trataron de matar a Barry Cork. ¿Pero cuál es la causa?

—La única causa que entiendo es que esta persona quería que Lyncroft Unlimited se fuera a pique —comentó Bolt—. Tal vez alguno del grupo de California.

—Hay otro punto de vista desde el que puede analizarse todo esto —dijo Oliver, lentamente—. Uno que, hasta el momento, no hemos considerado. Alguien puede haber matado a Daniel por otras razones, totalmente ajenas a esto. Motivos que nada tengan que ver con la empresa. —Hizo una pausa—. Pero tampoco tiene sentido. Daniel no era la clase de hombre que se ganara enemigos.

—Tampoco encaja el hecho de que alguien quiera que la señora Rain sospeche de usted. ¿Para qué reabrir la causa de la muerte de Lyncroft cuando todo el mundo está convencido de que fue accidental? ¿Y por qué quitar de en medio a Cork?

—Puede que Cork supiera demasiado. Y además, estaba en la venta de información. Puede que el asesino hubiera pagado a Cork para que le consiguiera la información sobre los planes de Daniel para tramar la emboscada del accidente aéreo.

—¿Se refiere a que usó a Wally Thorpe para que saboteara el avión y después los mató, a él y a Cork, para que no lo delataran?

—Esa teoría explicaría algunos puntos —expresó Oliver, cavilante.

—Si eso es cierto, el asesino estaba limpio. Nadie pensó que lo de Lyncroft fuera un asesinato. Nadie advirtió la ausencia de Thorpe. Y, a menos que usted se mueva para que suceda lo contrario, nadie sospechará que el accidente de Cork no fue tal. Entonces, ¿para qué alguien se molestaría en hacer llamadas telefónicas a Annie a fin de hacerle despertar sospechas sobre usted y empezar a revolver el avispero otra vez?

Oliver contempló las luces de la ciudad mientras Bolt regresaba hacia el centro de la misma.

—Si partimos de la base de que el motivo no fue hacer caer a la empresa, entonces tendremos que buscar otras razones.

—Daniel Lyncroft está muerto. Alguien puede intentar señalarle a usted como el culpable de eso. Si lo logra, lo mandará a la cárcel durante varios años. —De inmediato, Bolt giró la cabeza para mirar a Oliver—. Diría que el objetivo es usted, señor Rain.

Oliver se quedó en silencio un momento.

—¿Pero por qué una táctica tan indirecta? ¿Por qué no matarme de una vez? ¿Por qué se tomaría la molestia de asesinar primero a Daniel Lyncroft?

—No lo sé —admitió Bolt.

Oliver frunció el entrecejo.

—¿Y por qué arriesgarse a la posibilidad de que tal vez no me condenen por homicidio? Después de todo, no hay pruebas. El cuerpo de Daniel no ha aparecido y tampoco se puede hablar de un avión saboteado. Yo tendría que contratar costosos abogados si las cosas se pusieran complicadas para mí, pero no habría muchas posibilidades de que me condenaran con tan pocas pruebas.

—No, pero la publicidad sería desagradable para su familia —declaró Bolt suavemente.

—Sí. —La situación no sería muy diferente de la que tuvieron que soportar durante quince años atrás, reconoció Oliver en silencio, cuando su padre desapareció. El único cambio sería que, en esta ocasión, el culpable del dolor y la humillación de los demás sería él. Una idea que no podía tolerar.

—Los planes del asesino pueden ser conseguir pruebas falsas —agregó Bolt.

—Complicado.

—Sí, señor.

—¿Y dónde rayos está el motivo? —Gruñó Oliver.

Se produjo un largo silencio mientras Bolt se quedó analizando la pregunta.

—Por mi experiencia, señor, he aprendido que hay tres motivos principales para cometer un homicidio: la codicia, la pasión y la venganza.

—Obviamente no hay motivos financieros —dijo Oliver—. Por lo que nos queda la pasión y la venganza.

—Yo diría que lo más probable es la venganza. ¿Pero a quién conoce usted que desee vengarse tanto del señor Daniel como de usted mismo? Ustedes no tenían mucho en común. Ni siquiera se movían en los mismos círculos. Su única conexión con Lyncroft era comercial.

—Hasta hace poco —le recordó Oliver—. Ahora estoy casado con su hermana. Tengo la mayoría de las acciones de su empresa.

—Pero ustedes dos no conocen a la misma gente, ni tienen los mismos enemigos —insistió Bolt—. Lo que es más, según sus propias palabras, señor Rain, Daniel no tenía enemigos.

—Eso no es del todo cierto —comentó Oliver—. Daniel y yo tuvimos un enemigo común.

—¿Quién?

—Walker Gresham. —Le resultaba muy extraño que, en los últimos tiempos, los recuerdos de aquella noche en el depósito le hubieran asaltado con tanta frecuencia—. El problema es que Gresham está muerto.

—¿Está absolutamente seguro de eso?

—Sí —contestó Oliver, recordando el enorme charco de sangre sobre el suelo de cemento del depósito—. Muy seguro.

—Eso nos deja otra vez en el principio.

Annie estaba esperándolos con té caliente y un montón de preguntas sobre los sucesos de esa noche. Oliver y Bolt se las contestaron. Se merecía esas respuestas, se dijo Oliver. Tal como ella siempre señalaba, toda esa situación tenía como centro principal a su hermano. Y Daniel todavía encabezaba la lista de prioridades para Annie.

—Me parece —declaró Annie, mientras caminaba de aquí para allá por el estudio de Oliver— que estáis pasando por alto algo.

—¿Qué? —Oliver bebió su té observándola mientras ella caminaba como un gato enjaulado. Toda esa energía y vitalidad femeninas lo fascinaban. Pensó que podría haberse quedado sentado allí durante horas, contemplándola, aunque si podía optar, habría preferido llevársela a la cama y hacerle el amor.

Y claro que podía optar. Annie era su esposa. Y ella le había dicho que lo amaba.

—Tú dices que Gresham está muerto, por lo que no puede estar detrás de todo esto. —Annie se volvió bruscamente y empezó a caminar en la dirección opuesta—. ¿Pero qué sucedería si hubiera otra persona dispuesta a vengar su muerte?

Oliver iba a beber otro sorbo de té. Se detuvo, miró a Annie con los ojos entrecerrados y volvió a depositar la taza. Vio que Bolt fruncía el entrecejo, cavilante.

—Dudo que los traficantes de armas tengan la clase de amigos capaces de salir en defensa de ellos y, mucho menos, de vengarlos —comentó Oliver—. Especialmente, cinco años después de los hechos.

—¿Y quién habla de amigos? ¿Por qué no podemos pensar en familiares?

Oliver negó con la cabeza.

—Gresham no tenía parientes. Ningún familiar aparece en sus archivos. Nadie apareció para reclamarlo cuando murió.

—Tú y tus preciosos archivos. —Annie se encaminó hacia el escritorio y se sirvió más té—. Casi todo el mundo tiene familia, Oliver. —Lo miró por encima del borde de la taza—. Y sabemos hasta dónde pueden llegar ciertas personas para defender a sus familiares.

Bolt asintió, solemnemente.

—Tiene razón, señor Rain.

—Ambos estáis olvidando que Gresham murió hace cinco años. ¿Dónde ha estado su vengador durante todo este tiempo? ¿Por qué esperaría tanto tiempo para cobrar su deuda?

—¿Quién sabe? —dijo Annie—. Probablemente, el vengador se tomó todo este tiempo para averiguar qué pasó y quién era el culpable. —Abrió bien los ojos—. Dios mío. Acaba de ocurrírseme algo.

Bolt se inclinó hacia delante en su asiento.

—¿Qué, señora Rain?

Annie miró a Oliver.

—¿Recuerdas el día de nuestra boda?

—Con bastante claridad —dijo Oliver, secamente—. Fue hace menos de dos semanas.

—Sí, bueno. ¿Recuerdas que Barry vino corriendo detrás de mí gritándome que probablemente tú habías matado a Walker Gresham para quedarte con la empresa?

Oliver la miró fijamente, pero no hubo indicios de sospecha en sus ojos, sino una profunda concentración.

—Lo recuerdo.

—¿Cómo se enteró de lo de Gresham?

—Ya te lo dije. El incidente quedó en secreto porque yo no quise publicidad. Además, sucedió muy lejos de Seattle. Pero en realidad, no fue un secreto absoluto.

—Hace cinco años, Barry Cork no vivía en Seattle. Él es de Virginia —dijo Annie—. ¿Cómo se enteró de la muerte de Gresham?

—Cork estaba vendiendo información a mucha gente —añadió Bolt—. Pudo haber conocido a alguna persona que estuviera al tanto del incidente.

—O —agregó Annie, triunfante— pudo haberse enterado porque vino a Seattle exclusivamente para vengarse de los dos culpables de la muerte de Gresham. Tal vez, tomara el puesto en

Lyncroft Unlimited para poder acercarse a mi hermano y elaborar su plan. Y después salió a buscarte a ti, Oliver.

Oliver la miró con desganada admiración.

—Una teoría interesante. Pero nos deja un interrogante: ¿quién trató de matar a Cork?

Bolt tomó la palabra.

—Podría ser un hecho no relacionado con los demás, señor. Ya sabemos que Cork jugaba con cosas muy peligrosas. La gente que vende información a menudo se mete en problemas, por ejemplo, la extorsión. Tal vez, una de sus víctimas tomó medidas drásticas para silenciarlo.

Annie asintió, coincidiendo con Bolt.

—Si Barry es un extorsionador, probablemente, tendrá una cosecha considerable de enemigos.

—Esto es lo que pasa por no tener información completa —dijo Oliver—. Intenté que Daniel diera mucha importancia a la recopilación de la mayor información posible sobre la gente que trataba con él. Siempre fue demasiado confiado. —Ignoró la mueca de Annie y miró a Bolt—. Busque el viejo archivo de Gresham. Creo que figura en mis carpetas personales. Nunca me deshago de datos como ésos.

—Naturalmente que no —murmuró Annie.

—Dudo que obtengamos nada positivo con esto —dijo Oliver—, pero tampoco nos hará daño comprobar si Gresham tenía alguna relación con Barry Cork.

Bolt se puso de pie. Se le veía casi ansioso.

—Iré a buscarlo.

Oliver esperó hasta que él y Annie estuvieran a solas.

—Lo siento —le dijo—, pero a medida que tenemos más información, la posibilidad de que la caída del avión de tu hermano haya sido accidental, es menor.

—Ya lo sé. —Se dirigió hacia la ventana y se pasó la manga del jersey por los ojos—. Pero todavía sigo creyendo que está con vida, Oliver. Lo sabría si estuviera muerto. —Vaciló—. De la misma manera que me daría cuenta si algo malo te sucediera a ti algún día.

Oliver no pudo hacer ningún comentario al respecto. Se puso de pie y fue hacia ella. Le apoyó las manos sobre los hombros y la atrajo hacia sí.

Durante un largo momento, se quedaron de pie, en silencio, contemplando la oscura noche invernal.

19

—Joanna, cálmate, todo saldrá bien —la consolaba Annie. Se preguntaba si habría sido inteligente la idea de comentar con ella las últimas novedades. Claro que tampoco había tenido demasiadas alternativas, recordó. Joanna estaba comprometida con Daniel y llevaba un hijo suyo en sus entrañas. Tenía derecho a saber todo lo que Annie y Oliver averiguaran.

Sin embargo, Annie debía admitir que los últimos hallazgos podrían resultar una carga demasiado pesada para Joanna. Su futura hermana política parecía más vencida y deprimida que nunca.

Estaban sentadas a una pequeña mesa, frente a un ardiente fuego. Las paredes de viejos ladrillos rojos daban una sensación acogedora al café de altos techos. Se oía el murmullo de las conversaciones de los profesionales y oficinistas de Pioneer Square que habían ido a aquel sitio para tomar su café matinal.

Los cafés eran sagrados en Seattle. Ya nadie bebía café instantáneo. La mayoría de la gente estaba convencida de que no podía beberse buen café fuera de Seattle. Era un negocio espectacular para los establecimientos como los que Annie y Joanna frecuentaban.

Joanna miró ansiosa a su alrededor para asegurarse de que nadie la escuchara. Se acercó a Annie.

—Por el amor de Dios. Estamos hablando de asesinato. ¿Estás tratando de insinuar que alguien quiso matar a Daniel?

—Es una posibilidad.

—Pero no tiene sentido. ¿Quién querría matar a Daniel?

—El motivo podría ser una venganza por algo que sucedió hace cinco años. —Rápidamente, Annie le explicó la situación que condujo al tiroteo del depósito—. Según Oliver, fue Daniel el que descubrió que Gresham estaba en el tráfico de armas. Y él estaba con Oliver la noche que mataron a Gresham.

—Daniel nunca me contó que estuviera involucrado en un asunto tan peligroso. —La voz de Joanna se había elevado de tono tan repentinamente que desapareció en la última palabra.

—No lo conocías hace cinco años —le recordó Annie—, pero si esto te hace sentir mejor, a mí tampoco me lo contó. Probablemente, fue un esfuerzo machista para proteger a las damas de las noticias desagradables.

—Lo que me estás diciendo, Annie —concluyó Joanna, con pesar—, es que todo esto es culpa de Oliver Rain.

Annie se irguió bruscamente.

—En absoluto. No. Sólo estoy diciendo que puede existir una conexión entre la desaparición de Daniel y la investigación que él y Oliver llevaron a cabo cinco años atrás.

—Maldición. Sabía que Oliver Rain era peligroso. Todos lo sabían. Nunca debiste haberte casado con él, Annie. Ni siquiera para salvar Lyncroft Unlimited.

—Por favor, ¿quieres calmarte? —Annie miró de reojo, en dirección a una mesa que estaba junto a ellas, donde una pareja estaba bebiendo café expreso—. Todo está bajo control.

—Nada está bajo control, Annie. Todo este lío cada vez se complica más. Annie, creo que tendrías que pedir el divorcio.

Annie estaba asombrada.

—¿Por qué tendría que divorciarme?

—Es la única manera de quitar de en medio a Rain. Me asusta, Annie. Me puso nerviosa desde un principio, pero ahora, sinceramente, me da miedo.

—Bueno, a mí no —declaró Annie—. Admito que tiene algunos problemas personales, pero no es peligroso. Por lo menos, no para mí, ni para Lyncroft.

—Escucha —dijo Joanna, desesperada—. No quiero que te arriesgues más, ¿lo entiendes? Aquí pasa algo, pero no sabemos qué exactamente. Yo creo que deberías quedar fuera de todo este asunto y la única manera es divorciándote de Rain.

—Estoy perfectamente a salvo —le aseguró Annie. Dejó la taza sobre la mesa y se puso de pie—. Mira, lamento haberte puesto nerviosa. —Ajustó el cinturón de su impermeable—. Sólo quería mantenerte informada de las últimas novedades. Pero no quiero que te preocupes. Todo está bajo control.

—No te ofendas, Annie, pero esto no me tranquiliza lo más mínimo. —Joanna se puso de pie y recogió el abrigo, que estaba colgado del respaldo de su silla—. ¿Qué vas a hacer ahora?

—Primero, tengo que enviar esto a un cliente de una empresa de asesoramiento legal que queda en esta misma calle. —Annie tomó el enorme papagayo de cristal que estaba junto a la mesa. Estaba envuelto en un plástico para protegerlo de la lluvia—. Luego regresaré a mi tienda. Te llamaré en cuanto tenga más noticias.

Joanna le tomó el brazo.

—Annie, por favor. Piensa lo que te he dicho. Quiero que te divorcies de Oliver Rain.

Annie le sonrió para tranquilizarla.

—¿No te das cuenta? Oliver no es el problema. Es la solución. —Se puso el papagayo debajo del brazo, la capucha del impermeable sobre la cabeza y salió corriendo.

Media hora después, tras haber depositado el papagayo en las manos seguras de su cliente nuevo, Annie volvió a Extravagancias.

Sybil estaba esperándola, con una expresión de honda preocupación.

—Hola, Sybil. —Annie la condujo hacia su oficina—. ¿Pasa algo?

—Tengo que hablar contigo. Anoche, en la presentación preliminar de Valerie, escuché algunos rumores. Empezaron a circular justo después que tú y Oliver os marcharais. ¿Son ciertos?

—Siéntate. ¿Qué rumores? —Annie sacudió las gotas de lluvia de su impermeable y lo colgó en el perchero que tenía la forma de la cabeza de un pavo real.

—Probablemente estarás preguntándote por qué estoy tan preocupada —comentó Sybil, mientras tomaba asiento—. Después de todo, sabes muy bien que Oliver y yo no hemos tenido una buena relación madrastra-hijastro en estos años. Pero...

Annie levantó la mano mientras se sentaba.

—Espera. Antes de contarme por qué estás preocupada por los rumores, ¿por qué no me cuentas primero cuáles son esos rumores?

Sybil frunció el entrecejo.

—Estoy hablando de los rumores de tu divorcio. Annie se quedó boquiabierta.

—*Mi divorcio.*

—Yo soy la primera en admitir que Oliver es un hombre muy difícil.

—Espera, espera, espera. Aguarda un segundo. —Annie, con un gesto desesperado, pidió a Sybil que callara—. ¿Qué divorcio?

—¿Creíste que podrías mantenerlo en secreto? Ni lo sueñes, Annie. Sé que esto te parecerá una locura, Annie, pero he venido aquí a pedirte que lo reconsideres.

—¿Reconsiderar qué? No voy a divorciarme. Por lo menos, que yo sepa. Sé que Oliver siempre toma las determinaciones por su cuenta, pero creo que en este asunto me habría informado antes de solicitar asesoramiento legal. Últimamente, ha aprendido a comunicarse mucho mejor que antes.

—No entiendo. —Sybil la miró detenidamente—. ¿Estás diciéndome que esos rumores son falsos?

—Definitivamente.

—Pero toda la ciudad habla de lo mismo.

Annie rió.

—Lo dudo. Probablemente, quieres decir que el pequeño círculo de amigos y conocidos que te rodea habla de mi supuesto divorcio. Pero te aseguro que ese círculo sólo representa una pequeña porción de la población de Seattle.

Sybil se encogió de hombros, dando a entender que el resto de los habitantes de Seattle no contaban para ella.

—Te digo que casi todos los invitados a la presentación preliminar del Museo Eckert estaban hablando de tu divorcio incluso antes de que terminara la velada. Y el hecho de que tú y Oliver os marcharais tan repentinamente, echó más leña al fuego.

Annie se quejó.

—Ya conoces a Oliver. No pone excusas ni da explicaciones. Decidió que ya era hora de irnos y nos fuimos. Simplemente eso.

—¿Estás segura? —Sybil no parecía convencida—. Seamos honestas. Las dos sabemos que, al principio, tu matrimonio con Oliver se basó puramente en lo comercial. Sé perfectamente bien que Oliver deseaba Lyncroft Unlimited con alma y vida.

—¿Sí?

—Por supuesto que sí. Todo el mundo lo sabe.

Annie recordó el comentario de Oliver respecto de lo insignificante que era Lyncroft Limited en el marco de sus inversiones y estado financiero. Se mordió el labio inferior.

—Tu concepto es erróneo, pues la situación es precisamente la inversa. Oliver me hizo un favor al hacerse cargo de la empresa de mi hermano.

Sybil sonrió.

—No es de asombrarse que Oliver te lo hiciera creer. Cuando llegues a conocerlo tanto como yo, te darás cuenta de que Oliver no hace favores a nadie, a menos que él se lleve una buena tajada. Pero esto está fuera de discusión ahora.

—Me alegro de que lo pienses.

—Lo que está en tela de juicio aquí —continuó Sybil— es que Oliver ha cambiado desde que se casó contigo. Y para ser completamente franca, a todos nos gusta mucho el cambio.

—¿A todos?

—Me refiero a la familia. —Sybil levantó la barbilla—. Tú eres la razón de que Oliver esté más sensible y comprensivo últimamente.

—Gracias. —Annie se sintió realmente emocionada.

—Y nos agradaría mucho que no lo dejaras. —Sybil apretó la boca—. Te aseguro que si lo dejas, volverá a ser el de antes.

—Sybil, esto es realmente innecesario. Te juro que Oliver y yo jamás hemos hablado de divorcio.

Sybil frunció el entrecejo.

—¿Entonces por qué son tan insistentes los rumores?

—No tengo idea. —Annie se irguió y comenzó a simular que acomodaba los papeles de su escritorio—. Y ahora, si eso es todo lo que te preocupa, puedes descansar en paz. Discúlpame, pero será mejor que siga trabajando. Tengo algunos asuntos pendientes.

—Ya veo. —Sybil se puso de pie.

De inmediato, Annie se arrepintió de haber sido tan poco diplomática.

—Lo siento, Sybil. Es que últimamente he estado enloquecida con tanto trabajo y estoy un poco retrasada.

—No te preocupes. —Sybil caminó hacia la puerta y se volvió—. ¿De verdad no tenéis planeado divorciaros?

—No, por el momento —contestó Annie, muy vivaz.

—Por supuesto que yo sería la primera en comprender. Como ya te he dicho, no negaré que Oliver es un hombre muy difícil. Pero tú eres buena para él. Tal vez sea egoísta de mi parte y del resto de la familia, pero la verdad es que todos preferimos que vuestro matrimonio funcione.

—Aprecio tus buenos deseos, Sybil.

Aparentemente, Sybil quiso agregar algo más, pero se arrepintió. Se volvió y se marchó.

Annie se quedó mirando la puerta largo rato.

Horas después, Annie se sirvió guiso de trigo, legumbres y carne en un plato, al que roció con una picante salsa de verduras. Miraba a Oliver de reojo, esperando deliberadamente pescarlo *in fraganti*. Él estaba sirviendo dos copas de vino. Ella esperó a que terminara de servir la primera y empezara con la segunda.

—Me pregunto por qué, así, de repente, se habrá corrido el rumor de nuestro inminente divorcio —comentó, como para sacar un tema de conversación.

La botella de vino aterrizó sobre la barra con un fuerte ruido. Oliver se dio media vuelta, con la mirada fría.

—¿De qué cuernos estás hablando?

Annie sintió una profunda sensación de relax por dentro.

—Sybil me contó que anoche, después que nos marchamos de la exhibición de Val, la gente empezó a hablar de nosotros. Al parecer, todos decían que estábamos en trámites de divorcio.

Oliver apretó la mandíbula.

—Es una de las razones por las que no concurro a esas reuniones con frecuencia. En ellas se habla toda clase de estupideces.

—Umm.

—¿No te parece una rotunda estupidez? —le preguntó él, con tono gélido.

Annie le sonrió.

—Oliver, créeme. Si alguna vez decido iniciar el juicio de divorcio, tú serás el primero en saberlo. —Hizo una pausa—. ¿Debo entender que yo también gozaré del mismo privilegio?

La expresión de Oliver se tornó feroz.

—No hay motivos siquiera para que hablemos de esto. Las cosas están funcionando bien entre nosotros, ¿no crees?

—¿Sí?

Él frunció el entrecejo.

—¿Qué se supone que debo entender con esa pregunta?

—Olvídalo. —Annie se llevó el plato a la mesa y lo apoyó—. Sólo me gustaría saber de dónde ha salido ese chisme.

—¿Creíste que había surgido por algo que tal vez yo dije o hice?

—Sybil dijo que los rumores de anoche fueron muy insistentes. —Annie se sentó y empezó a repartir parte de su comida en otro plato—. Una empieza a preguntarse de dónde ha surgido la idea. ¿A ti no te pica la curiosidad?

—No. —Oliver se sentó frente a ella. Sus ojos jamás abandonaron su rostro—. La gente siempre habla, pero eso no significa que tú siempre tengas que escuchar.

—Lo tendré en cuenta —dijo Annie, secamente. Se llevó a la boca un poco del guisado.

Oliver extendió la mano por encima de la mesa y tomó la de ella.

—Annie.

Annie dejó el tenedor sobre la mesa y lo miró fijamente a los ojos.

—¿Sí?

—Si algún día tienes problemas por estar casada conmigo, siempre acude a mí en primer término. ¿De acuerdo?

Annie llevó la mano de Oliver a su boca y le besó la callosa palma.

—De acuerdo.

La expresión de él se suavizó.

—Annie...

En ese momento, sonó el teléfono de la cocina. Oliver se levantó a atenderlo de muy mala gana.

—¿Hoja? Sí, Bolt. ¿Qué averiguó?

Annie golpeó el pie contra el suelo, por debajo de la mesa, tratando de pescar alguna pista de la conversación entre Oliver y Bolt. Era difícil seguir una charla cuando sólo se escuchaba a uno de los participantes.

—¿Un hermano? —Oliver se frotó la nuca—. No había nada respecto de un hermano en el archivo de Gresham. —Hizo una pausa mientras escuchaba—. Muy bien, siga esa pista. Cuando encuentre algo, llámeme.

Colgó el teléfono y volvió a la mesa.

—¿Y bien? —preguntó Annie.

—Aparentemente, Walker Gresham tenía un hermano.

—Lo sabía —dijo Annie con satisfacción—. Sé que debe de haber alguien detrás de todo esto.

—No te entusiasmes. Existe el registro de un nacimiento en Phoenix, pero nada más. No hay informes sobre créditos, ni votos. Nada.

—¿Puede estar muerto?

—Bolt irá a Arizona dentro de una hora. Allí hará averiguaciones.

Annie se sintió muy inquieta.

—No me gusta esto, Oliver.

—A mí tampoco, pero si resulta que Barry Cork es el hermano menor de Walker Gresham, van a aclararse muchas cosas.

La tarde siguiente, cuando Annie estaba hablando de los aspectos interesantes de un espejo de cuerpo entero con un cliente indeciso, sonó el teléfono. Dejó que Ella atendiera.

—¿No es perfecto el efecto que crea la pintura del espejo, que le hace pensar que está mirando a través de una ventana abierta? —Annie admiraba el espejo—. Es muy efectivo, una pieza única.

El cliente, un hombre joven que iba a amueblar su primer apartamento, seguía vacilante.

—No lo sé. Yo creo que un espejo debe cumplir una función propia. Es decir, yo quiero ver mi imagen cuando me miro en él. ¿Para qué querría ver una imagen extraña de una ventana abierta?

—A sus invitados podría resultarles fascinante —le aseguró Annie con mucho tacto—. Es un estupendo tema de conversación. Todos le harán algún comentario.

—Sí, ¿pero es una obra de arte? Mi novia dice que debería conseguir una para el vestíbulo.

—Es una clara expresión del arte más insolente —dijo Annie—. Es una pieza única que se destacará entre todas las demás y dará vida a su vestíbulo.

—¿Lo cree usted? Mi novia me advirtió que no comprara ninguna tontería.

—Este espejo no es en absoluto ninguna tontería.

—¿Pero es una obra de arte? —preguntó nuevamente el joven. Parecía menos convencido que antes.

—Discúlpame, Annie —interrumpió Ella—. Es la secretaria del señor Rain, la señora Jameson. O más bien, su ayudante.

Annie miró a Ella sorprendida.

—¿Qué quiere?

—Dice que tiene un mensaje de parte del señor Rain. Que ha surgido algo importante. Quiere que te reúnas con él en tu casa.

—¿Oliver quiere que vuelva a casa ahora? —preguntó Annie, muy sorprendida.

Ella asintió.

—Ella dice que es importante.

—Discúlpeme —dijo Annie a su cliente. Caminó hacia el mostrador y tomó el auricular de la mano de Ella—. Soy Annie. ¿Sucede algo malo?

—Oh, no —dijo la mujer que estaba al otro lado de la línea de inmediato—. No fue mi intención que se llevara esa impresión. En este momento, la señora Jameson está atareadísima con un proyecto para el señor Rain. Me pidió que le pasara un mensaje de su esposo, que desea reunirse con usted, en su casa, lo antes posible. En este momento, él va para allá.

—Está bien. Gracias. —Annie devolvió el auricular a la horquilla, arrojándolo sobre ella prácticamente.

—¿Qué pasa? —preguntó Ella.

—Que yo sepa, nada. Pero debo ir corriendo a casa. Volveré lo antes posible. —Annie bajó la voz—. Encárgate de nuestro cliente, ¿quieres?

—Ésta es mi gran oportunidad —murmuró Ella—. Veré si puedo endosarle el elefante.

—Dile que es una obra de arte.

Annie abrió la puerta del apartamento y entró.

—¿Oliver?

Escuchó el silencio profundo que envolvía la casa. Aparentemente, ella había llegado antes que él.

Cerró la puerta, dejó su bolso y por el corredor se dirigió hacia el estudio. Una sensación extraña le erizaba los nervios. Algo muy similar a lo que había experimentado aquella tarde en casa de Wally Thorpe.

Trataba de convencerse de que no había nada fuera de lugar. Tal vez, Oliver había conseguido información reciente sobre Daniel. Buenas noticias, se dijo con optimismo. Tenían que ser buenas noticias.

—¿Oliver? —Annie asomó la cabeza por la puerta y vio el familiar cono de luz de la lámpara halógena. Iluminaba una carpeta de hojas, prolijamente apiladas, sobre el escritorio. El resto del estudio estaba a oscuras.

—Oliver. Ya he llegado. ¿Dónde estás?

—Me temo que su esposo todavía no ha llegado a casa, señora Rain. —Jonathan Grace emergió de las sombras. La luz del pasillo se reflejó sobre sus gafas y sobre el arma que empuñaba.

Annie se quedó paralizada de miedo. Un instante después, los dedos empezaron a cosquillearle y a quemarla por la adrenalina que corría en ellos.

—¿Qué está haciendo aquí?

—Esperando. He esperado mucho tiempo, señora Rain. Creo que todavía puedo esperar un poco más. —Grace, con la pistola, le indicó volver al pasillo—. Subamos al invernadero, ¿qué le parece?

Annie no se intimidó.

—¿Para qué?

—Porque me parece el lugar ideal para la pequeña querella doméstica que he planeado. —La sonrisa de Grace estaba desprovista de toda emoción, salvo una profunda satisfacción.

—¿De qué está hablando? —suspiró Annie, horrorizada.

—¿Debo contarle cómo será la escena? Ha descubierto que Rain se casó con usted sólo movido por el interés de controlar la empresa. Está herida y humillada. Hecha una furia. Está planeando pedir el divorcio de inmediato.

—Usted fue el que hizo correr la voz del divorcio.

—Tenía que preparar el terreno para los acontecimientos de hoy —sonrió Grace con frialdad—. Bien. Rain está furioso. Él la amenaza. Y usted, muerta de miedo por este hombre extremadamente peligroso, un hombre que, por lo menos, lleva una muerte en su haber, le dispara en defensa propia.

—¿Está loco? —le preguntó Annie—. Jamás nadie creería algo así.

—Sí, lo creerán. Ya lo he planeado cuidadosamente.

—Pero yo negaré todo.

—Me temo que no estará en condiciones de hacerlo —contestó Grace enigmáticamente. Miró el reloj—. Vamos ya. Rain llegará dentro de una hora. Quiero estar listo para entonces.

—Alguien de su oficina me informó que él ya se había ido de allí —le anunció Annie.

—La persona que la llamó para pasarle el mensaje de Rain no estaba llamando desde su oficina. Ella no sabe nada de esto. Simplemente, se trató de una joven que encontré en la calle, dispuesta a hacer el trabajito por un poco de dinero. Le di veinte dólares para que la llamara por teléfono.

—Esto es una locura. No podrá llevarla a cabo. No le dará ningún resultado.

—Claro que sí. Rain no tendrá motivos para pensar que algo está fuera de lugar cuando entre en el apartamento. Su fiel Bolt está fuera de la ciudad. Verá su bolso sobre la mesa y sabrá que ya ha llegado del trabajo.

—Vendrá a buscarme —dijo Annie.

—Correcto. Y cuando no la encuentre en los sitios habituales, subirá a la azotea. Allí lo estaremos esperando, los dos.

—Yo no iré a ninguna parte —afirmó Annie.

Grace no articuló palabra. Sólo avanzó dos pasos enormes y la abofeteó salvajemente con el dorso de la mano. Annie perdió el equilibrio y casi cayó al suelo. Terminó en el pasillo. Grace se había movido con tanta rapidez que ella ni siquiera vio venir el golpe.

Grace la examinó con ojo crítico y asintió con la cabeza. Aparentemente, estaba conforme con el efecto logrado.

—Unas moraduras harán la escena más real. A nadie le sorprendería saber que Oliver Rain fue capaz de echar mano de la violencia contra su esposa.

Tomó a Annie por los hombros y la empujó hacia la escalera que conducía a la azotea.

Oliver estaba sentado a su escritorio. Deseaba que Bolt lo llamara para darle las últimas novedades. La última llamada había tenido lugar hacía dos horas. Bolt le había informado que había conseguido algunos datos y que los completaría antes de que Oliver se marchara a su casa.

Oliver miró impaciente el reloj. Eran las seis menos cuarto. Casi todos se habían marchado ya de Lyncroft, a excepción de algunos rezagados que se habían quedado hasta tarde.

Cuando el teléfono sonó, Oliver arrebató el auricular de la horquilla.

—¿Bolt?

—Sí, señor. Tenemos un problema. —La voz de Bolt sonó extrañamente tensa—. El hermano de Walker Gresham se llama John Gresham. Estaba con vida y cumpliendo una condena en Texas por una serie de delitos, incluido agresión física, cuando su hermano murió. Salió en libertad provisional a principios de este año.

—Eso explica por qué justo ahora busca venganza.

—Sí, señor.

—Eso significa que no es Cork nuestro hombre. Él ha estado trabajando para Lyncroft, en Seattle, durante los dos últimos años, no en prisión —dijo Oliver.

—Correcto. Cork no es el hermano de Gresham —confirmó Bolt con voz sepulcral—. La descripción y la foto que tengo en la mano coinciden exactamente con Jonathan Grace. Hasta en las gafas que usa.

—*Grace.* —Oliver empuñó el auricular con todas sus fuerzas—. ¿Está seguro?

—Absolutamente. Eso explica mucho —dijo Bolt, haciendo una breve pausa—. Incluso, cómo logró obtener el número de su línea telefónica privada.

Oliver se quedó mirando la pared de su oficina.

—¿Está sugiriendo que Sybil está implicada en todo esto? ¿Que ella pudo haberlo ayudado?

—No lo sé. —El tono de Bolt fue neutral—. No necesariamente. Gresham se ha acostado con ella. Le habrá resultado muy fácil sacarle información sin que ella se diera cuenta en ningún momento de lo que él planeaba. Yo me inclinaría a creer que ella es inocente.

—Él la ha utilizado.

—Probablemente también habrá utilizado a Cork.

Oliver frunció el entrecejo.

—¿Para conseguir información, por ejemplo, para saber los planes de vuelo de Daniel? Tiene sentido. Probablemente, Grace era el misterioso cliente de Daniel, asentado en Seattle, que tanto le preocupaba.

—¿Y ahora qué? —preguntó Bolt.

—En lo que a las pruebas respecta, estamos en la misma posición que antes. No tenemos nada en contra de Grace, pero por lo menos, ahora sabemos a quién vigilar. Probablemente, querrá moverse de inmediato. Cuando lo haga, lo tendremos.

—Regresaré a Seattle alrededor de medianoche. Comenzaré una vigilancia de veinticuatro horas sobre él —prometió Bolt—. ¿Qué pasará con su madrastra? ¿La pondrá sobre aviso con respecto a Grace?

—No, si lo hago, es posible que la exponga. Demonios. Lo más probable sería que ni siquiera me creyera si le contara toda la verdad. —Oliver se encogió de hombros—. Tal vez, ni le diera importancia.

—No estoy de acuerdo, señor. Annie tenía razón cuando dijo que Sybil tiene mucho interés en su bienestar. Pero me parece que, tal como están las cosas, lo mejor sería no alarmarla. Grace podría decidir que Sybil es un riesgo si cree que ella sospecha de él.

—No haré nada hasta que usted vuelva. Entonces empezaremos a buscar las pruebas que necesitamos —comentó Oliver.

—No será difícil, ahora que sabemos qué y a quién estamos buscando.

Oliver colgó y marcó el número de la tienda de Annie. Ella contestó a la segunda señal.

—¿Ella? Soy Oliver Rain. ¿Annie está ahí?

—Eh, no. —Pareció sorprendida por la pregunta.

—¿Ya se ha ido a casa?

—Señor Rain, ella se ha marchado a su casa hace como una hora para encontrarse con usted, según dijo.

—¿De qué habla?

—Recibió su mensaje —contestó Ella rápidamente—. Y se fue directamente al apartamento para encontrarse con usted. Calculo que ya debe de estar allí.

Oliver trató de mantener la calma.

—¿Qué mensaje?

—El que le dio la ayudante de la señora Jameson. Dijo que usted le había pedido que llamara a Annie para comunicarle que deseaba verla lo antes posible, en su casa. Eso es todo lo que sé, señor Rain.

Oliver aplastó el auricular sobre la horquilla y corrió hacia la puerta.

20

Oliver tuvo que reunir toda su fuerza de voluntad para tomar el ascensor y subir hasta el sexto piso. Allí se bajó y fue al apartamento de Bolt. Sus instintos le decían que debía subir hasta su piso por las escaleras, abrir la puerta y encontrar allí a Annie, sana y salva. Sabía que estaba allí porque el portero la había visto entrar.

Pero la lógica le indicaba que lo más factible era que se topara con quien hubiera logrado convencer a Annie de que él la aguardaba en el apartamento.

El portero dijo que no había visto a nadie con la descripción de Grace entrar en el edificio. Pero Oliver no lo tuvo en cuenta. Le pudo haber resultado muy fácil disfrazarse de mensajero o de cualquier otra cosa para aparentar una falsa inocencia. Una vez en el ascensor, tendría acceso al piso veintiséis. Podría haber conseguido el código del ascensor gracias a Sybil. Entrar en un apartamento, no sería un obstáculo para un hombre con los antecedentes de Gresham. El sistema de seguridad era bueno, pero ninguno de ellos era a prueba de locos.

Oliver introdujo la llave en la puerta del apartamento de Bolt y entró. Necesitaba información antes de poder elaborar una estrategia.

El apartamento estaba sumido en la oscuridad. Eran las seis de la tarde y aunque los transbordadores todavía estaban transportando todo el tráfico de la hora punta, la noche invernal se cernía sin piedad sobre la ciudad. Oliver se dirigió al interfono y, sistemáticamente, oprimió los botones. Escuchó cuidadosamente mientras comprobaba cada habitación.

Silencio en la cocina, el estudio y la sala de estar. Silencio en todas partes. La tensión se hacía presa de Oliver mientras pulsaba el botón correspondiente a la alcoba.

Más silencio.

«Tal vez, Annie no estaba allí arriba», pensó. Esa teoría en nada le ayudó a calmarle. Quizá, ya era demasiado tarde. Annie podía estar herida, o tal vez muriéndose, mientras él seguía perdiendo el tiempo, como un estúpido, con los botoncitos del interfono.

No. Oliver trató de controlar el miedo que casi ya era pánico. Tenía que pensar. Debía controlarse o, de lo contrario, no tendría ni la más remota posibilidad de dominar la situación.

Se obligó a seguir la línea lógica que había elaborado desde que abandonó las oficinas de Lyncroft. Era obvio que Gresham había hecho su movimiento. Era lo único que explicaba la llamada telefónica que Annie había recibido en Extravagancias.

Eso significaba que quedaban dos posibilidades. La primera, que Gresham hubiera secuestrado a Annie, llevándosela del edificio, un proyecto de difícil realización, por el portero y las cámaras de seguridad. Y la segunda era que ambos estuvieran arriba, esperando al objetivo.

Oliver probó con los botones que comunicaban con los pasillos. Nada. Su dedo recorrió el botón que decía: «Invernadero». Lentamente, lo soltó. Contuvo la respiración al escuchar la voz de Annie. Estaba cargada de indignación y reproches.

—¿Qué hizo con Wally Thorpe? —preguntaba. Si había temor en sus palabras, lo disimuló perfectamente.

—Thorpe sabía demasiado —respondió Gresham, como si tal cosa—. Siempre traté de asegurarme de que nunca se enterase de quién era su contacto. Arreglé todo por teléfono. Pero empezó a ponerse pesado después que el avión de Lyncroft se estrellara. Temí que se presentara a las autoridades y cantara. Tuve que eliminarlo.

—¿Por eso trató de matar también a Barry Cork? —preguntó Annie—. ¿Porque sabía demasiado?

—Cork era más inteligente que Thorpe. También a él lo manejé por teléfono, pero empezó a tener sospechas. Empezó a atar cabos, por aquí y por allá, para intentar extorsionarme.

—¿Entonces se aseguró de que sufriera un accidente?

—Ya no lo necesitaba más —respondió Gresham, con simpleza—. Se había convertido en un riesgo.

—Es un monstruo —murmuró Annie—. Me dice que hace todo esto para vengar a su hermano, pero mientras tanto, no le cuesta nada matar a todo el que se cruce en su camino. ¿Cómo puede justificar eso?

Oliver se puso tenso. Annie estaba en zona de peligro.

—No tengo que justificar nada ante ti. Cierra la boca.

—Será mejor que no se imagine lo que pasará cuando Oliver le ponga las manos encima —dijo Annie, con toda calma—. Es un hombre muy peligroso.

—Es hombre muerto. Gracias a ese sistema de alarmas de mierda que tiene, sabré el momento exacto en el que entre en el apartamento. Sybil me lo explicó todo. Una vez que esté dentro, será mío. Tarde o temprano subirá a este invernadero, a buscarte, y cuando lo haga, querida, vas a dispararle.

—Todos los que me conocen sabrán que yo no lo maté —se defendió Annie ferozmente.

—No, querida, no lo sabrán. Lo que todo el mundo comentará es que no hay peor cosa que una mujer cuando se entera de que su esposo sólo se ha casado con ella por interés.

—¿Sabe? Ha entendido las cosas exactamente al revés. —En su voz, había tanta ira como desesperación—. Fui yo la que se casó con él por interés. Él me hizo un favor.

—¿De verdad te crees esa mierda? Tengo que admitir que Rain es un hijo de puta, pero inteligente.

—No necesita Lyncroft Unlimited.

—Tal vez no lo necesite, pero lo quiere más que a nada en este mundo. ¿Y quién no? Es una de las más importantes empresas y cada día cobra más preponderancia.

Oliver soltó el botón del interfono. Por lo menos, sabía dónde Gresham tenía a Annie. Se quitó la chaqueta mientras repasaba los pocos datos que tenía sobre Gresham. Si le hallaba el punto débil, podría encontrar la situación más favorable para él.

Estuvo a punto de arrojar la chaqueta a un lado. Se detuvo al sentir el peso de sus gafas de lectura en el bolsillo interno.

Grace también usaba gafas. Aparentemente, todo el tiempo. Las llevaba puestas cuando se presentó en el Museo Eckert la noche anterior.

A juzgar por el espesor de los cristales, estaría prácticamente ciego sin ellas.

Oliver dejó la chaqueta sobre una silla y se quitó la corbata. No era mucho como para basar toda su estrategia en eso, pero era todo lo que tenía.

Tomó el ascensor. Cuando llegó al piso veintiséis, pasó rápidamente por delante del apartamento hasta el final del corto corredor privado. Se detuvo frente a una puerta que conducía a una escalera de emergencia. La abrió sin hacer ruido.

Subió de dos en dos los escalones de cemento que conducían a la azotea. Al llegar, abrió la puerta y salió. La salida de la escalera estaba oculta tras una estructura que albergaba la maquinaria de los ascensores del edificio.

El exótico brillo verde azulado que provenía del invernadero iluminaba una vasta porción de la azotea. Oliver alcanzó a ver las siluetas de dos personas al otro lado de los cristales. Annie estaba de pie, cerca de la gruta, casi oculta detrás de una hilera de culantrillos. Grace estaba a pocos pasos de ella. Cuando movió el brazo, Oliver llegó a ver el arma que empuñaba.

Ellos no podían verlo porque la parte exterior de la azotea estaba a oscuras. Agachándose bien, para permanecer siempre entre las sombras, Oliver llegó hasta el panel de control desde el que controlaba el clima interno del invernadero.

Annie se dio cuenta de que se espesaba la capa de sudor que le cubría la frente y que le bajaba por los brazos. No sabía si se trataba de la temperatura cada vez más alta del invernadero o de los nervios que la acosaban. Observó a Grace, que miraba cada vez con mayor frecuencia su reloj de pulsera.

—Tal vez Oliver se haya retrasado en la oficina —sugirió Annie fríamente—. Nunca se sabe a qué hora vuelve.

—Desde que se casó contigo siempre vuelve temprano. Lo he estado vigilando. —Grace estaba parado en un sitio estratégico, desde el que podía ver a Annie y la puerta del invernadero—. ¡Mierda! Cada vez hace más calor aquí adentro.

—¿Y qué espera? Esto es un invernadero. —Pero secretamente, Annie coincidía con Grace. Podía jurar que hacía mucho más calor en ese momento que un rato antes. Se preguntaba si funcionarían mal los sistemas de temperatura y humedad.

—Maldita humedad. Este lugar es como una jungla. —Grace se quitó las gafas para secarse el sudor de la frente y los cristales—. Rain entrará aquí tarde o temprano. Y cuando lo haga, caerá en la trampa que le he preparado, igual que cayó mi pobre hermano. —Volvió a ponerse las gafas.

—No se ofenda —le dijo Annie—, ¿pero no cree que ha llegado demasiado lejos para vengar a este queridísimo y entrañable hermano suyo? Ese cretino estaba en el tráfico de armas, por el amor de Dios. No era precisamente un santo.

—Era mi hermano —gruñó Grace—. Toda la familia que tenía. —Volvió a quitarse las gafas para limpiarlas nuevamente—. ¡Qué humedad de mierda!

En ese instante, se apagaron las luces del invernadero. Antes que los ojos de Annie pudieran adaptarse a la repentina oscuridad, una espesa lluvia comenzó a caer desde el techo.

La cantidad de agua era sorprendente. Annie se dio cuenta de que algo andaba mal en el sistema. Rápidamente, quedó empapada. El agua caía con la fuerza de una catarata, estruendosamente, contra el pedregal del suelo y los cristales laterales. Los helechos recibían la tormenta casi con agradecimiento. Annie tenía la sensación de estar parada en medio de un bosque tropical de verdad.

—¡Mierda! —gruñó Grace, desde alguna parte, a la derecha de Annie.

Ella se dio cuenta de que en la oscuridad no podría verla y que la lluvia lo desorientaría más todavía. Probablemente, ésa sería la única oportunidad que tendría.

Se tiró al suelo y comenzó a gatear rápidamente hacia la puerta. No podía ver nada, pero conocía tan bien el invernadero que podía recorrerlo de memoria.

—¿Qué mierda está pasando? —vociferó Grace—. ¿Dónde estás, zorra? Te juro que cuando te pesque te mataré. Te lo juro.

Annie siguió gateando, cada vez más rápido. Se dio con un rociador de metal. Lo puso a un lado y siguió avanzando.

—De todas maneras, vas a morir, estúpida. ¿Creíste que te dejaría viva? Cuando termine contigo, saldrás volando por el techo del edificio. Un suicidio. ¿Me has escuchado? Morirás también.

Annie se dio cuenta de que la puerta del invernadero estaba abierta. Sentía que el frío de la noche entraba en la jungla en miniatura. En la oscuridad, no pudo ver a Oliver, pero supo quién había sido el que casi se la llevó por delante.

—¿Annie? —el rugido de la lluvia artificial hizo que la voz de Oliver fuera casi inaudible.

—Estoy bien, Oliver. Ten cuidado. Está armado.

—En este momento, él no puede verme mejor de lo que yo puedo verlo a él —dijo Oliver, en voz muy baja—. Sal y enciende las luces. A la derecha del panel de control. ¿Lo recuerdas?

—Sí, pero, Oliver...

—Hazlo.

Annie, instintivamente, respondió a la orden de su voz. Se puso de pie y fue hacia la puerta. Afuera, todo era mucho más visible gracias a las luces de neón que provenían de la ciudad.

Encontró el panel de control y comenzó a accionar botones y perillas hasta que todas las luces del invernadero se encendieron.

—¿Rain? ¿Eres tú, verdad? —gritó Grace—. Voy a matarte, cerdo bastardo.

Annie se volvió de inmediato y salió corriendo hacia la puerta del invernadero. Llegó justo en el momento en que Oliver se abalanzaba sobre Grace. Aparentemente, éste trataba de apuntarle con el arma, pero por alguna razón, no podía apuntar al blanco.

Pasmada, Annie se dio cuenta de que Grace se volvía a poner las gafas, pero al parecer, no le servían de mucho. Obviamente, el agua que caía sobre los cristales le impedía una visión adecuada. Entonces, Annie notó que se las quitaba otra vez, en un desesperado intento de ver con mayor nitidez, pero ya era demasiado tarde.

Un disparo sonó tapando momentáneamente el ruido del agua. Algunos cristales se hicieron añicos.

Oliver golpeó a Grace con la fuerza suficiente como para que ambos fueran a dar en la gruta inundada.

Annie notó que Oliver se incorporaba de inmediato y preparaba el brazo para un segundo puñetazo, pero no fue necesario. Grace estaba tendido, inmóvil, contra las rocas. La lluvia del invernadero seguía cayendo sin cesar.

Muy lentamente, Oliver se puso de pie. Se quedó parado allí, contemplando durante largo rato a Gresham y luego se volvió hacia la puerta, donde Annie estaba.

—Oliver. —Annie lo observó, mientras avanzaba hacia ella, a través de la densa lluvia—. Oh, Dios, Oliver. Sabía que tú me salvarías.

Annie se echó en sus brazos,

Oliver la estrechó con todas sus fuerzas, como si nunca más fuera a soltarla.

Horas después, Annie estaba sentada en el sofá, acurrucada contra Oliver, escuchando la información de Bolt sobre los resultados de su investigación y de los detalles que John Gresham, alias Jonathan Grace, le había dado a la policía.

—Nuestra teoría era bastante acertada —comentó Bolt—. John Gresham estaba en la cárcel cuando su hermano murió. La noticia le cayó muy mal, por todo lo que le habían contado.

Hace unos pocos meses, cuando salió, se puso manos a la obra para enterarse qué había sucedido realmente.

—No le habrá resultado muy difícil saber lo que pasó —agregó Oliver—. Daniel y yo no quisimos dar mucha publicidad a lo sucedido, por razones de negocios, pero tampoco nos esmeramos mucho para que fuera un secreto. No había necesidad.

Bolt asintió.

—Gresham se dispuso a vengarse. Y la verdad, tengo que admitir, que lo preparó bien. Se dedicó a estudiar a la familia y los movimientos de la empresa Lyncroft antes de elaborar su estrategia. Luego eligió dos puntos débiles, Sybil y Barry Cork. Los usó para sacarles toda la información que necesitaba.

Annie miró a Oliver por encima de la curva de su brazo.

—Nuestro matrimonio debió de haberle estropeado el plan.

—Sí. —Oliver la abrazó con más fuerza—. Poco después de haberla conocido, se dio cuenta de que no existía una historia de amor entre Sybil y yo. Fue entonces cuando decidió que ella sería el chivo expiatorio perfecto en mi asesinato. Todos creerían que ella me había matado porque yo la había amenazado con desheredarla.

—Y entonces Annie apareció en escena —dijo Bolt—. Y Gresham descubrió que tenía un mejor chivo expiatorio en ella. O una chiva. —Bolt miró a Oliver—. Imaginó que la única razón por la que usted se había casado con ella era para controlar Lyncroft Unlimited.

Oliver torció la boca en una mueca controlada.

—Nadie cree que yo sea un romántico por naturaleza, ¿verdad?

Annie se movió, incómoda, contra él.

—Sé justo, Oliver. ¿Cómo habría Gresham, o cualquier otro, de saber que fui yo la que te presionó para que te casaras conmigo por conveniencia? Todos pensaron que la idea de casarnos fue tuya. Y que tenías tus razones. Razones comerciales.

Bolt arqueó las cejas, pero no hizo ningún comentario. Cerró la libreta de anotaciones que tenía en la mano y la metió en el bolsillo.

—Eso ha sido todo. A propósito, Cork ha recuperado el sentido y está dispuesto a hablar.

Annie se puso radiante.

—¿Barry va a recuperarse?

—Eso parece.

—Me alegro. —Frunció la nariz—. Quiero decir, ese tipo es un canalla, pero no un homicida. Supongo que Thorpe no habrá corrido la misma suerte.

—No —corroboró Bolt—. Thorpe no tuvo tanta suerte. Cuando Gresham confesó ante la policía, hace un par de horas, también cantó dónde encontrar el cuerpo de Wally Thorpe. Está enterrado en alguna parte, en Bainbridge Island.

—Pobre Sybil —se lamentó Annie—. Realmente quería a Jonathan Grace. ¿Quién va a decirle toda la verdad?

—Yo lo haré —dijo Oliver.

El teléfono sonó. Bolt se levantó para responder.

—Residencia Rain. —Los rasgos de Bolt, que normalmente eran inexpresivos, asumieron una gran intensidad—. ¿Visitas? ¿Está seguro? Aguarde un momento, que encenderé el vídeo. —Extendió la mano, para encender la pequeña pantalla que estaba junto al teléfono. Annie espió con curiosidad, hasta que la imagen fue cobrando nitidez. Había dos personas paradas en la puerta. Una de ellas era Joanna.

Le llevó unos pocos segundos darse cuenta de quién estaba con Joanna. Cuando finalmente se hizo nítida la imagen, Annie se puso de pie de un salto.

—¡*Daniel*! —gritó en la pantalla—. Oliver, mira, es Daniel. Ha vuelto. ¡Ha vuelto! Yo sabía que estaba vivo.

—Hágalos subir —le dijo Bolt al portero.

Eran casi las cuatro de la mañana cuando Oliver logró quedarse a solas con Annie. No perdió el tiempo en llevársela directamente a la cama.

La primera vez no pudo controlarse en absoluto. Presa de una violenta necesidad, ingobernable, penetró en ella y se deleitó con su cálida femineidad. Fue como si hubiera sentido la urgencia de asegurarse, de un modo primitivo, que Annie estaba a salvo y que él la poseía completamente.

Aparentemente, a Annie no pareció molestarle el apasionado ataque. Por el contrario, se aferró a él, entregándose generosamente, permitiéndole penetrar hasta lo más profundo de su cuerpo.

Cuando Oliver penetró en ella por última vez, estremeciéndose en el placer de su clímax, Annie lo compartió, ya en el límite de sus fuerzas, pero feliz. Lo estrechó contra sí, murmurándole al oído una y otra vez lo mucho que lo amaba.

Oliver relajó el peso de su cuerpo sobre el de ella, exhausto, pero con una increíble sensación de frescura. Todo saldría bien. Annie estaba sana y salva. Le pertenecía. Lo amaba.

—¿Has visto la expresión de Joanna? —le preguntó Annie después de un rato—. Estaba tan contenta.

—Tú tenías la misma expresión —dijo Oliver.

—Probablemente sí. —Annie sonrió en la oscuridad—. Te dije que Daniel estaba vivo.

—Sí.

—De modo que un buque de carga extranjero lo recogió y lo trasladó al puerto más cercano. ¿Puedes creerlo?

—Sí. —Oliver recordó la historia que Daniel había contado unas horas antes.

Daniel había logrado escapar del avión saboteado antes que se hundiera en el mar. Como llevaba un traje salvavidas, logró llegar a una isla cercana gracias al bote inflable que siempre llevaba a bordo cuando volaba. Pero no tenía radio, ni ningún otro medio de pedir ayuda.

Daniel había empleado una variedad de métodos astutos para mantenerse con vida, utilizando materiales de su traje salvavidas y del bote inflable. Subsistió gracias al pescado y al follaje silvestre durante varias semanas. Por fin, tuvo suerte y logró llamar la atención de un buque de carga que pasaba por allí.

El capitán del barco hablaba muy poco inglés, pero de un modo u otro se las ingenió para hacerle entender a Daniel que su itinerario era mucho más importante que llevar a Daniel de regreso a Seattle. Las radios del barco no funcionaban. Consecuentemente, Daniel tuvo que ganarse su sustento trabajando a bordo, hasta que llegaron al siguiente puerto. Una vez en tierra firme, Daniel corrió en busca del primer teléfono. Pero una vez allí, se enteró de que las líneas de larga distancia no funcionaban esa semana en aquella isla tan pequeña.

Conoció allí al capitán de otro barco, quien gentilmente se ofreció a llevarlo a una isla más grande, desde la que pudo tomar un avión. Daniel tuvo sólo quince minutos para hacer una llamada telefónica antes que el avión despegara. No pudo encontrar a nadie, ni en el apartamento de Joanna ni en el de Annie. Entonces, abandonó sus intentos de informarles que estaba sano y salvo, para salir corriendo a subir a bordo del avión. Casi dos meses después de la caída de su avión, Daniel logró regresar a Seattle.

—Está terriblemente flaco —dijo Annie—. Pero espero que Joanna lo haga engordar un poco.

—Sí.

Annie se movió entre sus brazos y le sonrió.

—Soy increíblemente feliz, Oliver.

—Me alegro —contestó Oliver. —La estrechó con más fuerza y decidió ser él quien arrojara la primera piedra—. Parece que ya no me vas a necesitar para que te ayude con la empresa.

—No. Lyncroft está sana y salva otra vez, con Daniel a la cabeza.

—Annie...

—¿Hmm?

—Cuando me propusiste el matrimonio, me dijiste que te divorciarías de mí si Daniel aparecía.

Annie se quedó inmóvil.

—¿Eso dije?

—Sí.

—Si mal no recuerdo, en ese momento, tú dijiste que estabas de acuerdo con el plan —comentó ella cuidadosamente.

—Bueno, no lo estoy. No quiero divorciarme.

Annie se incorporó sobre un codo, con el rostro radiante de felicidad.

—¿Lo dices en serio?

—Muy en serio. —Oliver analizó el rostro de su esposa en la penumbra y leyó esperanza en sus ojos. Se sintió profundamente aliviado. Al igual que él, Annie no quería que la relación llegara a su fin. Satisfecho, concluyó en que todo volvería a la normalidad. Todo estaría bajo control otra vez.

—¿Oliver, me estás diciendo que quieres que nuestro matrimonio sea auténtico?

—Te he dicho siempre que así fue desde un principio.

—Ya lo sé, pero ambos convinimos en que éste era un matrimonio por conveniencia. Tú te casaste conmigo para hacerme un favor. No quiero que te sientas obligado a tener un gesto noble conmigo, sólo porque ahora sabes lo que siento por ti.

—Yo me casé contigo —le declaró él con gran precisión— porque te deseaba. Te deseé desde el primer momento en que te vi. Si tú no me hubieras propuesto el matrimonio, lo habría hecho yo, tarde o temprano.

—Me alegro. —Annie se arrojó sobre él. Le tomó el rostro entre las manos y le cubrió la boca con una lluvia de besos.

Oliver sonrió en medio de aquella tormenta de besos.

—¿Eso significa que estás dispuesta a aceptar que este matrimonio sea permanente?

—Por supuesto. No hay cosa que quiera más. —Annie apenas levantó la cabeza, con una sonrisa en los labios—. Y no me digas que no lo sabías, porque conocías mis sentimientos desde un principio.

—Sabía que sentías atracción hacia mí —admitió él, con cuidado—, pero ignoraba si podría convencerte de que siguieras casada conmigo.

Ella le obsequió la más radiante de sus sonrisas.

—¿Y cómo lo habría dudado? Te amo.

—Sí —admitió Oliver, auténticamente sorprendido—, creo que me amas. —Le tomó el rostro entre sus manos, la besó apasionadamente y le dijo—: Oh, Dios, Annie. Te juro que no te arrepentirás.

—Lo sé —murmuró ella contra sus labios—. ¿Oliver?

—¿Hmm? —sintió que su cuerpo se endurecía. Una vez más, le asaltaba la urgencia de penetrar en ella.

—Tú me amas, ¿no es cierto? —Annie se acurrucó contra él—. Todo el tiempo trato de convencerme de que es así, pero jamás te he escuchado pronunciar esas palabras.

Oliver se quedó helado.

—¿Annie?

Annie se alejó de él para mirarlo.

—¿Qué?

Cerró los ojos, tratando de hallar las palabras adecuadas. Cuando la miró a los ojos, leyó la intensidad de su expresión.

—Te deseo.

—Lo sé.

Oliver volvió a intentarlo.

—Te quiero mucho.

—También lo sé.

—Te juro por Dios que te cuidaré por el resto de mi vida. Puedes confiar en mí.

—También lo sé. —Aparentemente, Annie empezaba a impacientarse.

Oliver se sentó lentamente.

—Estoy tratando de ser totalmente franco.

—Dime que me amas.

—No lo entiendes. —Oliver apartó las mantas de la cama y se levantó. Caminó lentamente hacia la ventana y contempló la última oscuridad de la noche, pues ya iba a amanecer—. Todo lo que tengo es tuyo.

—Lo que yo quiero es tu amor. Me importa un rábano todo lo demás.

Oliver experimentó un pánico muy familiar en su corazón.

—Estoy tratando de explicarte algo.

—¿Qué es lo que tratas de explicar? ¿Que crees que como esposa funciono bien, pero que no estás realmente enamorado de mí?

—Basta de poner en mi boca palabras que no he dicho —gruñó él suavemente, pero con tono áspero—. Maldita sea, Annie. No quiero que me manipulen. Ni siquiera tú.

—¿Crees que estoy tratando de manipularte? —le preguntó, furiosa.

Oliver se dio cuenta de que, rápidamente, estaba perdiendo el control de la situación. Se volvió y notó que Annie estaba orgullosamente arrodillada en la cama, con la barbilla levantada y los hombros bien erguidos. Oliver encendió una lámpara. La pálida luz iluminó la peligrosa mirada belicosa de Annie.

—De acuerdo, retrocedamos ambos un paso para ver esto desde otro ángulo —sugirió Oliver, en un tono más suave.

—¿Qué otro ángulo propones? Me amas o no me amas.

Oliver sintió que empezaba a perder los estribos. Esa gélida aprensión que lo acosaba era como las fuertes mandíbulas de un tiburón. Desde el día que se había casado con Annie, ella siempre había logrado llevarlo al límite de su control. Le había encontrado el talón de Aquiles. Conocía su punto débil.

—Cálmate, Annie. Te estás poniendo muy emotiva.

—Por supuesto que me estoy poniendo emotiva. ¿Qué esperabas? Estoy casada con un hombre al que amo, pero que no tiene pelotas para decirme que está enamorado de mí. ¿Eres un cobarde, Oliver Rain?

—Esta pelea se está volviendo insostenible.

—Sólo para ti. —Annie se levantó de la cama y se acercó a él, para enfrentarlo—. Quiero un hombre que tenga la valentía suficiente para decirme que me ama. No aceptaré menos.

Oliver ya no pudo aguantar más.

—Maldita sea. ¿No lo entiendes? Estoy dando todo lo que tengo que pueda dar a una mujer.

—Bueno, no es suficiente. —Annie tomó su bata, que estaba en el pilar de la cama y se la puso.

Oliver se alarmó.

—¿Qué cuernos crees que haces?

—Te dejo. —Empezó a caminar hacia la puerta del cuarto.

—Son las cuatro de la mañana.

—Una hora ideal para abandonar a un idiota. —Ya estaba en el pasillo.

Oliver fue hacia la puerta y vio que Annie entraba en el cuarto que había ocupado justo cuando se mudó al apartamento de él.

—Annie, vuelve aquí.

Ella no contestó. Oliver escuchó cajones que se abrían y cerraban. Luego, una maleta que se cerraba. Esos ruidos le hicieron apretar los dientes.

Ni loco habría ido a la habitación para rogarle que se quedara. Tenía su orgullo. Controlaba la situación. No era ningún débil.

Cuando Annie reapareció poco tiempo después, tenía puestos unos pantalones vaqueros y un jersey fucsia. Llevaba su maleta en la mano.

—Enviaré por el resto de mis cosas más tarde —le dijo, mientras pasaba junto a él hacia la puerta.

—Vas a arrepentirte de esto —le advirtió él, con voz suave.

—¿Es una amenaza del extremadamente peligroso Oliver Rain?

—No es una amenaza, Annie. Es una promesa. Te arrepentirás de esto porque pronto cambiarás de opinión. Entonces deberás tragarte tu orgullo. Tendrás que pedirme que te deje volver. No te gustará esa situación. No te compliques la vida.

Annie se detuvo en la puerta, con la mano en el picaporte.

—No es mi orgullo el que se hundirá, Oliver. Será el tuyo.

—Ni loco.

Los ojos de Annie brillaban de dolor y rabia.

—Si quieres que vuelva, tendrás que luchar para conseguirlo.

—¿Sí? ¿Y qué se supone que deberé hacer?

—Tendrás que decirme que me amas. Tendrás que gritarlo desde el tejado, Oliver. Quiero escuchar esas palabras claramente y en voz alta. Y después, tendrás que implorarme que vuelva contigo.

—Annie. Esto es una estupidez.

—No podría estar más de acuerdo. Adiós, Oliver. —Abrió la puerta y salió al corredor—. A propósito, esta vez no bajaré al apartamento de Bolt. Iré al de mi hermano.

—Gracias por avisarme —le gruñó él, entre dientes.

—Te informo para que no vayas a despertar al pobre Bolt a esta hora para preguntarle dónde estoy. Se tiene muy merecido su descanso. Ha tenido una jornada muy larga. —Annie quiso dar un portazo pero se detuvo—. Ah, gracias por haberme salvado la vida esta noche.

Veinte minutos más tarde, Annie llegó a la cochera que estaba en el sótano del edificio de Daniel. Esperó en el interior del auto a que la puerta de seguridad se cerrase.

Un Mercedes negro, muy familiar, pasó lentamente junto a ella. Annie no se sorprendió. Desde que se había marchado del edificio de Oliver, había advertido las luces del auto, persiguiéndola, por el espejo retrovisor.

Lo que sí la sorprendió fue que no fuera Bolt quien lo condujera. Cuando el Mercedes se situó en la luz, Annie vio que Oliver la observaba desde el asiento del conductor.

Siguió conduciendo en silencio, cuando se aseguró de que ella estaba a salvo, segura, tras las puertas de hierro del garaje.

Annie suspiró cuando aparcó el pequeño automóvil en una de las cocheras reservadas para los visitantes. Ese hombre la amaba. «¿Por qué le resultaría tan difícil derribar la última barrera y admitirlo?», se preguntó desolada.

Pocos minutos después, bajó del ascensor, en el piso de Daniel. Tocó el timbre. Pasó un largo rato hasta que Daniel la atendió. Finalmente, le abrió la puerta. Sólo vestía unos pantalones vaqueros que, evidentemente, se había puesto de prisa. La irritación de su rostro se transformó en preocupación al ver los rastros de llanto en los ojos de su hermana.

—¿Annie, qué pasa? ¿Qué rayos estás haciendo aquí a esta hora?

—Acabo de dejar a Oliver.

Joanna apareció detrás de Daniel, ajustándose el cinturón de una bata blanca de algodón.

—¿Annie? ¿Estás bien?

—No —contestó ella—. No estoy bien. —Se puso a llorar desconsoladamente.

21

Por primera vez, desde que la conoció, Oliver sintió pena por Sybil, un sentimiento que no había esperado sentir por ella. Ella estaba sentada frente a él, con el escritorio en medio, mientras Oliver le relataba toda la verdad sobre Jonathan Grace. Fue una de las cosas más difíciles que tuvo que hacer en su vida. Pero ella recibió el golpe con lo que Oliver tuvo que admitir que era el auténtico orgullo Rain.

—Caí en la trampa —dijo Sybil—. Creo que es lo más desagradable de todo esto. Creí cada palabra que Jonathan Grace, o como se llame, me dijo. ¿Cómo pude ser tan estúpida para confiar en él?

Oliver se miró las manos entrelazadas y luego volvió a mirar a Sybil a los ojos.

—Si te hace sentir mejor, yo también caí en la trampa que Walker Gresham me tendió hace cinco años. Por poco me matan, a mí y a Daniel Lyncroft. Los hermanos Gresham son artistas experimentados.

Sybil esbozó una sonrisa amarga.

—Es difícil creer que alguien te haga caer en la trampa a ti. ¿Y qué me dices de esos informes tan extensos que tienes de la gente?

—No me han servido de mucho, ¿no? No me enteré de que Walker Gresham estaba usando mi empresa para tapar sus negocios con el tráfico de armas, hasta que Daniel lo descubrió.

Y tampoco supe que tenía un hermano en prisión que saldría a buscar venganza.

—Supongo que hasta los criminales tienen lazos de sangre.

—Eso parece. —Oliver se quedó sentado, en silencio, durante un rato—. Sybil, lamento mucho todo esto.

—¿Sabes algo? Te creo. Realmente lo lamentas.

—Toda esta situación de mierda es culpa mía. Yo debí haber investigado más a fondo a este Walker Gresham hace cinco años. Debí haber sido más cauto.

—¿Sabes cuál es tu problema, Oliver?

—Annie me dice que está relacionado con mi comunicación interpersonal.

—Me refiero además de tus problemas de comunicación —aclaró Sybil, significativamente.

Oliver arqueó las cejas.

—¿Tengo otros problemas?

—Desde luego que sí. Uno de tus problemas es que siempre asumes la responsabilidad total de todo. —Sybil se puso de pie, acomodándose el bolso en el hombro—. Para que lo tengas en cuenta, no tienes la culpa de que Jonathan Grace, o John Gresham, haya aparecido buscando venganza. No te culpes. Le pudo haber pasado a cualquiera.

—Lo tendré en cuenta.

—Por favor. —Sybil se dirigió a la puerta del estudio—. Mientras tanto, me he enterado de que tienes otro problema serio entre manos. Y en éste sí que tienes toda la responsabilidad.

Oliver la miró con cautela.

—¿De qué problema me hablas?

—Annie se ha ido.

—Parece que las noticias vuelan en la familia.

—Especialmente, las malas. —Sybil sonrió—. Y debo decirte, Oliver, que para todos nosotros, es una pésima noticia que ella te haya dejado. Si tienes la mitad de la inteligencia que todos creemos que tienes, debes hacer lo imposible por recuperarla.

—Te debo una, Oliver.

—Olvídalo.

—No, no lo olvidaré. —Daniel estaba sentado a su escritorio mientras miraba a Oliver caminar por la oficina—. No sé cómo agradecerte lo que hiciste.

—Agradéceselo a Annie —murmuró Oliver—. A ella se le ocurrió la idea de casarse conmigo para que salvara tu empresa.

Daniel sonrió.

—Tengo la sensación de que ella no se casó contigo sólo para salvar Lyncroft.

—No me vengas con tonterías. Se fue de mi casa pocas horas después que tú aparecieras sano y salvo. ¿Qué te sugiere eso?

—Que la sacaste de sus casillas.

Oliver soltó un insulto.

—Lo que pasa es que ella sabe que ya no me necesita. Es obvio que sólo se casó conmigo para salvar la empresa. Me usó. Eso fue lo que hizo. Me usó.

—Realmente te estás esforzando para ser autocompasivo. Me sorprende de ti. Tú no eres así, Oliver. Eras el hombre de hielo, ¿lo recuerdas?

—Nunca antes estuve en una situación similar.

—Te refieres a que no conociste mucha gente que no se estremeciera de miedo cada vez que tú dictabas una ley. ¿No? Annie es diferente.

—Claro que es diferente.

—Mira, conozco a Annie mejor que tú —dijo Daniel—. Pudo haber inventado este matrimonio estrictamente por cuestiones de negocios, cosa que dudo. Pero me juego la cabeza a que no se acostó contigo sólo por razones comerciales. —Daniel arqueó una ceja—. Eh... ¿ella se acuesta contigo, verdad?

Oliver frunció el entrecejo.

—Ya no. Me ha abandonado.

—Vamos, Oliver. Sabes que jamás se habría acostado contigo si no hubiera creído que te amaba. Lo que sucede es que estás tan furioso que no vas a admitirlo.

Daniel tenía razón, pero Oliver se negaba a aceptarlo en voz alta. Ése sería el primer paso en una pendiente muy resbaladiza que terminaría en su rendición.

—Tu hermana me utilizó.

—No haces más que decir eso.

—Es cierto.

—Tú, por supuesto, no la utilizaste —dijo Daniel con ironía.

—Demonios, no. Sabes que no estaba tan desesperado por ganar la mayoría de Lyncroft como para casarme con ella por eso.

—Eso no significa que no la hayas utilizado.

—¿Y para qué lo habría hecho? —preguntó Oliver.

—La noche de la fiesta de mi compromiso, me confesaste que ya era hora de que tú también te casaras, ¿lo recuerdas?

—Sí lo recuerdo —admitió.

—Dijiste que ya habías liquidado la mayoría de tus bienes y habías despejado el panorama como para estar libre para pensar en un matrimonio y en formar una familia. Después me entero de que te casas con mi hermana. ¿Qué rayos se supone que debo interpretar, sino que te casaste con ella porque era la mujer que querías?

—Ya he dicho que fue ella la que me propuso matrimonio a mí.

—Demonios, Rain. No trates de engañarme. Te conozco demasiado bien. Los dos sabemos que jamás te habrías casado con Annie sólo por hacerle un favor. Ya le habías puesto los ojos encima antes de que apareciera con la propuesta, ¿no?

Oliver se encogió de hombros, negándose a responder a la presión.

—Y con la suerte que siempre tienes, ella cayó rendida a tus brazos. ¡Vaya! Ni siquiera tuviste que cortar las ramas del árbol sobre las que ella estaba sentada. Ni siquiera tuviste que molestarte en cortejarla. Mira quién habla de conveniencia.

Oliver siguió mirando, estoicamente, por la ventana.

—Déjame decirte algo, Lyncroft. Tu hermana es la mujer menos conveniente que jamás haya conocido. Todo lo que he tenido con ella han sido problemas.

—Has tenido mucho más que eso —respondió Daniel fríamente.

—¿Y? Estoy casado con ella. Me casé con Annie antes de acostarme con ella. ¿Qué más puedes pedirle a un hombre?

—Dime una cosa. Si Annie es una mujer tan complicada, ¿por qué quieres recuperarla?

—Eso es asunto mío.

Daniel se quedó pensando en eso durante largo rato. Luego, distraído, tomó un bolígrafo y empezó a tamborilear con él sobre la superficie del escritorio.

—Oliver, tienes que mirar las cosas desde el punto de vista de Annie. En cuanto a ella concierne, te entregó su corazón. ¿Qué le has dado tú a cambio?

El estómago de Oliver se hizo un nudo.

—Le he dado todo lo que tenía para dar. Ya se lo he dicho. Si no es suficiente, realmente, lo siento mucho.

—En otras palabras, no puedes o no quieres decirle que la amas.

Oliver se volvió bruscamente.

—Ella está tratando de presionarme para que yo se lo diga y prefiero morderme la lengua antes que permitir que me domine más de lo que ya lo ha estado haciendo durante todo este tiempo. No tienes ni idea de las cosas que he llegado a hacer por ella. No sabes cuántos cambios ha hecho en mi vida. No sabes cómo se ha metido en asuntos de mi familia que nada tenían que ver con ella.

—Conozco a Annie. Si se metió, fue porque trataba de ayudar. Es buena para esas cosas.

—Ah, y eso me recuerda otra cosa —gruñó Oliver—. No formaré parte de su clan de machos heridos. No necesito que me rescate de nada, mierda.

—Con que eso era —concluyó Daniel—. ¿Has oído hablar de Arthur Quigley y de Melvin Finch?

—Sí.

—Hay un par más de ellos desparramados en distintos puntos del país.

—Mierda.

—Pero en nada se parecen a ti, Oliver. Es cierto que Annie los rescató, pero ninguno de ellos le devolvió el favor.

Oliver frunció el entrecejo.

—¿Y cómo debo tomar eso?

—Tú, Rain, eres el único hombre que ha rescatado a Annie alguna vez en la vida. Por eso te distingues. Mantuviste Lyncroft Unlimited a flote por ella y, hace tres noches, le salvaste la vida en ese invernadero. Ante sus ojos, eres un héroe, no un pájaro herido como Quigley o Finch.

—Annie no está interpretando el papel de damisela agradecida.

—¿Qué puedo decirte? Annie es única. Y también tiene su orgullo. Tú, justamente, deberías ser el primero en entender lo que es el orgullo, Rain.

—Esto es una pérdida de tiempo. —Oliver se dirigió a la puerta—. No sé por qué he venido aquí a hablarte de tu hermana.

—¿Oliver?

—¿Qué? —Oliver abrió la puerta.

Daniel le miró a los ojos.

—Gracias otra vez. Por todo.

—Olvídalo. —Oliver atravesó la puerta. Hizo una breve pausa y volvió la mirada atrás—. A propósito, los archivos que llevas sobre los empleados, inversores y competidores prácticamente no te sirven para nada. No pude encontrar en ellos ningún dato que me fuera útil.

Daniel se rió.

—Yo tengo un registro, Oliver. No historiales de seguridad como tú sueles tener.

Oliver ni siquiera se molestó en contestarle.

Durante una hora, Oliver caminó sin rumbo, por las calles de Seattle. Bebió una taza de café en un puesto ambulante, contempló cómo partían los transbordadores de las dársenas y paseó un rato por Pioneer Square.

Le resultó extraña esa falta de dirección concreta. Oliver ya no podía recordar cuál había sido la última vez que había hecho algo sin un claro objetivo prefijado. Siempre había tenido una meta y la había cumplido.

Cuando por fin se detuvo, se dio cuenta de que estaba en la puerta de Extravagancias.

Obviamente, una parte de él había sido plenamente consciente de cuál sería el destino final.

Se sentía como un idiota, parado en la acera, en la puerta de la tienda. Esa indecisión lo enfurecía. Nunca había sido un indeciso.

La puerta de la *boutique* se abrió. Un hombre extremadamente delgado, que llevaba un jersey azul y pantalones de pana, casi chocó con Oliver al salir. El hombre se detuvo y lo miró, a través de sus gafas de montura de marfil.

—Lo siento —se disculpó.

Oliver se encogió de hombros, con la vista fija en la tienda.

—No se preocupe.

—Yo lo conozco. —El hombre se paró más erguido, para que la diferencia de estaturas no fuera tan abismal—. Usted es Rain. El marido de Annie, ¿no?

Oliver lo miró.

—¿Y qué pasa?

—Me llamo Arthur Quigley.

Oliver volvió a mirar el escaparate de la tienda.

—¿De verdad?

—Sí. Yo le di el libro que me dijo que necesitaba —le explicó—. Lamento que no haya sido de utilidad.

Oliver trató de contener su temperamento, que pendía de un hilo.

—¿Annie ha dicho que no había servido?

—Bueno, no con esas palabras. Pero como he estado charlando con ella, me enteré de que lo ha dejado. Por consiguiente, he llegado a la conclusión de que mi libro no ha servido. —Arthur frunció el entrecejo, preocupado—. ¿No le gustaría probar otra bibliografía? Tengo una excelente colección.

—No, gracias.

—No hay nada de lo que avergonzarse —dijo Arthur, con voz confidencial—. Nosotros, los hombres, no nacemos sabiendo cómo ser los mejores amantes. Es una habilidad que se adquiere, como todas las demás.

—Lo tendré en cuenta —murmuró Oliver.

—Claro. Avíseme si quiere que le preste otro libro. —Arthur sonrió—. Ha venido aquí para ver a Annie, ¿no?

—Tal vez.

Arthur asintió con la cabeza, aparentemente satisfecho.

—Ya era hora. Ella ha estado comiéndose los codos por usted. Es una suerte que haya entrado en razón.

Oliver esquivó a Arthur Quigley, abrió la puerta de la tienda y entró. Ella levantó la vista, desde detrás del mostrador. Le frunció el entrecejo.

—¿Qué quiere?

—He venido para ver a mi esposa —dijo Oliver, poniendo especial énfasis en la última palabra.

—Ella tiene visitas.

—Qué pena. —Pasó junto a ella y abrió la puerta de la oficina de Annie.

Tal como Ella le había informado, Annie no estaba sola. Cinco pares de ojos acusadores se volvieron hacia él. Sybil, Heather, Valerie, Richard y Nathan estaban todos rodeando el escritorio de Annie, ya sea sentados, de pie o apoyados contra algo. Annie estaba en su silla, enjugándose sus ojos irritados con un pañuelo de papel tisú.

—¿Qué estás haciendo aquí, Oliver? —preguntó Sybil, poniéndose de pie. Su rostro aún denotaba el trago amargo que había debido digerir después de enterarse qué y quién era realmente Jonathan Grace.

—He venido a ver a mi esposa. ¿Alguna objeción? —Oliver estudió los rostros de sus familiares.

—Si has venido a aterrar a Annie, será mejor que sepas que no te lo permitiremos —exclamó Valerie.

—Ella ya ha soportado bastante —defendió Heather.

—Heather tiene razón —agregó Richard, mirando a Oliver—. No queremos que molestes a Annie.

—Ya le has hecho llorar —protestó Nathan.

—Estoy bien —dijo Annie—. Oliver no me molestará.

—No pongas las manos en el fuego por eso —advirtió Sybil—. No lo conoces tan bien como nosotros. Oliver hará cualquier cosa por lograr lo que se propone, ¿no?

—Si no os importa —intervino Oliver, con voz muy serena—, me agradaría hablar con Annie a solas.

Valerie frunció el entrecejo.

—No me parece una excelente idea.

Nathan se apartó de la pared donde estaba apoyado.

—Sí, yo tampoco creo que sea una buena idea.

Oliver los miró uno por uno.

—¿Qué creéis que voy a hacerle?

—Probablemente, no lo que debieras —dijo Sybil.

Oliver arqueó las cejas.

—¿Y qué crees que debería hacer, Sybil?

—Implorar —contestó Sybil sencillamente. Le sonrió con esa sonrisita tan peculiar en ella—. Por primera vez en tu vida, Oliver Rain. Es hora de que aprendas a pedir gentilmente algo que realmente quieres. Es hora de que aprendas cuáles son las virtudes de la humildad.

—No sabía que la humildad tuviera virtudes —declaró Oliver.

—Sybil tiene razón —coincidió Valerie—. Es hora de que aprendas que no puedes tener todo lo que quieres. No a menos que aprendas a pedirlo gentilmente.

—Basta. —Annie empezó a agitar en el aire su pañuelo de papel tisú—. Basta, todos, por favor. Aprecio mucho lo que estáis haciendo por mí, pero no hay razones para que ataquéis a Oliver.

—Es cierto —se quejó Valerie—. Oliver siempre se sale con la suya. Está acostumbrado a tomar lo que quiere.

—Eso no es cierto. —Annie tomó otro pañuelo de papel tisú, en el que se sonó con fuerza la nariz—. Por el amor de

Dios, Valerie. No puedes creer que tu hermano haya tenido en la vida todo lo que realmente ha querido. Es justo lo contrario.

—¿De qué estás hablando? —preguntó Heather, confusa.

—¿No lo entendéis? —Annie se tragó un sollozo—. Oliver nunca ha tenido lo que realmente deseaba. Ni siquiera pudo darse el gusto de graduarse en la carrera que tanto quería.

—Annie, estás siendo demasiado blanda con él —dijo Nathan, a quien se le veía bastante incómodo.

—Oh, por el amor de Dios —balbuceó Annie, contra el pañuelo húmedo—. ¿No os dais cuenta? Oliver siempre ha tenido que sacrificar lo que realmente quería para él, con tal de que vosotros tuvierais lo mejor. Lo ha sacrificado todo por la familia.

Valerie y los demás se miraron entre sí. Y luego, a Oliver.

De pronto, Oliver pensó que había tenido mucha suerte. El ataque que había venido de parte de su familia, había servido para que Annie saliera a defenderlo. El equilibrio de poder había cambiado muy sutilmente de dirección para favorecerle. Si jugaba bien sus cartas, no tendría que exponerse a la vulnerabilidad. Annie y los demás no tendrían por qué enterarse hasta qué punto llegaba su debilidad. No tendría que suplicar.

—Veo que no soy bien recibido aquí —dijo Oliver suavemente. Miró a Annie—. Adiós, Annie. Quizá podamos hablar otro día.

Los ojos colorados de la muchacha se abrieron desmesuradamente, demostrando su desazón.

—Oliver, aguarda.

Oliver no esperó.

—Annie, no te atrevas a salir corriendo detrás de él —le advirtió Sybil. Oliver no volvió la vista atrás para verificar si Annie realmente quería seguirlo. Caminó rápidamente por la tienda y llegó a la calle.

Una vez fuera, respiró profundamente. La victoria estaba al alcance de su mano. Lo presentía. Todo lo que tenía que hacer era controlarse.

Maleta en mano, Annie bajó del ascensor en el piso del apartamento, poco después de las seis. Cruzó el pasillo y tocó el timbre de Oliver.

Bolt abrió la puerta de inmediato.

—Buenas noches, señora Rain.

—Hola, Bolt. ¿Oliver está en casa?

—Sí. —Su mirada se dirigió a la maleta—. Ya sé que no es asunto mío, pero no estoy seguro de que esto sea una buena idea.

—Lo sé. Todos creen que no debo volver tan fácilmente a su lado. El problema es que ninguno de los que le rodean le entiende.

—Si usted lo dice. —Bolt se agachó para recoger la maleta.

Annie se quedó en el vestíbulo decorado en oro y ébano mientras empezaba a quitarse el impermeable.

—¿Dónde está?

—En el estudio.

—Gracias. —Annie entregó el abrigo a Bolt y tomó el pasillo, que la conduciría hasta la puerta cerrada del estudio. Golpeó una vez y abrió la puerta.

Oliver estaba sentado a su escritorio. Tenía una expresión totalmente controlada, como siempre, pero la luz que provenía de su lámpara halógena revelaba una tensión desconocida en su rostro. Annie no parecía decidirse. Ignoraba si se sentiría triunfante o fríamente satisfecho. Ella le sonrió.

—Hola, Oliver. He vuelto.

—Justo a tiempo para la cena —comentó Oliver, restándole importancia. Se puso de pie y rodeó su escritorio.

—Oliver, a veces eres un idiota. Me amas, pero no soportas la idea de bajar la guardia ni por un instante, ¿verdad? —Rió—. Vas a ponerme furiosa de vez en cuando, pero lo asumo. Te amo de todas maneras.

—Me alegro —murmuró él y le abrió los brazos.

Annie corrió a ellos sin vacilar.

Oliver se quedó despierto largo rato esa noche. Annie estaba profundamente dormida, a su lado. Su cuerpo suave y cálido se entregaba fielmente a él. Había vuelto al lugar donde pertenecía. Estaba segura en la cama de él. Él había ganado. Todo estaba bajo control otra vez.

Se quedó mirando la oscuridad de su cuarto y se preguntó por qué ya no le producía la misma satisfacción que antes, estar controlando toda la situación otra vez.

Cuatro días después, Annie regresó de su almuerzo justo en el momento en que una camioneta de mensajeros se alejaba de la puerta de Extravagancias. Avanzó ansiosa, con la esperanza de que le hubieran enviado, anticipadamente, unas lámparas de arte decorativo. Stanford J. Littlewood estaba esperando una de ellas.

Abrió la puerta de la tienda y se detuvo de inmediato. La *boutique* estaba atiborrada de helechos. Extravagancias se había convertido en una jungla. Había helechos por todas partes. Hasta tal punto, que prácticamente no había espacio para moverse. Había culantrillos colgados de cuanto gancho hubiera disponible. Las macetas con frondosos helechos estaban por doquier, en el mostrador y sobre todas las mesas del local. Helechos pluma y helechos serrucho, de varias formas y tamaños, abrían un estrecho sendero que conducía a la oficina de Annie.

—¿Qué demonios? —Annie miró a su alrededor, buscando a Ella—. ¿Qué pasa aquí?

—No lo sé. —Ella asomó la cabeza por detrás de un helecho—. Empezaron a llegar justo después que te fueras a almorzar. Todo esto ha llegado durante la última hora. —Sonrió—. Hay muchos más en tu oficina.

Asombrada, Annie caminó lentamente por la selva en miniatura. El aroma a tierra mojada y a verde flotaba en el ambiente.

Con creciente satisfacción, llegó a la conclusión de que todo aquello era obra de Oliver. Creía tocar el cielo con las manos. Por fin había encontrado la manera de decirle que la amaba.

Y vaya manera.

Algunos hombres habrían enviado docenas de rosas rojas. Oliver había preferido enviar millones de helechos.

Había una pálida luz que provenía de su oficina. Annie se encaminó hacia ella, como si hubiera estado hipnotizada. Cuando abrió la puerta de la oficina notó que el pequeño recinto era una masa verde. La luz provenía de una escultura de neón que estaba sobre su escritorio. Los brillantes tubos de luz emitían dos palabras simples en tonos violeta.

Annie se detuvo en la puerta y leyó las palabras una y otra vez. Las lágrimas de felicidad se agolparon en sus ojos.

Te amo. Te amo. Te amo. Te amo.

—¿Qué te parece? —le preguntó Oliver, desde un rincón—. ¿Es una obra de arte? ¿O pura tontería?

Annie lo miró. Jamás en la vida había soñado ser tan feliz.

—¿A quién le importa? Es perfecta.

Oliver empezó a sonreír. La sonrisa se convirtió en una carcajada. Esa risa se reflejó en sus ojos grises, en los que se leía fácilmente que la amaba.

—Oh, Oliver —susurró ella—. ¿Quién ha dicho que tenías problemas de comunicación?

—Te quiero mucho más de lo que haya querido cualquier otra cosa en mi vida, Annie. Nunca soñé con encontrar a alguien como tú, pues jamás creí que tuviera esa suerte. Te amo. —Pronunció las palabras sencillamente, espontáneamente, con naturalidad y sin vacilaciones.

Annie corrió a sus brazos. Sabía que, desde entonces en adelante, le escucharía decir esas palabras todos los días, el resto de su vida.